O PINTOR DE MEMÓRIAS

GWENDOLYN WOMACK

O PINTOR DE MEMÓRIAS

Tradução de
Ronaldo Sergio de Biasi

3ª edição

EDITORA RECORD
RIO DE JANEIRO • SÃO PAULO
2022

CIP-BRASIL. CATALOGAÇÃO NA PUBLICAÇÃO
SINDICATO NACIONAL DOS EDITORES DE LIVROS, RJ

W85p
3. ed.

Womack, Gwendolyn
O pintor de memórias / Gwendolyn Womack; tradução de Ronaldo Sergio de Biasi. – 3. ed. – Rio de Janeiro: Record, 2022.

Tradução de: The Memory Painter
ISBN 978-85-01-07160-6

1. Ficção americana. I. Biasi, Ronaldo Sergio de. II. Título.

16-31023

CDD: 813
CDU: 821.111(73)-3

Título original:
The Memory Painter

THE MEMORY PAINTER: Um romance de Gwendolyn Womack
Copyright © 2015 by Gwendolyn Womack
Publicado mediante acordo com Picador, Nova York.

Imagens de capa
Pinceladas: donatas1205 / shutterstock
Textura: Jasemin90 / shutterstock
Vegvísir: tschitscherin / shutterstock

Texto revisado segundo o novo Acordo Ortográfico da Língua Portuguesa.

Todos os direitos reservados. Proibida a reprodução, no todo ou em parte, através de quaisquer meios. Os direitos morais da autora foram assegurados.

Editoração eletrônica: Abreu's System

Direitos exclusivos de publicação em língua portuguesa somente para o Brasil adquiridos pela
EDITORA RECORD LTDA.
Rua Argentina, 171 – Rio de Janeiro, RJ – 20921-380 – Tel.: (21) 2585-2000, que se reserva a propriedade literária desta tradução.

Impresso no Brasil

ISBN 978-85-01-07160-6

Seja um leitor preferencial Record.
Cadastre-se em www.record.com.br e receba informações sobre nossos lançamentos e nossas promoções.

Atendimento e venda direta ao leitor:
sac@record.com.br

Em memória de
Fukumi Mitsutake

Encontro-me diante dos divinos mestres, que conhecem as histórias dos mortos, que decidem quais delas devem ser revisitadas, que classificam o livro das vidas e como plenos ou vazios, que são eles próprios os autores da verdade... Quando a história é escrita, tem um bom final e a alma de um homem atinge a perfeição, com um brado entusiástico eles o conduzem ao céu.

— *Livro egípcio dos mortos*

UM

Os quadros estavam pendurados no escuro como fantasmas. Eram numerosos demais para serem contados; não restava espaço algum nas paredes. Os olhos das telas pareciam vivos na escuridão, fitando os arredores como se imaginassem que tipo de bruxaria os havia transportado para aquele lugar.

O loft do pintor tinha um ar industrial, com suas janelas quadradas, paredes de concreto e piso de cimento. Uns dez rolos de linho belga estavam amontoados em um canto, perto de uma pilha de ripas de madeira aguardando sua transformação em molduras. Quatro cavaletes formavam um quadrado no centro do estúdio, cada um sustentando uma tela. A superfície delas reluzia com gesso branco aplicado e polido até ficar liso como esmalte, uma técnica usada no Renascimento para obter um realismo quase fotográfico. O artista a conhecia bem.

As pinturas em si formavam uma coleção eclética. Cada imagem capturava um momento diferente da história, um lugar diferente do mundo. As pinturas tinham algo em comum, no entanto: todas retratavam os momentos mais íntimos da vida ou da morte de uma pessoa.

Uma mostrava um samurai ajoelhado no tatame, praticando o *seppuku*. Estava vestido em branco cerimonial, sangue manchando a cintura. O suicídio ritual tinha sido representado nos mínimos detalhes, a agonia evidente no rosto do samurai enquanto enfiava a lâmina no abdômen. Atrás dele, seu "assistente" estava de prontidão, com a *wakizashi* preparada para decapitá-lo. Na pintura ao lado, um guarda imperial a cavalo arrastava um prisioneiro por um descampado da antiga Pérsia. Em outro ponto da parede, um velho de turbante contemplava o infinito, como se desafiasse o artista a capturar seu espírito em seu último dia de vida.

O estúdio tinha três paredes e era separado dos outros cômodos por um enorme biombo japonês de seda. Do outro lado ficava uma pequena sala de estar, com uma cozinha escondida por uma parede lateral. No fim do corredor, havia um quartinho desprovido de mobília, exceto por um colchonete, no qual o artista estava deitado de bruços, sem camisa e em sono profundo.

De repente, ele se sentou e respirou fundo, lutando para se desvencilhar de um sonho febril.

— Estou aqui e agora. Estou aqui e agora. Estou aqui e agora. Estou aqui e agora — repetia com desesperada intensidade enquanto balançava o corpo de um lado para o outro, tentando se acalmar. Pouco depois, tão subitamente quanto despertara, seu corpo relaxou e seu olhar ficou distante enquanto uma estranha calma o invadia. Ele se levantou.

Entrando no estúdio como um sonâmbulo, separou vários pincéis e começou a misturar tintas em uma velha paleta de madeira, sussurrando palavras em grego antigo que não eram ouvidas havia séculos.

As mãos do pintor se moveram no escuro com estranha segurança. O tempo passou sem que percebesse. Pintou até que o peso das horas se acumulou, pressionando seu corpo, suplicando que parasse. Os pés estavam dormentes; os ombros, crispados de dor. Quando os raios de sol do meio-dia entraram pela janela, uma dor lancinante atravessou sua cabeça, lançando-o de volta à realidade subitamente, como um alarme digital.

Meu nome é Bryan Pierce. Estou no meu estúdio. Estou aqui e agora. Meu nome é Bryan Pierce. Estou no meu estúdio. Estou aqui e agora. Meu nome é Bryan Pierce. Introduziu as palavras à força na consciência, agarrando-se às verdades simples como uma criança que não quer largar a linha de uma pipa. As palavras eram a única coisa que o impedia de voar para longe.

As pernas de Bryan fraquejaram, e ele quase caiu, apoiando-se na parede em busca de apoio. As mãos sobre os joelhos dobrados, os braços decorados com todos os pigmentos que havia nas prateleiras do estúdio. O peito nu também estava manchado de tinta.

Ele se forçou a contemplar sua mais recente obra, ciente de que seria a forma mais rápida de assimilar o sonho. Quando sentiu que havia recuperado as forças, levantou-se e foi buscar a câmera que instalara no canto do estúdio. Era a câmera digital mais avançada que o dinheiro podia comprar, equipada com um sensor de infravermelho que permitia registrar suas atividades noturnas. Ele a mantinha ligada o tempo todo. Bryan não precisava rever as cenas para saber que estivera falando grego novamente a noite inteira, mas a gravação era uma prova de que aquilo realmente havia acontecido.

Na maioria das manhãs, observar-se no vídeo ajudava a acalmá-lo. Naquele dia, porém, não teve vontade de ver a gravação; o que havia acontecido ainda estava bastante vívido na memória, como se houvesse um mensageiro ao seu lado. De alguma forma, aquele sonho tinha respostas. Mas qual seria a pergunta?

Orígenes Adamantius, um sacerdote da Roma antiga, tinha invadido sua consciência havia uma semana; desde então, toda noite pintava memórias da vida do homem. Entregara a primeira tela à galeria antes mesmo de a tinta secar. Sabia que a pintura tinha de estar na sua exposição, mas não saberia explicar por quê.

A abertura da exposição estava marcada para aquela noite. Seria sua primeira mostra em Boston desde que havia se mudado de Nova York, e durante toda a semana estivera flertando com a ideia de comparecer, para descartá-la logo em seguida. Não podia correr o risco. Estar cercado de pessoas, ter de olhá-las nos olhos enquanto trocava apertos de mão — suas pinturas como um pano de fundo gritante — provavelmente provocaria uma crise. E, nesse caso, como poderia justificá-la?

Quando havia deixado de comparecer à abertura das exposições em Nova York no ano anterior, fora criticado pela mídia, retratado como algum tipo de recluso arrogante com desprezo pelo público, quando nada podia estar mais longe da verdade. Bryan expunha seus trabalhos na esperança de que alguém, algum dia, reconheces-se as pinturas pelo que realmente eram, de que alguém sofresse da mesma maldição. Porém, talvez a esperança fosse vazia. Após anos de procura, ele começava a desconfiar de que se tratava de uma causa perdida. Centenas de pinturas e nenhuma resposta.

Bryan esfregou os olhos. Sentia uma dor de cabeça chegando — a necessidade de deixar de lado os pensamentos era muito forte. Talvez fosse melhor simplesmente tirar um dia de folga e sair para uma longa caminhada.

Antes, porém, precisava visitar uma exposição no Museu de Belas-Artes. Durante a semana inteira, faixas coloridas tremularam ao vento, perto dos sinais de trânsito do centro da cidade, anuncian-do sua chegada: "Mistérios do Egito e a Grande Pirâmide". Sempre que via esses anúncios, tinha a sensação de que a única das Sete Maravilhas do Mundo Antigo remanescente nos dias atuais tinha vindo para Boston exclusivamente por sua causa. Estivera plane-jando fazer uma visita ao museu, e aquele parecia ser o dia perfeito.

Bryan pegou suas chaves e, ao sair de casa, passou por uma vizi-nha de andar, uma jovem que só tinha visto uma ou duas vezes. Ela morava com o marido do outro lado do corredor, e o fitava com um misto de vergonha e fascínio.

Com um sorriso amarelo, ele murmurou um rápido "Olá" e deu meia-volta para entrar em casa de novo. Tinha se esquecido de ves-tir uma camisa.

DOIS

— A Grande Pirâmide contém pedras suficientes para construir trinta edifícios do tamanho do Empire State Building ou uma muralha com pouco menos de um metro de altura cortando o país ao meio duas vezes.

Linz olhou para as projeções, acompanhando a narrativa pelos fones de ouvido, impressionada com os fatos relatados pela gravação.

— As pedras foram talhadas com uma precisão que hoje em dia pode ser igualada apenas pelos fabricantes de lentes. Todas as pedras são exatamente iguais. Pedreiros especialistas calculam que os egípcios devem ter usado ferramentas com uma precisão quinhentas vezes maior que a de uma ferramenta de corte moderna. A exatidão atingida é espantosa.

Como isso é possível?, perguntou-se Linz, mais intrigada a cada minuto. A visita autoguiada parecia oferecer mais perguntas que respostas.

— Os antigos egípcios supostamente não conheciam nem a forma nem o tamanho da Terra, mas a Grande Pirâmide fica exatamente a um terço da distância entre o equador e o polo norte. A razão entre a altura e o perímetro da pirâmide é exatamente igual à razão entre a circunferência do planeta e o raio dos polos, e seu eixo está alinhado exatamente na direção norte-sul, com uma precisão maior que a do Observatório de Greenwich, na Inglaterra. É a maior e mais precisa estrutura jamais construída em toda a história da nossa civilização, e mesmo hoje em dia não seríamos capazes de reproduzi-la.

Com uma inquietude crescente, Linz tirou os fones, desistindo da visita. A verdade era que não estava no museu para ver a exposição, mas por um motivo bem mais pessoal. Havia perdido a mãe quando era apenas um bebê e, quase trinta anos depois, ainda se sentia atraída para este local, do qual a mãe tanto gostava.

Linz havia passado as últimas duas horas percorrendo as galerias, mas, ao fim da manhã, ainda se sentia deprimida. *Talvez seja melhor ir jogar xadrez no parque*, pensou. Fazia alguns meses que tinha se mudado de volta para Boston e ainda não arranjara tempo para voltar ao seu velho recanto na Harvard Square.

No caminho para a entrada da exposição, onde pretendia devolver os fones de ouvido, parou para apreciar uma curiosa braçadeira egípcia, feita não para mulheres e sim para guerreiros. Um leve sorriso perpassou seu rosto. Era muito parecida com sua tatuagem, no momento escondida pela manga do suéter.

Nesse instante, outro visitante parou ao lado de Linz — não muito perto, mas o suficiente para chamar sua atenção. Era o homem mais atraente que já tinha visto, os olhos de um azul marcante. Fitaram-se por um breve momento e então ele seguiu caminho.

Ela permaneceu onde estava, observando-o se afastar. Teve vontade de puxá-lo de volta e repetir aquele momento mágico.

Como se tivesse lido seus pensamentos, o homem virou a cabeça e olhou para ela mais uma vez antes de desaparecer na sala seguinte da exposição. Linz hesitou, sem saber como prosseguir. Uma estranha compulsão a impelia a segui-lo, a percorrer de novo as galerias, fingindo que tinha acabado de chegar e que ainda não havia visitado a exposição quase inteira. Não podia se imaginar, porém, puxando uma conversa a respeito de Nefertiti para então pedir o número do telefone do desconhecido. Nunca dera em cima de alguém e não estava disposta a começar no Museu de Belas-Artes. Com um resquício de relutância, devolveu os fones de ouvido.

Quando saiu do museu, o mundo do lado de fora parecia diferente. A vontade de jogar xadrez na praça já não era a mesma, mas decidiu ir assim mesmo. Talvez se concentrar no jogo a ajudasse a aquietar as estranhas vibrações do coração.

Enquanto caminhava, não conseguia tirar da cabeça o breve encontro com o homem de olhos azuis nem a sensação de que cometia um erro ao deixar o museu.

Harvard Square era um cartão-postal transformado em realidade, um lugar onde pessoas de todas as partes da cidade se reuniam para jogar xadrez. O adversário de Linz, um senhor de idade que usava uma boina, fez o primeiro movimento. Ela respondeu em questão de segundos, escutando a serenidade dos movimentos nas partidas sendo travadas nas demais mesas, e a tensão acumulada aos poucos foi se abrandando. Em menos de dez jogadas, o jogo estava ganho.

O senhor resmungou e arrumou as peças para uma revanche. Quando Linz ganhou de novo, o homem olhou para ela com admiração, obviamente reconhecendo que havia se enganado ao supor que a bela mocinha seria uma presa fácil.

O que seu oponente não sabia era que Linz, aos 15 anos, tinha chegado a ser grã-mestre júnior, o título de maior prestígio concedido a jovens enxadristas. Na infância, o xadrez tinha sido uma paixão avassaladora, e ela relaxara essa obsessão apenas ao entrar no ensino médio, durante o qual havia tido o cuidado de não alardear seus múltiplos talentos para conseguir se enturmar. A maioria dos adolescentes não apreciava uma campeã de xadrez sabichona. Ela só aceitou suas excentricidades na faculdade e se sentiu suficientemente segura para dar o seu melhor. Quando começou a fazer doutorado em neurogenética, não se sentia mais a mais inteligente da turma, já que todos os colegas eram igualmente brilhantes.

O senhor se mudou para outra mesa com cara de poucos amigos.

— Esse lugar está livre? — perguntou alguém.

Linz ergueu os olhos e se sobressaltou. Era o homem do museu — seu homem, aquele que quase havia seguido.

Pensando rápido, tentou avaliar a chance de aquilo se tratar de mero acaso. Impossível. Em uma cidade do tamanho de Boston, a probabilidade de se encontrarem no museu e depois de novo, aleatoriamente, em outro lugar sem nenhuma relação com o primeiro, era de uma em um bilhão ou mais. Pela primeira vez na vida, Linz ficou completamente sem palavras.

— Você joga bem — comentou o homem, sentando-se do lado oposto da mesa.

Linz ficou olhando, incrédula, enquanto ele arrumava as peças. Iam jogar xadrez. Ela e o Homem Misterioso iam jogar xadrez.

Ele devia tê-la seguido até a praça. Não, rapidamente descartou essa ideia. Ela o teria notado. Além disso, quando havia deixado o museu, ele estava muito longe da saída.

— O senhor que você acabou de derrotar gosta de alardear que está entre os primeiros lugares do ranking da Federação de Xadrez — declarou ele, com um sorriso zombeteiro.

— Você já jogou com ele? — perguntou Linz, surpresa, torcendo para que ele levantasse a cabeça e a encarasse; o homem, no entanto, manteve os olhos fixos no tabuleiro.

— Tenho vindo para cá toda semana nos últimos meses.

A sensação foi mais de desapontamento que de alívio. Afinal, não fora seguida; tudo não passava de uma grande coincidência.

Linz estava disposta a fazer o jogo render para passarem mais tempo juntos. Depois das três primeiras jogadas, no entanto, duas coisas ficaram evidentes: ele era um excelente enxadrista e sua estratégia de prolongar o jogo não ia funcionar.

Os dois tinham estilos totalmente diferentes. Ele jogava quase sem pensar, rápido demais, enquanto Linz estudava com cuidado cada movimento. Ele venceu em quinze lances. Assim como o senhor tinha feito com ela antes, Linz subestimara as habilidades do homem do museu.

Com o ego em farrapos, ela jurou que o trucidaria na partida seguinte.

— Mais uma? — perguntou, com voz doce.

Ele sorriu e fez que sim com a cabeça, fitando as mãos de Linz. O modo como evitava o seu olhar a estava enlouquecendo. De repente, porém, o homem olhou diretamente para ela e perguntou:

— Por que você estava naquela exposição?

Linz o fitou de volta, com a boca subitamente seca.

— Minha mãe trabalhava lá — respondeu de supetão.

Ele ficou esperando, como se soubesse que aquilo era apenas o começo de uma história. De alguma forma, aquele olhar fixo arrancou a verdade.

— Minha mãe morreu quando eu tinha só 6 meses. Às vezes gosto de imaginar que ela ainda está viva, que passamos a vida juntas...

Linz interrompeu o que estava dizendo. Embora atenuada pelo tempo, a dor da perda da mãe jamais havia desaparecido, e ela jamais havia conversado com ninguém a respeito. Aquele dia, porém, parecia ser uma exceção.

— Como a sua mãe se chamava? — perguntou o homem, suavemente.

— Grace — respondeu, com um nó na garganta. — Ela era inglesa... Veio a Boston para cuidar da curadoria da coleção de arte egípcia.

O Dr. George Reisner havia coordenado a mais longa e mais bem-sucedida escavação no Egito, de 1905 a 1942, um empreendimento conjunto do Museu de Belas-Artes e da Universidade de Harvard. Em consequência, Boston tinha passado a contar com um dos maiores acervos de artefatos egípcios do mundo. Linz achara muito apropriado que aquela exposição itinerante também fosse a respeito do Egito.

— Na adolescência, às vezes eu ia sozinha ao museu e fingia que a minha mãe ainda estava lá... que eu poderia esbarrar nela a qualquer momento — confessou Linz, surpresa com o fato de estar compartilhando algo tão íntimo com um estranho.

Ele, porém, apenas assentiu e permaneceu calado. Nada de condolências exageradas ou palavras de simpatia. Simplesmente ouviu e compreendeu.

— Está preparada? — perguntou, em tom casual.

Linz teve a impressão de que ele não estava se referindo apenas à partida de xadrez.

— É sua vez — avisou ele.

Ela enrubesceu e olhou para o tabuleiro, tentando recuperar a vontade de vencer. Entretanto, no decorrer do jogo, percebeu que seria inútil. Ele não se parecia com nenhum outro jogador com quem havia se defrontado. A maioria das pessoas aprendia a dominar o xadrez memorizando milhares de padrões e sequências de movimentos, mas as jogadas do estranho não obedeciam a nenhum padrão conhecido; era como se ele improvisasse a cada jogada, tornando impossível prever o que faria em seguida. Mesmo assim, Linz contra-atacou com todas as posições táticas e movimentos forçados em seu arsenal. Surpreendeu-o sorrindo em várias ocasiões diante de suas jogadas.

O jogo parecia se arrastar por uma eternidade. Nenhum dos dois disse nada, até, por fim, ele romper o silêncio.

— Parece que vai ser empate.

Linz observou a posição das peças, sem querer admitir que tinha sido derrotada. Um empate não era uma vitória. Depois de algum tempo, porém, teve de admitir que ele estava certo. O fato de o estranho ter percebido primeiro que o jogo não teria vencedor a deixou irritada.

— Se quiser uma revanche, estou aqui toda sexta.

Linz olhou para ele de soslaio, tentando decifrar suas palavras. Estava demonstrando vontade de tornar a vê-la? Porque ela não sabia muito bem o que pensar de todo o ocorrido. Contudo, o desconhecido fitava o tabuleiro novamente. Talvez a atração que estivesse sentindo fosse somente coisa de sua cabeça.

Linz consultou o relógio e ficou surpresa ao descobrir que duas horas haviam se passado. Pretendia sair à noite e precisava voltar para casa e trocar de roupa. Pegou a bolsa e se levantou.

— Obrigada pelo jogo — disse, estendendo a mão para se despedir, um desapontamento inexplicável no peito. Aquele estranho encontro estava chegando ao fim.

Ele também ficou de pé, baixou a cabeça, tomou sua mão e a levou aos lábios. O sopro suave de sua respiração roçou no pulso dela antes que soltasse seu braço.

— Até sexta, espero — murmurou ele.

Linz sentiu o coração palpitar novamente.

— Até sexta — repetiu, quase sem pensar.

Enquanto se afastava, sentiu que o estranho a acompanhava com o olhar, e precisou de toda a sua força de vontade para não voltar e fazer a pergunta que tivera vontade de fazer centenas de vezes durante o jogo: estava indo embora sem saber o nome dele.

TRÊS

DIA 1 - 6 DE FEVEREIRO DE 1982

A regressão dos sintomas dos nossos pacientes tem sido impressionante. Não quero divulgar nossas descobertas antes de podermos apresentar provas irrefutáveis, mas, a meu ver, estamos a um passo de obter uma cura para o mal de Alzheimer. Houve remissão completa da formação de placas, além de uma regeneração sináptica que excedeu em muito nossas previsões. O mais surpreendente, entretanto, foi o efeito do tratamento sobre a atividade dos neurônios e das células gliais.

Um dos efeitos colaterais mais estranhos é que os pacientes estão se lembrando de eventos ocorridos na primeira infância. São memórias das quais não tinham conhecimento, mesmo antes que a doença se manifestasse. Seriam essas memórias reais? E, em caso positivo, por que não podiam ser acessadas até começarmos o tratamento?

Estamos diante de um território inexplorado, e não posso deixar de me perguntar: se o medicamento produz tamanho efeito em um cérebro doente, qual seriam os resultados de sua aplicação em um cérebro saudável?

Tal pergunta vem me atormentando, e meu impulso de experimentar o medicamento por conta própria se tornou irresistível. Decidi me transformar em uma cobaia, ingerindo várias doses e me assegurando de que, afinal, não sou o primeiro cientista da história a usar o próprio corpo em um experimento.

Ainda não discuti minha decisão com o grupo, muito menos com Diana. Temo que achem que perdi o juízo. Pretendo lhes contar amanhã e pedir que realizem uma série de estudos da minha atividade cerebral durante o sono.

Tomei a decisão de manter um diário dos resultados, com toda a riqueza de detalhe possível, para que, mais tarde, eu possa me lembrar de onde e por que o comecei. O que está acontecendo comigo no momento se apresenta como uma variável totalmente imprevista e inexplicável. Minhas experiências estão me levando para fora do alcance da minha própria imaginação. Não tenho respostas. Nem ao menos tenho certeza de quais são as perguntas.

MB

QUATRO

Bryan olhou para o tabuleiro e começou a rir. Havia acabado de conhecer uma mulher surpreendente — uma mulher que lutara com ferocidade contra ele durante duas horas e quase o tinha vencido — e nem ao menos perguntara o nome dela. Por alguma razão, não parecera necessário.

O ponto fraco dela, pensou, era ir a extremos para calcular todas as possibilidades em vez de confiar na própria intuição. De que adiantava antecipar o que estava para acontecer várias jogadas à frente se não conseguia captar as tendências do jogo? Talvez um dia pudesse convencê-la a jogar de olhos vendados. Talvez assim fosse capaz de derrotá-lo.

Notou que estava partindo do pressuposto de que voltariam a se encontrar... porque voltariam. Não tinha a menor dúvida.

Quando Bryan a viu pela primeira vez, alguns minutos depois de entrar no museu, foi como se o mundo tivesse parado e voltado a girar. Havia se aproximado instintivamente, obedecendo a um impulso irresistível de reduzir a distância que os separava.

Tinha ficado ao lado dela, fingindo interesse pelo objeto que ela estava observando, esperando ser notado enquanto seus olhos de artista memorizavam todos os detalhes de sua aparência. Era alta, com o corpo esguio e delicado de uma bailarina, e tinha cachos loiros que se derramavam livremente. De certa forma, ele sentia como se já a conhecesse de longa data, mas, ao mesmo tempo, não tinha ideia do que dizer. Sua beleza era quase demasiada.

Quando ela se virou para ele, fitou-a, sem conseguir se desviar, enquanto reconhecia vidas inteiras escondidas naqueles olhos. Ao encontrá-la naquele momento, soube, sem sombra de dúvida, que as visões que o assaltavam desde a infância eram, na verdade, memórias. Era algo de que vinha tentando se convencer havia muito tempo: que, de alguma forma, seus sonhos eram peças de um passado que pertencia à sua alma. Agarrar-se a essa crença o havia ajudado a conservar a sanidade. As pessoas que povoavam suas visões de fato existiram, como tinha constatado em livros de história, mas, mesmo assim, ele temia que estivesse se iludindo... até encontrá-la, porque imediatamente teve a certeza inabalável de que ela havia compartilhado com ele todas aquelas vidas.

Como a emoção o impedia de falar, Bryan teve de sair para continuar a visita ao museu; ou ao menos fingir que iria fazê-la.

No entanto, tudo que conseguira fazer havia sido segui-la. Tinha se sentido um tolo, naturalmente, espreitando-a de uns dez metros de distância. O que faria se ela olhasse para trás e o visse? Como poderia se explicar?

Quase a perdera no metrô, mas havia se acalmado ao perceber que seu destino era Harvard Square. Bryan tinha um motivo completamente razoável para estar lá.

Desde que tinha voltado a morar em Boston, três meses antes, jogava xadrez em Harvard Square pelo menos uma vez por semana. Seu gosto pelo jogo havia sido despertado ao se lembrar da vida de Pedro Damião, um mestre enxadrista português do século XVI. Pedro era autor do primeiro livro sobre estratégias de xadrez do mundo ocidental, e, depois de se lembrar da vida de Damião, também herdara o talento do homem — incluindo sua capacidade de jogar às cegas.

Essas memórias em específico surgiram havia cinco anos e, em todo lugar que Bryan passara a morar desde então, sempre procurava um parque onde as pessoas se reunissem para jogar xadrez. Menos de um mês depois de se estabelecer novamente em Boston, já conhecia todos os frequentadores regulares da Harvard Square. Apenas dois jogavam xadrez decentemente, embora não o suficiente para derrotá-lo. Ambos eram homens, e um deles era o senhor com quem a jovem tinha jogado. Bryan havia observado a partida de longe e assobiara baixinho quando o senhor entregara os pontos.

Agora, enquanto a observava se afastar, rumo à estação de metrô, levantou-se, sentindo-se rejuvenescido. Sua decisão de voltar à sua cidade natal assumia dimensões completamente novas, e, pela primeira vez em muito tempo, ele mal podia esperar pelo dia seguinte.

Vagou sem destino durante horas pelas ruas de Boston, cantarolando uma música famosa e desfrutando a brisa fresca do outono. O vento o envolveu e o impeliu, fazendo-o ir mais longe do que pretendia, até se ver em frente à galeria de arte onde suas obras seriam expostas. Esperou o sinal fechar. *Hoje vou comparecer à abertura da exposição*, pensou, *só por alguns minutos. Vai correr tudo bem.*

Consultou o relógio e fez uma careta. Ainda era cedo demais; teria de esperar algumas horas. Tempo suficiente para tomar um café e dar uma olhada na livraria da esquina. Estaria de volta às cinco e meia, quando abrissem as portas. Elogiaria educadamente os donos do espaço pela elegância do local, cumprimentaria os primeiros visitantes e iria para casa. Tinha certeza de que o plano era seguro. Podia muito bem sustentar uma conversa com alguns amantes de arte. A maioria do público só começava a aparecer nessas exposições por volta das oito da noite.

Enquanto se preparava para atravessar a rua, sentiu uma dor aguda nas têmporas.

Gemeu e levou a mão direita à testa. A mulher que estava ao seu lado, esperando o sinal fechar, perguntou se precisava de ajuda.

Bryan fechou os olhos, lutando contra a visão que começava. Em geral, elas vinham durante o sono, a intervalos de alguns dias, de modo que ter duas visões em menos de vinte e quatro horas — sem nenhuma causa aparente — o deixou atordoado. Precisava voltar para casa antes que perdesse a consciência.

Murmurando "é só uma dor de cabeça", afastou-se a passos rápidos, sabendo que dispunha de apenas alguns minutos antes de sua mente o transportar para outro lugar.

CINCO

**RIO NEGRO, SÃO PETERSBURGO, RÚSSIA
27 DE JANEIRO DE 1837**

Alexandr olhou pela janela da carruagem e pensou que, se sua vida era um livro e Deus tinha uma pena, Georges d'Anthès havia sido escolhido para o papel de antagonista. Ou talvez o dono da pena fosse o demônio, pois não restava dúvida de que existia um coração maligno por trás da aparência encantadora e dos modos sedutores do francês. Por que outra razão Alexandr estaria em uma carruagem, ao amanhecer, a caminho de um duelo com aquele homem?

Como seria bom se tivesse o poder de escrever o resultado de tal confronto! Fazia anos que não desafiava alguém, ainda mais para um duelo a pistola. Aos 37 anos, a vida de Alexandr girava em torno da esposa, dos quatro filhos, de suas obras e do dinheiro que conseguia ganhar com elas. Gostaria de estar no gabinete de trabalho, escrevendo seu romance sobre Pedro, o Grande... talvez sua obra-prima, se um dia chegasse a terminá-la.

Dando um profundo suspiro, Alexandr estendeu a mão para apalpar o estojo da pistola. Talvez fosse uma tolice participar de um duelo, mas não podia suportar a ideia de passar o resto da vida sabendo que nada tinha feito para defender a honra da esposa e a sua própria hombridade. Desde a chegada de Georges d'Anthès à cidade, ele havia roubado ambas. A atenção incessante e escancarada que d'Anthès dedicava a Natália era intolerável.

Abençoada pela beleza da Rússia, Natália ofuscava todas as mulheres da corte. Essa singularidade tinha um preço, que Alexandr vinha pagando havia anos, mental e financeiramente. Sua esposa era a rainha de todas as festas, e cada uma exigia vestidos e joias dignos. Eles viviam acima de suas posses, e Alexandr não conseguia escrever com rapidez suficiente para pagar aos credores.

No momento, porém, dinheiro era a menor de suas preocupações; esperava não atirar em si mesmo ou se envolver em outra situação constrangedora, pois sabia que aquele duelo seria muito comentado. Ele não se considerava um homem vaidoso, mas sabia que já havia se tornado uma figura conhecida. Seus escritos encontravam ressonância nos compatriotas — ou, pelo menos, aqueles que não foram censurados ou rejeitados para publicação.

A verdade era que escrever para ele era como respirar; não poderia conter as palavras nem se quisesse. Mesmo naquele momento, podia sentir um poema aflorando em meio aos seus pensamentos sombrios.

Havia se esquecido de colocar o talismã no dedo enquanto se vestia, um anel turquesa que seu bom amigo Naschokin lhe dera para protegê-lo do perigo. E tivera de voltar para pegar o casaco. Embora soubesse que refazer os próprios passos era uma garantia de má sorte, seus pés se moveram como se tivessem vontade própria.

Esses maus augúrios fizeram Alexandr pensar nos meandros do destino e, como um mago das palavras, aproveitou a ideia para compor um poema. Se não estivesse pressionado pelo tempo, pediria ao cocheiro que encostasse a carruagem e deixaria a pena fluir no papel. Sentia os versos se formando em sua mente e esperava que, mais tarde, pudesse rememorá-los.

A carruagem parou, e Alexandr levantou os olhos, surpreso. Já tinham chegado? Se d'Anthès se atrasasse, teria algum tempo para pôr em ordem seus pensamentos. Ao ver o adversário nas proximidades, porém, as palavras que dançavam em sua mente logo desapareceram.

D'Anthès olhou para ele com um sorriso de escárnio e meneou a cabeça.

— Achei que você não viesse. Velhos não se sentem bem pela manhã.

Ignorando-o, Alexandr saltou da carruagem e preparou sua arma. Respirou o ar frio da manhã, admirando-se com a semelhança entre os campos cobertos de neve e o cenário que havia imaginado para o duelo entre Oneguin e Lenski quando o escrevera. Estaria ele destinado a morrer como o poeta Lenski de seu romance?

— Dez passos — exigiu, com firmeza na voz.

D'Anthès franziu o cenho.

— Mas isso é praticamente à queima-roupa!

Alexandr fez que sim com a cabeça e encarou o adversário. Alguma coisa nos olhos de d'Anthès o atraía, fazendo-o sentir que representaram os mesmos papéis no passado; que se odiaram em outra existência. Será que o romance do qual faziam parte já havia sido escrito? Teve a impressão de que as falas já estavam lá, destinadas a serem pronunciadas. E, agora, aqui estavam ambos. Os dez passos pareceram durar uma eternidade.

Voltando-se para encarar o homem que o mataria, Alexandr não tinha dúvida quanto ao que o futuro lhe reservava. Era como se tivesse deixado intencionalmente para trás o anel turquesa — como se soubesse, nas profundezas obscuras de seu coração, que nada o salvaria naquele dia.

D'Anthès puxou o gatilho. Alexandr sentiu a bala perfurar seu estômago e caiu de joelhos. Enquanto a dor lhe toldava a mente, olhou para o sangue que se espalhava na neve e pensou: *Sou uma rosa do inverno.*

Percebeu que a bala o havia atingido exatamente onde Natália se esquecera de costurar um botão de volta no casaco, e o pensamento o trouxe de volta ao que lhe restava fazer.

— Minha vez — anunciou, com um fio de voz.

D'Anthès permaneceu onde estava, com o corpo tremendo um pouco. Embora mortalmente ferido, Alexandr tinha o direito de revidar. Apontou com a precisão que seus membros combalidos lhe permitiam e disparou. D'Anthès tombou.

Alexandr deixou a arma cair. O fato estava consumado. Olhou para o céu e esperou que uma onda de excitação o envolvesse, mas sentiu apenas um vazio.

— Que estranho — murmurou para as nuvens. — Eu achei que ficaria contente.

Alexandr recuperou e perdeu os sentidos várias vezes até que os gritos de Natália o despertaram de vez, então percebeu que estava de volta em casa.

Ao abrir os olhos, viu que a esposa estava chorando, com a cabeça apoiada no seu peito. Tentou consolá-la.

— Não chore, meu amor. Já passou.

Acariciou os cabelos dela, sentindo os soluços de Natália contra seu corpo. O povo — ou a plebe, como Alexandr gostava de chamar — a havia rotulado de fria e egoísta, questionando sua devoção para com o marido. Alexandr, porém, sabia que do amor que sentiam um pelo outro não restava dúvida; tal sentimento dominava seu coração.

Nos dias que se seguiram ao duelo, ele permaneceu lúcido, mas apenas alguns momentos ou horas de cada vez, enquanto oito doutores, incluindo o médico particular do tsar, se revezavam na tentativa de salvá-lo. Todos sabiam que estava morrendo. O desenlace só estava demorando por causa da determinação de Alexandr de deixar a vida sem dívidas a serem pagas pela família.

Nos momentos em que estava acordado, ditou uma lista de todas as obrigações pendentes, além de uma carta ao tsar pedindo que delas o liberasse. A resposta, que levou apenas um dia para chegar, trouxe um sorriso aos lábios de Alexandr. O tsar, que havia cortado suas asas e o impedido de viajar para o exterior, que tinha censurado muitas de suas obras e o coibira de tantas formas, acabara o libertando no fim.

Recostou a cabeça no travesseiro e contemplou a estante, onde os livros que havia escrito se misturavam a outros como velhos amigos. Sentiria falta da vida, mas estava feliz em deixar para trás seus escritos. Eram as páginas que continham seu coração.

Ouviu Natália entrar no quarto.

— Não temos framboesas frescas — avisou ela —, mas temos geleia de framboesa.

Alexandr estendeu a mão.

— Pode me ajudar a comer?

Natália se sentou na cama ao lado dele. Alexandr abriu a boca. A geleia tinha gosto de ambrosia. Ele engoliu e disse:

— Quero que você se case de novo. — Natália parou a colher no ar, com os lábios trêmulos. Alexandr prosseguiu, com esforço. — Chore a minha morte por algum tempo, depois vá viver sua vida. Encontre um bom homem, alguém que cuide de você melhor do que fui capaz.

Natália se desmanchou em lágrimas.

— Um bom homem? Você é o único para mim. Gostaria de ter nascido homem — declarou, cerrando o punho. — Juro por Deus que, se fosse homem, não descansaria enquanto não encontrasse e matasse d'Anthès.

Alexandr tentou acalmá-la, mas a esposa parecia cada vez mais exaltada.

— Eu devia ter nascido homem para fazê-lo pagar pelo que fez!

Alexandr fechou os olhos, sem conseguir conter um sorriso, imaginando sua Natália em busca de vingança. Como sentiria falta de sua companhia! Conhecera um número incontável de mulheres, mas não havia se interessado particularmente por nenhuma até encontrar Natália. Amava sua beleza, seu charme, seu jeito de menina — a forma como, apesar de serem diametralmente opostos, ainda assim se entendiam às mil maravilhas. Ninguém era capaz de deixá-lo mais furioso ou mais sereno que Natália.

Esperava que o mundo a tratasse bem. Ela não tinha culpa por aquele fiasco. Os amigos haviam lhe contado que d'Anthès sobrevivera ao duelo com apenas um ferimento no braço. Melhor assim, pensou. Não queria ter a morte daquele homem na consciência. Talvez fosse mais afortunado que o adversário. D'Anthès teria sua morte marcada na alma, uma mancha impossível de apagar.

Os pensamentos de Alexandr se voltaram para o poema. Dois dias haviam se passado desde o duelo, mas ele ainda não o escrevera. Talvez devesse pedir uma pena a Natália.

Quando estava prestes a chamá-la, uma luz atraiu sua atenção, tornando-se mais quente à medida que se aproximava. No meio da luz havia uma mulher, com a mão estendida.

Alexandr arregalou os olhos, certo de que estava sonhando. Lada em pessoa, a antiga deusa da beleza e do amor, saíra de um conto popular para ir ao seu encontro.

Os cabelos dela eram pretos como a noite, os olhos de um azul deslumbrante. Faixas cravejadas de joias subiam em espiral pelos seus braços, envolviam seu pescoço, e uma tiara dourada, como a de uma rainha egípcia, adornava seus cabelos. Falou-lhe com os olhos, e, de alguma forma, Alexandr escutou: *Tudo o que você é será lembrado.*

Ele sentiu uma paz infinita conforme seu espírito tomava a deusa pela mão. Com um último pensamento fugidio a respeito do poema, assegurou a si próprio: *Vou escrevê-lo quando acordar.*

Bryan abriu os olhos e se deparou com o retrato de Natália. Estava linda, mesmo naquele momento de dor, segurando a mão do marido enquanto ele exalava o último suspiro. Bryan tinha acabado de pintar o momento da morte de Alexandr Puchkin.

Incapaz de conter a avalanche de memórias, ouviu as palavras em russo saírem de sua boca enquanto chorava por Natália, por seus filhos, por uma vida que se fora irremediavelmente.

Sua mente racional tentou recuperar o controle. Inspirou profundamente e sussurrou o mantra habitual:

— Estou aqui e agora. Estou aqui e agora. Estou aqui e agora. Estou aqui e agora...

As palavras, porém, não estavam surtindo efeito. Tomado por um ímpeto irresistível, pegou uma caneta e começou a escrever. Dez minutos depois, examinou o papel: estava coberto de palavras em russo. O último poema de Puchkin, aquele que o mundo nunca vira, repousava agora em suas mãos.

Bryan rasgou o papel em pedacinhos. Não queria as memórias de Alexandr Puchkin. Ainda não havia se recuperado das lembranças da vida de um sacerdote da Roma antiga. Agora tinha também na cabeça a vida do maior e mais prolífico poeta russo, tudo no intervalo de poucos dias. Sentia-se acuado.

Incapaz de se controlar, agarrou os tubos de tinta mais próximos e se pôs a desfigurar a pintura, gritando obscenidades em russo. Não queria ver Natália, amá-la, sentir sua falta.

Batidas insistentes à porta arrancaram Bryan do transe, evitando que destruísse outras pinturas no estúdio. Ele largou os tubos de tinta, correu até a porta e a escancarou, bradando em russo para o pobre entregador de pizza, que recuou, assustado.

— Cara, desculpa! Você pediu pizza?

Bryan ficou parado no lugar, como se congelado, tentando pôr os pensamentos em ordem.

O entregador insistiu:

— Você pediu pizza? Fala a minha língua? Aqui é o número 401?

Bryan fez que não com a cabeça mecanicamente.

— É a porta ao lado — murmurou antes de fechar a porta.

Voltou para o estúdio, tomando consciência aos poucos dos arredores. Os fragmentos do poema jaziam no chão. Suas mãos e a roupas estavam sujas de tinta.

Bryan recolheu os pedaços de papel, pegou a pintura e as chaves e foi para a porta. Precisava de ar fresco.

Ao sair do edifício, jogou a pintura e os pedaços de papel em uma lixeira e continuou a andar. Céus, estava precisando de um pouco de normalidade. A semana tinha sido caótica. Às vezes as visões vinham em fragmentos, como os capítulos de uma biografia, mas, em outras, uma vida aparecia toda de uma vez, assomando-se como um tsunami. Alexandr Puchkin e Orígenes Adamantius foram tsunamis. Era como se estivesse se afogando.

Pela primeira vez, um medo real o assaltou. Bryan não sabia por quanto tempo conseguiria conciliar aqueles episódios com uma vida normal. E se tivesse um ataque em público? E se tivesse um ataque quando estivesse com *Ela*?

Não haveria como explicar, e, como os episódios estavam ficando cada vez mais intensos e mais frequentes, seria impossível ocultá-los indefinidamente.

Consumido por esses pensamentos, não seria capaz de dizer por quanto tempo havia caminhado até descobrir que estava se aproximando do cais. Passou por camelôs que vendiam lembranças para turistas e por uma haitiana atrás de uma mesa improvisada, coberta de anéis de prata, que o chamou.

— Ei, tenho um anel para você.

Bryan se virou e viu que a mulher estava com um anel na mão.

— Vai servir como uma luva — afirmou, com um sorriso enigmático, colocando o anel na mão de Bryan. — É para protegê-lo dos maus espíritos.

O pintor ficou olhando, atônito, para o anel turquesa. Era quase idêntico ao talismã de Puchkin; a única diferença estava nos veios da pedra.

— Quanto custa? — perguntou, tirando a carteira do bolso.

A mulher queria vinte dólares pelo anel. Bryan lhe entregou a nota e enfiou o anel no dedo anelar. Parecia feito sob medida. *Seria um sinal?* Em caso positivo, ele não se sentia capaz de decifrar a mensagem.

Enquanto continuava o passeio, pensou na mulher etérea que Alexandr havia visto pouco antes de morrer. Aquela não era a primeira vez que ela se materializava nos sonhos das pessoas de cujas vidas Bryan se lembrava. Gostaria de saber quem ela era e por que aparecia com tanta frequência. Ela se parecia com um retrato da deusa egípcia Ísis que Bryan tinha visto uma vez, e essa era a razão pela qual fora visitar a exposição da Grande Pirâmide. Ainda não havia perdido a esperança de descobrir de quem se tratava.

Talvez devesse tentar pintá-la novamente. Havia tentado apenas uma vez, alguns anos antes. Com um suspiro, colocou as mãos nos bolsos, mãos que não deviam pertencer a um artista, mas pertenciam, e rezou pela milésima vez uma prece por compreensão.

SEIS

Linz não costumava frequentar galerias de pintura. Uma ermitã por natureza, preferia ficar em casa com um bom livro ou montar um quebra-cabeça no tempo livre. Seu único contato com o mundo da arte era a música clássica.

Pelo menos uma vez por mês assistia aos concertos da orquestra sinfônica, um hábito que cultivava desde os tempos de estudante. Nos anos de faculdade, alguns colegas mexiam com ela por preferir Beethoven aos Black Eyed Peas. Era só mais uma das coisas que a faziam se sentir fora de sintonia com sua geração, contribuindo para sua timidez. Dessa forma, ir a um coquetel para discutir as novidades no mundo da pintura estava decididamente fora de sua zona de conforto. Derek e Penelope, no entanto, eram seus amigos mais antigos e mais próximos, e, três meses antes, ela havia prometido ir conhecer a nova galeria que abriram assim que voltasse à cidade. Por isso, fingiu certo entusiasmo quando foi convidada para o evento daquela noite.

A Galeria Keller Sloane era simples mas bem frequentada. Ficava na Newbury Street, em um dos bairros mais famosos de Boston. Após enfrentar um engarrafamento de quatro quarteirões, Linz por fim avistou a marquise do prédio e encostou o carro próximo à placa indicando a localização do manobrista. Após entregar a chave ao jovem atendente, abriu caminho em meio a um grupo de pessoas em trajes sociais fumando e bebericando vinho do lado de fora da galeria. Já estava se sentindo deslocada.

* * *

Quando Linz se aproximou da entrada, o crítico de arte do *Boston Globe* abriu a porta para ela e a acompanhou com os olhos. Linz não notou o efeito que estava causando, mas sua chegada trouxe uma brisa de ar fresco ao local.

Avistou Derek e Penelope bebendo champanhe em um canto. Os donos da galeria formavam um estranho casal: Derek Sloane, esfuziantemente gay e magro como uma vara, adorava conversar sobre arte e moda e seria capaz de cativar uma pedra; Penelope Keller era o cérebro comercial da dupla dinâmica, uma introvertida com um óbvio sobrepeso.

Derek trocou a taça cheia de Penelope pela sua vazia e sorveu um gole generoso.

— O repórter acabou de sair. Estou precisando de um Valium — disse, virando-se logo em seguida para cumprimentar um recém-chegado.

Penelope viu Linz imediatamente e se apressou em ir ao seu encontro.

— Finalmente! — exclamou, abraçando a amiga. — Eu já estava ficando preocupada!

Linz retribuiu o abraço, apertando-a com força. Era bom revê-la. Seus olhos ficaram úmidos, e teve de conter as lágrimas. O que estava havendo? Desde aquela visita ao museu, seus sentimentos estavam à flor da pele. Percebeu que Penelope olhava para ela com uma expressão intrigada e tentou disfarçar.

— Não é nada, só fiquei feliz em ver você. Tenho estado tão ocupada tentando fazer as coisas funcionarem direito no laboratório...

A menção ao laboratório a fez recordar o que havia acontecido nas últimas horas. Depois do jogo de xadrez, fora ao escritório para atender aos compromissos de sexta. Não era coisa simples: tinha dois encontros importantes marcados para aquela tarde, um deles com um colega de Copenhague que voara até Boston para conhecer sua pesquisa a respeito de um certo gene de plasticidade. Esse encontro era um dos que não podiam ser adiados de forma alguma, mas ainda assim ela permitira que isso acontecesse. Tudo por causa de um desconhecido que não conseguia tirar da cabeça.

— Como vai a nossa cientista louca? — Derek se juntou a elas e deu dois beijinhos nas faces da moça. — Já estava na hora de a gente ter a nossa reuniãozinha.

— Desculpe a demora; o trânsito estava terrível. Mas isso aqui — disse Linz, com um gesto abrangente — é encantador. Como conseguiram?

Penelope pegou duas taças de champanhe de um garçom que passava e ofereceu uma a Linz.

— A gente estava passando as festas de fim de ano em Nova York no ano passado e depois de algumas bebidas tivemos a ideia de abrir uma galeria.

— E *voilà* — completou Derek, estalando os dedos. — Nascia a Galeria Keller Sloane. — Varreu a sala com os olhos, à procura de clientes em potencial. — Eu estava mesmo precisando gastar dinheiro em alguma coisa além de roupas.

Linz meneou a cabeça diante daquela demonstração de falsa modéstia. Derek tinha pós-graduação em história da arte pela Sorbonne e era não só um profundo conhecedor do assunto como também um caça-talentos de mão cheia. Penelope também era dona de um currículo tão respeitável quanto. Depois de obter um MBA em Dartmouth, tinha saído à procura de desafios fora da próspera empresa de corretagem da família. A parceria que se formara fazia perfeito sentido para Linz. A moça os conhecia havia muito. Eles foram amigos inseparáveis no ensino médio, estabelecendo uma ligação especial pelo fato de terem sido rotulados de a menina gorda, o garoto gay e a nerd. Embora os três tivessem seguido caminhos diferentes na época da universidade, não deixaram de manter contato. Agora, estavam novamente reunidos em Boston.

Linz olhou ao redor.

— Não esperava que viesse tanta gente. — De fato, podia sentir um burburinho no ar; aquele era um evento e tanto. — Quem é o artista?

A sala estava ficando cheia, e o nível do ruído havia aumentado consideravelmente nos últimos minutos. Derek teve de se inclinar para a frente e falar mais alto.

— Bryan Pierce. Ele apareceu de repente e causou uma bela comoção em Nova York.

— Uma bela comoção — concordou Penelope, olhando de soslaio para um homem de meia-idade em um canto da sala que fazia anotações em um caderno. — Interessados vieram até da Europa para a mostra, e temos exclusividade nas vendas.

Linz viu de relance uma pintura de uma mulher japonesa vestindo um quimono requintado. Os cabelos pretos se derramavam até o chão como uma cortina de seda enquanto ela estava ajoelhada ao lado de um lago povoado por carpas vermelhas, tendo nas mãos uma flor de lótus. O reflexo de um homem que a observava do alto de uma ponte tremeluzia no lago.

O artista havia assinado em caracteres japoneses. Linz apontou para o quadro.

— Ele é japonês?

Penelope fez que não com a cabeça.

— Ele assina cada obra com um nome diferente, mas não explica por quê. A gente supõe que tem a ver com o ponto de vista do qual está pintando.

— Muito doido, mas original — interveio Derek. — Parte do mistério dele.

Linz olhou em volta.

— Qual deles é o pintor?

— Nosso homem do momento não veio — respondeu Derek, fazendo um gesto para que um garçom que circulava com canapés viesse reabastecer a bandeja.

Quando um grupo de pessoas se afastou, Linz pôde ver outra pintura na parede em frente: o palácio de Versalhes em construção. A vista panorâmica capturava, com riqueza de detalhes, a transformação do pavilhão de caça do rei Luís XIII no opulento palácio de Luís XIV. Centenas de operários foram pintados em miniatura, drenando pântanos, derrubando árvores e erguendo as fundações do palácio. Nas margens da tela, o desenho geométrico dos jardins começava a tomar forma, com o rei em pessoa supervisionando os trabalhos.

Tomada pela vontade de ver todos os quadros, Linz pediu licença aos amigos.

— Vou dar uma volta por aí — murmurou, encaminhando-se para a parede mais próxima.

Demorou-se na pintura de Versalhes. Quanto mais a observava, mais sentia um estranho desejo de estar na França do século XVII. O quadro estava assinado por Louis Le Vau. Existiria um pintor com esse nome? Faria uma pesquisa quando voltasse para casa.

Em seguida, deparou-se com uma pintura de Machu Picchu, a Cidade Perdida dos Incas, como devia ser no século XV. O artista havia composto uma visão de tirar o fôlego, repleta de nativos em movimento em meio a algum tipo de cerimônia religiosa. Mais uma vez, era como se o tempo tivesse aberto uma porta para que Linz pudesse contemplar o passado. Curvou-se para examinar a assinatura. Em vez de um nome, havia somente o símbolo de uma águia com uma pequena pena nas garras.

O quadro seguinte contava outra história, dessa vez de uma família de beduínos que se dirigia ao Tesouro de Petra para depositar oferendas. A luz da manhã tingia de dourado a cidade escavada na montanha. Um rapaz tocava uma flauta de pã no alto de um rochedo para uma jovem que caminhava com os pais e os irmãos logo abaixo. A moça na pintura voltava os olhos para ele, a cabeça inclinada para cima com um sorriso. O momento tinha sido capturado de forma extremamente vívida; a música da flauta ressoava pela tinta.

Não havia um quadro na exposição que não fosse uma obra-prima — até mesmo Linz conseguia ver isso. Ela só podia supor que o artista visitara todos aqueles lugares para poder pintá-los com tamanha perfeição. Não era só a beleza, no entanto, que despertava a atenção; alguma coisa naquelas imagens a atraía, fazia com que quisesse estar sozinha com elas.

Fez uma curva e se viu diante de um grande painel instalado para receber uma única pintura, a maior e mais dramática de toda a exposição. No instante em que a avistou, seus pensamentos se dissiparam; Linz se viu à beira de um precipício mental que ameaçava tragá-la.

Os minutos se arrastaram interminavelmente. Cada pincelada bradava algo a Linz. Aquele artista havia invadido sua mente e capturado algo que somente ela sabia.

— Então, o que está achando? — perguntou Penelope ao se aproximar.

Linz não sabia o que dizer enquanto tentava compreender o que estava vendo. A imagem horrível parecia tão real quanto uma fotografia. Representava uma mulher amarrada a um poste de madeira enquanto um mar de prisioneiros e soldados romanos a via queimar.

— Ele entregou essa pintura há apenas dois dias — explicou Penelope. — É magnífica.

Linz ainda estava tentando recuperar a voz.

— Penelope, sei que a pergunta pode parecer estranha, mas você conversou com esse homem a respeito do meu sonho?

Penelope franziu o cenho.

— Que sonho?

— O sonho. Aquele que eu sempre tinha. Lembra, da época em que eu estava indo ao psicólogo?

— Está falando da época do colégio? Daquele sonho?

Linz se voltou para a amiga, esforçando-se para não parecer tão histérica quanto se sentia.

— É igual a essa pintura. Exatamente igual.

— Por que eu conversaria com alguém a respeito de um sonho que você costumava ter quando a gente estava no colégio?

Na verdade, o sonho não a perseguira apenas durante o ensino médio, mas por toda a infância e a adolescência. Um pesadelo que havia começado quando tinha 5 anos — sempre a mesma visão de ser queimada viva. Era tão real que a fazia acordar aos gritos.

Seu pai a levara a vários psicólogos. Tentaram hipnose, sonoterapia, medicamentos, tudo sem sucesso. Então, um dia, na época em que havia saído de casa para fazer faculdade, os sonhos simplesmente pararam. E, com o tempo, ela deixara a questão de lado como uma fobia passageira e nunca mais tinha pensado no assunto.

Agora, porém, o pesadelo se manifestava, nos mínimos detalhes, em um quadro na galeria de sua melhor amiga. Linz perscrutou outra vez a pintura com os olhos. Podia contar pelo menos uns dez detalhes que ninguém, exceto ela mesma, poderia conhecer. Número um: o corvo negro pousado aos pés da mulher, com as asas abertas, como se quisesse protegê-la das chamas. Número dois: uma criança e uma mulher que a observavam da torre; haviam dividido uma cela com a mulher que era queimada e teriam o mesmo destino no dia seguinte. Número três: o padre tentando apagar o fogo e sendo contido pelos guardas, que apontavam espadas para o seu pescoço. Ele tinha sido amigo e professor da mulher. Linz se lembrava até do nome do sacerdote. Olhou para a assinatura do quadro e deixou escapar um suspiro de choque. *Orígenes Adamantius* — o nome do padre romano. Como o pintor poderia saber?

Incapaz de compreender tantas coincidências, Linz se afastou da pintura.

— Preciso falar com esse artista.

SETE

Bryan caminhou várias quadras no piloto automático, apalpando o recém-adquirido anel turquesa. Naquele momento, sua mente tentava forçar as novas memórias a se assentarem. Quando enfim tomou nota dos arredores, viu que estava na Atlantic Avenue, em frente a um restaurante próximo ao porto, o Doc's Waterfront Bar & Grill.

Bryan hesitou antes de entrar, sem ter certeza de que estava disposto a interagir com alguém naquela noite. Quando se preparava para dar meia-volta e ir para casa, a porta foi aberta.

— Quem é vivo sempre aparece — disse Lou Lou, a gerente, dando uma piscadela. — Seu pai está nos fundos, contando lagostas.

— Vou esperar no bar.

Bryan entrou e se sentou no último banco, longe dos turistas que saboreavam coquetéis. Consultou o relógio e ficou surpreso com o horário. Seu estômago roncava.

Patty, um dos empregados mais antigos, se aproximou.

— E aí, Bry? Seu pai disse que você estava de volta na cidade. O que vai querer?

Bryan fez uma careta. A maioria dos empregados do restaurante do pai trabalhava ali havia muito tempo e o conhecia desde criança. Doc, seu pai, era excelente patrão. Corpulento e com um coração de ouro, era um homem de muitas amizades e um excelente pai, mas, ainda que soubesse a importância que o pai atribuía ao seu retorno, Bryan podia contar na mão quantas vezes o vira depois de voltar a Boston.

Não que Bryan não quisesse vê-lo. O problema era que, toda vez que passava muito tempo olhando uma pessoa nos olhos, acabava identificando-a como um dos personagens de seus sonhos. Desnecessário dizer que isso complicava as coisas quando estava com seus entes mais queridos. Bryan sabia, por outro lado, que não devia comentar a respeito ou acabaria trancado em um hospital psiquiátrico. Mas, também, talvez esse destino lhe fosse inevitável, pensou pela milésima vez. Não sabia se conseguiria resistir por mais tempo àquela luta solitária.

— Bry? Tudo bem? — perguntou Patty, ainda aguardando uma resposta.

— Tudo bem. Uma vodca pura.

Patty serviu uma dose e deixou a garrafa de Stolichnaya no balcão, com uma piscadela.

Bryan bebeu a dose de um gole só e se serviu de outra, já arrependido de ter entrado no restaurante. Foi então que viu o pai se aproximar, um grande sorriso estampado no rosto.

Doc o abraçou calorosamente. Bryan fechou os olhos e retribuiu.

O pai recuou e deu um tapinha no ombro do filho.

— Sujo de tinta, grande surpresa. Sabia que você estava trabalhando. Eu disse à sua mãe que foi por isso que você não foi à exposição. Quando a gente saiu, tinha uma multidão chegando, sabia?

Bryan deu de ombros. Não podia explicar a motivo real de sua ausência: o fato de que estivera ocupado revivendo Alexandr Puchkin. Apontou para a garrafa.

— Aceita um drinque?

— Só se você insistir — disse Doc, mas depois tentou assumir um tom sério. — Devia ligar para a sua mãe amanhã de manhã. Ela ficou desapontada porque a gente não pôde comemorar o seu aniversário na semana passada... Ela até levou um bolo no carro quando fomos à exposição.

Bryan suspirou. Devia ter imaginado.

— Eu estava com muita coisa na cabeça — desculpou-se, sabendo que aquilo soava como se estivesse na defensiva.

— Ei, não culpe o mensageiro — replicou Doc, colocando um prato de amendoins no balcão. Ele sabia que não adiantava perguntar o que estivera na cabeça do filho. — Já volto. Vou providenciar comida de verdade — acrescentou, desaparecendo na cozinha antes que o filho pudesse protestar.

Bryan bebeu mais uma dose, sentindo o álcool queimar sua garganta com prazer. Seu celular vibrou, e ele verificou o número. Era a mesma pessoa que havia ligado mais cedo... duas vezes. Em um impulso, decidiu atender.

— Alô?

— Alô. Estou tentando falar com Bryan Pierce.

A voz da mulher parecia familiar; sentiu que ela o atraía do outro lado da linha.

— Está falando com ele — respondeu Bryan.

— Meu nome é Linz. Sou amiga de Penelope e Derek, os donos da galeria. Estive na sua exposição a noite passada.

Bryan reconheceu a voz: era a mulher do parque. Apoiou-se no balcão, sem acreditar no que estava acontecendo.

— Alô? Você ainda está aí? — perguntou ela.

— Estou. Continue — murmurou Bryan.

— Gostaria de conversar com você a respeito de uma pintura. Será que a gente pode se encontrar pessoalmente?

— Sem problema — declarou Bryan. Queria que ela jamais parasse de falar.

— Você assinou uma pintura como Orígenes Adamantius. Esse não é o nome do padre que viu a mulher ser queimada?

Bryan sentiu os músculos se retesarem.

— Como você sabe?

Linz permaneceu calada.

— Como você sabe o nome do padre? — insistiu Bryan.

— Eu ia perguntar a mesma coisa. Como disse, a gente precisa conversar pessoalmente.

— Quando?

Se dependesse dele, seria naquele instante, mas ela sugeriu a própria casa na manhã seguinte. Bryan concordou, anotando o endereço com mãos trêmulas. Era por isso que o quadro tinha de estar na exposição: para que ela o visse.

Desligou e ficou olhando para o telefone, incrédulo. Agora tinha o nome, o endereço e o número do telefone dela e iria encontrá-la no dia seguinte. Não precisava esperar até sexta para que seus caminhos se cruzassem novamente; eles já estavam entrelaçados.

Olhou para o anel turquesa e, movido por um impulso, deu-lhe um beijo de boa sorte.

OITO

A Ária na corda sol de Bach ressoava nas caixas de som. Linz estava sentada à mesa da sala de jantar, bebendo a terceira xícara de café e montando um quebra-cabeça. Tinha passado a noite praticamente em claro. Desde que reconhecera a pintura, não tivera mais sossego. Uma ansiedade ainda maior havia se apossado dela após sua conversa com o artista. O que a compelira a sugerir a casa dela? Uma cafeteria teria sido uma escolha muito melhor.

Com os nervos à flor da pele, varreu o aposento com os olhos, mas não encontrou nada fora do lugar. Voltou de novo a atenção para o quebra-cabeça de cinco mil peças que havia começado a montar naquela manhã e já estava pela metade e procurou se acalmar. Tudo não devia passar de uma estranha coincidência; na verdade, aquele encontro era totalmente desnecessário. Quem sabe fosse melhor cancelá-lo.

Chegou a pegar o telefone, mas mudou de ideia. O relógio já marcava dez e dez. Talvez ele nem viesse, afinal. Seria melhor assim.

Sem que Linz soubesse, Bryan havia passado os últimos dez minutos do outro lado da porta, sem coragem de tocar a campainha.

Toca logo, seu idiota. Por fim, apertou o botão.

Segundos depois, Linz abriu a porta. O "olá" morreu em seus lábios ao ver de quem se tratava.

— Você! — exclamou.

Bryan viu a descrença nos olhos dela, a acusação.

— Você é o artista? O artista da exposição? — perguntou, incrédula, a boca abrindo e fechando como a de um peixe.

— Isso mesmo. Meu nome é Bryan Pierce — respondeu, com uma pontada de culpa. Ao contrário dela, tivera tempo para se recuperar do choque ao reconhecer sua voz ao telefone.

— Não é possível! — exclamou Linz.

— Mas receio que seja — insistiu Bryan, em tom conciliador.

— A gente se encontrou três vezes por acaso?

— A gente se encontrou por acaso apenas uma vez — confessou ele. — Segui você até a praça.

— Você me seguiu?

Linz cruzou os braços na defensiva, bloqueando a porta. Bryan se censurou mentalmente. Agora ela devia achar que ele era algum tipo de maníaco.

— Eu estava curioso — declarou, decidindo-se por uma versão sucinta da verdade. — Mas a terceira vez foi iniciativa sua. Foi você que ligou para perguntar a respeito do quadro.

— Ainda assim foi por acaso. Eu não sabia quem você era — protestou, sem parecer nem um pouco tranquilizada.

— Bem, eu também não sabia quem era você — argumentou Bryan. — Éramos dois estranhos que jogaram xadrez na praça e depois você foi à minha exposição... essas coisas acontecem, você sabe. — *Acontecem uma ova*, pensou, mas tinha de fazer o possível para acalmá-la. Ela parecia prestes a dar um grito e trancar a porta. Para garantir, acrescentou: — Sou completamente inofensivo, fique tranquila. Pode perguntar a Derek e Penelope.

A menção dos dois nomes pareceu surtir o efeito desejado. Depois de alguns instantes, ela relaxou, aparentemente convencida de que a coincidência não era tão improvável quanto parecia.

— Essas coisas acontecem — repetiu Linz com um sorriso irônico, recuando para dar passagem ao artista. — Está bem. Vamos entrar. Obrigada por atender ao convite.

Bryan entrou. Linz fechou a porta e ficou parada, pouco à vontade, como se tivesse medo de se aproximar do pintor. Bryan vagou pelo local, fingindo apreciar a vista. Estavam em um edifício de poucos andares em Back Bay, com uma vista panorâmica do rio Charles. Com atmosfera zen, pisos de madeira, claraboias e tetos abaulados, o local era ao mesmo tempo despojado e elegante.

Perto da janela havia um objeto enorme, o maior telescópio para astrônomos amadores que Bryan já vira. De acordo com a placa de metal, tratava-se de um Celestron Pro de classe observatório. Devia ter custado uma fortuna.

— Você leva a sério a observação de estrelas — comentou o pintor.

— Estudei um pouco de astronomia na faculdade — explicou.

— Você entende de astronomia?

Bryan esboçou um sorriso.

— Um pouquinho — respondeu, laconicamente.

Linz finalmente se afastou da porta.

— Aceita um café?

— Aceito. Preto, por favor — acrescentou Bryan, enquanto ela se dirigia para a cozinha.

Tomado pelo alívio, desabou no sofá depois que ela saiu. Fechou os olhos, levou as mãos à cabeça e repetiu para si mesmo: *Meu nome é Bryan Pierce. Estou aqui e agora. Estou aqui e agora. Estou aqui e agora.* Repetiu o mantra por um minuto, até recuperar o controle.

Quando Linz voltou, já estava de pé, recomposto, apreciando um quebra-cabeça emoldurado que tomava uma parede inteira. Uma plaqueta na parte de baixo anunciava: "VIDA: O Grande Desafio, de Royce B. McClure. O maior quebra-cabeça do mundo, com vinte e quatro mil peças." A cena era uma colagem de um oceano rodeado por animais selvagens, veleiros, balões, tudo coberto pela Via Láctea acima. A imagem lhe fez sorrir.

Bryan respirou fundo e se virou para receber a xícara de café.

Agradeceu com um murmúrio enquanto tentava resistir às memórias que vagavam por sua mente. Já reconhecera Linz em mais de uma dezena de sonhos, e o número aumentava. Nunca tivera a mesma sensação com outra pessoa. Entretanto, mesmo que usasse uma borracha para apagar todas essas memórias, seu coração continuaria batendo mais forte. Havia algo em Linz que mexia com ele.

Enquanto tomava o café, pôs-se a apreciar a última curiosidade do apartamento: um jardim de areia doméstico que ocupava um canto da sala de estar. Linz ficou olhando para ele em silêncio.

— Você faz desenhos na areia — comentou o artista, maravilhado com o belo símbolo que ela havia desenhado e resistindo à tentação de tocá-lo.

Linz assentiu, pouco à vontade.

— Tive a ideia depois de assistir a um programa na TV sobre um jardim em Kyoto. No fim de semana seguinte, fui a uma loja de jardinagem e comprei todo o material. — Pegou um ancinho e apagou o desenho, como se fosse íntimo demais para ser visto por outra pessoa. — Quando me mudei da Califórnia, tive que trazer comigo todas as pedras e grãos de areia.

Bryan percebia pelo tom de voz que Linz estava nervosa. Será que era somente um mero estranho para ela? Continuou a examinar a sala para conhecê-la melhor.

— Quebra-cabeças, estrelas, jardins de areia — murmurou. — Nenhum tabuleiro de xadrez?

— Está no armário.

— E Bach — acrescentou o pintor. O som do violino continuava a preencher suavemente a sala.

— Esse é o meu concerto favorito — comentou Linz.

Bryan se aproximou para observar as peças que cobriam a mesa de jantar. Era um quebra-cabeça da *Mona Lisa*.

— É uma espécie de vício. Às vezes, mando fazer uma moldura e penduro na parede — disse Linz, apontando para a sala de estar. — Você gosta de montar quebra-cabeças?

Ela estava tentando aparentar descontração, mas Bryan percebia a tensão em sua voz. Parecia arrependida de tê-lo convidado para aquele encontro. Ele olhou ao redor novamente. A casa de Linz era um caleidoscópio fascinante, uma boa amostra de seus gostos ecléticos. Ainda assim, não deixava de transmitir um sentimento de... solidão. *Ela nunca recebe ninguém aqui*, pensou. Mas teve vontade de me chamar. Sentiu-se tomado por um turbilhão de emoções. Pegou uma peça do quebra-cabeça entre as centenas que estavam espalhadas na mesa e a colocou no lugar certo.

Linz olhou para ele, surpresa.

— Como você sabia?

— Sabia o quê?

— Como sabia onde encaixar aquela peça? Você nem chegou a olhar direito.

— Olhei, sim.

— Você tem memória fotográfica — afirmou a moça, em tom acusatório.

— O que faz você pensar isso?

Com um ar de determinação, Linz pegou várias peças soltas do quebra-cabeça e as colocou no lugar. Bryan observou seus movimentos com um leve sorriso e aceitou o desafio. Pegou três peças e as posicionou. Ela colocou mais três. Ele, quatro.

Em pouco tempo estavam debruçados sobre a mesa, batalhando para ver quem colocava peças mais depressa. Bryan descobriu naquela atividade uma distração um tanto tranquilizadora.

— Por que você assinou aquele quadro como Orígenes Adamantius? — quis saber Linz, de repente.

Em um primeiro momento, Bryan não disse nada. Então falou:

— Por que você acha que o nome do padre era Orígenes Adamantius?

Linz lhe lançou um olhar inquisitivo.

— Por que era mesmo, não era?

— Era, mas como você sabia? — insistiu Bryan.

— Por causa de um sonho que eu tive.

Bryan a fitou.

— Como era o sonho?

A jovem desviou o olhar, concentrando-se no quebra-cabeça, e permaneceu calada por alguns instantes. Bryan notava como tudo aquilo era penoso para ela. Linz parecia ser uma pessoa muito reservada. Porém, ela rompeu o silêncio.

— Eu tive esse sonho muitas vezes, desde criança. Era sempre igual. No sonho, eu sou aquela... mulher... — ela pronunciava as palavras lentamente, de forma distante — da Roma antiga. Tem um grande julgamento, uma perseguição religiosa. Eu sou uma pessoa dos milhares condenados a morrer na fogueira. E é igual à sua pintura, em cada detalhe... o pássaro, a criança chorando, o vestido que estava usando, o crucifixo na minha mão... na mão dela. Um presente do padre.

— Do padre. De Orígenes.

Bryan a viu descrever distraidamente um círculo com o polegar em torno do indicador, sabendo que, se mantivesse o movimento por tempo suficiente, o círculo se transformaria no número oito. Linz assentiu e continuou, com a voz trêmula:

— Os guardas a amarraram em um poste e acenderam a fogueira. O padre foi forçado a assistir a tudo como punição. Sei que ele queria salvá-la, mas não deixaram. — A voz se reduziu a um sussurro. — Pouco antes de acordar, sinto meus pés queimando.

Bryan lutou para refrear um surto de dor, sofrimento. Estava sem palavras.

Linz interpretou seu silêncio como sinal de incredulidade e acrescentou:

— Sei que parece loucura. Meu pai me levou a vários psicólogos. Na adolescência, os sonhos se tornaram menos frequentes e depois cessaram por completo. Mas aí vi o seu quadro. De onde tirou a ideia para essa pintura?

Em vez de responder, Bryan começou a colocar peças no quebra-cabeça com incrível rapidez.

Linz o observou com fascínio por alguns instantes, então insistiu:

— De onde tirou a ideia do quadro? Penelope comentou meu sonho com você?

— Não — respondeu Bryan, enquanto colocava mais algumas peças.

Linz esperou, então tornou a interrogá-lo.

— Por que você assinou o quadro como Orígenes Adamantius?
— Para amenizar o clima, acrescentou: — E não venha me dizer que essas coisas acontecem!

Bryan não sabia o que responder. No momento, ela não acreditaria em nenhuma das explicações que ele tinha a oferecer. Por isso, contentou-se em dizer:

— É complicado.

Linz colocou a última peça no canto da boca da Mona Lisa e cruzou os braços.

— Gosto de coisas complicadas.

Olharam-se nos olhos, e uma corrente elétrica se formou entre os dois.

— Desculpe, mas tenho que ir — avisou Bryan, levantando-se abruptamente. — Obrigado pelo quebra-cabeça.

Estendeu o braço e tocou com o indicador a mão da moça que estava sobre a mesa. Foi um leve toque, um afago fugidio. Quando Linz se deu conta do que ele havia feito, Bryan estava quase na porta.

O pintor prendeu a respiração, aterrorizado com a possibilidade de ser acometido por uma visão antes de voltar para casa. Tinha se demorado ali por mais tempo do que pretendia, e já podia sentir uma memória invadindo sua consciência como uma onda. Em alguns minutos, perderia o controle.

— Espera! — exclamou Linz, com um tom de urgência na voz. — Derek me disse que a pintura era a única que não estava à venda. Estou disposta a pagar o dobro do que você pedir. Dinheiro não é problema.

Bryan olhou para a jovem, mas não conseguiu ver mais que um vulto. Balançou a cabeça e saiu para o corredor, tateando às cegas.

Chegando ao estacionamento, foi em direção ao carro cambaleando. Entrou na caminhonete, trancou as portas e se deitou no banco traseiro. A última coisa em que pensou foi que era uma sorte ter comprado um carro com janelas de vidro fumê.

Deixou escapar um leve gemido quando sua mente se expandiu, abrindo caminho para outro tempo e lugar.

NOVE

8 DE FEVEREIRO DE 1982

Os olhos de Michael Backer tremeram conforme ele recobrava a consciência. Estava deitado em uma mesa acolchoada em uma câmara de laboratório quase completamente escura e cercado por tecnologia de ponta. Equipamentos eletrônicos zumbiam baixinho ao seu redor, e um capacete com eletrodos cobria sua cabeça, registrando a atividade elétrica do cérebro.

Três cientistas o observavam através de uma parede de vidro. Finn Rigby, o mais jovem do trio, olhou para o monitor do eletroencefalógrafo e consultou o relógio pela décima vez, enquanto sua colega Diana Backer lia alguns dados impressos. Parecia exausta.

— Alguém quer fazer o favor de me lembrar de por que estamos aqui?

— Porque o seu marido é maluco — respondeu o terceiro membro da equipe.

Conrad Jacobs tirou os óculos de aro de tartaruga e esfregou o nariz. Era um intelectual da Costa Leste de ar desleixado, roupas manchadas de comida e cabelo desgrenhado.

— Pessoal, tudo tem limite. Isso não vai dar em nada. Acho que a gente deve ir para casa, ter uma boa noite de sono e voltar amanhã para a ciência de verdade.

Ele se levantou e estava se preparando para sair quando Michael começou a mexer os lábios no interior da câmara. Todos aguçaram os ouvidos.

— O que ele está dizendo? — perguntou Diana a si mesma, apontando para o controle de volume do microfone. — Aumentem o volume!

Finn girou um botão no painel, e a voz de Michael se fez ouvir no alto-falante. No mesmo instante, as leituras do eletroencefalograma no monitor foram à loucura com o pico de atividade cerebral.

Diana fechou os olhos para escutar melhor as palavras.

— Que língua é essa que ele está falando? Latim?

Conrad voltou a se sentar. A vontade de ir embora havia passado.

— Não, grego.

Finn olhou para Diana.

— Mike sabe falar grego?

Diana sacudiu a cabeça. Conrad estalou os dedos duas vezes.

— Ei, Dixie, está gravando isso?

Finn amarrou a cara. Conrad tinha mania de fazer pouco dos colegas. Finn, por outro lado, era um cavalheiro, nascido de uma família abastada do sul do Texas. Tinha os modos irrepreensíveis que acompanhavam uma vida sob pais religiosos e certinhos, mas o desdém de Conrad não deixava de incomodá-lo.

— Nem me passou pela cabeça, ianque — replicou Finn, exagerando o sotaque sulista.

Conrad ignorou o sarcasmo enquanto escutava Michael falar grego durante quase dez minutos.

Finn assoviou quando os sinais do EEG ultrapassaram a escala.

— Puta merda!

— Era o que eu estava pensando, embora não de forma tão eloquente — comentou Conrad, cruzando os braços e com o cenho franzido. — Alguém aqui é fluente em grego?

Diana fez que não com a cabeça.

— Ninguém, com exceção, aparentemente, de Mike.

Michael passou a falar cada vez mais baixo até se calar. O trio esperou algum tempo para ver se ele retomaria o discurso, mas o homem permaneceu imóvel, aparentemente adormecido.

* * *

Na verdade, Michael estava acordado, tentando entender o que tinha acabado de acontecer. Entretanto, não conseguia chegar a nenhuma conclusão. Cada vez mais assustado, ele se sentou e arrancou os eletrodos da cabeça.

Diana entrou apressada na câmara e aumentou a iluminação.

— Amor, você está bem? O que aconteceu?

Michael respirou fundo várias vezes enquanto se preparava para mentir para a esposa pela primeira vez.

— O que você quer dizer com isso?

— Você estava falando grego!

— Grego?

— A gente gravou!

Michael desviou os olhos, desconcertado... isso complicava tudo. Lembrava-se de ter falado grego no sonho, mas não sabia que tinha falado em voz alta. Também se lembrava de ter falado latim e hebraico. Sentiu uma tonteira e fechou os olhos. Diana se aproximou para ampará-lo.

Finn falou ao microfone. Ele e Conrad ainda estavam do outro lado da parede de vidro, na sala de controle.

— Tudo bem aí, chefe?

Conrad se inclinou para o microfone e acrescentou:

— Mike, pode descrever o que aconteceu?

Todos esperavam a resposta.

— Sinto muito, mas está tudo tão confuso na minha cabeça...

Michael conseguia sentir a decepção deles. Diana tentou animá-los.

— Pessoal, está tarde, ele acabou de acordar. Vamos dar um tempo.

Ela continuou a falar, mas Michael não estava prestando atenção; não conseguia tirar os olhos do rosto de Diana. Como poderia explicar que, momentos atrás, tinha visto a esposa ser queimada viva na Roma antiga? Com a memória ainda fresca na mente, tratou de sair da câmara antes que alguém o visse chorar.

* * *

Eram quatro e meia da manhã e havia apenas seis carros no estacionamento do Instituto Neurológico de Boston. Diana assumiu o assento do motorista de um velho jipe Cherokee. Michael se sentou no banco do carona e fechou os olhos. Depois de algumas tentativas, o motor pegou, e eles se puseram em movimento.

O percurso até o apartamento em Charlestown levou dez minutos. Michael abriu os olhos quando o carro parou.

— Chegamos, amor — avisou Diana, em tom carinhoso, desligando o motor.

Michael se sentia grato por ela tê-lo poupado de perguntas no trajeto para casa, mas percebia que estava ardendo de curiosidade.

Diana o ajudou a subir a escada, abriu a porta do apartamento e desapareceu quarto adentro. Michael, sentado no sofá, ficou ouvindo a mulher trocar de roupa. Olhou em torno. A sala era a mesma, mas, por alguma razão, parecia diferente.

O pequeno apartamento de quarto e sala tinha sido o máximo que puderam pagar durante a faculdade de medicina — o aluguel era barato —, e resolveram continuar lá mesmo depois do casamento. No momento, estavam investindo tudo o que tinham na pesquisa, na esperança de um retorno futuro que valesse a pena. Michael ainda não sabia se o que havia acontecido naquela noite era a maior descoberta de suas vidas ou um fim brutal de todos os estudos.

Diana saiu do quarto de camisola, rosto lavado e cabelo preso em um rabo de cavalo. Parecia ter 16 anos em vez de 40, pensou Michael, com um leve sorriso. Lembrou-se de uma fotografia que a esposa lhe mostrara, da época do ensino médio, em que posava ao lado de uma trave — melhor ginasta da escola, como gostava de alardear. Pequena e atlética, ainda conservava aquele aspecto de ninfa, combinado com um ar de imensa concentração e a determinação de superar qualquer obstáculo. No momento, o obstáculo era ele.

Diana se sentou na poltrona em vez de no sofá e cruzou os braços.

— Vai me explicar por que não disse a verdade?

Michael permaneceu em silêncio.

— Sei que você se lembra do que aconteceu enquanto estava lá.

— Preciso de tempo.

— Tempo para quê? Para deixar a gente de fora da nossa própria pesquisa?

Michael não queria ter aquela discussão naquele momento.

— Claro que não vou deixar vocês de fora — argumentou, indo até a cozinha pegar um copo d'água.

O apartamento era tão pequeno que ainda estavam no mesmo cômodo, mas, mesmo assim, Diana o seguiu.

— A gente aprovou o experimento. Você não pode ter uma reação e ocultá-la do grupo. Tudo isso não é sobre você — afirmou ela, apontando para o peito de Michael para reforçar o que estava dizendo.

— Eu sei. Não precisa me cutucar.

— Eu não te cutuquei.

— Cutucou, sim!

— Não acredito que você esteja tentando mudar de assunto.

— Não estou! Já disse que preciso de tempo. Você não pode simplesmente aceitar isso e me deixar em paz?

— Como eu posso fazer isso? Você estava falando grego! Tenho quase certeza de que isso não é um simples efeito colateral!

— Não, é claro que não!

Michael bebeu um gole d'água e teve de cuspir. Por alguma razão, sentira somente o gosto de cloro, flúor e metais pesados.

— O que houve? — perguntou Diana, esquecendo por um momento a discussão. Tirou o copo das mãos do marido e o cheirou.

— Essa água está com um gosto horrível — explicou Michael, somente então percebendo que sua percepção do gosto devia ter mudado depois de provar a água pura do século III.

Diana apontou para o móvel onde guardavam as bebidas.

— Que tal uma bebida de verdade?

Michael se sentiu tentado.

— Não, senão não vou poder dirigir.

— Aonde você vai?

Diana estava de costas para ele, mas Michael conseguia perceber, pelo tom de voz, a apreensão e a mágoa da esposa. Teve vontade de pedir desculpa, mas se limitou a dizer:

— Preciso ir a uma biblioteca.

— Às cinco da manhã? — protestou Diana, sentando-se no sofá com a cabeça entre as mãos. — Eu sabia que isso era um erro. Não sei como você conseguiu me convencer. Estava tudo indo tão bem... Isso pode arruinar o nosso trabalho. A gente vai perder a verba de pesquisa... tudo que fizemos até agora.

— Diana, você precisa confiar em mim. — Michael não conseguiu evitar erguer a voz de novo. — Vou contar tudo para você, mas não essa noite.

— Tenho novidades para você — disse Diana, muito séria. — O dia já amanheceu.

Acuado, ele se limitou a balançar a cabeça.

— Amor, estou assustada — suplicou a esposa. — Alguma coisa aconteceu com você. Desde que tomou Renovo e acordou naquela mesa, você não é mais a mesma pessoa. Se olha no espelho. O que aconteceu?

Michael lhe deu as costas, sem saber como lidar com a situação. Podia contar nos dedos o número de brigas que tiveram desde que se conheceram. Ela era sua parceira em tudo; Michael nunca havia escondido nada de Diana até aquele dia. Pegou a chave do carro.

Sua própria voz parecia distante, mesmo para seus ouvidos.

— Não estou em condições para isso hoje. Você não está ajudando — disse, saindo do apartamento antes que ela pudesse responder.

Ao entrar no carro, a primeira coisa que fez foi ajustar o espelho retrovisor para examinar o próprio reflexo. Diana não estivera imaginando coisas; havia algo diferente. No geral, ainda parecia o mesmo: as mesmas feições romanas, os mesmos cabelos pretos começando a ficar grisalhos, a mesma barba por fazer. Entretanto, havia uma mudança quase imperceptível nos olhos. Era claro que Diana tinha notado; ela o conhecia melhor que ninguém.

Colocou o retrovisor de volta no lugar e deu a partida no carro, tentando combater o sentimento de culpa por não compartilhar sua experiência com a esposa. Ela o perdoaria mais tarde, quando tudo fosse explicado, mas, no momento, Michael precisava estar sozinho para pôr alguma ordem no caos que havia em sua cabeça e para se convencer de que as memórias eram mais que uma alucinação causada pelo medicamento. Precisava de livros.

Consultando o relógio, viu que a Biblioteca Lamont, da Universidade de Harvard, ainda não estava aberta. Teria de esperar. Dirigindo sem destino, deparou-se com a Igreja de São Francisco de Sales e encostou o carro. Michael havia passado várias vezes por essa porta, mas nunca tivera vontade de conhecer o interior... até aquele momento.

Descobriu que as portas estavam abertas, em convite aos necessitados de algum momento de reflexão antes da missa das seis e meia. Entrou e ficou aliviado ao constatar que não havia ninguém à vista.

Ao se sentar em um banco da igreja, percebeu de repente a enormidade do que estava acontecendo. Seu grupo tinha criado uma superdroga que fazia o LSD parecer aspirina infantil; Michael revivera por algum tempo a história de um sacerdote romano do século III e não tinha certeza se a experiência que tivera se tratava de uma série de alucinações ou memórias de fato.

Tudo o que sabia, no momento, era que o sonho parecera real como a vida e teria consequências. Em um dia, as experiências de outro homem foram acrescentadas às suas — as experiências de um homem que vivera havia mais de mil e oitocentos anos! Michael não podia ignorar a sensação, além disso, de que tinha recuperado uma parte de si mesmo que nem ao menos sabia que faltava.

Seu lado de cientista se recusava a aceitar esses fatos. Não sabia nem mesmo como formular uma hipótese, quanto mais analisar os dados.

Quando deu por si, estava ajoelhado, de olhos fechados. O Ato de Caridade veio aos seus lábios por conta própria. "*Domine Deus, amo te super omni et proximum meum propter te, quia tu es summum, infinitum et perfectissimum bonum, omni dilectione dignum. In hac caritate vivere et mori statuo. Amen.*"

Enquanto falava, escutava as palavras em latim e as traduzia mentalmente: "*Senhor Deus, amo-Vos sobre todas as coisas e a meu próximo por causa de Vós, porque Vós sois o sumo, infinito e perfeitíssimo bem, digno de todo amor. Neste amor, é minha determinação viver e morrer. Amém."*

A oração não fazia sentido para Michael, que não saberia explicar de que forma um ateu convicto como ele podia ter internalizado aquele tipo de crença. Entretanto, seu espírito incorporou as palavras e as emoções que elas inspiravam, fazendo-o esquecer suas dúvidas. Sentiu as lágrimas brotarem nos olhos e, apesar de tudo, chorou copiosamente.

Logo depois, os sons dos paroquianos que chegavam para a missa se intrometeram em seus pensamentos. A cortina do altar foi aberta para dar passagem a um padre idoso, que começou a arrumar o altar. Ele dirigiu a Michael um olhar interrogativo. Era óbvio que havia escutado a oração.

Michael se encaminhou para a saída a passos apressados, buscando, mais que tudo, evitar qualquer contato com pessoas. Entrou no carro e ficou olhando para a igreja. *O que foi aquilo?*

De repente, sentiu uma vontade incontrolável de dormir. A biblioteca teria de esperar.

Trancou as portas do carro, recostou-se e, pouco depois, mergulhou em um sono profundo.

DEZ

Bryan abriu os olhos e encarou o teto do carro, ainda se lembrando de ter adormecido como Michael Backer. Suas visões nunca antes haviam lhe trazido tamanha compreensão.

Ele era Michael Backer.

Bryan se sentou e riu da ironia da situação: não duvidava mais da sua sanidade por acreditar que era um neurocientista de 40 anos dos anos 1980. E, no entanto, tudo começava a fazer sentido, embora ainda restassem milhares de perguntas — para começar, quem eram as outras pessoas e o que havia acontecido com elas?

Fechou os olhos e tentou se lembrar de outros detalhes, frustrado pelo fato de que se lembrava apenas de pequena parte da vida de Michael. Tinha certeza de que aquele homem era a chave de tudo, tanto quanto sabia que Linz tinha sido Diana, a esposa.

Bryan desistiu de sua tentativa de recuperar mais memórias e consultou o relógio. Estava no estacionamento do edifício de Linz havia mais de nove horas. O encontro daquela manhã lhe parecia ter acontecido em um passado distante. Pegou o celular e ligou para ela.

— Alô? — atendeu Linz, mastigando um pedaço de pizza enquanto trabalhava no computador.

— Linz? Aqui é Bryan, o que esteve na sua casa de manhã.

Ela se endireitou na cadeira, incrédula.

— Será que a gente poderia se encontrar de novo? — perguntou ele.

Linz ficou sem palavras. Ele tinha saído sem se despedir naquela manhã e agora queria vê-la. Aquele homem era um completo enigma. E, se havia uma coisa a que Linz não podia resistir, era um quebra-cabeça.

— Quando?

— Agora. Estou aqui fora.

— Está aqui?! — guinchou ela.

Linz tinha acabado de vestir o pijama. Correu para a janela e o avistou na calçada.

— É importante — insistiu Bryan.

— O que é importante?

— Posso subir?

— Não. — Linz sabia que estava sendo rude, mas não podia evitar. Afinal, ele havia saído quase correndo, do nada e sem se despedir! — Me conta pelo telefone. Estou ocupada, trabalhando.

— Não vai dar. Preciso falar com você pessoalmente — persistiu Bryan.

Linz balançou a cabeça. Estava cogitando a possibilidade; na verdade, morria de vontade de vê-lo. Havia passado o dia pensando nele.

— Por favor, Linz — suplicou, com um tom de voz inacreditavelmente íntimo.

O truque funcionou. Ela sabia que estava encrencada.

— Olha, tem um bar perto daqui chamado The Corner — propôs, odiando o modo como soava agitada. Precisava se controlar. — A gente se encontra lá em vinte minutos.

Desligou e correu para trocar de roupa. Após um curto debate interno em frente ao espelho sobre um pretinho básico, revirou os olhos e optou por calça jeans.

The Corner era um bar tradicional com luz mortiça, cabines de couro e três alvos de dardos na parede dos fundos. Bryan se sentou a uma mesa dos fundos, com uma dose de vodca, e ficou vigiando a porta.

Linz entrou, olhou ao redor e logo viu o pintor. Quando seus olhares se encontraram, Bryan sentiu um aperto no peito e teve dificuldade para respirar. Novas memórias ameaçavam invadir sua mente. Ele fechou os olhos e tentou resistir. *Fique aqui. Fique. Aqui. Estou aqui e agora. Estou aqui e agora.*

— Bryan?

Bryan abriu os olhos e a viu olhando para ele com a testa franzida. Não pôde deixar de rir.

— Qual é a graça? — perguntou ela.

— Minha vida — respondeu Bryan, convidando-a a se sentar com um gesto. — Por favor.

Linz se sentou em frente a ele e colocou o laptop na mesa.

Para Bryan, o pequeno reservado parecia ter se tornado ainda menor. Notou pela primeira vez a tatuagem no braço de Linz.

— É parecida com a braçadeira do museu — comentou, pensando que dava a ela um aspecto de guerreira. Linz pareceu surpresa com a observação. — Gosto dela — acrescentou, sentindo que havia marcado um ponto a favor.

— Então, você costuma visitar as pessoas sem avisar? — perguntou a jovem, no momento em que o laptop começou a apitar.

— Você costuma andar por aí com um laptop?

— Eu estava no meio da análise de um programa quando você ligou. Ele precisa de instruções de vez em quando. — Digitou rapidamente um comando. — Não vai demorar.

Bryan esperou, satisfeito em ficar apenas olhando para Linz. Tinha muitas memórias dela aflorando em sua mente, mas, em vez de usá-las, buscou a pergunta mais socialmente aceitável que poderia fazer.

— Com o que você trabalha?

Linz manteve os olhos fixos no monitor enquanto as mãos passeavam pelo teclado.

— Vou dar uma pista — disse a moça, apontando para a tatuagem.

Bryan não sabia ao certo o que ela queria dizer. Decidiu arriscar.

— Uma espiral?

— Uma dupla hélice.

O pintor quase engasgou.

— Você é cientista?

— Geneticista — explicou ela, enquanto o computador apitava de novo. — Meu trabalho é decifrar o código genético para descobrir como o cérebro armazena memórias. — Linz notou que Bryan havia mudado de expressão. — Seu olhar de descrença é notável.

— Não é isso. É que... — Bryan interrompeu o que estava dizendo ao perceber a impossibilidade da situação.

Nesse momento, uma garçonete apareceu, mascando chiclete, para anotar os pedidos.

— O que vai ser, crianças?

— Uma taça de clarete — respondeu Linz.

Bryan apontou para o copo.

— Outra dose de vodca.

— Certo — disse a garçonete, afastando-se.

Linz digitou mais uma instrução. Bryan observou seus dedos. *Ela tem as mãos de Katarina.*

O computador apitou em resposta, e Linz se voltou para o pintor, dedicando a ele sua atenção total.

— Muito bem. Sobre o que você queria conversar?

Bryan não sabia por onde começar. Pela expressão de mágoa, percebeu que ela precisava de um pedido de desculpas.

— Em primeiro lugar, sinto muito por ter saído daquela maneira hoje de manhã. Não sou muito bom no trato com pessoas.

— Sério?

Bryan ignorou o sarcasmo.

— Não gosto de falar de mim, mas acho que você merece uma explicação. — Respirou fundo, porque sabia que estava se metendo em um caminho sem volta. — Eu pintei aquele quadro por causa de um sonho. Mais ou menos um sonho, quero dizer. — Coçou a cabeça. Como poderia explicar? — Às vezes, acordo e lá está a pintura... pronta. Não é arte. Não sei o que é. Na maioria das vezes, não me lembro sequer de ter pintado.

Ele não mencionou que as pinturas eram uma válvula de escape e o foram por anos, nem que havia começado a pintar pouco antes da adolescência, no auge dos ataques. Bryan os chamava de ataques porque era a impressão que os sonhos lhe proporcionavam, ao derrubarem a barreira da sua consciência até que, às vezes, ele não conseguia distinguir sonho de realidade. Também tinha outros nomes para os fenômenos: visões, lembranças, episódios, memórias alheias. O nome, na verdade, não tinha importância; as sensações eram sempre as mesmas.

Linz o encarou com as sobrancelhas erguidas, incrédula. Bryan se perguntava se ela tinha noção de que era a primeira pessoa a conhecer o seu segredo.

— E o que você viu no sonho? — perguntou ela.

— Um padre chamado Orígenes vendo sua melhor amiga e mais fiel seguidora ser queimada na fogueira. O nome dela era Juliana.

— Como você sabe? — questionou Linz, com os olhos arregalados de surpresa. — Como você sabe o nome dela? Eu não te contei. Por que você não disse isso antes?

A jovem já estava agitada, e Bryan mal havia começado.

— Quer saber, me desculpa. Acho que isso tudo não foi uma boa ideia.

Linz colocou a mão no braço dele, desculpando-se.

— Espera. Não estou acusando você de nada. Só estou achando um pouco difícil de acreditar. Duas pessoas não têm o mesmo sonho.

O contato da mão de Linz o fez sentir um arrepio. Ele afastou o braço, rompendo a ligação.

— Ou talvez muitas pessoas tenham o mesmo sonho o tempo todo e não saibam. Se você não tivesse ido à minha exposição, a gente não estaria tendo essa conversa.

Linz se recostou e mordeu o lábio.

— No meu sonho, o padre disse uma coisa a Juliana no momento de sua morte. E no seu?

Bryan fez que sim com a cabeça, surpreso, sentindo de novo um aperto no peito. Orígenes nunca soubera se Juliana tinha chegado a ouvir suas palavras antes de morrer... mas ela sabia.

Linz pegou um guardanapo, escreveu alguma coisa, dobrou-o e entregou a caneta ao pintor.

— Escreve o que ele disse.

Bryan obedeceu, e em seguida trocaram os guardanapos como se fosse um contrabando. Ele nem se deu ao trabalho de abrir o dela. Tinha certeza de que as mesmas quatro palavras estavam escritas nos dois; as palavras que Orígenes havia pronunciado antes que as chamas devorassem o corpo de Juliana. Ele ficou olhando para a jovem, para ver como reagiria.

— "Que Deus a acompanhe" — leu a moça, atônita. — Isso é inacreditável!

Bryan decidiu ser ainda mais ousado e fez uma pergunta... em grego.

— *Você sabe grego?*

— Não, eu não sei — respondeu Linz, automaticamente, antes de cair em si.

Na mosca, pensou Bryan. Ele se recostou na cadeira, impressionado.

— *Você sabe grego, sim.*

— Acredite, eu saberia se...

Linz interrompeu o que ele estava dizendo. A garçonete chegou com as bebidas, a tempo de ouvir a próxima frase em grego de Bryan.

— *Você me entendeu.*

Linz não respondeu. Estava sem palavras.

Bryan insistiu.

— *Entendeu. Não acredito.*

A garçonete colocou as bebidas na mesa.

— Uma taça de vinho, uma dose de vodca.

Linz, completamente confusa, olhou para ela.

— Você entendeu o que ele disse?

— Nem uma palavra, querida — respondeu a garçonete, estourando a bola do chiclete na frente deles antes de se retirar.

Linz assentiu com a cabeça e bebeu quase metade da taça de clarete em só um gole. Bryan aguardou que ela se recuperasse do choque.

O artista voltou a falar inglês.

— Está vendo? — afirmou, em tom conciliatório. — Você entendeu o que eu estava dizendo.

— Mas isso não é possível! Eu não falo grego! — protestou, estendendo de novo a mão para a taça de vinho.

— Eu também não, até ter aquele sonho. No sonho, todo mundo falava grego.

Linz meneou a cabeça.

— Foram dois sonhos separados, de duas pessoas diferentes, e meu sonho foi em inglês!

Bryan colocou os dois guardanapos lado a lado para reforçar o que estava dizendo.

— Talvez você tenha se lembrado das palavras em inglês.

— Elas foram em inglês.

— *Foram?* — perguntou Bryan em grego.

— Quer fazer o favor de parar? Uma pessoa não pode aprender uma língua estrangeira de uma hora para a outra em um barzinho! — exclamou Linz, apoiando a cabeça nas mãos.

— Na minha opinião, você já é fluente há muito tempo, só que sem saber. — Bryan segurou a mão dela, tentando acalmá-la. — A mesma coisa aconteceu comigo.

Os olhos de Linz brilharam, revelando o turbilhão de emoções que a assaltava. Ela retirou lentamente a mão, levantou-se e bebeu o resto do vinho em um gole.

— Vamos andando. Preciso ver alguma coisa em grego.

Eles foram de táxi até a Biblioteca Central, na Copley Square. Linz procurou uma prateleira com um cartaz que dizia "Línguas — Grego" e leu *Zorba, o Grego*, de Nikos Kazantzakis, no original. Bryan fingiu lê-lo também, por cima do ombro dela, mas na verdade estava sentindo seu perfume. Era estranho como as memórias também tinham uma fragrância.

Linz se virou para ele e apontou para a página, gritando como uma criança animada:

— Olha só isso!

Bryan começou a rir e se inclinou para sussurrar no ouvido dela.

— Você está gritando.

— Não estou gri... — Linz olhou ao redor, percebeu que todos estavam olhando para ela e baixou o tom de voz. — Como você pode estar tão calmo?

— Isso não é mais novidade para mim.

Linz pegou uma pilha de livros e se encaminhou para uma mesa de leitura.

— Pois para mim é. Você acha graça em virar o meu mundo de cabeça para baixo? Tenho sonhos iguais aos de um estranho. Agora sei falar grego. O que mais?

— Bem...

Bryan hesitou. Talvez não fosse o momento de fazer outra revelação. Não queria que ela tivesse um ataque dos nervos em plena biblioteca pública.

— Como sabia que eu ia entender o que você estava falando em grego?

Bryan hesitou antes de responder.

— Não sei. Um palpite?

Linz estava com uma expressão estranha no rosto.

— E se...?

Ela foi até um computador da biblioteca e digitou uma busca, murmurando consigo mesma:

— Não sei como isso ainda não havia me ocorrido.

Olhou para a tela e recuou, chocada.

— Caramba!

Bryan se aproximou e olhou para os resultados da busca.

— Uau! — concordou.

Ele acompanhou Linz à seção de teologia e esperou enquanto ela percorria as estantes até encontrar o que estava procurando.

— A gente devia ter desconfiado — disse, mostrando a Bryan o título do livro: *Orígenes Adamantius, sua vida e seu tempo.* — O padre realmente existiu.

O pintor não fez nenhum comentário enquanto observava os outros livros da estante. Já sabia que Orígenes era real. Também sabia de cor todos os livros escritos por ele, na língua original, mas era sempre interessante saber o que os historiadores tinham a dizer a seu respeito.

Linz separou outros livros. Com a ajuda de Bryan, carregaram-nos até a rua, chamaram um táxi e deram ao motorista o endereço dela. Os dois não conversaram no caminho. As janelas estavam abertas, e o rádio do motorista turco tocava uma música popular de seu país. Bryan virou o rosto para receber o vento e se maravilhou com a beleza de Boston à noite. Finalmente havia encontrado alguém que provavelmente poderia compreender o seu mundo e, no entanto, hesitava em revelá-lo a Linz. Queria segurar a mão dela, desfrutar aquela ligação. Sabia, porém, que ela ainda estava abalada com as recentes descobertas. O próprio Bryan estava admirado com a fluência dela em grego, que parecia ser igual à sua. Não tinha ideia do que isso significava ou do que deveriam fazer em seguida.

Talvez pudessem começar com um jantar e uma ida ao cinema ou, quem sabe, outra partida de xadrez. A ideia fez Bryan rir baixinho.

— O que foi? — perguntou Linz, olhando para ele.

— Só estou pensando no futuro.

Linz desviou o olhar rapidamente, e Bryan sorriu, começando a se acostumar com a discrição dela. Ele considerava esse traço de caráter ao mesmo tempo uma qualidade e um desafio. Nesse aspecto, eram mais parecidos do que ela pensava. Esperava que, um dia, Linz baixasse a guarda para ele.

Quando chegaram ao destino, Linz sofria com um dilema. Parte dela queria ficar sozinha, esquecer a noite, esquecer as palavras em grego que borbulhavam na sua mente, esquecer os olhares incessantes de Bryan. Sentira-se mais à vontade pela manhã, quando ele desviava os olhos, porque agora olhava para ela como se conhecesse seus pensamentos. Olhou para o banco do carona e fez uma careta ao se deparar com a pilha de livros da biblioteca... O que estava fazendo com todos aqueles livros?

Linz pagou a corrida, voltou-se para Bryan e disse:

— Que tal uma leitura leve?

Nenhum dos dois achou muita graça na brincadeira. Bryan fez que sim com a cabeça, pegou os livros e saltou do carro, deixando-a ir na frente.

Quando Linz abriu a porta, o pintor entrou, sentou-se no chão e empilhou os livros na mesinha de centro.

— Acho que você trouxe todos que interessam — comentou, pegando o livro de cima e começando a folheá-lo.

Linz o analisou novamente. Havia algo de especial naqueles olhos azuis, naqueles cabelos desgrenhados. Eles se conheciam havia menos de quarenta e oito horas, mas isso não importava. Tinha certeza de que existia uma ligação entre eles. Podia senti-la, embora o lado lógico de sua mente rejeitasse a ideia.

Bryan olhou para ela e sorriu. Linz sorriu de volta e, quando tentou falar, sua voz soou muito fraca, quase inaudível.

— Vou buscar uma taça de vinho para a gente.

Ela se refugiou na cozinha e abriu uma garrafa, formulando um plano louco em sua cabeça. Aproveitaria a noite para seduzi-lo e fariam sexo. Iria se permitir "uma noite desinibida com um artista excêntrico". Seria uma primeira vez sob vários aspectos, mas Linz não se importava. Precisava tirá-lo da cabeça para poder voltar à sua vida de sempre.

Seu último namoro havia terminado dois anos antes, com um colega de Stanford, um bioquímico chamado Greg, que era simpático, tranquilo e chato. Terminou o namoro quando operar o espectrômetro se tornou mais excitante que um encontro com o rapaz. Antes de Greg, tinha sido Todd, uma amostra de simpático, tranquilo e chato. Os dois eram rapazes de boa família e com nomes com quatro letras, amigos que se transformaram em algo mais por um tempo. Linz tinha feito o possível para se convencer de que sentia por eles mais do que sentia de fato, mantendo o relacionamento até tentarem transformá-lo em algo mais definitivo. Nas duas vezes, quando isso aconteceu, optou por se afastar. A verdade era que preferia a solidão. O trabalho sempre havia sido sua maior paixão. E uma noite de sexo sem compromisso com Bryan não atrapalharia em nada sua vida.

Sentindo-se mais calma, voltou para a sala com o vinho. Bryan ainda estava imerso na leitura.

— Descobriu alguma coisa interessante? — perguntou ela, sentando-se ao lado de Bryan.

— Orígenes viveu no século III. Foi um dos mestres mais controversos da igreja, considerado um intelectual da época.

Passou o livro para Linz, pegou outro e se afastou dela para se sentar no sofá. O sorriso no seu rosto tinha dado lugar a uma expressão solene, concentrada.

Linz fez uma careta para si mesma. Seu grande plano parecia ter caído por terra. Agora ele estava agindo como se estivesse em um funeral. Com um suspiro de resignação, ela abriu o livro e começou a ler.

Uma hora depois, Linz e Bryan tinham folheado a maioria dos livros, e a garrafa de vinho estava vazia. Ler a respeito da vida de Orígenes deixara Bryan irritado, por causa das inverdades, das omissões e das memórias com as quais estava condenado a conviver pelo resto dos seus dias. Depois de algum tempo, havia parado de prestar atenção na leitura; limitava-se a virar as páginas.

— Ele acreditava em reencarnação — comentou Linz, examinando o texto à sua frente. — Uma doutrina que a Igreja condenou em 553, trezentos anos após sua morte. — Olhou para Bryan, surpresa. — Quer dizer que a reencarnação já fez parte da doutrina cristã?

Bryan saiu pela tangente.

— Ele a ensinava como se fosse verdade, mas quem sabe? Podia ter sido apenas uma crença pessoal.

— Aqui diz que ele foi queimado na fogueira.

— Não — protestou Bryan, incapaz de esconder a indignação. — Ele foi espancado, colocado no pelourinho e pendurado em um pau de arara por três dias. Morreu uma semana depois, em consequência dos ferimentos. — Levantou-se e foi até o jardim de areia de Linz. — O homem que o condenou à morte se chamava Sétimo. Ele não gostava dos cristãos no geral, mas tinha um ódio particular por Orígenes. O que fizeram com o padre foi... brutal.

— Sétimo — murmurou Linz, com voz trêmula. — Sim, era esse o nome dele. — Ela ficou em silêncio por um tempo, tentando assimilar as novas informações. — Você se lembra da morte dele do mesmo modo como eu me lembro da morte dela.

Bryan continuava de costas para Linz, observando o jardim de areia, e apontou para o ancinho.

— Posso? — Quando ela fez que sim, ele tirou os sapatos e entrou no jardim, falando enquanto desenhava. — Quando eu era pequeno, tinha sonhos muito vívidos... pode chamar de pesadelos. Eu andava pela casa durante o sono, falava... Cheguei a sofrer de narcolepsia. Depois, quando tinha 7 anos, alguma coisa aconteceu no meu cérebro e eu me lembrei de uma vida inteira.

Linz olhou para ele, surpresa.

— Você se lembrou da vida inteira dele?

Bryan fez que sim com a cabeça, deixando que ela pensasse se tratar de Orígenes. Na verdade, estava se referindo a Abu Ja'far Muhammad ibn Jarir al Tabari, um historiador persa do século IX. Homem de rara erudição, Tabari escreveu *História de profetas e reis*, uma descrição detalhada do islã e da história do Oriente Médio desde Maomé até sua época. Tabari também escreveu *O comentário do Corão*, livro que o pintor havia memorizado aos 7 anos. Naquele momento, Bryan também passara a conhecer de cor o Corão.

Era uma carga muito pesada para uma criança. Quando Bryan acordou, sua mente continha todas as memórias de Tabari, transformando os pensamentos de um menino inocente no conhecimento profundo, conquistado com esforço, de um sábio de 85 anos. Tabari havia sido apenas a primeira de muitas visões que tivera enquanto sua mente se expandia para muito além de qualquer padrão normal.

Bryan deu um sorriso amargo.

— Fiquei em casa "doente" durante duas semanas. Levei seis meses para perceber que tinha me tornado fluente em outra língua. Em resumo, minha vida mudou.

— E os seus pais? — perguntou ela, com a testa franzida.

— Eles não sabiam como lidar com o problema — respondeu Bryan. — Minha mãe era psiquiatra, mas isso não ajudou muito. Ela considerava praticamente uma ofensa o fato de *seu filho* ter problemas mentais e me arrastou a dezenas de médicos. Ninguém sabia explicar o que estava acontecendo. Quando eu tinha 16 anos, finalmente consegui convencer todos de que as visões haviam cessado.

— Então... do que estamos falando, reencarnação? — perguntou Linz, aproximando-se do jardim de areia.

— Não sei — disse Bryan, pegando-a pela mão. — O que você acha?

Conduziu-a para o jardim, onde ficaram lado a lado. Linz olhou para baixo, para os dedos entrelaçados.

— Acho que você está fazendo isso comigo.

Bryan se inclinou na direção dela.

— Você está fazendo isso comigo, também.

Quando o beijo aconteceu, pareceu inevitável. Todas as terminações nervosas do corpo de Bryan dispararam. Ele a puxou para si, e os dois se deitaram na areia, com o corpo de Bryan cobrindo-a. Ela o surpreendeu ao envolvê-lo com as pernas e puxá-lo com força.

Bryan acariciou seu pescoço com o nariz enquanto suas mãos exploravam seu corpo, lembrando todas as vezes que estiveram juntos no passado. Agora aquelas memórias estavam devorando o presente, ameaçando levá-lo longe demais. Linz o fez levantar a cabeça e o beijou com sofreguidão, sendo correspondida... até que Bryan jogou a cabeça para trás, com um gemido de dor.

Ela abriu os olhos, assustada, e perguntou:

— O que foi?

Com os dois corpos tão juntos, Bryan tinha dificuldade para pensar e mais ainda para falar.

— Foi só... Foi só a minha cabeça... Tenho enxaqueca de vez em quando.

— Quer que eu pegue uma aspirina? — perguntou ela, beijando seu pescoço.

Bryan estremeceu. Estava prestes a perder o controle. Não podia ter uma visão na frente dela.

— Preciso ir. Desculpa.

Ele se levantou e correu para a porta.

Linz se sentou.

— Tem certeza de que não quer...

Tarde demais. Ele já tinha ido.

Linz olhou para si própria, seminua e toda suja de areia. Um sentimento de vergonha a invadiu quando começou a ajeitar a blusa. Nunca antes um homem a deixara tão excitada e despreocupada.

Sentindo-se um pouco tonta, foi até a mesa de jantar e se sentou diante do quebra-cabeça da *Mona Lisa*. Teve a impressão de que a pintura olhava para ela com ar zombeteiro. Fazia apenas doze horas que ela e Bryan haviam completado o quebra-cabeça. Ele parecia estar transformando essa história de abandoná-la em hábito.

— Está rindo do quê? — vociferou a moça, desfazendo o retrato em milhares de peças.

Olhou para a bagunça e não sentiu nenhuma satisfação. Aquele havia sido o dia mais estranho da sua vida.

ONZE

10 DE FEVEREIRO DE 1982

Michael estava ficando cansado de tanto se defender.

— Nada foi perdido. Na verdade, estamos mais perto do que jamais imaginávamos chegar.

— Mais perto do quê? — Conrad levantou a voz enquanto agitava os braços no ar, frustrado. — De perder a nossa verba de pesquisa? Experimenta dizer ao Instituto Nacional de Geriatria que você se tornou capaz de recitar a Hexapla em grego antigo depois de tomar o nosso remédio para ver só a reação!

Michael olhou em volta e ficou aliviado ao constatar que não havia nenhum estranho suficientemente próximo para ouvir a conversa. Ele e Conrad, junto de Finn e Diana, estavam reunidos em um reservado nos fundos do restaurante, e não havia muitos fregueses por perto. Na verdade, o enorme estabelecimento com ares de Nova Inglaterra parecia quase deserto.

Tinham chegado muito antes da hora do jantar. Quatro casais idosos ocupavam uma mesa perto da entrada, tomando a famosa sopa de mariscos do Doc. Michael sabia que eram fregueses regulares, que chegavam toda sexta às quatro antes de ir para uma aula de dança para a terceira idade nas vizinhanças. Alguns turistas entraram para se abrigar do vento e se sentaram ao balcão para tomar um Irish Coffee.

Finn tamborilou na mesa com dois dedos, como costumava fazer sempre que estava preocupado. Parecia mais um cruzamento de surfista e vaqueiro que um cientista, e em Harvard havia partido o coração de quase todas as colegas com seus olhos verdes, sua cabeleira loira e seu carisma jovial. Terminou a cerveja, deu um arroto poderoso e esperou que os outros parassem de resmungar antes de dizer:

— Acho que todos nós devíamos experimentar.

— Grande ideia, Dixie. Será uma grande contribuição para a ciência — ironizou Conrad, levantando o copo em um falso gesto de apoio.

Finn bateu com força o copo na mesa.

— Estou cansado desse seu jeito de dono da verdade, ianque.

— E eu não estou disposto a jogar fora a minha carreira por causa de um monte de alucinação. Caiam na real, a gente não está mais nos anos sessenta!

— Calma, rapazes — interveio Diana, segurando Finn pelo braço. — Finn, eu concordo com você. Minha opinião é: vamos todos experimentar e ver o que acontece.

Finn dirigiu a Diana um olhar de concordância que não surpreendeu Michael. Era uma amizade antiga. Ambos eram de cidadezinhas do interior — Diana, de Wyoming, e Finn, do Texas —, e assim se sentiram próximos no primeiro dia em Harvard. Os dois também tinham uma afinidade com esportes radicais; uma semana depois de se conhecerem, estavam voando de asa-delta nos Berkshires. Michael sabia que não hesitariam em saltar no abismo com ele.

Mas meneou a cabeça.

— Não acho que seja uma boa ideia.

— Por quê? — protestou Diana. — Estava tão cheio de garantias de que não havia risco quando se tratava apenas de você.

Michael ainda não havia revelado a eles toda a verdade, nem mesmo a Diana, mas se viu encurralado.

— Não só sou capaz de recitar o Hexapla como me lembro de tê-lo escrito.

Houve uma longa pausa; estavam todos sem palavras.

Conrad estava com um olhar de predador estampado no rosto.

— Pode explicar melhor, Mike?

— Sim, por favor — pediu Diana, recostando-se na cadeira e cruzando os braços.

Michael conhecia aquele olhar. Sabia que pagaria caro mais tarde.

— Me desculpem. Eu precisava de tempo para digerir tudo antes de contar a vocês. — Respirou fundo. — Eu experimentei uma série de visões... Era como se eu fosse um padre na Roma do século III.

O grupo ficou em silêncio. Finn foi o primeiro a se recuperar.

— Você está dizendo que recordou as memórias de um padre romano?

Conrad tirou os óculos e coçou o nariz.

— E agora você pensa que é ele? Pode me dar a comunhão?

— Não, não penso que sou ele — afirmou Michael, medindo as palavras. — Mesmo assim, o fato é que experimentei a vida de um homem chamado Orígenes Adamantius. Ele escreveu centenas de obras, entre as quais estudos comparativos de várias traduções do Antigo Testamento. Nunca sequer peguei em uma Bíblia, mas agora conheço todas as versões. Não é só uma fantasia — assegurou. — Fui conferir na biblioteca; eu me lembro de cada passagem dos livros que Orígenes escreveu.

Ninguém disse nada por um longo minuto. O único som era o tamborilar dos dedos de Finn no tampo da mesa. Ele novamente foi o primeiro a quebrar o silêncio.

— Chefe, se o que está dizendo é verdade, precisamos testar até que ponto isso vai e registrar a coisa toda.

Diana deu um beliscão no braço de Michael.

— Ai! — exclamou Michael, esfregando o braço.

— Pare de esconder o que sabe — disse Diana, em tom de ameaça.

Michael sorriu. Ela o conhecia tão bem! Não havia nada a fazer a não ser soltar mais uma bomba.

— Agora sou fluente em várias línguas.

Conrad esvaziou o copo de cerveja em um só gole.

— Você também pode voar, Superman?

Michael não pôde deixar de rir, sentindo parte da tensão se dissipar. Na verdade, estava sentindo um estranho novo poder e uma nova sabedoria. Nenhum habitante do planeta sabia como ele, em primeira mão, como era viver na Roma antiga.

— Sei que parece loucura, mas sou capaz de ler, escrever e falar grego, latim e hebraico antigo. Também sei um pouco de egípcio.

Os outros custaram para digerir a nova informação. Por fim, Diana perguntou:

— Estamos falando de memórias de outras encarnações?

Michael meneou a cabeça.

— Não sei. O que sei é que foi uma experiência episódica, semântica e emocional. A memória de longo prazo depende de novas proteínas. Nesse exato momento, estou recebendo um farto suprimento delas, além de estar formando um número imenso de novas sinapses. Será que o medicamento promoveu a formação de novos circuitos nervosos e com isso tive acesso a algum tipo de memória subliminar?

— Nesse caso, haveria mais memórias... mais vidas — comentou Diana, com ar preocupado.

— Como acontece com os esquizofrênicos — acrescentou Conrad.

Michael olhou de cara feia para ele.

— Seja como for, não podemos ignorar o que aconteceu comigo mas também não devemos correr riscos desnecessários. Acho melhor ninguém mais tomar o medicamento até que tenhamos ideia das reações completas pelas quais eu poderei passar... o que pode levar semanas.

Finn interveio:

— Discordo, chefe. A gente pode estar diante da maior revolução científica desde a descoberta do DNA. Temos que seguir em frente.

Conrad fez um muxoxo, mas Michael o ignorou.

— Vamos seguir em frente, eu prometo. Tudo que estou dizendo é que temos que agir com prudência. Que tal esperarmos duas semanas?

Finn acenou para a garçonete, Patty, pedindo mais uma rodada.

— Certo, mas não mais que duas semanas.

Conrad estudou Michael como se ele fosse um espécime no microscópio.

— Você realmente sabe falar todas essas línguas?

— Está com medo de que eu tenha ficado mais esperto que você? — perguntou Michael, tentando tornar a conversa mais leve.

Nesse momento, Doc chegou com outra jarra de cerveja.

— Vocês ganharam o Nobel ou coisa parecida? Não bebem assim desde que aquela verba de pesquisa foi aprovada.

Finn ergueu o copo.

— Fizemos uma grande descoberta.

— Ou não — resmungou Conrad.

— Que tal quatro sopas de marisco e uma cesta de pães?

— Doc, você é o nosso herói! — exclamou Diana, levando a mão ao estômago.

Doc estava sempre lhes oferecendo comida por conta da casa. O restaurante servira como segunda casa para o grupo desde o dia da inauguração. Doc e Michael foram colegas de quarto antes de Diana aparecer em cena. Os dois homens se conheciam desde a infância, pois tinham sido vizinhos em um subúrbio de Chicago. Quando Michael se mudou para Boston a fim de fazer o doutorado em Harvard, Doc havia acabado de se formar em culinária e foi visitá-lo. Gostou tanto da cidade que decidiu ficar. Arranjou emprego em um dos melhores restaurantes de Boston, onde chegou rapidamente ao cargo de cozinheiro-chefe. Mais tarde, com ajuda da família, abriu seu próprio estabelecimento, o Doc's Waterfront Bar & Grill.

Agora ele continuava rondando a mesa, o que não era comum. Aproximou-se de Michael.

— Capitão? Posso falar com você em particular? — perguntou, apontando para o escritório.

— Claro.

Michael se levantou. Aquela trégua momentânea em meio ao bombardeio de perguntas era bem-vinda. Acompanhou Doc até os fundos do restaurante, curioso para saber o que o amigo tinha em mente. Entraram no minúsculo escritório, e Doc fechou a porta.

— Que bom que você veio. Já estava começando a ficar preocupado.

— Tenho andado muito ocupado com o projeto — explicou Michael.

Doc tinha razão, no entanto; ele passara muito tempo sem aparecer.

— Seja como for, é um prazer revê-lo.

Michael franziu a testa ao notar a atitude formal de Doc.

— O prazer é meu, meu amigo. Do que se trata?

— Bem... — começou Doc, sentando-se.

Michael esperou que Doc colocasse os pensamentos em ordem, mas ele não dizia nada.

— Doc, diga logo o que quer, por favor. Os últimos dias não têm sido fáceis para mim.

— Eu queria conversar com você a respeito de Barbara... — admitiu Doc, por fim. — Barbara e eu.

— Você não precisa me contar...

— Não, eu quero te contar. Quero que seja por mim que você receba a notícia.

Michael se forçou a permanecer calado. Amava-o como a um irmão, mas Doc tinha se apaixonado pela garota que Michael havia namorado antes de Diana e estava convencido de que isso prejudicaria a amizade dos dois. Michael lhe assegurara que havia sido uma ligação passageira, do tipo que termina antes mesmo de começar. Seu relacionamento com Barbara não havia passado de um mês de jantares, idas ao cinema e uns poucos beijos na porta do dormitório dela. Era uma estudante de psicologia, do tipo que queria analisar cada pensamento e cada emoção de cada membro da humanidade para obter um diploma de doutorado. Michael não sabia por que tinha se interessado por ela em primeiro lugar e praticamente varrera da memória o breve namoro, mas Doc continuava a achar que devia usar luvas de pelica para lidar com a situação.

— Nosso caso está ficando sério. Acho que vou pedi-la em casamento.

Doc olhou para o amigo, à espera de uma reação. Michael teve vontade de propor que ele fizesse um teste de sanidade mental, mas, em vez disso, fez o que pôde para demonstrar entusiasmo.

— Ótimo! Parabéns!

— Mike.

Michael começou a rir.

— Estou sendo sincero, Doc! Estou feliz por vocês dois. Não precisava ter me contado assim cheio de dedos.

Doc começou a brincar com uma caneta.

— Eu só não queria que você soubesse por outra pessoa.

— Olha, eu já disse a você que não tenho mais nada a ver com Barbara. Deixa de ser cabeça-dura.

— Não é só isso. A gente está planejando o casamento e...

— Você foi o meu padrinho de casamento, mas não estou esperando reciprocidade. Não vou ficar ofendido se você nem me convidar para o casamento. Entendeu? Para de se preocupar. Por favor.

Doc fez que sim com a cabeça e tentou ocultar que enxugava uma lágrima que ameaçava escorrer do canto do olho. Michael havia acertado na mosca.

— Venha cá, meu amigo. Meus parabéns. — Michael lhe deu um abraço e brincou: — Você acha que consegue convencê-la a chamar o filho de vocês de Michael?

— Se eu der essa ideia, vou ter que passar o resto da vida dormindo no seu sofá.

Bryan abriu os olhos e mil pensamentos invadiram sua mente. Michael Backer havia sido o melhor amigo do seu pai. Doc fora até padrinho de casamento de Michael. Isso significava que...

Barbara. Deus do céu, Bryan havia namorado a própria mãe... e terminado com ela. Sentiu um frio na barriga.

Ele tentou se sentar, mas suas costas protestaram. Precisava acabar com essa mania de perder os sentidos no carro. Enquanto voltava para o banco do motorista, olhou para o edifício de Linz e lutou contra a vontade de ligar para ela. Queria contar tudo, forçá-la a se lembrar do que passaram. O fato de Linz não ter as memórias com ele lhe causava uma dor quase física.

Com esse pensamento, um novo medo o assaltou. *E se ela nunca se lembrar?* Não, isso não era possível. O fato de o inconsciente dela ter reproduzido parte da vida de Juliana significava que Diana também havia tomado Renovo; nesse caso, com o passar do tempo, a tendência era de que, como ele, ela tivesse acesso a mais e mais memórias.

Bryan estava frustrado com a incapacidade de se lembrar de todos os detalhes da vida de Michael. Até o momento, conhecia apenas fragmentos e sabia que seria necessária uma verdadeira enxurrada de memórias para que pudesse compreender tudo que havia acontecido. Michael tinha apenas 40 anos em 1982. Se aqueles sonhos eram memórias de uma encarnação anterior, ele teria morrido jovem... e o mesmo se aplicava a Diana. O que tinha acontecido com eles? E com a pesquisa? E com Finn e Conrad?

As perguntas o assombravam. Enquanto dirigia de volta para casa, fez uma revisão mental no que havia descoberto naquela noite, mas não encontrou respostas. Tudo o que sabia era que Michael também se lembrara de Orígenes e que a droga que havia ingerido formara uma espécie de conexão entre ele e o padre romano.

Bryan olhou para o relógio do painel. Eram duas da madrugada, tarde demais para ir até a casa dos pais. Perguntaria ao pai a respeito de Michael no dia seguinte. Por enquanto, teria de se contentar com a internet.

Ao chegar a casa, ligou o laptop e fez café, mas, em vez de se sentar diante do computador, flagrou-se caminhando em direção ao estúdio, atraído por uma tela em branco. Sem hesitação, colocou tinta fresca na paleta e pegou um pincel, tomado por uma vontade irresistível de pintar Diana.

Pintou a moça em uma praia de Nantucket, com o sol no horizonte. Ela e Michael tinham alugado um pequeno bangalô para passar o fim de semana, e Bryan capturou a expressão de Diana no exato momento em que Michael a pedira em casamento. Estava de pé, de costas para o oceano, sorrindo, com os braços abertos, como quem abraçava o vento.

Bryan olhou para a pintura e murmurou baixinho:

— O que aconteceu com a gente?

Tinha medo do que iria descobrir, mas precisava saber. Pôs de lado o pincel e abandonou o retrato. O computador já estava ligado, e ele sabia que a internet teria as respostas que procurava. Entrou com o nome de Michael Backer e esperou os links começarem a aparecer. Clicou em um deles: "Instituto Nacional de Geriatria aprova verba para estudo sobre aperfeiçoamento da memória." Surgiu uma reportagem com uma foto de Diana, Michael, Conrad e Finn, parecendo recém-saídos da faculdade de medicina e prontos para conquistar o mundo.

Bryan leu rapidamente a matéria e escolheu outro link. Seu coração parou quando leu a manchete: "Neurocientistas do ING morrem em explosão de laboratório."

Forçou-se a ler a notícia. Michael e Diana haviam morrido no laboratório. Bryan interrompeu a leitura, atônito. Não era possível! Continuou a ler. "Finn Rigby, o único sobrevivente, foi salvo das chamas pelos bombeiros."

A notícia era de 10 de março de 1982. Bryan não conseguia tirar os olhos da tela, incrédulo, relendo a reportagem de novo e de novo. Michael e Diana morreram e Finn havia sobrevivido. E quanto a Conrad?

Digitou os nomes de Conrad e do Instituto Nacional de Geriatria na ferramenta de busca e obteve vinte vezes mais links que na pesquisa anterior. Clicou em um deles, rolou a tela e viu uma foto de Conrad com uma legenda que dizia: "Conrad Jacobs deixa o ING para fundar a Medicor Industries."

Bryan entrou no site da empresa. Tratava-se de uma multinacional no ramo da saúde com negócios que se estendiam aos quatro cantos do mundo. Conrad havia trilhado um longo e bem-sucedido caminho nos últimos trinta anos. Observou o logotipo da empresa. Era uma pirâmide com a dupla hélice do DNA subindo em direção ao vértice, no qual estava pousada uma fênix.

Ele sabia que teria de conversar pessoalmente com Conrad e Finn, mas ainda não estava seguro quanto ao tipo de abordagem que adotaria; não podia simplesmente bater às portas deles antes que soubesse mais da situação. Naquele momento, no entanto, um assunto mais urgente o preocupava: como abordaria o assunto com o pai.

DOZE

À margem da 128 Beltway, em meio a um conglomerado de arranha-céus, um edifício se destacava dos outros como um obelisco: a sede da Medicor Industries, uma das maiores corporações farmacêuticas do mundo.

Um dos quartetos dedicados a Haydn de Mozart tocava no rádio de Linz quando ela parou o carro na entrada do estacionamento. Mostrou o crachá e ignorou a expressão do segurança ao ver o sobrenome. Já estava acostumada àquele tipo de reação.

Enquanto manobrava para estacionar, consultou o relógio e deixou escapar uma imprecação. Estava atrasada. Não daria tempo nem de passar pelo laboratório. Prendeu o cabelo em um coque e vestiu um jaleco antes de entrar no prédio. Enquanto o elevador subia para a cobertura, pegou na bolsa um par de óculos sem grau e os colocou. Ao sair do elevador, estava mais parecida com a cientista que afirmava ser.

Atravessou a antessala com passos firmes, cumprimentando assistentes e secretárias com um sorriso, pensando o tempo todo em como conseguiria se esgueirar para dentro da sala de reunião sem ser notada. Distraída, colidiu com uma estagiária que levava uma bandeja de café. Assim, um *macchiato* de caramelo passou a decorar o jaleco de Linz.

— Ai, meu Deus, sinto muito!

A pobre estagiária parecia estar à beira das lágrimas quando agarrou um monte de guardanapo e tentou limpar a sujeira.

Linz a deteve antes que fizesse a bebida passar para a blusa limpa que estava por baixo do jaleco.

— Deixa para lá. Não foi nada.

Tirou o jaleco; teria de se contentar com uma blusa de malha nada profissional. Alguma coisa lhe dizia que a estampa com um monstrinho gritando "Tem um pouco de DNA pra me dar?" não causaria boa impressão.

A estagiária estava impressionada demais com a tatuagem de Linz para notar.

— Maneira. Adorei. É uma hélice de DNA?

Linz fez que sim com a cabeça e perguntou:

— Posso deixar meu jaleco com você?

Abriu então a porta da sala de reunião. Todos estavam prestes a conhecer seu verdadeiro eu: o monstrinho, a tatuagem e todo o resto.

No interior da sala, integrantes da diretoria e gerentes de projetos estavam sentados em torno de uma enorme mesa de vidro, assistindo a uma apresentação do Dr. Parker, o novo gerente do Projeto Genoma da Medicor. Linz se sentia culpada pelo atraso, mesmo que não tivesse passado de alguns minutos. Tratava-se da reunião trimestral da empresa, a primeira desde a sua contratação. A ideia de causar uma boa impressão inicial tinha descido pelo ralo. Sentou-se no primeiro lugar vago que encontrou e ignorou o olhar interrogativo do pai, sentado do outro lado da mesa.

O Dr. Parker era um homem magro, com cara de intelectual e mais ou menos 60 anos, que falava com uma segurança que o fazia parecer mais carismático do que realmente era. Linz fingiu que escutava enquanto seus pensamentos divagavam.

Tanta coisa havia acontecido desde aquela exposição! Conhecera alguém com quem compartilhava seus sonhos, literalmente, e descobrira que ambos sabiam falar grego. Tinha a impressão de que esse homem poderia mudar a sua vida, se ela permitisse... e se ele parasse de sair correndo na hora errada. Dois dias haviam transcorrido desde a estranha noite que passaram juntos e ainda não era capaz de tirá-lo da cabeça. Não conseguia mais se concentrar no trabalho; ele havia se instalado no seu cérebro, ocupando todos os seus pensamentos. Teriam eles sido realmente Orígenes e Juliana? O que isso significava?

De repente, a própria vida tinha se tornado um quebra-cabeça. Objetivamente, porém, Linz era uma cientista e lidava apenas com fatos comprovados por meio de observações e experimentos, enquanto ele era um artista e pintava sonhos. Ocupavam extremidades opostas de um espectro. Era difícil imaginar duas vidas mais distantes.

O pai assumiu a palavra, e Linz se forçou a prestar atenção ao que ele dizia.

— Acho que todos vão concordar que o Projeto Genoma está em boas mãos com o Dr. Parker no comando. Gostaria também de dar as boas-vindas à minha filha Lindsey, que acaba de ser admitida no Departamento de Genética. Tivemos sorte de conseguir roubá-la de Stanford. Ela e seu grupo estão fazendo grandes progressos nos estudos sobre plasticidade.

Quando todos os olhares se voltaram para ela, Linz exibiu um largo sorriso, embora por dentro estivesse nervosa. O pai precisava mesmo tê-la apresentado como "Lindsey"?

— Acho que as realizações de Lindsey falam por si próprias. Os resultados de suas pesquisas podem ser considerados revolucionários. Ela recebeu o Prêmio Troland da Academia Nacional de Ciências e o Prêmio Jovem Cientista da Sociedade de Neurociência pela descoberta de um dos primeiros receptores dos genes de plasticidade do cérebro. Lindsey, você tem algo a dizer?

Por que ele não completava o serviço e dizia que ela obtivera média A no doutorado? Linz não pôde evitar uma expressão de desagrado, causada por aquela demonstração óbvia de orgulho paterno. Sentindo-se como uma criança no primeiro dia na escola, levantou-se e começou a falar de sua pesquisa:

— Para compreender os mecanismos do cérebro, é preciso estudar os genes, suas funções e as proteínas que codificam. Nosso objetivo final é conhecer os trezentos e sessenta e dois genes e seus receptores, que controlam a capacidade do cérebro de criar e reter memórias. Depois de identificar a função de um gene, ou seja, suas características, estaremos em condições de defini-la. Assim, por exemplo, um possível gene de plasticidade que estudei recentemente se revelou um retardador da apoptose. Precisamos agora descobrir como é ativado, o que o faz construir e desconstruir e como esses eventos podem ser controlados. Também estamos usando vários métodos para examinar as estruturas sinápticas e sua dinâmica.

Linz sabia que soava como se estivesse no piloto automático, mas não tinha, no momento, energia suficiente para empolgar a plateia. Decidiu terminar a fala antes do planejado para não prolongar o sofrimento de si própria e da audiência.

— Quando estivermos com esses conhecimentos disponíveis, nossa capacidade de curar qualquer doença do cérebro não vai ter limites. Temos um longo caminho pela frente, mas o sucesso parece ser apenas uma questão de tempo. Obrigada.

Sentou-se. O pai lhe lançou mais um olhar indagador. A filha apenas raramente havia demonstrado tamanha falta de entusiasmo.

A reunião foi encerrada, e, quando o último diretor se retirou, Linz ficou onde estava para enfrentar as críticas do pai. O velho balançou a cabeça.

— O que aconteceu? Você fez o Dr. Parker parecer um animador de auditório. Não pensei que isso fosse possível.

— Me desculpa. Sei que fui muito burocrática, mas não ache que não notei que você me chamou de Lindsey. O que aconteceu com "doutora"? Ou mesmo "Linz"? Sua apresentação me deixou muito constrangida. Já conversamos a respeito. Não quero que ninguém pense que sou diretora do programa por sua causa.

— Não precisa se preocupar com isso. Que inferno, todos conhecem o seu currículo!

Linz olhou para ele com ar ameaçador. O pai ergueu as mãos em sinal de rendição.

— Está certo. De agora em diante, é Dra. Linz, seu nome de guerra. Nada de paternalismo, prometo.

Linz revirou os olhos diante da brincadeira do pai. Ele apertou um botão e a parede da sala de reunião deslizou para revelar seu escritório, um cômodo do tamanho de uma suíte de hotel. Em uma das paredes laterais, nove telas de televisão transmitiam continuamente as notícias de nove países diferentes. Um sofá de couro estava posicionado a uma distância adequada das telas e, atrás dele, havia um bar abastecido com toda bebida imaginável no mundo, de forma a acomodar visitantes internacionais.

O aspecto mais marcante da sala, no entanto, era uma escultura em tamanho real de Atlas segurando o mundo nas costas. O artista havia representado cada músculo contraído do titã, que lutava para levantar uma dupla hélice de DNA aos céus com a mão livre. Linz se lembrava do dia em que o pai havia encomendado aquela estátua. Era uma adolescente na época, e esta acabara sendo a inspiração para a sua tatuagem.

O pai se dirigiu à escrivaninha, passando por uma parede de vidro que proporcionava uma vista panorâmica da cidade de Boston. Linz se sentou em frente à escrivaninha, admirando pela milésima vez a requintada cadeira francesa do século XVI. Ela sempre apreciara o estilo clássico, quase palaciano, do escritório do pai. Ele definitivamente sabia causar uma impressão memorável, e o mesmo se podia dizer do modo como apresentava a si próprio. Parecia, na verdade, ter se tornado ainda mais elegante e imponente com o passar dos anos. Linz se lembrava de ter visto uma foto antiga do pai, tirada antes do seu nascimento, que a fizera dar boas risadas do nerd deselegante que o filme havia capturado.

Enquanto o pai remexia os papéis que estavam sobre a mesa, ela perguntou:

— Já fez o seu check-up com o Dr. Alban?

— A máquina está em perfeitas condições — respondeu o pai, batendo no peito. — O marca-passo recebeu uma bateria nova e uma troca de óleo.

— Muito engraçado.

— Ouvi dizer que você transformou seu escritório em uma sala de jogos — comentou o pai, enquanto assinava vários documentos.

— Sem dúvida um artifício para estimular a camaradagem entre as suas tropas.

— Nós precisávamos de um lugar para relaxar.

— Não era necessário. Isso aqui não é uma universidade. Com o tempo, você vai ter tudo que precisa.

— Eu sei.

Linz passou a mão na testa. O sono agitado das últimas noites estava começando a pesar. O pai olhou para ela e pôs a caneta de lado.

— Certo. Me conta tudo, Nebulosa.

Linz deu um sorriso amarelo. Nebulosa era seu apelido desde criança; era como o pai a chamava quando a via preocupada com alguma coisa. Resistiu ao impulso de revelar tudo o que acontecera e se limitou a perguntar:

— Você acredita que duas pessoas possam ter o mesmo sonho?

— O mesmo sonho?

— Fui à galeria de Penelope e Derek e vi um quadro igualzinho ao sonho que eu costumava ter.

O pai ficou sem palavras por um momento.

— Aquele da mulher e do padre?

Linz percebeu que o pai estava assustado e se arrependeu imediatamente de ter mencionado a pintura. Adorava o velho, mas ele tendia a se intrometer demais em sua vida, tentando protegê-la. Procurou minimizar o episódio.

— O pintor assinou o quadro com o nome do padre, e acontece que o tal padre realmente existiu. É curioso.

— É mesmo. — O pai tirou os óculos de leitura e coçou o nariz. — Muito curioso.

— Sim. Fiquei impressionada a princípio, mas tudo não deve passar de uma coincidência.

Esperava agora apenas que ele deixasse o assunto morrer sem se exaltar. Por que havia tocado no assunto? Agora ele não iria deixá-la em paz.

— Se eu fosse você, esqueceria o assunto. Às vezes a vida tem dessas coincidências estranhas. Você parou de ter esse sonho há muitos anos, afinal.

— Eu sei. Não foi nada. — Percebeu que o pai continuava preocupado e fingiu consultar o relógio. — Me desculpa, tenho que ir. Mais uma reunião. Estou bem, de verdade. Vamos só esquecer o assunto.

Deu um beijo rápido na bochecha do pai e saiu do escritório com a impressão incômoda de que havia falado demais.

TREZE

Bryan estacionou em frente à garagem da casa dos pais e ficou aliviado ao ver que o carro da mãe não estava lá.

Sem se dar ao trabalho de experimentar a porta da frente, foi até os fundos, onde pôde ouvir o pai conversando com as plantas. Sorriu. Doc cuidava do quintal havia muitos anos e, com o tempo, transformara a área em uma verdadeira fazendinha de produtos orgânicos. Tudo o que plantava acabava no restaurante.

— Estou interrompendo uma conversa particular?

O rosto de Doc se iluminou ao ver o filho.

— Eu estava elogiando minhas couves-de-bruxelas. Elas precisam de um pouco de carinho. Quer sujar as mãos de terra? — Passou-lhe um balde. — Pode colher aquelas batatas-roxas para mim?

Bryan foi até a horta. O pai um dia lhe ensinara que todas as batatas eram originárias da América do Sul e que havia mais de três mil variedades. Doc era ao mesmo tempo um cientista e um artista da área de alimentos. Sabia de onde vinha cada vegetal e o que era necessário para torná-lo delicioso. Tinha um verdadeiro dom, e Bryan sempre o admirara por isso — especialmente porque a única coisa que sabia era esquentar comida congelada no micro-ondas.

Trabalharam por algum tempo em um silêncio confortável, como estavam acostumados a fazer. Bryan sempre sentira uma estreita ligação com o pai. Isso o fazia pensar se as pessoas tinham liberdade para escolher a família em que iriam nascer. Os relacionamentos que havia mantido durante a vida não lhe pareciam nem um pouco aleatórios.

Doc o examinou com os olhos.

— Você parece diferente.

— É porque hoje não estou de ressaca.

Doc fez uma careta.

— Ainda estou me recuperando daquela vodca que você me forçou a beber.

— Ei, não se esqueça de que paguei seu táxi depois.

— *Danke*. Como vão as pinturas?

Bryan pensou no retrato de Diana que estava secando no estúdio e pensou no que o pai diria se pudesse vê-lo.

— Vão bem — respondeu, lacônico.

Doc levantou uma grande fileira de couves-de-bruxelas.

— Ah, não são umas gracinhas? — comentou, colocando-as na cesta. — Conseguiu vender todos os quadros?

Bryan balançou a cabeça.

— Ainda não faço ideia.

Derek e Penelope se comunicavam por e-mail, e fazia séculos que ele não acessava sua caixa postal.

— Pois fique sabendo que vendeu pelo menos um.

Bryan parou de cavar.

— Pai, já disse a você para não comprar os meus quadros. Pode ficar com qualquer um de graça.

— Sua mãe insistiu. Ela se apaixonou por aquela pintura da construção do palácio de Versalhes.

Ora, isso era interessante mas também compreensível. Bryan havia pintado o palácio de Versalhes depois de rememorar a vida de Luis Le Vau, o principal arquiteto de Luís XIV, rei de França. Um brilhante inovador, Le Vau tinha deixado uma marca indelével no país. Durante o longo e próspero reinado de Luís XIV, projetou o castelo de Vaux-le-Vicomte e o hospital de La Salpêtrière, remodelou o Louvre, construiu o Collège des Quatre Nations e transformou Versalhes no magnífico palácio que é hoje em dia.

Bryan havia sonhado com a vida de Le Vau aos 17 anos, um ano antes de sair de casa. Na manhã seguinte, desceu para tomar café e se manteve em silêncio, tentando assimilar as memórias. A mãe ficou ofendida com o seu mutismo, o que resultou na briga mais séria que já tiveram. Bryan teve de se esforçar para falar em inglês. Ainda se lembrava do momento em que olhou para a mãe e reconheceu o espírito de Françoise d'Aubigné, marquesa de Maintenon e segunda esposa de Luís XIV. A mulher mais culta da corte e viúva de um poeta de renome atraíra a atenção do rei e tomara o lugar de sua amante do momento. Quando a rainha morreu, Luís a desposou em segredo e ela passou a ter grande influência sobre o marido. Embora nunca tivesse recebido o título de rainha, gostava de dar palpite em todas as coisas relativas à Coroa, e Le Vau com frequência se ressentia da interferência da marquesa em seus trabalhos. Bryan achava muito apropriado que a mãe tivesse sido um dia praticamente uma rainha, e não ficou surpreso ao descobrir que ela se afeiçoara à pintura do palácio de Versalhes.

Doc deu um sorriso pesaroso.

— Ela agora quer redecorar a sala de estar para poder pendurar o quadro. Muito obrigado.

— Não há de quê. — Bryan colheu mais algumas batatas. O balde estava quase cheio. Achou que estava na hora de tentar. — Acabo de ser convidado para ser padrinho de casamento de um amigo.

Doc olhou para ele.

— É mesmo? Padrinho?

Bryan desviou o rosto, com medo de que o pai decifrasse a mentira em sua expressão.

— De um outro pintor, que conheci quando estive na Europa... — explicou. — De toda forma, eu queria saber quais são as obrigações de um padrinho. Você já foi padrinho de casamento?

Bryan olhou para o pai de soslaio e se sentiu imediatamente culpado quando viu uma expressão de tristeza em seu rosto.

— Só uma vez. De um grande amigo que não está mais por aqui.

Bryan continuou a cavar, tentando aparentar naturalidade. Teria de fazer as perguntas exatas que pudessem levá-lo às respostas que queria.

— O que quer dizer com "por aqui"?

Um longo minuto se passou. Bryan chegou a pensar que ele não iria responder.

— Ele e a esposa faleceram antes de você nascer.

— Ah, que horrível. O que aconteceu? Um acidente de carro?

— Não, não; foi um acidente de trabalho, uma espécie de explosão de gás. Não conheço os detalhes. Ainda é difícil acreditar que nunca mais vou vê-los.

— Por que nunca falou deles antes?

— É uma história complicada. Sua mãe também conhecia o casal.

Complicada é pouco, pensou Bryan, sem dizer nada.

— Ainda tenho os pertences deles guardados no restaurante. Acho que está na hora de me desfazer de tudo...

Bryan deixou a pá cair, estupefato, e perguntou:

— Você guardou as coisas deles?

Pegou rapidamente a pá, torcendo para que o pai não tivesse notado a estranha reação. Doc, porém, parecia imerso nos próprios pensamentos. Olhou em torno, como se temesse que Barbara pudesse ouvir suas palavras, e prosseguiu:

— Mike e eu éramos companheiros de quarto antes de ele e Diana começarem a namorar. Eu tinha a chave do apartamento deles. Quando morreram, o proprietário ia jogar tudo fora. Mike não tinha parentes próximos, e os pais de Diana eram idosos e não estavam em condições de viajar. Como eles não queriam as coisas e não tive coragem de jogá-las fora, acabei deixando tudo guardado.

Seu pai havia guardado os pertences de Michael! O coração de Bryan bateu mais depressa e ele teve de reprimir a vontade de abraçar o pai. Naquele momento, teve certeza de que tinha escolhido ser seu filho. Amigo e protetor de Michael, Doc soubera inconscientemente o que fazer.

— Não sei por que guardei essas coisas por tanto tempo. Estive a ponto de me desfazer delas no ano passado. Lou Lou queria porque queria que eu transformasse o depósito em um escritório para ela. Prometi que iria dar um jeito em tudo, mas minhas costas ainda não estão cem por cento.

Bryan tinha se esquecido de que o pai machucara as costas ao levar um tombo em uma trilha. Doc tinha feito trilhas por esporte a vida inteira, tendo conhecido e caminhado por todas as mais importantes dos Estados Unidos, do Canadá e do México, e aquele fora seu primeiro acidente. Em toda a vida. Quais eram as chances?

Bryan decidiu aproveitar a deixa:

— Posso esvaziar o depósito para você. — Os olhos de Doc ficaram tão esbugalhados que Bryan teve de rir. — Estou falando sério. O senhor não está em condições de levantar peso, e eu estou com tempo sobrando.

Mesmo enquanto falava, Bryan se sentiu um pouco envergonhado por ocultar seus verdadeiros motivos; era visível como o pai estava comovido com a proposta.

— Tem certeza? São mais de vinte caixas cobertas de poeira e sabe-se lá o que mais.

Bryan teve de controlar seu entusiasmo.

— Estou precisando fazer um pouco de exercício, sair um pouco do estúdio. Vai me fazer bem.

Doc enfiou a mão no bolso.

— Aqui estão as minhas chaves. Tenho cópias de todas. — Hesitou por um momento. — E seria melhor não comentar nada com sua mãe.

Como se tudo tivesse sido ensaiado, ouviram o carro de Barbara entrar na garagem naquele exato momento. Bryan colocou o molho de chaves no bolso e entregou ao pai o balde de batatas.

— Vou lá dar um oi para ela.

Não podia evitar a mãe pelo resto da vida, afinal.

Barbara entrou pela porta dos fundos carregando várias sacolas.

— Bryan? Onde você está? — Chegou à cozinha e o viu lavando as mãos na pia. — Que surpresa! Pensei que estivesse nos evitando.

Bryan, de costas para a mãe, fez uma careta.

— Desculpa. Estava para retornar a ligação. — Ele enxugou as mãos na toalha mais próxima e se virou para ela. — Foi uma semana cheia.

— Fomos à sua exposição, mas você não apareceu — queixou-se Barbara, começando a guardar as compras.

Bryan observou a mãe circular pela cozinha como uma atleta olímpica. *Ela parecia... bem.* O pensamento o deixou um pouco envergonhado, mas compreendia por que Michael havia tentado namorá-la. Barbara era uma mulher atraente. Já beirando os 60, cuidava muito bem da saúde e parecia ser ao menos dez anos mais jovem.

Por outro lado, era uma pessoa difícil, teimosa e desconfiada de tudo. Viver com ela era cansativo. Durante a infância de Bryan, curá-lo havia se tornado uma obsessão, e por isso ela o tinha enviado a uma série infindável de instituições, a ponto de ele sentir que os psiquiatras, os neurocientistas e os sonoterapeutas haviam se tornado seus pais adotivos. A única pessoa que interessava a Bryan raramente estava presente e, quando estava, travestia-se de médica, observando-o e questionando-o. Com o tempo, a privação de Bryan se transformara em raiva, que por sua vez minguara em distanciamento, até que se tornaram incapazes de sequer manter uma conversa. As mães normalmente conhecem os filhos melhor que qualquer outra pessoa, mas, no caso, ele se tornara para a mãe um completo estranho.

Agora que estava mais velho, podia recordar as atitudes da mãe com um mínimo de compreensão, embora a criança em seu âmago ainda não a houvesse perdoado. De volta a Boston, considerara a possibilidade de reatar o relacionamento com a mãe em novas bases. Agora, porém, tinha de lidar com as memórias de Michael, o que decididamente não ajudava em nada.

Barbara estava picando os ingredientes da salada.

— Descobri uma antiguidade encantadora outro dia — disse, apontando para uma sacola perto da porta dos fundos.

Nos fins de semana, ela fazia uma ronda em brechós com as amigas, em busca de antiguidades. Era um passatempo que cultivava havia anos.

O fato de sua mãe não fazer nenhum comentário a respeito dos quadros da exposição não foi surpresa para Bryan. Ela nunca elogiava ninguém; aquilo simplesmente não fazia parte da sua natureza. Mesmo assim, não pôde deixar de se sentir um pouco magoado. Se seu pai não tivesse lhe contado que ela havia se apaixonado pela pintura de Versalhes, Bryan não ficaria sabendo que sua mãe a tinha comprado. Com seu pai ela era outra pessoa. Bryan sempre se sentira um pouco estranho, apesar dos sonhos, e agora isso fazia sentido.

— Qual é a graça?

Bryan voltou ao presente.

— Desculpa, o que disse?

— Você estava sorrindo.

— Isso é proibido?

Barbara ignorou a pergunta e começou a descascar uma cenoura.

— Já terminou a mudança? Eu adoraria conhecer o seu novo apartamento.

— É só um loft onde montei meu estúdio. Não tem muito o que ver.

— Você podia pelo menos convidar a gente para jantar. Está levando uma vida de ermitão.

Bryan cruzou os braços.

— Tenho que pintar os meus quadros.

— Isso não significa que não possa ver ninguém. Não é saudável.

— **Ai, céus, vai começar de novo?**

Barbara se virou para o filho com as mãos na cintura.

— Não gosto desse seu ar defensivo. Eu me preocupo com você. Está com um aspecto horrível. Parece um maltrapilho. E essa magreza... pelo menos tem se lembrado de comer?

Como resposta, Bryan pegou a cenoura recém-descascada e deu uma bela mordida. Barbara voltou a falar, mas Bryan parou de prestar atenção. Foi até a porta dos fundos, deu uma olhada no interior da sacola do brechó e ficou atônito com o que viu. Retirou cuidadosamente o objeto e o depositou na bancada.

— Você comprou um relógio?

— Comprei. Não muda de assunto. Sabe o que estou tentando dizer?

— Ah, claro que sei, Barbara; só não sou obrigado a concordar.

A mãe ficou pálida, e Bryan percebeu que tinha falado como se fosse Michael. Ele havia pronunciado exatamente as mesmas palavras em sua última discussão com ela.

— Por que você falou comigo desse jeito? — Ela parecia estar claramente enfrentando um fantasma do passado. — Desde quando eu sou Barbara para você? Você sempre me chamou de "mãe"...

Bryan se virou para o relógio e começou a mexer nos ponteiros. Os dois permaneceram em silêncio por alguns minutos.

— Não funciona — explicou Barbara, sem necessidade —, mas era tão bonito que tive que comprar. O homem disse que era francês e muito antigo.

Bryan abriu a parte de trás para examinar o mecanismo.

— É antigo, mas não é francês. É holandês.

— Como você sabe?

Porque fui eu que o montei no século XVII. Era difícil explicar como a mãe havia encontrado o relógio em um brechó, mas não era a primeira vez que ela aparecia com objetos que pertenciam a um dos múltiplos passados de Bryan. Esse era um dos maiores talentos da sua mãe.

Naquela visão, em particular, ele tinha sido Christiaan Huygens. O pai, Constantijn, fora poeta e compositor, amigo de Descartes, Rembrandt e muitos outros. A mãe de Christiaan morrera quando ele tinha 11 anos, depois de dar à luz sua irmã, e o pai não se recuperara da perda. Constantijn não se dava bem com os filhos, e, quando Descartes reconheceu o talento precoce de Christiaan, recomendou que o jovem fosse estudar em Leiden.

Christiaan se saiu muito bem em todas as matérias e logo sabia mais que os professores. Escreveu o primeiro livro de que se tem conhecimento a respeito da teoria das probabilidades e formulou uma hipótese para a lei do movimento, que mais tarde seria modificada por Isaac Newton. O interesse pela mecânica o levou a estudar vários campos da ciência... matemática, física, astronomia. Christiaan propôs que a luz era feita de ondas e descobriu a força centrífuga. Um mestre da óptica, criou também um telescópio refrator, que usou para especular que Saturno possuía anéis e para descobrir a primeira lua do planeta, Titã.

A grande paixão de Christiaan, no entanto, era o tempo. Quando projetou o relógio de pêndulo, o instrumento de marcação de tempo mais preciso da época, ajudou o mundo a capturá-lo.

Christiaan dera o relógio que Bryan tinha nas mãos de presente ao pai pouco antes da morte do velho. Bryan ainda achava difícil acreditar que Barbara o tivesse encontrado. Será que ela havia sido Constantijn? *Não... Não era possível*. Fez o possível para se controlar e a olhou nos olhos, com firmeza, ativamente buscando reconhecê-lo.

Tentar reconhecer as pessoas de seu passado nas do presente era algo que, em geral, ele procurava evitar, mas em momentos como aquele era impossível resistir ao impulso. Tinha aprendido a reconhecer o espírito de um indivíduo se concentrando nele e o buscando nos olhos da pessoa à sua frente. Em raras ocasiões, o reconhecimento ocorria de forma espontânea, especialmente se Bryan estava irritado ou nervoso, mas em geral exigia um grande esforço. Barbara ficou olhando para ele, de testa franzida, claramente intrigada com a atitude do filho.

De repente, Bryan viu o espírito de Constantijn brilhar nos olhos da mãe e desviou o olhar, desconcertado. Raramente reconhecia uma alma que estivesse ocupando o corpo de uma pessoa do sexo oposto. Era também a primeira vez que pensava na mãe como um homem, e a ideia lhe era muito esquisita. Mesmo assim, reconhecer Constantijn no interior de Barbara, enquanto ele próprio segurava o relógio de Christiaan... A raiva que estava sentindo desapareceu. Lutando contra um nó na garganta, propôs:

— Se quiser, posso consertar o relógio.

— É mesmo, tinha me esquecido de que você passou por uma fase de relojoeiro. — A lembrança fez Barbara balançar a cabeça. — Nunca vou me esquecer de quando voltei para casa e vi você com todos os nossos relógios desmontados em cima da mesa.

Bryan também se lembrava. Isso havia acontecido logo depois de sua recordação da vida de Christiaan. Passara meses mexendo em relógios, um pouco todos os dias, explicando aos pais que se tratava de um novo passatempo. Por outro lado, tinha escondido de todos que se tornara fluente em holandês e francês — embora se permitisse tirar nota 10 em matemática a partir de então.

Procurou levar o comentário na brincadeira.

— Ei, não se esqueça de que eu sempre montava de volta.

— É verdade.

Trocaram um sorriso enquanto Bryan colocava o relógio de volta na sacola do brechó.

— Vai ficar para jantar? — perguntou Barbara.

— Desculpe, mas tenho um compromisso. — Ao ver o desapontamento nos olhos da mãe, acrescentou: — Fica para outro dia. Prometo.

— Pelo menos, coma uma fatia do seu bolo de aniversário. Seu pai está acabando com ele.

— Acho melhor agora não, mas obrigado.

Pegou a sacola e saiu antes que a mãe encontrasse outra razão para prolongar sua estada.

Bryan dirigiu até o fim da rua, encostou o carro e tirou o relógio da sacola. Ficou sentado ali por um longo tempo, apertando-o contra o peito, matando uma intensa saudade, como sempre fazia ao manipular algo que havia lhe pertencido. Fechou os olhos e deixou a emoção invadir seu corpo e sua alma. Como gostaria de ir para casa consertar o relógio, mergulhar no mundo de Christiaan... mas havia algo mais urgente a fazer. Podia sentir o peso das chaves de Doc no bolso e sabia que existiam muitas respostas nos pertences de Michael e Diana. Seria tão bom se Linz pudesse ajudá-lo na busca...

Linz. Precisava ajudá-la a se lembrar. Juliana ou Diana... àquela altura, pouco importava. Ela apenas precisava começar a se lembrar de algo. Seus pensamentos se voltaram para o quadro. Antes de ir até o depósito, tinha de pegá-lo.

QUATORZE

Linz desceu de elevador até o décimo andar, um dos cinco dedicados à pesquisa genética. Seu laboratório ficava no fim do corredor, e ela não poderia ter escolhido um lugar melhor para trabalhar. Tudo ali era o que havia de mais moderno; não pouparam gastos. A sede mundial da Medicor ficava em Boston, afinal, e dava todas as mostras do fato.

Embora os investimentos em pesquisa e desenvolvimento da indústria biomédica tivessem diminuído nos últimos anos, a demanda de produtos farmacêuticos crescia a uma taxa de mais de oito por cento ao ano, por causa do aumento da expectativa de vida. Linz acreditava que a visão e a tenacidade do pai haviam levado a Medicor à liderança, ostentando a maior variedade de produtos em um mercado em declínio. Não só a empresa era responsável por uma alta porcentagem da pesquisa farmacêutica no país como também investia em laboratórios de outros países, ajudando a mantê-los na vanguarda.

Quando criança, havia se divertido com seu microscópio de brinquedo no chão do escritório do pai e viajado com ele para conferências em vários países do mundo. Essa infância fora do comum moldara sua personalidade, infundindo-lhe um profundo amor pela ciência e a ambição de se tornar uma pioneira por conta própria.

Depois de entrar na faculdade, tivera de tomar uma decisão importante: escolher o ramo da ciência ao qual dedicaria o resto da vida. O cérebro humano sempre a fascinara, em parte porque tinha dúvidas a respeito da saúde do seu próprio. O pesadelo recorrente da mulher na Roma antiga sempre havia lhe parecido mais uma memória que um sonho e a estimulara a tentar descobrir a origem de tais imagens. Especializar-se em neuropatologia e genética tinha sido uma escolha previsível. De várias formas, as descobertas práticas e o trabalho de detetive lhe traziam conforto; Linz acreditava na possibilidade de compreender como o cérebro criava memórias antes de encerrar sua carreira. Era uma esperança que lhe conferia uma energia extraordinária.

Os últimos meses foram animadores, especialmente agora que o laboratório estava funcionando a pleno vapor. Quando Linz assumira o cargo, herdara uma pequena equipe de um projeto encerrado com a aposentadoria do cientista-chefe. Steve, Maggie e Neil eram jovens idealistas, recém-saídos da faculdade, que não escondiam o desejo de deixar sua marca na história da empresa. A princípio, a perspectiva de trabalhar para a filha do presidente da companhia lhes deixara apreensivos, mas Linz logo os conquistara, superando em pouco tempo o mal-estar inicial.

Linz entrou discretamente na cozinha dos empregados e encontrou Steve fazendo café. Era o mais jovem do grupo, e sua atração pela chefe era tão óbvia quanto um anúncio luminoso. Ela se esforçava para não notar.

— Steve, onde está o pessoal?

Steve se sobressaltou e olhou para Linz com os olhos arregalados por trás dos óculos estilo John Lennon.

— Farta distribuição de rosquinhas no Departamento de Patentes — explicou.

Você bem que precisava de umas rosquinhas, pensou Linz, que sempre se impressionava com a magreza de Steve. Gostaria de que o rapaz parasse de olhar para ela daquele jeito.

— Coloquei a correspondência na sua mesa e comprei seu café preferido, o Kona — avisou Steve, mostrando o saco de grãos como prova. — Acabei de fazer um pouco.

Linz se serviu de uma xícara.

— Obrigada. Posso pedir um favor a você?

— É só dizer — aceitou Steve, passando-lhe o açucareiro e uma colher.

— Faça uma busca por artigos a respeito de conhecimento inexplicável de línguas estrangeiras.

— Conhecimento inexplicável? Isso é possível?

— Acho que sim.

Estava a ponto de sair quando se virou para o rapaz e disse, como se a ideia tivesse acabado de lhe ocorrer:

— Sei que a pergunta pode parecer estranha, mas você acredita em reencarnação?

— Bem... — balbuciou Steve.

O pomo de adão do rapaz subiu e desceu quando ele engoliu em seco.

— Eu acho, hum... — Fez uma pausa, enquanto engolia em seco de novo. — Às vezes você encontra uma pessoa com quem sente uma, hum, espécie de forte ligação... e talvez isso seja significativo?

— Ah... sim. — *Não ajudou muito.* Linz acenou com a xícara como despedida. — Obrigada pelo café.

Quando olhou para trás ao sair, surpreendeu Steve encostando o dedo na cabeça e puxando um gatilho imaginário. Linz sorriu e fechou a porta.

Caminhou ao longo de um corredor envidraçado, olhando para o interior dos vários laboratórios enquanto se dirigia ao seu próprio e reduzindo o passo para admirar Ciclope, o coração e a alma do Projeto Genoma. Os longos braços robóticos retiravam lâminas de vidro da miríade de gavetas ao longo da parede com precisão cirúrgica. Era um polvo tecnológico onipotente que estabelecia possíveis relações entre fragmentos de genes com a rapidez de um raio, fornecendo respostas em questão de segundos.

O Dr. Parker viu Linz passar e sorriu, acenando como se fossem velhos amigos. Linz ficou surpresa com a efusividade do cumprimento, pois tinham se conhecido naquela manhã, na reunião da diretoria. Acenou de volta e seguiu caminho, entrando no laboratório ao mesmo tempo que Maggie e Neil.

Maggie tinha o cabelo tingido de roxo, dois piercings no nariz e o dom de fazer um jaleco parecer descolado. Era também muito inteligente e trabalhava com Linz na área de sequenciamento genético. Neil cuidava do software e era um mago da computação cujo peso avantajado as cadeiras simples do laboratório tinham dificuldade de acomodar. Linz não sabia como tinha conseguido sobreviver sem ele. Em apenas três meses, o rapaz havia escrito programas para analisar todos os dados gerados pelo grupo. Era tão criativo que ela suspeitava de que fosse um hacker nas horas livres — isto é, quando não estava participando de convenções de videogame.

— Neil, o programa de reconhecimento de padrões que você escreveu está mandando muito bem.

— Todos os meus programas mandam bem. Por que você acha que estou sempre com essa camisa? — replicou o rapaz, apontando para a camisa, estampada com uma imagem desbotada do Bruce Lee, que usava por baixo do jaleco.

— Para não gastar dinheiro com lavanderia — comentou Maggie, torcendo o nariz.

Linz deu uma risada e foi até a mesa, tentando ignorar os livros em grego empilhados ao lado do computador. Havia levado vários para o trabalho, com a intenção de dar uma olhada neles na hora do almoço. Agora estava começando a questionar a própria sanidade; eles não passavam de uma distração gritante. Verificou mais uma vez o celular, na esperança de que Bryan tivesse entrado em contato.

Maggie se aproximou e disse:

— Seu pai ligou para falar da festa da empresa no domingo. Você vai?

— Sim, pretendo ir.

Maggie se empoleirou na beira da mesa.

— Vai levar alguém?

Linz fez uma pausa para refletir. Com certeza convidaria Bryan, se pudessem ter ao menos um encontro normal. Em vez disso, porém, todos os encontros foram surreais, e o último havia chegado às raias do inacreditável. Ele a largara esparramada no jardim de areia e nem ao menos ligara para pedir desculpas. Quanto mais ela pensava a respeito, mais irritada ficava. Se Bryan ligasse, deixaria cair na caixa postal. Não queria falar com ele.

Maggie continuava à espera de uma resposta, ficando cada vez mais empolgada.

— Ah, então tem alguém na jogada!

Linz suspirou. O que poderia dizer? A resposta lógica seria sim, mas o relacionamento entre ela e Bryan não tinha nada de lógico.

Maggie parecia satisfeita.

— Não precisa responder. É óbvio que tem. — Quando se virou para sair, deparou-se com os livros. — Nossa, você sabe grego?

Linz fez que sim com a cabeça, contrariada, diante da prova irrefutável.

— Um pouquinho — admitiu, enfiando os livros em uma das gavetas da mesa.

Esforçou-se para tirar Bryan da cabeça e começou a trabalhar.

Quando Linz voltou para casa, dez horas depois, esqueceu-se instantaneamente do trabalho. Havia um embrulho em forma de um quadro encostado na porta, com um bilhetinho grudado com fita adesiva na parte de cima que dizia: *Um presente de um sonhador a outro. Me liga.*

Linz desembrulhou a pintura e levou as mãos à cabeça, incrédula. Era demais. Depois de estender a mão para tocar o quadro, sem se importar com o fato de que ainda estava no corredor, deixou-se cair no chão e começou a chorar.

Era a pintura de Orígenes e Juliana. Um presente de Bryan.

A última caixa tinha a inscrição "casamento", e o primeiro objeto no interior era um álbum de fotos. Abaixo do álbum estavam rolos de super-8 e um velho projetor. Sem hesitar, Bryan se sentou no chão do depósito e abriu o álbum.

A primeira fotografia saltou do álbum e o cativou imediatamente. Michael segurava Diana nos braços enquanto o vestido de noiva arrastava no chão, formando uma pilha de renda. Bryan sorriu, lembrando-se de que Diana havia se casado com o vestido da mãe porque não tinha dinheiro para comprar um novo. Era originalmente dois números maior, e a costureira encarregada dos ajustes tivera de mexer nele duas vezes para produzir um resultado aceitável. Ao lado do casal sorridente, Doc, Conrad e Finn posavam em smokings dos anos 1970, acompanhados pelas damas de honra de Diana. Estavam todos fazendo careta para a câmera.

Bryan ficou olhando para a foto, emocionado com a expressão de alegria no rosto de todos, e a pergunta martelou em sua mente como um disco arranhado:

O que deu errado?

QUINZE

EDO, JAPÃO
21 DE ABRIL DE 1701

Lorde Asano, daimiô da província de Ako, acordou com um sobressalto e se deu conta de que estivera sonhando. No sonho, estava no alto de uma montanha, com as nuvens rodopiando aos seus pés. A certa distância, uma mulher estava sentada em uma pedra, perfeitamente imóvel.

A princípio, Asano pensou que a mulher fosse a estátua de uma deusa desconhecida, mas, ao se aproximar, percebeu que ela estava respirando. Era a criatura mais exótica que jamais vira, trazendo à memória o retrato que um comerciante holandês havia lhe mostrado, fruto de viagens a um lugar chamado Egito. Os longos cabelos negros tinham sido divididos em tranças que pendiam dos ombros, e os olhos estavam delineados com kohl e pó de esmeralda. Ouro e pedras preciosas adornavam seu corpo, mantendo no lugar uma veste de fino tecido que brilhava como uma pérola akoya azul.

Asano hesitara em falar. A mulher luminosa parecia imersa em meditação profunda, até que, de repente, abriu os olhos e disse:

— Sim, estou vendo você também.

Então Asano acordou.

Não era a primeira vez durante sua estada em Edo que dormia mal e tinha sonhos estranhos. Odiava aquela cidade e a obrigação de comparecer à corte do xogum. Aquela seria a última vez no ano, e ele e a esposa poderiam voltar para seu castelo em Ako. Só mais uma cerimônia, e tudo estaria terminado.

O pensamento foi acompanhado de uma onda de nervosismo. Em circunstâncias normais, Asano se limitaria a observar a pompa da corte, mas seu nome tinha sido sorteado para ser o representante oficial do xogum na recepção dos enviados do imperador. Como os ministros do monarca raramente visitavam a cidade, tudo tinha de ser perfeito.

Asano tentara se esquivar da missão, alegando ser um simples lorde do interior, pouco familiarizado com a etiqueta da corte. A verdade era que ele era um homem tímido, incapaz de suportar a pressão de ser a figura mais importante de uma cerimônia formal. Além disso, seu estado de saúde não era dos melhores, pois estava gripado pela terceira vez nos últimos três meses. A corte recusara seu apelo, limitando-se a colocá-lo sob a tutela do lorde Kira, o mestre de cerimônias do xogum e um homem detestado por Asano. Para Asano, o burocrata corrupto era o perfeito exemplo da decadência que tomava conta de Edo.

Lorde Kira esperava ser pago pelos seus serviços, algo que Asano não tinha intenção alguma de fazer. Embora Asano fosse apenas um jovem lorde de 35 anos, era fiel aos velhos costumes e ao código de honra dos samurais. Ele sabia que Kira era muito bem pago pela corte e se recusava a aceitar o que via como uma extorsão. A animosidade entre os dois havia chegado a níveis explosivos, e, à medida que o momento da cerimônia se aproximava, Asano ficava cada vez mais nervoso com sua decisão. Kira tinha o poder de fazê-lo passar por idiota diante de todos.

A luz da manhã invadiu o quarto, dissipando seus pensamentos sombrios. Era melhor sair da cama e começar o longo e meticuloso processo de vestir os trajes cerimoniais. Isso faria o fim do dia parecer mais próximo.

Ao terminar de se vestir, tomou a liteira para o castelo. Sentou-se na cadeira ornamentada, que pendia de uma longa vara sustentada por quatro homens — dois à frente e dois atrás. Um homem seguia adiante deles, ostentando orgulhosamente um estandarte com o *ka-*

mon do clã. O brasão era uma maneira de informar ao público quem era o lorde que viajava na liteira.

Asano mal podia suportar o espaço apertado e todas as sacudidas. A cabeça doía, e ele sentia um vazio no estômago. Atravessar o mercado era sempre um problema, tanto para o lorde como para a população de Edo. Sempre que o cortejo de um lorde passava, todas as pessoas que estavam na rua — comerciantes, agricultores e mendigos — tinham de parar, ajoelhar-se e baixar a cabeça. Não era permitido nem mesmo levantar os olhos para apreciar o desfile.

Mesmo com o caminho livre, levaram a manhã inteira para chegar ao castelo do xogum. Quando alcançaram o santuário interno, Asano desceu da liteira com um suspiro de alívio e se dirigiu ao Pavilhão dos Mil Tatames. Cumprimentou os lordes que chegaram antes dele. Todos haviam sido compelidos a estar lá e todos, com exceção de Asano, tinham pago a Kira para lhes ensinar como deviam se comportar durante a cerimônia. Eles olharam para Asano com curiosidade, imaginando como se sairia aquele lorde jovem e bem-apessoado.

Lorde Kira entrou no recinto com toda a pompa, adornado em trajes cerimoniais de luxo. Sorriu para os lordes, mostrando os dentes escurecidos.

O *ohaguro*, a prática de pintar os dentes de preto, era uma moda reservada originalmente às mulheres casadas e com filhos ou gueixas, mas que mais tarde se tornara também popular entre os nobres. O efeito era obtido dissolvendo ferro com vinagre e acrescentando sumagre chinês em pó. O tanino do sumagre transformava o líquido castanho malcheiroso em um esmalte preto e viscoso. Era preciso pintar frequentemente os dentes para manter o efeito, que Asano achava repugnante. Considerava o costume mais um sinal da vaidade e da corrupção que se alastravam na corte. Olhou para Kira e achou que o velho cortesão lembrava um lagarto com dentes cariados. Não fez nenhum esforço para esconder a repulsa e virou a cabeça, certificando-se de que Kira notasse sua expressão de desagrado.

Asano se dirigiu à porta, onde um servo entrou e lhe perguntou:

— Mil perdões, milorde, mas meu mestre pediu que perguntasse a que horas começará a cerimônia.

Antes que Asano pudesse responder, no entanto, Kira interveio, falando bem alto para que todos pudessem ouvir:

— Não adianta perguntar a ele. É ainda mais ignorante que você.

Um silêncio sepulcral desceu sobre o pavilhão. Asano não podia acreditar nos próprios ouvidos. Para ofendê-lo ainda mais, Kira se aproximou e sussurrou:

— Como vê, jovem lorde, posso tornar sua vida miserável. Por outro lado, ainda estou disposto a ajudar um caipira de Ako como você, se estiver disposto a colaborar.

Ao ouvir essas palavras, Asano foi tomado por um acesso de fúria e desembainhou a espada.

A surpresa foi geral. Um gesto como aquele no castelo do xogum era considerado alta traição, punível com morte, e a parte racional da mente de Asano gritava que parasse, que matar aquele homem arruinaria seu clã e seu nome. A intenção de Kira não era nada além de querer vê-lo ruir. Ao sacar a espada, fizera a vontade do inimigo.

A razão o abandonou. Ele levantou a espada bem alto e, com a mão trêmula, desferiu um golpe na cabeça de Kira. O xogum Tsunayoshi entrou no recinto no momento em que a lâmina atingiu o alvo. A espada resvalou na testa de Kira, tirando sangue e fazendo com que tombasse no chão. Um grande tumulto se formou conforme alguns servos corriam para acudir a vítima. Todos podiam ver que o corte não tinha sido profundo, que Asano não usara força suficiente para matar o oponente. Kira sobreviveria.

Asano ergueu cegamente a espada para golpeá-lo de novo, mas outros lordes e seus servos o seguraram, gritando pela ajuda dos guardas que estavam do lado de fora.

O xogum Tsunayoshi recuou, horrorizado. A espada de Asano foi arrancada de suas mãos, e, ao se ver desarmado, o jovem caiu em si. Sua cabeça latejava; ele não conseguia pensar. Ficou ali parado, ainda contido pelos outros nobres. Por que fizera aquilo?

O *rōjū* do xogum, seu imediato, bradou:

— Isso foi um insulto à casa do xogum! Às suas leis!

Asano caiu de joelhos e baixou a cabeça em sinal de arrependimento.

Fez-se um silêncio geral. Dezessete anos antes, o primeiro-ministro do xogum fora morto naquele mesmo pavilhão. Como havia boatos de que o próprio xogum estava envolvido no assassinato, ele considerava o ato de Asano uma ofensa pessoal.

O lorde continuou ajoelhado, com a testa encostada no chão.

— Peço perdão. Não há desculpa para o que fiz.

O xogum não disse nada, dirigindo-se em vez disso para a entrada a passos rápidos. O *rōjū* o acompanhou, depois de exclamar:

— A cerimônia está encerrada! Enviem todos para casa!

Privado de sua espada, Asano permaneceu de joelhos durante horas, esperando que seus captores decidissem o que fazer. Tentou compreender o que o fizera perder o controle. Será que odiava aquele homem a ponto de não se importar com sua própria vida? Não encontrou respostas, apenas uma angústia profunda.

Um batalhão de guardas chegou para levá-la do castelo para a mansão do lorde Tamura, onde aguardaria a sentença. Ao chegar ao destino, permitiram que escrevesse uma carta à esposa. Asano contou o que havia acontecido, rezando para que ela passasse o relato ao seu *kerai* e ajudante de ordens, Oishi Kuranosuke Yoshio, em quem confiava mais que no próprio irmão. O destino de sua família estava agora nas mãos de Oishi, e Asano alimentava a esperança de que o *kerai* pudesse, de alguma forma, reparar a ofensa que ele tinha cometido.

No momento em que acabou de escrever a carta, o mensageiro do xogum chegou com a sentença. A decisão do xogum tinha sido tomada mais rápida que de costume. O mensageiro anunciou em voz alta:

— Por ordem do xogum Tsunayoshi, lorde Asano deve cometer *seppuku* ainda hoje.

Asano ficou perplexo. Tinha se preparado para a possibilidade de uma sentença de morte, mas que ela viesse tão depressa era inconcebível para um lorde de sua importância. Não teria tempo para colocar a casa em ordem.

— A Sra. Asano sofrerá exílio perpétuo e todas as propriedades do clã Asano passarão à tutela do xogum.

Cada palavra era uma punhalada no coração do lorde. Os trezentos samurais da Casa de Asano perderiam tudo o que tinham; de seus bens à sua função. Forçou-se a prestar atenção no que o mensageiro dizia. O pior tinha ficado para o fim.

— ... o nome de Asano e sua linhagem serão apagados do Livro de Registros.

Ao ouvir essas palavras, teve a estranha sensação de que estava flutuando, de que a âncora que o prendia ao mundo havia sido cortada. Toda a história de seu clã seria esquecida. Apenas em um ponto o xogum tinha demonstrado misericórdia: ao conceder a Asano o privilégio de morrer com honra por meio do *seppuku*.

O *seppuku* era o maior sacrifício que um samurai podia fazer e proporcionava a Asano a oportunidade de reparar seus erros. Como muitos outros, ele acreditava que, se seu carma o havia conduzido a uma situação irreversível, era melhor morrer pelas próprias mãos, para que ele não o acompanhasse na encarnação seguinte.

Os homens do xogum levaram Asano para o jardim, onde várias camadas de tecido de algodão haviam sido estendidas. Uma pequena mesa com uma adaga e uma taça fora colocada no centro. O assistente, o *kaishakunin*, esperava com estoica resignação, a espada preparada para decapitá-lo ao fim do ritual.

Lorde Asano tinha sido vestido com um quimono cerimonial, todo branco. Ele assumiu a posição apropriada, sentado de cócoras. Como parte do ritual de suicídio, pegou a taça de saquê que estava sobre a mesa e a tomou em quatro goles. Em seguida, escreveu seu poema de despedida em uma folha de *washi*, um papel feito de folhas de amoreira. Não sabia o que escrever, mas, de alguma forma, o pincel ganhou vida própria.

O vento faz as folhas caírem
Eu também estou caindo
Sem saber o que fazer
Com a Primavera Remanescente

Seria lembrado como um péssimo poeta, pensou, envergonhado. Despiu a parte superior do quimono e enfiou as mangas debaixo dos joelhos. Segurou a fria adaga com as duas mãos e se lembrou do sonho com a estranha mulher egípcia no alto da montanha. Teria ela sabido que aquele seria seu último dia?

Enquanto se preparava para tirar a própria vida, Asano se lembrou do restante das palavras que a mulher havia pronunciado.

"Entre o começo e fim, esta vida é apenas um momento."

Asano focou a mente nessas palavras enquanto a lâmina perfurava sua pele. Não sentiu a espada do assistente no pescoço.

Já estava morto.

DEZESSEIS

DIA 20 - 25 DE FEVEREIRO DE 1982

As memórias chegam inesperadamente. É a segunda vez essa semana que sofro uma lembrança. Hoje, estava trabalhando no escritório quando minha vista ficou turva e comecei a sonhar. Parei de tomar o medicamento, mas isso não chegou a diminuir a frequência das visões. É como se o Renovo tivesse aberto a caixa de Pandora.

Compartilhei as lembranças com a equipe, mas apenas até certo ponto, e passei a me isolar no escritório, em busca de algum tipo de resposta. Minha mente insiste em retornar à mulher egípcia do sonho de Asano. Já a vi aparecer nos sonhos de outras vidas que rememorei e não consigo escapar à impressão de que ela é a chave de tudo que está acontecendo. Quem é ela? Uma deusa? Uma antiga sacerdotisa? Uma viajante de outro tempo e lugar com uma mensagem para um homem moribundo?

Nada disso faz sentido e não tenho coragem de tornar públicas essas ideias. Limitei minhas interações com o grupo aos testes que Finn está conduzindo. Cheguei a jurar a mim mesmo que não contaria nada a Diana até compreender melhor o que está acontecendo.

O fato de ser fluente em mais de dez línguas e conhecer documentos e fatos históricos que não podem ser encontrados nos livros é um forte argumento a favor da possibilidade de reencarnação, não há dúvida, mas minha formação como cientista ainda não me permite aceitar como certeza que são memórias de vidas passadas. Contudo, não vejo outra forma de explicar por que tenho a forte impressão de que essas memórias são de fato minhas.

Hoje rememorei a vida de um lorde japonês do século XVII. Ouvi falar de lorde Asano pela primeira vez há alguns anos, quando fiz um curso optativo de estudos asiáticos no primeiro ano da faculdade. Meu professor, o Sr. Yamamoto, gostava de nos contar histórias de sua terra natal. A morte de lorde Asano e o conflito sangrento que se seguiu se tornaram uma das sagas mais famosas do Japão.

Ouvi a narrativa com interesse, mas, na ocasião, não lhe atribuí grande importância. É estranho pensar que possa ter sido eu o responsável por toda essa história.

Diana também desempenhou um papel importante, como na vida de Puchkin. Tenho certeza de que ela era a minha esposa Natália. Natália, que dizia ter vontade de ser homem para vingar a morte do marido. Quando olho Diana nos olhos, não posso deixar de pensar que ela voltou como homem na vida seguinte, na guerra que ela iniciou.

Não sei o que vai acontecer se Diana se lembrar da vida que teve no Japão. Rezo para que jamais se lembre. Toda a equipe já tomou o Renovo. Que Deus nos ajude.

Bryan pôs o diário de lado, vencido pelo cansaço.

Estava sentado no chão da sala de estar, cercado pelas caixas de Michael e Diana. Depois de folhear o álbum de fotografias no restaurante, havia corrido para casa a fim de abrir o restante das caixas. Deparara-se quase imediatamente com o diário de Michael, que estava lendo havia horas.

Bryan se lembrara da vida do lorde Asano Naganori fazia dez anos e tinha passado meses pintando detalhes de sua breve existência. Chegara a tentar pintar o sonho do nobre. Foi até o cômodo que lhe servia de armazém e pegou o retrato da mulher egípcia em tamanho real. Levantava a cabeça para o céu, os olhos felinos semicerrados, envolvida pela névoa da montanha. Bryan não havia conseguido reproduzir corretamente suas feições e usara a névoa para encobrir o fato. Mesmo assim, o quadro despertava estranhas emoções; Bryan ficava arrepiado toda vez que o contemplava. Ninguém mais havia visto aquela pintura.

Pensou em mostrar o quadro a Linz na próxima vez em que se encontrassem, o que tinha certeza de que ocorreria em breve, apesar de não terem mais se falado desde o dia em que visitaram a biblioteca. Decidira dar um tempo para que ela assimilasse tudo o que havia descoberto. Além disso, tinha esperança de que o perdoasse por deixá-la de forma tão repentina. Sabia que mais cedo ou mais tarde teria de explicar aqueles episódios. Imaginou-se dizendo: *Precisa entender que, de vez em quando, tenho visões quando estou com você.* Podia imaginar a reação. Com um suspiro, colocou o retrato da mulher egípcia de volta no armário. Talvez Linz ainda não estivesse preparada para vê-lo.

Linz passou um longo tempo sentada no sofá, olhando para a pintura. A imagem parecia mais real que a realidade, a violência capturada com incrível detalhamento. Sentiu um forte ímpeto de rasgar a tela, mas sabia que jamais se perdoaria se o fizesse. Pensou em devolvê-la a Bryan, mas não queria que ninguém mais a visse. Conformando-se com uma solução provisória, levantou-se, guardou o quadro em um armário e se sentou no chão, com a cabeça entre as mãos, emocionalmente exausta.

Havia perdido o controle ao encontrar a pintura na porta de casa e levara horas para se acalmar. Fazia anos que não chorava tanto. A pintura tinha trazido de volta memórias que passara muito tempo tentando bloquear. Na infância, lembrava-se de muita coisa a respeito de Juliana além do momento de sua morte na fogueira, sentimentos vagos e experiências que não podia explicar e que jamais chegara a dividir com outra pessoa. Na vida adulta, esquecer-se da tragédia da morte de Juliana se tornara o mais importante; todas as outras memórias eram suaves e pouco agressivas, como imagens fora de foco. Agora, porém, que estava ficando mais velha, talvez fosse o momento de revivê-las. Porque, quando Linz abriu o coração e deixou o medo escapar, o senso de individualidade foi eclipsado pela sensação de que Juliana fazia parte de si própria. Talvez o mesmo acontecesse com Bryan.

Bryan. Precisava ouvir sua voz. Ligou para ele sem pensar duas vezes.

O telefone tocou. O homem que atendeu tinha um sotaque estranho.

— *Hallo?*

Linz hesitou.

— Alô... Eu poderia falar com Bryan?

— *Wie noemt alstublieft?*

Parecia a voz de Bryan, mas as palavras não eram familiares. Devia ter ligado para o número errado. Em vez de desligar, contudo, perguntou:

— Bryan, é você?

— *Ik ben Christiaan. Goede dag.*

Bryan desligou o telefone e continuou o trabalho. Sua mente se desligara após a leitura do diário, e, ao ver o relógio de Christiaan, tinha ido buscar sua velha caixa de ferramentas para desmontar a velha peça.

Havia prometido à mãe que o relógio voltaria a funcionar, e a tarefa de desmontá-lo o acalmara. Não demorou para identificar o problema: o mecanismo de escapamento tinha enferrujado e os parafusos estavam frouxos. Limpou as peças com todo cuidado, ficando absorto no trabalho de tal forma que sua mente deixou de girar descontrolada e a vida no antigo Japão voltou a se tornar uma memória distante.

O tique-taque do relógio recém-consertado o trouxe de volta à realidade. Bryan piscou e olhou para as caixas com os pertences de Michael e Diana. O passado havia perseguido Bryan durante toda a vida, e agora era como se as respostas estivessem chegando todas de uma vez. Deitou-se no chão e ficou olhando para o teto.

O telefone tocou. Apressou-se a atender.

— Alô?

— Bryan? Sou eu, Linz.

A voz dela soou como música aos seus ouvidos. Linz não fazia ideia do efeito que exercia sobre ele. Sua voz assumiu um tom de intimidade.

— Linz, estava torcendo para você ligar.

— Na verdade é a segunda vez que estou ligando. Na primeira, um estrangeiro atendeu. Não entendi nada do que ele disse. Soava como alemão ou coisa parecida.

Bryan suspirou. Não se lembrava da ligação. Provavelmente tinha atendido ao chamado em holandês durante sua imersão nos pensamentos de Christiaan.

— Eu achei que tinha ligado para o seu número, e a voz parecia a sua...

Bryan esperou, torcendo para que ela mudasse de assunto sem pedir uma explicação. As coisas já estavam suficientemente estranhas entre os dois sem precisar adicionar aquele episódio.

— Eu estava ligando para agradecer pelo quadro — continuou Linz, com a voz carregada de emoção.

Tantas coisas aconteceram nas últimas horas que era difícil acreditar que havia deixado o quadro na porta da moça naquela manhã.

— Eu queria que você ficasse com ele.

— Me deixa pagar pela pintura — disse Linz, um tanto hesitante.

— Nada disso. É um presente.

— Mesmo assim.

— É um presente. Eu insisto.

Houve uma breve pausa.

— Obrigada.

Nenhum dos dois disse nada durante um minuto. A vontade de Bryan era de desligar o telefone, pegar o carro e ir até a casa de Linz. O impulso de vê-la logo era forte.

Quem quebrou o silêncio foi Linz. Parecia nervosa.

— Dei uma olhada em mais alguns daqueles livros que pegamos emprestado na biblioteca, mas ainda não consegui entender nosso sonho. Digo, por que sonhamos com algo que aconteceu na antiga Roma? Por que não em outra época qualquer?

Bryan olhou para as paredes do estúdio, cobertas de pinturas. Linz não fazia ideia da realidade; ainda estava presa àquela única memória. Talvez, se visse suas telas, começasse a rememorar outras vidas.

— Que tal vir aqui amanhã à noite? — propôs ele. — Vou preparar um jantar para a gente.

Bryan percebeu um sorriso na voz dela quando perguntou:

— A que horas?

DEZESSETE

— Você dormiu com ele? — ganiu Derek.

— Não foi isso. Eu disse que me ataquei com ele no meu jardim de areia.

Linz estava quase arrependida da ideia de passar na galeria para botar o papo em dia com os amigos. Embora estivessem no escritório, a portas fechadas, temia que a conversa caísse em ouvidos alheios.

Penelope olhou para ela com ar de censura e foi buscar na geladeira um chardonnay que havia sobrado da exposição.

Linz tentou se justificar.

— Simplesmente aconteceu. Existe essa química estranha, intensa, entre a gente.

Intensa era pouco. A memória do último encontro fez a moça enrubescer. Penelope lhe passou um copo.

— O cara é uma aberração, um gênio da pintura. Reconheço que ele é sexy, mas, por Deus, ao menos sabe conversar?

— Claro que sabe! — protestou Linz. A amiga a estava deixando na defensiva. Tudo bem, ele era um pouco excêntrico, mas ela própria também não era?

Derek revirou os olhos.

— Está bem, ele sabe conversar. Mas como foi o rala e rola?

Linz balançou a cabeça e começou a rir.

— Derek, tenha dó!

— O quê? Deixa a gente andar nessa montanha-russa com você. Não faço sexo há mais de um ano e Penelope está prestes a virar lésbica.

Penelope o fuzilou com os olhos e se sentou ao lado de Linz.

— Tá, você está precisando de um choque de realidade. Para começar, ele não faz o seu tipo. Acredite em mim.

— Pois é — concordou Derek. — Seu último namorado não foi um contador gordo e careca chamado Todd?

— Você se esqueceu do Greg — corrigiu Penelope.

Derek deu de ombros.

— Querida, acho que todos nós esquecemos o Greg.

Linz teve de rir.

— Todd não era gordo... e trabalhava como analista financeiro.

— E fiquei sabendo que você quis uma amostra de DNA antes de fazer sexo com Todd. Qual é? — perguntou Derek, em tom malicioso.

Linz olhou para Penelope.

— Você contou para ele?

Penelope se encolheu toda.

— Foi mal.

— Acho que vocês têm razão — admitiu Linz. Eles não estavam dizendo nada de novo. — Só que não consigo tirá-lo da cabeça. Não paro de pensar nele um só instante.

Derek deu um suspiro teatral.

— Pelo menos vocês têm aquela história do sonho em comum. Meus relacionamentos são tão superficiais...

Linz fez uma careta. Não acreditava que estava fazendo aquela pergunta de novo.

— Algum de vocês acredita em reencarnação?

Penelope levantou as mãos.

— Se você falar em almas gêmeas, juro que vou vomitar!

— Calma, calma — interveio Derek, batendo sua taça na de Penelope em sinal de solidariedade. — Meu amor, vidas passadas são uma desculpa para as pessoas que não estão satisfeitas com a atual. A gente pode voltar ao amasso?

— Não. Mas o que vocês sabem a respeito de Bryan? Do passado dele?

— Querida, a gente não é da CIA.

— Linz, vai com calma — disse Penelope, segurando a mão da amiga com carinho maternal.

— Relaxem, é só um jantar. Não é como se ele tivesse me pedido em casamento.

A foto do casamento de Michael e Diana estava sobre uma caixa de papelão, assistindo ao jantar de Linz e Bryan.

Ela apontou para as caixas.

— Você está chegando de mudança ou saindo?

— Nem uma coisa nem outra. Estava limpando um depósito — respondeu Bryan, sem se alongar.

Linz examinou o ambiente. O loft era dividido em duas partes por um biombo japonês, e ela presumiu que o estúdio ficava do outro lado. O sofá e a mesa de jantar eram os únicos sinais de que alguém morava ali. Olhou de novo para a foto do casamento. Alguma coisa nela a incomodava.

— São os seus pais?

— Não. A palavra "Renovo" significa alguma coisa para você? — perguntou Bryan.

— Parece um nome de mau gosto de um carro italiano. Por quê?

— Você já sonhou acordada?

Linz pousou o garfo. Entre o olhar inquisitivo de Bryan e os olhos fixos do casal da foto, estava começando a perder o apetite.

— Nossas conversas sempre tomam um rumo estranho. Tenho a impressão de que as coisas estão acontecendo na ordem inversa. Afinal, a gente mal se conhece.

Bryan a fitou.

— Isso não é verdade.

Linz desviou o olhar.

— Estou falando no sentido convencional da palavra. Nem ao menos sei onde você nasceu, se tem irmãos ou irmãs, essas coisas.

— São só palavras.

Linz balançou a taça, fazendo o vinho girar.

— Gosto de palavras. É o que chamamos de "comunicação".

— Tudo bem. Eu nasci em Boston. Sou filho único.

Linz começou a rir.

— Só isso? Que tal me falar dos seus pais. Da sua educação. Da sua profissão?

— Meus pais moram em Boston. Papai é chefe de cozinha, mamãe é dona de casa. Não tenho curso superior. Mal completei o ensino médio, na verdade.

Linz se flagrou o defendendo:

— Você é bastante talentoso. Sempre gostou de pintar?

— Pelo contrário. Quando eu era criança, nem sabia segurar um pincel.

— E quando começou a estudar desenho?

— Nunca estudei.

Linz levou um segundo para processar a informação.

— Você quer que eu acredite que nunca fez um curso de pintura?

Bryan olhou para ela. Linz percebeu que ele estava tomando uma decisão importante.

— Quando eu tinha 13 anos, sonhei que era pintor — explicou. Respirou fundo e acrescentou: — Depois disso, comecei a pintar.

Linz esperou que ele continuasse, mas Bryan permaneceu calado.

— Então você simplesmente acordou um dia e, zás!, descobriu que sabia pintar — disse ela, estalando os dedos.

— Assim como você simplesmente acordou um dia e, zás!, descobriu que sabia grego — argumentou Bryan, imitando o gesto.

Os dois não disseram nada até ele romper o silêncio.

— Foi você que perguntou.

— E alguém mais sabe?

Bryan meneou a cabeça.

— Não. Só você.

Linz começou a ficar emocionada, sem saber muito bem por quê.

— Como foi o sonho?

— "Como", não, mas "com quem" — corrigiu Bryan.

Ele se levantou e desapareceu atrás do biombo, voltando logo depois com o retrato de um velho com um turbante na cabeça.

— Esse é Jan van Eyck. Pintado por ele mesmo.

Linz examinou o quadro e viu a assinatura na parte inferior da moldura: *Johes de Eyck me fecit ano MCCCC.33.21 octobris*. Na parte superior da moldura estavam pintadas as letras ALC IXH XAN, que pareciam gregas. A inscrição dava a impressão de ter sido entalhada na madeira.

— O que significa?

— Jan van Eyck me fez em 21 de outubro de 1433 — traduziu Bryan.

— E essas letras, o que significam? — perguntou Linz, apontando para as três palavras na parte superior da moldura.

— Do jeito que posso — explicou Bryan, com um sorriso, como se estivesse se lembrando de algo bem particular. — Ele assinava muitos quadros com essa frase.

— Do jeito que posso... — murmurou Linz, olhando para a pintura e pensando que havia algo de misterioso no olhar de Jan.

— Foi meu primeiro quadro. Um dia, eu estava no meu quarto e comecei a sonhar. Quando acordei, me deparei com esse homem olhando para mim.

— Você pintou o quadro enquanto sonhava?

— Sonhei que Jan estava pintando. Devo ter reproduzido o quadro enquanto revivia sua memória.

— E estava por acaso cercado de bisnagas de tinta a óleo? — perguntou Linz, sem disfarçar o ceticismo.

Bryan riu.

— Minha mãe tinha comprado um kit de pintura para mim, com tintas e tela, depois de ler a respeito das virtudes da terapia ocupacional. Ela achou que pudesse me ajudar. — Bryan coçou a cabeça. — Na verdade, por algum tempo, cheguei a pensar que, graças ao instinto materno ou a uma ideia inconsciente, ela sabia que eu iria acabar precisando desse material — acrescentou, balançando a cabeça com ar pesaroso.

— Quer dizer que, daquele dia em diante, você não teve nenhuma dificuldade para pintar? — perguntou Linz, ainda sem conseguir aceitar totalmente aquela ideia.

— Isso mesmo — concordou Bryan, apoiando o quadro na parede e se sentando diante dela. — Você é a primeira pessoa a saber como tudo isso começou.

Fez girar o vinho na taça e murmurou:

— Agora é a sua vez.

Linz olhou para as mãos do pintor, cheias de calos e manchas de tinta. Era difícil aceitar que ele havia se tornado um mestre da pintura da noite para o dia, mas havia muita coisa na vida de Bryan que estava além da sua compreensão.

Ainda pensando no relato do artista, recordou sua própria vida e percebeu que ele tinha razão; tudo aquilo era desnecessário. Já tinham passado da fase das apresentações e do papo furado, mas mesmo assim decidiu fazer um breve resumo do seu passado.

— Também sou de Boston. Você já sabe o que aconteceu com a minha mãe. Ela e o meu irmão morreram em um acidente de carro. — Antes que ele pudesse dizer alguma coisa, prosseguiu: — Não me lembro deles. Fui criada pelo papai. Eu me apaixonei pela ciência. Passei por muitos cursos, primeiro em Harvard e depois em Stanford. Me mudei para cá após defender minha tese de doutorado.

— Por que decidiu se tornar neurogeneticista?

Ninguém jamais havia lhe feito essa pergunta, mas a resposta estava na ponta da língua.

— Porque os genes são o quebra-cabeça mais fascinante que conheço. E eu adoro resolver quebra-cabeças.

Ela olhou para cima, e os dois ficaram em silêncio. Bryan tomou sua mão e perguntou:

— O que você vê quando olha nos meus olhos?

Linz sentiu um frio na barriga.

— Que pergunta estranha.

Bryan recolheu a mão e se levantou para tirar a mesa. Linz notou que ele havia ficado aborrecido e tentou consertar a situação.

— Obrigada pelo delicioso jantar.

Estava sendo sincera. Fazia muito tempo que não provava uma comida tão gostosa. Bryan havia servido comida grega. Ela decidira não procurar intenções ocultas na escolha do cardápio e se regalara com os dolmades, hummus, spanakopita e a irresistível pasta de pistache. Presumira que a comida tinha sido encomendada em algum restaurante conceituado, mas evitou tocar no assunto, com medo de que ele lhe mostrasse o quadro de um famoso cozinheiro grego.

— Posso ajudar? — ofereceu.

— Não precisa. Deixa comigo — respondeu Bryan, ainda com um traço de frustração na voz.

Linz o observou empilhar os pratos, sem saber se aquilo era sinal de que estava na hora de se retirar. Depois de ver o van Eyck, estava ansiosa para conhecer os outros trabalhos de Bryan, mas não queria parecer intrometida.

— Você se importa... se eu der uma olhada no estúdio?

Bryan hesitou apenas por uma fração de segundo.

— Não, fique à vontade — disse, antes de desaparecer na cozinha com os pratos.

Linz se levantou e foi até o biombo japonês, apreciando o estilo requintado. Ao passar para o outro lado, porém, o biombo desapareceu da sua mente quando foi saudada por mais de cem pinturas nas paredes, que variavam de tamanho, de retratos modestos a painéis imensos.

Sentiu uma grande energia, latente no cômodo, bombardear sua mente; cada imagem a provocava. Aquela plateia silenciosa partia seu coração, deixando-a com vontade de chorar, de rir, de gritar. Adorou cada pintura — estavam impregnadas de beleza, de tragédia.

Seus pés se moveram automaticamente; tinha tanta coisa para ver. Deteve-se em um quadro que estava encostado na parede, em um canto do estúdio, e se agachou para examiná-lo mais de perto.

Ouviu os passos de Bryan se aproximando e perguntou, sem olhar para trás:

— Quem é ela? É a mesma mulher da foto do casamento.

— O nome dela é Diana Backer.

Linz olhou para ele e viu a pergunta nos olhos do pintor.

— Você a reconhece?

— Não — respondeu ela. — Deveria reconhecer?

— Era amiga do meu pai, ela morreu antes de eu nascer. Encontrei a foto na noite passada.

Linz achou que não tinha ouvido direito.

— Está dizendo que viu a fotografia depois de pintar o quadro? Então quando você fez essa pintura?

— No dia em que a gente se conheceu. Inspirado em você.

Não havia mais dúvida do que ele estava querendo dizer. Linz se levantou.

— Nada disso. Não vamos introduzir mais uma pessoa morta na equação.

— Não é uma equação. É um sentimento.

Linz não sabia o que dizer. Fingiu consultar o relógio.

— Está ficando tarde. Tenho que ir. Obrigada por tudo. Foi uma noite muito agradável.

Sabia que estava sendo formal, mas não podia evitar. Não conhecia outra forma de lidar com a situação.

— Só peço a você mais um segundo. Olha de novo para a pintura de Diana. Por favor.

— Não, tenho que ir.

Linz conseguiu chegar até a porta, mas, quando olhou para trás, viu que Bryan parecia arrasado. Por isso, ignorou qualquer pensamento racional e decidiu ficar.

Ficaram sentados no chão, em silêncio, diante do retrato de Diana. Linz consultou outra vez o relógio. Os minutos pareciam horas.

— Não sei, Bryan, estou cansada.

E isso é maluquice.

— Não desiste. O que está sentindo?

— O que você quer que eu sinta? O mesmo que senti ao ver a outra pintura? Acho que não está funcionando.

— Por que não? — Bryan estava ficando impaciente. — O que custa você tentar um pouco mais?

— Para começo de conversa, eu nunca sonhei com essa mulher — protestou Linz.

— Pois eu sonhei, mais de uma vez. No sonho, eu era...

Interrompeu a frase no meio e pareceu subitamente interessado pelo zíper do suéter.

— Você era o quê? — perguntou Linz, sem ter certeza se queria ouvir a resposta.

— Eu era casado com ela.

Linz não pôde sufocar um riso nervoso. Aquilo estava começando a parecer uma proposta.

— Certo, vamos parar por aqui. Muito obrigada mais uma vez pelo jantar.

Ela pegou a bolsa e se encaminhou para a porta, acompanhada de perto por Bryan e dessa vez determinada a de fato ir embora.

— Não fuja. Você sentiu alguma coisa. Eu consigo perceber.

Linz não sabia mais o que estava sentindo. Não estava preparada para o rumo que as coisas estavam tomando.

— Bryan, eu realmente tenho que ir.

Ela abriu a porta e se virou para olhar para ele.

Ele afastou uma mecha de cabelo que pendia no rosto da moça, como se fizesse isso havia anos.

— Está bem, mas isso não impede que eu continue pensando em você.

Ele sabia tornar as coisas difíceis.

— Por favor, só não deixe que as suas pinturas interfiram no nosso relacionamento — pediu ela, beijando-o com doçura. Os lábios dele se encaixavam perfeitamente nos seus. Murmurou: — Boa noite.

— Amanhã é sexta. Aquele jogo ainda está de pé? — perguntou Bryan.

— Para depois você ficar se achando? — brincou Linz.

Bryan ficou encostado na porta enquanto ela caminhava para o elevador.

— Você sabe que a gente vai jogar amanhã.

Linz começou a rir e acenou sem olhar para trás.

* * *

A primeira coisa que fez ao voltar para casa foi entrar na internet e pesquisar sobre Jan van Eyck. Pintor flamengo do século XV, havia sido considerado um dos melhores artistas de sua geração. Os historiadores o chamavam de Pai da Pintura a Óleo.

Linz deu uma olhada nos quadros de van Eyck e se deteve em uma pintura chamada *Retrato de um homem de turbante*, com uma observação em itálico que dizia: *"possivelmente um autorretrato."* Ficou em choque. Era o mesmo quadro que Bryan lhe mostrara. A semelhança era total, incluindo o olhar enigmático do retratado.

Analisou a pintura na tela do computador, incapaz de compreender como Bryan havia sonhado com aquele homem, pintado seu autorretrato e adquirido seus dotes artísticos... Tudo isso aos 13 anos.

Linz examinou todos os quadros de van Eyck. O estilo era muito similar ao de Bryan, mas os temas variavam drasticamente. Gostaria de poder colocar lado a lado o original e o retrato de Bryan. Tinha o palpite de que seria muito difícil distingui-los.

Olhou para o relógio e viu que passava da meia-noite. Já devia estar dormindo, mas, sentindo-se inquieta, pegou o livro na mesinha de cabeceira, um exemplar de *Primeira filosofia*, de Aristóteles, mais tarde traduzido para o latim com o nome de *Metafísica*. Toda noite, antes de dormir, estivera lendo a versão original em grego clássico em vez de cuidar do jardim de areia.

Também tinha passado as últimas noites lendo os tratados e os diálogos do mestre de Aristóteles, Platão, que, por sua vez, escrevera muita coisa a respeito de seu mestre, Sócrates. Havia feito um curso de filosofia na faculdade, e, para ser sincera, ficara um pouco entediada com as opiniões dos filósofos gregos a respeito da consciência e do propósito da vida. Agora que podia ler os textos originais, porém, as ideias do trio de filósofos que estabeleceu os fundamentos do pensamento ocidental lhe pareciam muito mais claras.

De acordo com Platão, Sócrates acreditava que todo conhecimento se originava em um estado divino que os humanos haviam esquecido. A maioria vivia em uma caverna de ignorância, mas era possível ao ser humano se tornar iluminado saindo da escuridão e compreendendo a diferença entre os planos espiritual e material.

Linz estava disposta a ingressar em um estado divino ou continuaria para sempre em uma caverna, preferindo o conforto da escuridão às incertezas do mundo exterior?

Suas pálpebras pesaram, e as letras gregas começaram a embaralhar à sua frente. Seu último pensamento antes de mergulhar em um sono profundo foi que iria à Harvard Square no dia seguinte. Tinha de ver Bryan novamente.

DEZOITO

DIA 23 - 28 DE FEVEREIRO DE 1982

Diana se recordou da vida de uma mulher flamenga do início do século xv, Margaret van Eyck, casada com o pintor Jan van Eyck. Ela insiste que van Eyck era eu, embora eu não me lembre dele. Quando acordou, estava falando holandês fluentemente.

Finn se lembrou de várias vidas, começando pela de um aborígine australiano que morreu afogado na infância. Ele teve dificuldade para assimilar a memória desse menino. Está se queixando de enxaquecas e fotofobia e passou a usar óculos escuros. Ontem, Diana fez uma brincadeira, dizendo que estava parecendo um astro do rock de ressaca, e Finn ficou furioso. Dá para ver que a amizade dos dois está sendo afetada por tudo isso. Conrad é o único que ainda não sofreu os efeitos do medicamento e não compreende o problema que é assimilar a vida de alguém e ao mesmo tempo continuar a viver a sua própria. Não acho que ele estaria tomando Renovo se não fosse pelo fato de que passei a dominar tantas línguas.

Finn e Diana acham que devemos incluir nossas experiências nos testes clínicos, mas Conrad se opõe com veemência. Ele pensa que nossas carreiras serão arruinadas se divulgarmos o que estamos fazendo. Os dois lados têm fortes argumentos; preciso de tempo para decidir qual será o melhor curso de ação.

Nesse meio-tempo, tenho lido muito sobre a história do Egito antigo e seus governantes, na esperança de descobrir alguma coisa a respeito daquela mulher no sonho de Asano. Ela tem o porte de uma rainha, e não posso deixar de pensar que se trata de alguém de sangue nobre. Talvez tenha sido uma princesa, se é que realmente existiu.

Como ainda não sei se as memórias que estou revivendo são reais, a legitimidade dos sonhos desses personagens é ainda mais duvidosa. Entretanto, seja qual for a resposta, essa mulher está se tornando uma parte importante da equação. Ela visitou tanto lorde Asano quanto Alexandr Puchkin perto do fim de suas vidas. Será que as mentes se tornam mais receptivas a sua presença na hora da morte?

Admito que estou esperando que ela se materialize nos meus sonhos a qualquer momento. Ultimamente, ando me perguntando se por acaso meu fim também está próximo.

DEZENOVE

Era como se as peças de xadrez se movessem por conta própria. Linz havia desistido de se concentrar no jogo, tentando deixar suas mãos realizarem jogadas espontâneas. Era a única forma de vencê-lo.

Fazia horas que jogavam, e Linz estava mentalmente exausta. Cada jogo passava a impressão de ser várias partidas simultâneas, com um número enorme de possibilidades, e ela ainda não tinha conseguido decifrar as estratégias usadas por Bryan.

— Como você aprendeu a jogar tão bem? — perguntou, conformada com o fato de que era impossível derrotá-lo.

O pintor olhou para ela timidamente e deu de ombros.

Linz parou de jogar. Sua boca se abriu de espanto.

— Foi um sonho? — E se apressou a acrescentar: — Não, não responde.

Continuaram jogando em silêncio até que Bryan falou:

— Quero pedir desculpa pela noite passada... Eu não devia ter feito você ficar olhando para aquela pintura.

— Ainda bem que você reconhece — replicou a moça, com um tom de ironia na voz. — Então não vai mais tentar me convencer de que estou nos quadros que você pinta?

— Isso mesmo. Prometo.

Olhou para ela com um ar travesso e moveu uma peça.

— Xeque-mate.

Linz observou o tabuleiro. Ele ainda ia precisar de seis lances para tomar o seu rei, mas a posição era indefensável.

— Chega de humilhação. Vamos parar por aqui.

— Para compensar, eu pago o jantar.

— Obrigada, mas hoje tenho um compromisso. — Ao ver a expressão de desapontamento no rosto do pintor, acrescentou: — Vou a um concerto.

— Um encontro?

— Comigo mesma — admitiu, tentando não parecer envergonhada. — Sempre vou sozinha.

— Você vai a concertos sozinha? — perguntou Bryan, olhando para ela como se de repente tivesse criado uma segunda cabeça.

— Eu adoro.

Linz sabia que podia parecer estranho, mas sempre havia achado natural estar sozinha. Na verdade, ao fazer a assinatura da temporada, adquirira o costume de comprar não somente um assento, mas três, de forma que pudesse ficar mais à vontade.

Sentia-se tão bem sozinha que às vezes se perguntava se teria algum problema emocional. Talvez se a mãe estivesse presente durante a sua infância, poderia tê-la ajudado a sair da casca. Ou não. Linz sempre havia sido introvertida. Não gostava de conversa fiada e raramente dizia ou fazia alguma coisa que pudesse ser considerada, mesmo remotamente, uma tolice.

Havia convidado uma vez um rapaz para ir com ela ao concerto, e o programa se revelara um completo desastre. Ele passava o tempo todo querendo segurar a sua mão, colocar a dele em seu ombro, cochichar no seu ouvido, quando tudo o que ela queria era fechar os olhos e apreciar a música. Tinha então jurado nunca mais assistir a um concerto acompanhada.

— Eu também adoro música — declarou Bryan. — De qualquer tipo — acrescentou, tirando do bolso uma pequena flauta de pã.

Linz começou a rir.

— O que foi? — perguntou Bryan, fazendo-se de ofendido.

— Você sempre anda com essa coisa no bolso?

O pintor deu de ombros.

— Para ocasiões especiais.

Linz hesitou antes de prosseguir, sem querer se aprofundar naquela resposta.

— É linda — comentou, tocando no instrumento. — Do que é feita?

— De bambu. Veio da Ásia.

A expressão de Bryan deixava claro que havia uma longa história associada ao instrumento.

— Você sabe tocar? — perguntou Linz, com um pressentimento estranho.

— Sei, mas só para você — respondeu ele, levando a flauta aos lábios.

Para surpresa de Linz, o pintor começou a tocar, com grande desenvoltura, uma música exótica. As notas se sucediam com incrível rapidez. Os passantes se juntaram para ouvi-lo, e outros jogadores de xadrez interromperam as partidas, mas Bryan não pareceu notar.

Linz percebeu que estava arrepiada e disse a si própria que devia ser o vento. Quando Bryan por fim parou, todos aplaudiram. Ele ficou de pé e fez uma mesura. Alguns ofereceram dinheiro, mas ele balançou a cabeça e voltou a se sentar.

— Isso foi lindo — balbuciou ela.

— Obrigado — agradeceu o pintor, com um sorriso nos lábios e um traço de súplica no olhar.

Linz se surpreendeu dizendo:

— Pode ir ao concerto comigo, se quiser.

— Eu adoraria — disse Bryan, guardando a flauta no bolso.

Linz viu o instrumento desaparecer, imaginando quantas surpresas o pintor ainda reservava para ela.

Os assentos ficavam no lado esquerdo do primeiro balcão, de onde podiam ver o rosto do maestro. Linz vinha aguardando ansiosamente o espetáculo daquela noite: Anne Akiko Meyers seria a violinista convidada e tocaria seu famoso violino *Vieuxtemps* Guarneri del Gesù, um dos instrumentos mais cobiçados do mundo.

— Dizem que vale mais de dezoito milhões de dólares — explicou a Bryan, enquanto esperavam que o concerto começasse. — Foi comprado por um fã anônimo e oferecido de presente à convidada de hoje para que o tocasse pelo resto da vida.

Bryan se mostrou devidamente impressionado.

— Então é como um Stradivarius?

— Sim e não — respondeu Linz. — Stradivari e Guarneri nasceram em Cremona, mais ou menos na mesma época, mas apenas Stradivari ficou famoso e viveu até os 93 anos, o que era muito raro no século XVIII.

Bryan fez que sim com a cabeça, encorajando-a a prosseguir.

— Ele fabricou um número incontável de violinos para clientes ricos e poderosos. Guarneri, por outro lado, morreu com apenas 46 anos. Trabalhava sozinho, e seus fregueses eram gente mais modesta. Mesmo assim, seus violinos, chamados coletivamente de "del Gesù", com certeza rivalizam em qualidade com os Stradivarius.

Linz sabia que estava sendo prolixa, mas, quando começava a falar sobre o seu tema favorito, era impossível parar.

— Quem evitou que Guarneri fosse esquecido pela história foi Paganini. Depois de ganhar um del Gesù de presente, nunca mais quis saber de outro instrumento. Ele o chamava de "Meu cânone".

— Parece que você gosta mais de Guarneri.

Pensando bem, era verdade que a vida de Guarneri exercia sobre ela uma impressão mais romântica, mas precisava ser justa.

— Stradivari e Guarneri eram dois gênios. Desde então nunca houve alguém como eles no mundo.

— Posso concluir que você gosta do som de violinos? — brincou Bryan.

Linz revirou os olhos de brincadeira.

Quando as luzes se apagaram e o concerto começou, Bryan se manteve imóvel e silencioso como uma estátua. Não tentou segurar a mão de Linz nem fez nenhum comentário.

A orquestra tinha uma aparência majestosa, e, quando Anne Akiko Meyers entrou no palco, todos aplaudiram. O *Vieuxtemps* brilhava à luz dos refletores, irradiando uma energia própria. Embora tivesse mais de trezentos anos, o instrumento continuava em excelente estado, tão perfeito como no dia em que Guarneri o entalhara.

Uma música celestial permeou o ambiente. Aninhado sob o queixo de uma virtuose, o violino compartilhava as histórias de todas as mãos que o haviam tocado.

Linz foi arrebatada pela música de tal maneira que se esqueceu da presença do pintor até quase a hora do intervalo. Quando enfim olhou para Bryan, viu que seus olhos estavam marejados. Foi nesse momento que ele conquistou seu coração.

Depois do concerto, caminharam em silêncio pela Massachusetts Avenue em direção ao bairro de St. Botolph. O concerto tinha afetado Bryan mais do que ele esperava.

— Agora compreendo por que você prefere ir sozinha — comentou o pintor, por fim. — Obrigado pelo convite.

Ele pegou sua mão, e nenhum dos dois precisou dizer mais nada.

Serpentearam pelo bairro histórico até chegarem à Back Bay. Bryan a acompanhou até a porta e ficou parado no batente, relutante em partir.

Alguma coisa havia acontecido naquela noite que os mudara drasticamente. Era como se o *Vieuxtemps* de Guarneri tivesse colocado o casal em ressonância.

— Quer entrar? — perguntou Linz.

— Quero, mas não vou — respondeu Bryan, tomando a mão dela e levando-a ao próprio peito. De certa forma, foi um gesto mais íntimo que um beijo.

— Que bom que você gostou do concerto — disse Linz, soando um tanto ofegante.

Bryan finalmente largou sua mão e recuou.

— Boa noite. Sonhe com os anjos.

Linz fez que sim com a cabeça, sorriu, destrancou a porta e entrou.

Bryan voltou para casa sem pressa, com o coração leve, cantarolando baixinho — era a mesma melodia que Guarneri costumava cantarolar sozinho em sua oficina quando estava feliz.

VINTE

Depois de se despedir de Linz, Bryan foi para casa, acabou de examinar o conteúdo das caixas e passou a noite inteira assistindo aos filmes caseiros de Michael e Diana no velho projetor. O celuloide era quase melhor que os sonhos; parecia transportá-lo para o mundo do casal.

Perdeu a conta do número de vezes que assistiu à gravação do casamento. Como um viciado em drogas, rebobinou-o compulsivamente até a alvorada e teve de fechar a cortina para continuar vendo a imagem projetada na parede.

O telefone tocou no momento em que Diana entrava na igreja. Bryan sentiu um arrepio percorrer o corpo e atendeu.

— Linz?

— Como soube que era eu? — perguntou ela, rindo.

— Mero palpite.

— O que você está fazendo agora?

Bryan conseguia ouvir um dos últimos quartetos de cordas de Beethoven tocando ao fundo.

— Vendo filmes caseiros.

— Você tem filmes caseiros? — perguntou Linz, surpresa. Como Bryan permaneceu calado, prosseguiu: — Não acredito que estou te perguntando isso, mas você gostaria de ir a uma festa comigo amanhã à noite? É a confraternização anual da minha empresa, com comida, pista de dança...

Bryan sorriu. Ela parecia uma colegial tentando arranjar um par para o baile de formatura. Olhou para a tela, onde Michael e Diana se beijavam. Os convidados aplaudiam enquanto eles saíam da igreja como marido e mulher.

— Bryan?

O filme terminou.

— Sim. Sim, eu adoraria ir com você.

— Ótimo. O traje é meio formal, então coloque um terno e uma gravata, se tiver. Pego você às seis. Até lá.

Linz desligou antes que ele tivesse tempo de dizer mais alguma coisa. Bryan repassou mentalmente a conversa e franziu a testa.

— Terno e gravata.

Vasculhou as caixas com as roupas de Michael, sacudiu a poeira de um paletó e o experimentou. Linz nunca o tinha visto arrumado e queria impressioná-la. Foi até o banheiro e se olhou no espelho. Diana gostava muito daquele terno.

O único problema era o que fazer nas trinta e quatro horas que o separavam de um novo encontro com Linz — praticamente uma eternidade. Lembrou-se do retrato da rainha egípcia no armário. Foi buscá-lo e, pela primeira vez, pendurou-o na parede do estúdio. Talvez conseguisse descobrir alguma coisa a seu respeito voltando à exposição da Grande Pirâmide. Era óbvio que Michael também se deixara fascinar pela misteriosa mulher. Antes, porém, precisava levar o terno de Michael à lavanderia. O cheiro de mofo estava começando a incomodá-lo.

Doze horas depois, Bryan se sentou na cama, aliviado ao perceber que a enxaqueca havia finalmente retrocedido a um leve latejar. Pensou no modo como seus planos tinham ido por água abaixo e fez uma careta.

Minutos depois de chegar ao museu, sentira-se como se o crânio estivesse sendo aberto a golpes de marreta. Até mesmo as luzes mortiças da exposição ficaram difíceis de suportar. Foi cambaleando para fora do edifício, fez sinal para um táxi e voltou para casa. Tomou quatro aspirinas e se enfiou na cama, tapando os olhos com o cobertor. Ficou ali, imóvel, até adormecer. Foi um sono sem sonhos, no qual seu corpo foi voltando ao normal aos poucos.

Felizmente, parecia que o pior havia passado. Levantou-se devagar, com medo de que um movimento brusco trouxesse de volta a enxaqueca. Preparou um chá e colocou no micro-ondas as sobras de comida grega depois de se dar conta de que não comia havia séculos. Talvez fosse essa a causa da dor de cabeça.

Sentou-se em frente ao computador e achou que estava em condições de, pelo menos, descobrir os endereços de Conrad e Finn, mas manteve o vidro de aspirina à mão para qualquer eventualidade. Estava decidido a se encontrar pessoalmente com eles, mas não sabia se devia levar Linz. Talvez, ao rever os antigos colegas de trabalho, ela finalmente conseguisse se lembrar. Valia a pena tentar.

Sentia-se um pouco culpado por desejar que Linz passasse pelas mesmas aflições que ele havia passado, mas não conseguia evitar a sensação de que era essencial que ela o fizesse. Era óbvio que o experimento com o Renovo ainda não tinha terminado, e ele precisava que Linz se lembrasse da vida de Diana para entender a sua própria. De alguma forma, Michael e Diana haviam alterado a química do seu cérebro, e os efeitos acabaram transferidos para ele e Linz. Era a única explicação possível. Ao tomar a droga, eles abriram suas mentes, e desde então tais mentes continuaram abertas.

Bryan fora obviamente mais afetado que Linz, já que se lembrava de muitas vidas e de muitas línguas, mas isso não era de admirar, pois Michael havia ingerido doses muito maiores de Renovo e por muito mais tempo. O fato de que Linz se lembrava da morte de Juliana e sua admissão de que sabia falar grego eram passos na direção correta. Bryan se viu tomado de um novo sentimento de urgência para continuar a busca e juntar as peças daquele quebra-cabeça.

Foi apenas na manhã seguinte que Linz se deu conta de que iria a uma festa com Bryan e precisava se arrumar. Ligou em pânico para Derek, que telefonou para a dona do melhor salão de beleza de Boston e conseguiu marcar hora para uma sessão de corte de cabelo, manicure, pedicuro e maquiagem.

Linz ficou um pouco constrangida com tanta paparicação, mas, ao se olhar no espelho, foi forçada a admitir para si mesma que tinha valido a pena.

Naturalmente, precisava de um traje que combinasse com a nova aparência; o pretinho básico não bastaria. Consultando o relógio, viu que ainda tinha tempo para escolher um vestido antes de passar na casa de Bryan. Foi de carro até o Copley Mall, com a intenção de comprar a roupa e trocá-la na própria loja. *Estou agindo como uma adolescente apaixonada.* O pensamento a fez cair na risada, pois nunca chegara a agir daquela forma quando era adolescente.

Uma hora e meia depois, estava novamente ao volante, usando um vestido sereia Nina Ricci vermelho e um par de elegantes Manolos. Não queria pensar demais naquela noite, mas jamais havia se esforçado tanto para impressionar um homem. Bryan exercia um estranho efeito sobre ela. Quando estava presente, tudo parecia possível; nada parecia garantido.

Linz o encontrou à espera em frente ao edifício, a própria figura de um artista em seu terno descolado da década de 1970. A cor verde-limão colidia com seu vestido vermelho como um desastre ferroviário, fazendo-a se arrepender de não ter optado por um preto mais conservador. Começou a desconfiar de que a noite não correria tão bem como esperava.

Parou o carro e Bryan entrou. Ele parecia atordoado.

— Fui ao cabeleireiro — explicou Linz, balançando a cabeça. Bryan continuava com os olhos arregalados. Acrescentou: — O vestido é novo.

Rezou para que ele dissesse alguma coisa que a fizesse parar com aqueles comentários estúpidos.

— O carro está freado? — perguntou Bryan, por fim.

Sem esperar pela resposta, puxou a moça para o colo e a beijou. O vestido de Linz subiu quando ela se virou para ficar de frente para ele.

Beijaram-se até o carro de trás começar a buzinar. Quando se separaram, ofegantes, Bryan murmurou:

— O que você acha de a gente esquecer a festa e ir para o seu apartamento?

Outra buzina soou e o carro finalmente conseguiu contorná-los. Linz fechou os olhos e tentou se controlar.

— Não posso fazer isso. Estão me esperando. Minha ausência vai ser notada.

Bryan a largou e se recostou no assento, parecendo um pouco frustrado.

— Tudo bem. Vamos lá.

Linz voltou para o banco do motorista, já arrependida da decisão. Dirigiu até Belmont Hills no piloto automático. Conversaram muito pouco no caminho.

— Então, o que tem feito? — perguntou Bryan.

— Ah, você sabe. Alguma coisa aqui, outra ali. E você?

— Alguma coisa aqui, outra ali.

Percorreram em silêncio o resto do caminho. Linz olhou para as unhas postiças e fez uma careta. Mal podia esperar a hora de arrancá-las quando voltasse para casa.

Bryan olhou pela janela do carona para as mansões de Belmont, que lembravam mais Beverly Hills que Boston.

Linz finalmente enveredou por uma via particular. Havia manobristas para estacionar os carros. Bryan olhou para o enorme château em estilo clássico francês, alojado em meio a um bosque, e deu um assovio.

— Quem mora *aqui*?

— Meu pai — respondeu Linz, depois de um momento de hesitação, e saiu do carro.

Enquanto descia também, o pintor perguntou, incrédulo:

— Essa casa é sua?

Linz o fuzilou com os olhos.

— Eu me mudei daqui quando entrei na faculdade.

Bryan a acompanhou até a porta.

— Você faz parte da família real?

— Pode me chamar de princesa da indústria farmacêutica — brincou Linz, dando-lhe o braço. — A festa é por aqui.

Ela geralmente detestava revelar aos amigos, especialmente aos homens com quem saía — não que isso acontecesse com frequência —, a riqueza da sua família. A Medicor era a maior empresa farmacêutica privada do mundo, mas Linz se contentava em ver sua parte dos lucros distribuída por várias aplicações, rendendo juros. Um dia precisaria daquele capital para abrir seu próprio instituto de pesquisa, mas, no momento, preferia levar uma vida relativamente modesta.

No entanto, pela primeira vez, não se importou que ele soubesse. O relacionamento com Bryan não dependia de bens materiais. Durante sua criação, Linz vivera em um casulo de ciência e estudos acadêmicos. Fora uma decisão difícil abrir mão do anonimato para trabalhar com o pai. Muitos acreditavam que ela estava sendo preparada para sucedê-lo quando ele se aposentasse, mas, na verdade, Linz não estava interessada em dirigir a Medicor. Sua maior paixão era a pesquisa à qual se dedicava; era até estranho que, desde que havia conhecido Bryan, tanto a Medicor quanto a pesquisa não figuravam mais com tanta frequência em seus pensamentos.

Ouviram a música antes de verem a banda. Aproximaram-se, de braços dados, da grande tenda que havia sido montada entre a piscina e a quadra de tênis para abrigar o palco e a pista de dança. Mais de vinte mesas redondas se espalhavam pelo gramado, decoradas com toalhas de linho branco adamascado e vasos franceses com rosas vermelhas de caule comprido para combinar com a porcelana preta. Duas fontes de champanhe e uma elegante escultura de gelo completavam a pompa do cenário. Havia pelo menos trezentos convidados.

Linz avistou o pessoal da sua equipe reunido em volta de uma mesa e se encaminhou para lá com Bryan. Todas as atenções estavam voltadas para o palco, onde Conrad Jacobs discursava.

— Um dos meus professores na faculdade costumava dizer que não precisamos usar óculos e jalecos para sermos cientistas. Fico aliviado ao ver que vocês deixaram os seus em casa.

Ele esperou que os risos cessassem para prosseguir.

As pernas de Bryan bambearam e ele teve de se sentar na cadeira mais próxima para não cair. O orador era Conrad, uma das pessoas que estava procurando. Bryan notou que o antigo colega de Michael pouco havia mudado; parecia o mesmo, a não ser pelas têmporas grisalhas e por um ar mais confiante.

Então percebeu algo mais. Inclinou-se na direção de Linz e sussurrou, incrédulo:

— Aquele no palco é o seu pai?

Ela fez que sim com a cabeça sem olhar para o pintor. Estava interessada demais no discurso para notar sua reação.

— Eu estava vivendo de migalhas, lutando para conseguir verba do governo, quando descobri que podia criar algo novo, e a Medicor é o resultado dessa visão. Percorremos um longo caminho nos últimos trinta anos. Hoje em dia, a Medicor é uma empresa multinacional, com laboratórios de pesquisa no mundo inteiro. As pessoas aqui presentes são responsáveis pelo nosso sucesso. São pessoas que estão no comando, que sonham, que curam.

Bryan se sentia como se tivesse sido transportado para outro planeta. Conrad agora vivia como um rei em seu castelo, cercado por centenas de empregados que bebiam cada palavra sua. Tanta coisa havia mudado em trinta anos! Ainda mais chocante era o fato de Linz ser filha dele.

— ... cientistas na vanguarda de suas áreas de atuação, lutando para transformar sonhos em realidade. Medicor significa "curar" em latim e essa é a nossa missão. Hoje estamos celebrando, mais uma vez, o nosso ímpeto em cumpri-la. Tenham todos uma ótima noite.

O discurso foi seguido por uma estrondosa salva de palmas. Bryan olhou para Linz, desconcertado com o orgulho e a admiração que transpareciam no rosto dela. Aquele não seria o momento adequado para fazer perguntas a respeito do pai.

Também não deixava de perceber a curiosidade que despertava nos colegas dela. Steve lhe dirigiu um olhar crítico antes de falar com Linz.

— Procurei "conhecimento inexplicável de línguas estrangeiras" — gritou, do outro lado da mesa. — Não encontrei nenhum registro.

— Obrigada, Steve. — Ela olhou para Bryan como quem pede desculpas. — Steve, Neil, Maggie, esse é o meu amigo Bryan.

A banda começou a tocar "What a Wonderful World". Bryan viu Conrad fazer um sinal para Linz, e ela se levantou, dizendo:

— Já volto.

Ele teria de se defender sozinho. Steve estava ficando cada vez menos cortês.

— Há quanto tempo vocês estão saindo? Vocês se conheceram pela internet?

Maggie chutou Steve por baixo da mesa e sorriu para Bryan.

— Desculpe. Ele não tem traquejo social.

Neil entrou na conversa com um satay de frango em cada mão.

— Qual é a sua pesquisa, cara?

— Pesquisa? — repetiu Bryan, vendo Conrad e Linz irem em direção à pista de dança.

Steve cruzou os braços.

— É, isso aí. Qual é a sua especialidade?

Bryan olhou para eles, percebendo que todos haviam presumido que fosse cientista.

— Óleos. Com licença.

Levantou-se e foi em direção à casa. Agora que sabia quem era o dono, não conseguia mais conter a curiosidade. Ele deixou os colegas de Linz intrigados.

— Óleos? O que isso tem a ver com bioengenharia? — comentou Neil, pegando um brochette de camarão no prato de Steve. — E qual é a daquele terno? A moda retrô está de volta?

Maggie revirou os olhos.

— Como se você entendesse de moda. Não o achei nada mau.

Na pista de dança, Linz acompanhava os passos do pai sem dificuldade. Estava acostumada a dançar com ele nas festas.

— Belo discurso.

Conrad a rodopiou.

— Isso quer dizer, Dra. Jacobs, que posso voltar a chamá-la de Lindsey em público?

— Tudo bem, reconheço que exagerei naquele dia.

Linz olhou para a mesa. Bryan não havia resistido muito tempo ao bombardeio dos seus colegas. Viu quando entrou na casa e se sentiu culpada por tê-lo deixado sozinho.

Conrad o vira também.

— Quem é o sujeito de terno verde?

— O artista de quem falei.

Conrad errou o passo seguinte.

— Você o trouxe aqui?

Linz começou a rir da cara de espanto do pai.

— Não precisa pisar no meu pé por causa disso. Ele é só um conhecido.

Bryan percorreu o saguão principal, o olhar de arquiteto apreendendo os detalhes da colunata curva e do amplo pavilhão. Quando estavam chegando de carro, tinha ficado surpreso ao reconhecer um projeto que Louis Le Vau havia examinado no papel fazia séculos.

A casa era muito parecida com uma das propostas rejeitadas para a ala leste do Louvre. Bryan se lembrava do caso como se fosse ontem. Le Vau chegara a remodelar a maior parte do Louvre antes de ser dispensado por Jean-Baptiste Colbert, conselheiro de Luís XIV. Diversos arquitetos apresentaram suas propostas para o término do trabalho, entre eles o mais famoso do renascimento francês, François Mansart. Perfeccionista radical, Mansart costumava demolir obras semiprontas e recomeçar da estaca zero. Ele havia apresentado várias propostas para a ala leste do Louvre, mas, como Le Vau, também acabara dispensado por Colbert. Le Vau tivera acesso aos planos de Mansart porque havia continuado a fazer parte da comissão de reforma do Louvre. O projeto original era inconfundível. Bryan gostaria de saber como as plantas tinham ido parar nas mãos de Conrad.

O pintor atravessou um arco romano e chegou a uma sala de estar formal onde havia uma mesa grega com fotografias, quase todas de Linz, e um piano de cauda. Em uma, a moça vencia o Campeonato Mundial Juvenil de Xadrez. Bryan a pegou nas mãos e sorriu. Mais adiante, deparou-se com uma foto de toda a família, tirada quando Linz era apenas um bebê. Estava no colo de uma mulher que só podia ser a mãe. Agora sabia de quem Linz havia herdado a beleza. Bryan não a reconheceu; Conrad e a esposa deviam ter se conhecido após a morte de Michael. O irmão de Linz, que olhava para a câmera com ar solene, parecia ter 2 ou 3 anos. Era a única foto em que apareciam a mãe e o irmão. Talvez as outras tivessem sido guardadas para não despertar lembranças tristes.

Examinou outra foto da infância de Linz. Ela estava *en pointe*, vestida de bailarina, a outra perna estendida no alto. O rosto tinha uma expressão calma, mas concentrada, como se atingir aquele equilíbrio perfeito não lhe custasse esforço. Bryan não se surpreendeu. Equilíbrio sempre havia sido uma de suas maiores qualidades; uma das primeiras que ele notara ao conhecê-la. Aquele porte seguro chamava a atenção. Havia outros atributos que ela levava inconscientemente consigo: o modo como inclinava ligeiramente a cabeça para a direita quando estava observando alguma coisa, a firmeza do olhar, a forma como descrevia um círculo com o polegar em torno do dedo indicador quando estava pensativa.

Bryan olhou ao redor e percebeu que existia uma porta do outro lado da sala. Olhou para trás, para se certificar de que ninguém estava observando, e entrou.

Do outro lado havia uma galeria de antiguidades de fazer inveja a qualquer museu. Bryan deu alguns passos e parou.

Entrar naquela galeria tinha sido um erro. Aqueles artefatos não eram nada menos que relíquias das suas memórias. Ele virou a cabeça de um lado para o outro, em pânico, enquanto os dedos do passado apertavam sua garganta, ameaçando sufocá-lo.

Antes que pudesse dar meia-volta e escapar, viu uma caixinha de vidro no meio da sala que continha um pequeno objeto. Caminhou em direção a ela, atônito e ofegante, e sentiu a sala encolher enquanto uma visão o transportava para outro tempo e lugar.

VINTE E UM

OCEANO ATLÂNTICO NORTE
986

O vento tinha o sopro de Odin — Bjarni sabia que apenas um deus poderia conjurar tamanha tempestade. Recolheu a vela para diminuir a velocidade, mas as rajadas continuaram a desviá-lo do curso. O oceano travou uma batalha contra o barco por mais um dia até Bjarni desconfiar de que não era Odin, mas a própria Hel, a divindade do mundo dos mortos, que erguia as mãos no meio das ondas para capturá-lo, impedindo que chegasse à Groenlândia.

Bjarni rezou mais uma vez para que Njord, deus do mar e protetor dos marinheiros, os livrasse das garras de Hel. Apertou com força o *vegvísir* e sentiu o calor de sua mão aquecer a pedra.

O *vegvísir* era um amuleto usado para evitar que os navegadores se perdessem em águas turbulentas. Bjarni olhou para o símbolo semelhante a uma runa gravado na pedra, cujas linhas ornamentadas se projetavam em oito direções com perfeita simetria, e acreditou no poder do amuleto. Garnissa o tinha feito ao se dar conta de que Bjarni não a encontraria ao voltar para casa.

A cada inverno, Bjarni viajava da Noruega de volta para a Islândia a fim de ficar em Eyrarbakki com o pai, Herjólfr, até que o tempo melhorasse. Bjarni era um dos melhores mercadores naquelas terras, tendo acumulado riquezas ao longo dos anos com um propósito específico: construir a melhor das casas para Garnissa e comprar um terreno bom para o plantio. Esse seria o dote que ofereceria ao pai dela quando a pedisse em casamento. Ao chegar, porém, mal começara a descarregar o barco quando seu velho amigo Guid chegou correndo com a novidade.

— Seu pai partiu. Garnissa também, com toda a família.

Bjarni teve de se esforçar para esconder o pânico que o assaltou.

— Partiram?

— Eles se juntaram a Erik, o Vermelho, em uma viagem à terra nova que ele descobriu.

— Erik voltou? — indagou Bjarni, com expressão fechada.

Fazia três anos que Erik fora banido da Islândia, depois de matar dois vizinhos em uma disputa de terras. Antes disso, Erik e o pai de Bjarni eram bons amigos, e Bjarni fora amigo de infância dos filhos de Erik, Thorvald, Thorskeinn e Leif, com os quais havia cometido muitas travessuras.

Os meninos preferiam ser pegos e punidos pelo pai de Bjarni, que era muito mais tolerante que Erik, cujo temperamento combinava com os cabelos ruivos. Desde quando era criança, Bjarni considerava Erik o homem mais forte e mais intimidador que conhecera na vida. Tinha o espírito de um verdadeiro líder, carismático e ousado, e nutria um profundo desprezo por idiotas. Não era surpresa para Bjarni saber que o homem voltara e conseguira convencer a maior parte dos aldeões a segui-lo até uma nova terra que pretendia governar.

— Ele batizou essa nova terra de Groenlândia — explicou Guid.

— As pessoas abandonaram suas terras e levaram todos os seus pertences.

— Quantos barcos? — perguntou Bjarni, incrédulo com o fato de Garnissa e o pai terem partido sem ele.

— Vinte e cinco. Partiram no fim da primavera para terem tempo de se instalar antes do inverno.

Vinte e cinco barcos significavam que haviam partido centenas de pessoas. Bjarni ficou em silêncio, seus pensamentos acelerados enquanto ponderava sobre o que deveria fazer em seguida.

— Garnissa deixou esse presente para você — disse Guid, entregando-lhe um pequeno objeto embrulhado em pele de animal.

Bjarni desembrulhou o pacote e encontrou o *vegvísir*. Seu coração bateu mais rápido quando viu as linhas delicadas na pedra. Reconheceria o trabalho de Garnissa em qualquer lugar — depois da mãe, era a melhor entalhadora da aldeia. Deixar a bússola dos deuses com Guid era o melhor recado que podia dar: *Venha ao meu encontro.*

Sem hesitar, Bjarni decidiu partir imediatamente para a terra nova de Erik, o Vermelho; um gesto bastante ousado, considerando que o inverno se aproximava e ele não conhecia o caminho, além de não poder contar com a ajuda de outras embarcações. Para piorar as coisas, sua tripulação estava exausta, faminta por um descanso em terra firme.

Com o rosto inexpressivo, Bjarni enfiou a pedra debaixo do cinto. A tripulação não podia saber que estava tentando chegar à Groenlândia em condições tão desfavoráveis por causa de uma mulher. Os homens teriam desembarcado seus pertences e se recusado a viajar.

Ele os reuniu na praia e, fitando cada um deles nos olhos, falou com voz firme:

— Venham comigo a esse novo paraíso e não se arrependerão. Prometo a vocês uma terra de fartura, como Erik a descreveu, com uma grande variedade de frutas e vegetais comestíveis e caça em abundância. Não há mais comida suficiente na Islândia. O solo está cansado... precisamos de algo melhor. A Groenlândia será um novo começo para aqueles que, como eu, anseiam por uma vida melhor. Venham todos.

Os homens resmungaram um pouco, mas concordaram e partiram no mesmo dia.

E, agora, estavam perdidos no mar.

Bjarni não tinha tanta fé quanto Garnissa na mágica dos Tempos Antigos, mas não queria abandonar a esperança de que o *vegvísir* o ajudaria a encontrar o caminho. Depois de dois dias de luta incessante contra a tempestade, a tripulação estava insone e desanimada, exausta das horas e horas passadas tirando a água com baldes para evitar que o barco afundasse. Bjarni apertou a pedra com mais força; não estava pronto para morrer. Gritou a plenos pulmões, competindo com o vento:

— Prendam a vela de reserva na amarra! Vamos lançá-la à popa e fazer um *droug*!

Talvez fosse arriscado realizar essa manobra no meio de uma tempestade, mas Bjarni não via outra saída.

A tripulação, formada inteiramente por marujos experientes, cumpriu a ordem sem demora, sabendo que era a tentativa derradeira do capitão de recuperar o controle da embarcação. Eles conseguiram reduzir a velocidade, mas continuaram a navegar sem rumo.

Bjarni lutou contra o vento para chegar ao leme e dispensou Olvir para assumir pessoalmente o comando. Se havia um *knarr* capaz de sobreviver à tempestade enviada por Odin, tinha de ser o *Gata*. Construíra o barco com as próprias mãos dez anos antes, orientado pelo tio mais velho, o melhor construtor de embarcações da Islândia. As árvores tinham sido escolhidas uma a uma nas terras do pai e abençoadas pela mãe. E, quando ele e o tio cortaram o primeiro pedaço de madeira destinado ao leme, Bjarni não desviou os olhos, como a maioria costumava fazer, mas preferiu conhecer a sina da embarcação.

— Veja só, rapaz. A madeira se partiu onde queríamos, um corte limpo e preciso — anunciou o tio, dando-lhe um tapinha nas costas para comemorar. — Juro pelos deuses que esse barco não irá a pique com você.

A mãe de Bjarni havia chorado enquanto os dois homens riam de alívio. Bjarni se curvou e pegou os dois pedaços, encaixando-os perfeitamente.

— Esse barco nunca vai desapontá-lo — declarou o tio, com ar solene. — Pode estar certo disso.

E, então, o velho se pôs a começar a construção.

Bjarni escolhera o nome na manhã em que o barco havia ficado pronto. Seria chamado de *Gata*, que significa "estrada". Seu barco seria uma estrada através do mar, a melhor de toda a Islândia.

Confirmando as palavras do tio de Bjarni, o *Gata* não o desapontou, resistindo à tempestade até que ela amainou no terceiro dia e deixou apenas névoa em seu lugar. Bjarni mandou içar a vela para aproveitar o máximo possível de vento e pegou uma pedra do sol para descobrir a posição do astro. Naquele dia, porém, seu precioso cristal não pôde ajudá-lo. Quando anoiteceu, Polaris — a Estrela do Norte — e as duas estrelas guias também estavam encobertas. Odin não desistira de atormentá-los.

O *Gata* navegou por mais dois dias. Felizmente, tinham muitos barris de água doce e alimentos secos, e a tripulação aproveitou para descansar. Apenas Tarr estava descontente.

Aquela era a primeira viagem de Bjarni com o homem, e estava começando a se arrepender da decisão de recebê-lo a bordo, mas estivera em busca de mais um tripulante. Olvir tinha indicado Tarr, sem muita convicção — o homem fora um saqueador a maior parte da vida e a frieza do seu olhar transparecia isso. Bjarni ouvira falar dos saqueadores desde criança, do modo como atacavam de surpresa as aldeias costeiras de terras estrangeiras, pilhando, matando e deixando para trás apenas casas queimadas e tristeza.

Ele parecia ter participado de muitas dessas expedições. Tinha a pele cheia de cicatrizes causadas por machados de batalha e flechas, mais até que a dos outros homens na embarcação. Como os demais tripulantes, pagara para estar a bordo do *Gata* com *wadmal* e moedas, no entanto Bjarni não conseguia deixar de pensar que, assim que virasse as costas, a faca de Tarr tentaria reaver tudo o que ele havia pagado. Se isso acontecesse, seria uma luta equilibrada. Os dois tinham a mesma altura e eram igualmente musculosos, mas as semelhanças acabavam aí. Os cabelos de Tarr eram escuros, ao passo que Bjarni era loiro. Enquanto os olhos de Bjarni eram quentes e verdes como uma floresta no verão, os de Tarr eram azul-claros, frios como gelo.

Mais de uma vez o capitão surpreendera Tarr o observando de longe. Não era do seu feitio ter antipatia por uma pessoa sem boas razões, mas, ainda assim, tinha aversão àquele homem e fazia o possível para ignorá-lo.

No quarto dia, a névoa se dissipou. Bjarni primeiro ouviu os pássaros e depois viu a costa. Olvir se juntou a ele a bombordo.

— Chegamos?

Bjarni examinou a terra com atenção e balançou a cabeça.

— Não pode ser a Groenlândia. Não há geleiras, e veja aquelas árvores!

Uma floresta densa se estendia até o horizonte. Bjarni tinha ouvido os relatos de muitos navegantes e sabia que aquela terra era desconhecida. Seu coração bateu mais rápido, e ele quase mandou o timoneiro mudar o curso da embarcação e rumar para o litoral. Poderia reivindicar a posse daquela terra e se tornar tão renomado quanto Erik, o Vermelho. Poderia... mas desembarcar naquela terra seria muito arriscado. Arriscava, assim, nunca mais ver Garnissa. Não, não valia a pena.

— Acho que devemos desembarcar aqui — disse Tarr, aproximando-se.

Bjarni fez que não com a cabeça.

— Se o fizermos, não vamos conseguir chegar à Groenlândia antes do inverno — argumentou, ocultando o fato de que estava resistindo ao mesmo impulso.

— Essa pode ser a nossa própria Groenlândia — protestou o outro, levantando a voz para que todos pudessem ouvi-lo. — Nosso novo lar. Uma terra virgem, com riquezas incontáveis à nossa espera.

Bjarni se virou para enfrentar o recém-chegado.

— Se quiser, construa seu próprio barco, contrate sua própria tripulação e volte para cá. — Olhou em torno, varrendo com os olhos toda a tripulação. — Nós vamos para a Groenlândia.

Tarr estendeu a mão e agarrou o pulso de Bjarni, torcendo-o para mostrar o *vegvísir*.

— Uma mulher o espera lá? — perguntou, em tom desdenhoso. — Foi assim que perdeu a masculinidade?

Vários homens riram baixinho. Bjarni puxou a mão e deu as costas a Tarr, recusando-se a morder a isca.

— Oliver, tome conta do leme — ordenou, enquanto se dirigia à proa.

Pegou de novo a pedra e, dessa vez, conseguiu localizar o Sol atrás das nuvens. Depois de testar o vento e descobrir que tinham navegado demais para oeste, mandou Olvir mudar o curso.

Enquanto via a terra desconhecida desaparecer no horizonte, dúvidas o assaltaram. Será que estava fazendo a coisa certa? Em outras circunstâncias, com certeza teria encarado o desafio. Prometeu a si mesmo que um dia voltaria àquele lugar com Garnissa.

Como se o destino estivesse testando sua força de vontade, contudo, no dia seguinte Bjarni avistou outra terra com as mesmas características da primeira. Mais uma vez, Tarr tentou convencê-lo.

— Não seja tolo, Bjarni, o destino está sorrindo para nós. Essas são terras inexploradas. Seríamos os primeiros a desbravá-las.

Todos os tripulantes se reuniram em torno dos dois, olhando cobiçosamente para o litoral enquanto escutavam os argumentos de Tarr. Mais uma vez, Bjarni resistiu à tentação, lembrando a si mesmo que, se parassem ali, nunca chegariam à Groenlândia, e ele jamais voltaria a ver Garnissa. Talvez o destino não estivesse sorrindo para eles. Talvez fosse uma provação. Era impossível saber o que os esperava na nova terra, se encontrariam recursos suficientes para sobreviver ao inverno. O instinto lhe dizia que precisavam chegar à Groenlândia antes que o gelo os impedisse.

— Vamos seguir em frente — declarou Bjarni, em tom de desafio.

Tarr levou a mão à adaga, mas Bjarni segurou seu braço. Os dois se atracaram, cada um tentando derrubar o outro no convés. Tarr conseguiu liberar um braço e deu um soco no rosto de Bjarni, que cambaleou para trás e se apoiou na amurada.

Os tripulantes se mantiveram a distância. Ninguém se julgava no direito de interferir, qualquer que fosse sua preferência. Um homem devia lutar sua própria batalha.

Bjarni limpou o sangue do nariz e procurou clarear a mente. Assumiu a postura mais adequada para uma luta corporal, relaxando braços e pernas. Tarr podia ter mais experiência com lâminas, mas Bjarni era um lutador melhor. Usando toda a sua destreza, aproximou-se do adversário, esquivou-se de um golpe e lhe deu uma rasteira. Quando se recuperou da surpresa, Tarr estava no chão, imobilizado por uma gravata enquanto Bjarni lhe desferia um soco no rosto atrás do outro.

Tarr se levantou com um rugido de fúria, levando o oponente consigo e o lançando por cima da cabeça. Bjarni bateu com força no convés e se pôs de pé com esforço. Os dois passaram alguns momentos se estudando. Sangue pingava do queixo de Tarr, que mostrou os dentes, como um dos monstros ferozes do reino de Hel. O barco oscilava, como se quisesse desequilibrar os dois lutadores. Tarr cambaleou para a frente, enquanto Bjarni permaneceu onde estava, confiante e plantado no lugar, esperando que o outro se aproximasse. No momento certo, inclinou-se e fez o corpo de Tarr girar por cima do seu ombro, usando o impulso do adversário para derrubá-lo. Praticara aquele golpe centenas de vezes na juventude e não permitiria que alguém o derrotasse no seu próprio navio.

Tarr tentou se debater, mas estava totalmente imobilizado. Para humilhá-lo ainda mais, Bjarni mandou que Hugi, seu tripulante mais forte e mais leal, tirasse as armas do oponente.

— Jogue as armas no mar — ordenou.

Hugi viu um brilho assassino nos olhos de Tarr e hesitou.

— São as armas ou ele — disse Bjarni.

O tripulante jogou todas as armas no mar e fez um gesto para que os homens se dispersassem e deixassem o capitão lidar com o rebelde.

Bjarni manteve Tarr imobilizado.

— Escute, seu verme nojento — disse Bjarni, baixinho. — Eu posso mantê-lo amarrado até chegarmos à Groenlândia ou deixá-lo solto. Mas, se levantar de novo a mão contra mim, juro que vou matá-lo sem piedade.

Tarr fez que sim com a cabeça, debilmente, e Bjarni o liberou.

Tarr se levantou e disse:

— Bjarni Herjólfsson, você se arrependerá do que fez hoje e se lembrará de mim na hora de sua morte.

Foi a última coisa que Tarr disse a ele até o fim da viagem. Bjarni tentou afastar da cabeça um mau pressentimento, mas, quando acordou no dia seguinte, percebeu que o *vegvísir* não estava mais debaixo do cinto. Sabia que fora roubado por Tarr e rezou a Forseti, deus da paz e da justiça, pedindo orientação. Se acusasse Tarr, teriam de lutar até a morte, e parecia que era exatamente isso que o saqueador desejava. Dessa forma, Bjarni se concentrou em manter o rumo certo, e assim seguiram sem problemas até o local onde a frota de exploradores havia atracado.

Como Erik, o Vermelho, tinha prometido, as terras eram férteis, apesar de ficarem em meio a geleiras. Os colonos se reuniram para recebê-los. O pai de Bjarni, Herjólfr, estava na frente do grupo, com um sorriso radiante no rosto.

— Só esperava você no próximo verão, rapaz — gritou, rindo. — Como encontrou o caminho?

— Eu tive ajuda — respondeu Bjarni, caminhando na direção do pai para saudá-lo.

Varrendo a multidão com os olhos, logo encontrou Garnissa. As longas tranças adejavam ao vento, junto das fitas coloridas que adornavam a saia vermelha e azul. Os cabelos dourados e os olhos uma mistura de verde e azul, como a água do mar. Tais olhos brilharam com as palavras de Bjarni; ela sabia que era de quem ele falava.

Todos se reuniram em torno dos recém-chegados, empolgados com a novidade e curiosos para saber que tipo de mercadoria levavam a bordo do *Gata*. A tripulação começou a descarregar o barco enquanto Bjarni seguia o pai até a casa que ele havia construído em uma clareira. Seu plano era tomar um banho demorado e trocar de roupa antes de se encontrar com Garnissa.

Quando um barco chegava a uma aldeia costeira, os moradores tradicionalmente se reuniam em torno de uma fogueira ao anoitecer, em busca de um motivo qualquer para beber hidromel, contar histórias, propor charadas e entoar velhas canções. Aquela noite não foi diferente.

Quando Bjarni chegou, Ulfied, um marinheiro corpulento, estava falando das novas terras que tinham avistado no caminho. Bjarni foi alvo de muitos gracejos por causa da decisão de seguir em frente. Alguns homens alcoolizados começaram a imitá-lo, fingindo ser um capitão inepto incapaz de controlar seu navio. Ele aceitou as brincadeiras com bom humor, ignorando deliberadamente os olhares venenosos de Tarr, e se sentiu grato quando um dos anciões, Aldar, resolveu recitar um poema.

— Um dia — começou o velho, olhando nos olhos de todas as crianças que estavam sentadas em torno da fogueira —, os corvos de Odin, Hugin e Munin, videntes de todos os pensamentos e de todas as memórias, roubaram os fios das três fortunas, as Nornas. Ora, todos nós sabemos quem elas eram.

— Urd! Verdandi! Skuld! — gritaram as crianças em coro.

— Isso mesmo! — concordou Aldar, com voz sibilante, como se ele próprio também tivesse poderes mágicos. — As tecelãs do passado, presente e futuro. Por causa da traquinagem dos pássaros, as Nornas não podiam mais tecer os tapetes da vida, e o próprio tempo corria risco de parar.

Bjarni teve vontade de rir ao ver os olhos arregalados das crianças, que acompanhavam, fascinadas, a história do velho poeta. Aldar tinha sido na juventude um *skald* na corte real da Noruega e era capaz de compor de improviso um poema com métrica perfeita sobre qualquer assunto. Bjarni tinha esperança de que, um dia, seu filho pudesse se sentar aos pés de Aldar para ouvir o poeta falar de mundos que fazia parecer tão reais quanto o deles próprios.

Bjarni fez um gesto para Garnissa, que se afastou discretamente da fogueira, e ficou preocupado ao perceber que Tarr também acompanhava a jovem com olhos cobiçosos. Bjarni o encarou e seguiu Garnissa, para mostrar que ela lhe pertencia. Tarr podia querer se vingar, mas Bjarni não permitiria que a sombra do homem caísse sobre ela.

Foi até o rio para se encontrar com a amada. Enfim teriam uma oportunidade de estar a sós.

— Bem-vindo à Groenlândia, oh, destemido explorador de novas terras — brincou Garnissa, em seguida dando um gritinho quando Bjarni a tomou nos braços.

— Já me imaginou explorando outras terras sem você? — perguntou, esfregando o nariz no pescoço da jovem.

— Nunca — respondeu ela, virando o rosto para beijá-lo. — Ainda bem que você não parou.

— Mas isso me custou algumas inimizades.

— A do saqueador — concordou a jovem. — Ele é mau.

— Prometa que vai manter distância de Tarr até que ele vá embora na primavera.

— Você também vai embora na primavera? — perguntou Garnissa, segurando a mão dele.

— Não, minha vida agora é na Groenlândia, com a minha esposa e os meus filhos.

— Filhos? — repetiu ela, com os olhos brilhando. — Onde estão esses filhos?

Bjarni a abraçou.

— Estão à nossa espera.

Skuld, a fortuna do futuro, havia lhe mostrado o caminho muito tempo antes. Tinha certeza de que Garnissa também o vira, talvez até com mais clareza que ele.

— Você parece bastante satisfeita — comentou Bjarni, em tom de brincadeira. — Esteve jogando runas?

Garnissa fez que sim, com um leve sorriso no rosto.

— Não precisava. Eu sou seu, Garnissa. Para sempre.

Ele a abraçou com mais força ainda. Deitaram-se na grama, enlaçados, escutando as risadas que vinham da roda em volta da fogueira. A noite estava fria, prenunciando a chegada do inverno. Os olhos de Bjarni começaram a ficar pesados e a música embalou seu sono.

Não sabia por quanto tempo havia dormido; o corpo ainda estava inerte. A névoa começou a ficar mais fria, mais cortante, como mil agulhas trazidas pelo vento, e ele acordou.

Ouviu um farfalhar e abriu os olhos com esforço. Havia uma mulher de pé ao seu lado, olhando para ele. Tinha cabelos longos e pretos que formavam uma coroa de tranças, a coroa de uma rainha. Os braços e o pescoço estavam adornados com fitas de ouro grossas cravejadas de pedras preciosas. Bjarni emudeceu de surpresa. Só podia ser a deusa Freyja.

A mulher o cumprimentou com a cabeça.

— Você está morrendo, Bjarni Herjólfsson. Assim como eu.

Bjarni acordou do sonho para um mundo de neve e gelo. Estava deitado na margem do mesmo rio em que havia pedido Garnissa em casamento, fazia treze anos, só que agora estava nu, exposto impiedosamente aos elementos e tremendo de frio. Sabia que estaria morto antes do anoitecer, como havia planejado.

A deusa que o visitara devia ser uma *fylgje*, uma acompanhante, que aparecia em sonhos pouco antes da morte de uma pessoa. Bjarni tinha sentido uma espécie de afinidade ao vê-la.

No lugar onde ela estivera, agora existia uma flor de niviarsiaq, lutando para desabrochar apesar do frio. A flor o fez pensar em Garnissa, e lágrimas escorreram, congelando no rosto antes de cair.

Havia meses que ela estava desaparecida — desde o dia em que o filho deles fora assassinado.

Ao voltar para casa, Bjarni encontrara Anssonno morto no batente, degolado como um animal. Dentro da casa, havia sinais de uma luta feroz e armas que Bjarni mantinha penduradas na parede estavam espalhadas no chão coberto de sangue. Não encontrara sinal de Garnissa.

Os colonos vasculharam a região durante vários dias, mas Bjarni sabia que a busca seria infrutífera. O intruso deixara para trás algo que Bjarni havia perdido a esperança de rever: o *vegvísir* de Garnissa. Deparara-se com o amuleto ao pegar nos braços o corpo sem vida do filho. Estava no chão, sobre o *hustrulinet* de Garnissa, a bela grinalda branca que ela costumava usar. Quando viu o *vegvísir* e a grinalda, Bjarni teve certeza de que a esposa havia sido sequestrada por Tarr e que nunca mais voltaria a vê-la.

Rumores diziam que, dois dias antes, um navio de saqueadores tinha sido avistado ao norte da aldeia. Fazia mais de uma década desde que vira Tarr pela última vez, e Bjarni achava que ele havia desaparecido para sempre de sua vida. O saqueador, porém, aparentemente nunca desistira da vingança, e Bjarni compreendia agora que sua intenção não fora matá-lo e sim esperar para ser capaz de destruir tudo o que ele amava.

Quando Bjarni se deu conta de que Tarr era o responsável pelo sequestro da esposa, partiu no *Gata*, acompanhado pelos irmãos de Garnissa, em busca do navio do saqueador. Entretanto, não teve sucesso, e assim entrou em profunda depressão.

Foi nesse estado que seu velho amigo, Leif Erikson, o encontrou. Um dos filhos de Erik, o Vermelho, Leif vivera durante muitos anos na corte real da Noruega. Bjarni não o via desde a juventude. Leif havia viajado para a Groenlândia com a intenção de conhecer a colônia e levar sacerdotes de uma nova religião chamada cristianismo, que estava se tornando muito popular no sul da Noruega. Já estavam construindo uma capela na aldeia e convidando todos os colonos para frequentá-la.

Leif fora à casa de Bjarni para expressar seus pêsames. A perda de Garnissa e Anssonno ainda era o grande assunto da colônia.

— Não quer ter uma conversa com um dos padres? — perguntou Leif, com tato. — Talvez ele o ajude a encontrar a paz.

Bjarni olhou para ele com olhos vermelhos de choro e noites maldormidas.

— Se eu me dirigisse a Odin, rei de Asgard, ou ao seu novo deus, e perguntasse a qualquer um deles por que Garnissa me foi tomada, por que meu filho foi morto, aposto que não saberiam o que responder.

Leif decidiu não insistir e se limitou a acenar com a cabeça concordando. Eles beberam hidromel à luz da fogueira, e Bjarni perguntou quais eram os planos de Leif.

— Não pensei muito nisso antes de chegar à Groenlândia — admitiu o rapaz.

— Está precisando de um barco? — perguntou Bjarni.

Leif olhou para ele, surpreso.

— Quero me desfazer do *Gata*. Não preciso mais dele.

— Mas ele é seu.

— Aceite-o como presente de um amigo — disse Bjarni. — Ficarei mais tranquilo sabendo que está em boas mãos.

Leif ficou sem palavras. Um barco como o de Bjarni era tudo o que ele queria.

— Só lhe peço uma coisa — acrescentou Bjarni.

— Pode dizer.

— Encontre a terra que, há muito tempo, avistei de longe. Eu ensino o caminho.

Leif se apressou a concordar. Todos tinham ouvido falar da descoberta de Bjarni, mas ele jamais contara a ninguém a localização daquelas terras. Seu sonho era deixar o *Gata* para o filho e incentivá-lo a explorar o local mítico. Quantas vezes não havia cogitado partir para lá com Garnissa e Anssonno enquanto eram jovens? Se o tivesse feito, Tarr jamais os teria encontrado. Em vez disso, todos aqueles sonhos foram assassinados junto de Anssonno. Agora, Bjarni queria apenas se juntar ao filho no túmulo.

— Fique com isto — disse, colocando o *vegvísir* de Garnissa na mão de Leif. — Foi minha mulher que fez. — Engoliu em seco e prosseguiu com esforço. — Ele o ajudará a encontrar o caminho.

— É uma grande honra para mim receber tal presente, Bjarni Herjólfsson — disse Leif, fazendo uma mesura e guardando o *vegvísir* no bolso. — Vou encontrar a sua terra.

Ele fez um juramento solene e acabaram de beber o hidromel em silêncio.

Deitado na neve, Bjarni se perguntou onde estaria Leif naquele momento. A conversa a respeito do *Gata* acontecera na primavera anterior, mas era como se anos tivessem se passado. Bjarni havia tomado a decisão de acabar com a própria vida quando vira o *Gata* partir sem ele, com outro capitão segurando a bússola de Garnissa. Nas semanas seguintes, ele se desfez do que restava de suas posses e esvaziou a casa — então esperou.

Na manhã do que teria sido o aniversário de 13 anos de Anssonno, durante uma tempestade de inverno, Bjarni se despiu e caminhou até o rio para morrer.

Olhou para o céu sombrio e pensou em *Yggdrasill*, a árvore mais alta que os nove mundos. Na sua raiz ficava o poço da sabedoria, que o gigante Mimir defendia com a própria vida. Odin sacrificara um olho para beber a água do poço e obter conhecimento infinito. Bjarni teria trocado todos os ossos do corpo por uma gota daquela sabedoria, para saber, antes de morrer, se Garnissa estava viva. Estava sofrendo? O que Tarr fizera com ela? E por acaso Anssonno estava no Valhalla, o lugar para onde iam os bravos guerreiros quando morriam? Bjarni tinha certeza de que sim, porque o filho jamais permitiria que levassem a mãe sem opor uma tenaz resistência. Anssonno sacrificara a própria vida para defender a mãe.

Na noite do casamento, Garnissa havia sonhado que o filho estava no Valhalla. Os sonhos de uma noiva na noite de núpcias eram considerados proféticos. Anunciavam o número de filhos que o casal teria e qual seria o futuro deles. Anos se passaram antes que Garnissa contasse o sonho a Bjarni. Ver o filho no Valhalla a aterrorizara e a tornara extremamente protetora quando Anssonno nasceu. Ela sempre acreditara que teriam apenas um filho, embora houvessem tentado por muitos anos aumentar a prole.

Bjarni soluçou e respirou o ar gelado. Aquele tipo de morte não lhe permitiria entrar no Valhalla — não voltaria a ver o filho. Imagens de Anssonno e Garnissa povoaram sua mente, e ele rezou para que a tempestade tirasse logo a sua vida. Não podia mais viver imaginando o sofrimento dos dois.

Ao fechar os olhos, viu um arco-íris que subia do horizonte até as nuvens e reconheceu o *Bifrost*. Odin estava lhe mostrando a ponte sagrada que ligava Asgard à Terra, como que para dizer que a jornada ainda não havia terminado. Exausto, Bjarni deu o último suspiro, lamentando que não tivesse nas mãos o *vegvísir* de Garnissa para ajudá-lo a encontrar o caminho.

VINTE E DOIS

2 DE MARÇO DE 1982

Michael acordou no chão do escritório, com o corpo tremendo. Tentou pedir ajuda, mas sua voz soou como o grito de um animal ferido. Diana entrou correndo no escritório.

— Meu Deus, o que aconteceu?

As palavras da esposa não faziam sentido para Michael. A dor de Bjarni o consumia.

Diana se ajoelhou ao seu lado. Finn e Conrad andavam de um lado para o outro na porta do escritório, sem ter certeza de como proceder.

— Michael, sou eu, Diana. Você teve uma lembrança. Volte para a gente.

Michael olhou para a esposa e começou a soluçar.

— Garnissa? — Ele se sentou e lhe deu um abraço forte. — Garnissa.

Ele não conseguia impedir a dor de se alastrar pelo seu corpo conforme ofegava em busca de ar e tentava explicar o que havia acontecido com ela e o filho.

— Tragam um cobertor! — gritou Diana por cima do ombro para Conrad e Finn. — Rápido!

Finn correu até o armário e voltou com a capa do sofá. Diana enrolou o corpo de Michael nela e começou a esfregar as mãos no marido, tentando aquecê-lo, enquanto ele falava sem parar.

Conrad ficou ouvindo, fascinado, e sussurrou no ouvido de Finn:

— Que língua ele está falando?

— Nórdico arcaico — respondeu Finn, atônito, observando Michael.

Diana continuava tentando aquecer o marido, repetindo sem parar, em tom suave:

— Calma... Sou eu, Diana. Eu estou aqui.

Mas Michael conseguia ver o espírito de Garnissa nos olhos da esposa, o que somente o fazia chorar e soluçar com ainda mais intensidade. O frio havia deixado seu corpo rígido; era difícil expulsar do cérebro o inverno da Groenlândia. Forçou-se a sorver grandes golfadas de ar, de novo e de novo, trabalhando para assimilar as memórias e recobrar a consciência.

Olhando ao redor, ainda com a cabeça distante, viu a cadeira virada e as pastas espalhadas no chão. Devia ter perdido os sentidos. Fechou os olhos e tentou se focar em seu calor. O frio que sentia era apenas uma memória.

Diana segurou sua mão.

— O que aconteceu? Quem você era?

— Bjarni Herjólfsson — respondeu Michael. Teve de se esforçar para voltar a falar inglês. — Um comerciante viking da Islândia.

Diana ficou muda de espanto. Finn, que ainda parecia atordoado, sentou-se na cadeira mais próxima. Conrad parecia o único a achar graça na situação.

— Nossa, quer dizer que agora você é um viking?

— Conrad, comporte-se — advertiu Diana, olhando para ele de cara feia.

Conrad, porém, continuou a provocá-lo.

— Você desbravou os mares, aterrorizando os camponeses com o martelo de Thor?

Finn parecia estar a ponto de perder as estribeiras.

— Cala a boca, seu ianque de uma figa!

— Por quê? Porque eu sou o único por aqui que ainda não perdeu o juízo?

Diana os ignorou.

— Quem foi Garnissa? — perguntou a Michael.

— Lá vamos nós — disse Conrad, apoiando-se no batente da porta e cruzando os braços. — Esse lance dos pombinhos que atravessam as eras. Vocês não percebem que estão criando uma fantasia neurótica? Nada disso é real.

Finn interveio.

— Não deboche do que está acontecendo com a gente só porque você é o único que não consegue se lembrar de nada.

Ele imprensou Conrad contra a parede com uma das mãos e aproximou o rosto do rosto do outro, até ficarem a centímetros de distância. Conrad, contudo, não se deixou intimidar.

— Se olha no espelho, Finn. Esses seus óculos escuros são ridículos. E trate de tomar um banho. Você está fedendo.

Finn se enrijeceu e intensificou o aperto no pescoço de Conrad, impedindo-o de respirar. O outro prendeu a respiração e o encarou com ar desafiador, recusando-se a ceder.

Diana segurou Finn pelo braço.

— Para, Finn! Ele não está conseguindo respirar.

Finn apertou com mais força, ignorando os apelos de Diana. Michael se sentou.

— Finn! Para com isso! Larga o sujeito!

Finn soltou Conrad, que começou a tossir.

— Você está bem? — perguntou Diana, aproximando-se de Conrad.

Mas ele recuou, olhando para os três com ar de nojo.

— Estou farto de todos vocês — declarou, antes de se retirar.

Finn voltou a se sentar.

— Me desculpem, eu... — Interrompeu o que estava dizendo e abraçou a si mesmo.

Diana se aproximou e se ajoelhou ao seu lado.

— O que foi?

Finn começou a tremer e gritou:

— Ele está mentindo! O filho da mãe está mentindo!

— Do que você está falando? — Diana tentou fazer com que Finn olhasse para ela, mas não conseguiu. — Me conta, por favor. O que está acontecendo?

— Está tudo errado. Eu não posso... Me desculpa.

Finn se levantou e saiu correndo do escritório sem dizer mais nada.

Diana levou a mão à boca. Parecia estar à beira de uma crise de choro. Michael segurou sua mão. Ainda tremia por causa da hipotermia psicológica.

— Você precisa de um médico — disse Diana.

— Já estou bem — declarou Michael, em tom definitivo.

Ficaram olhando um para o outro por um longo tempo.

— O que está acontecendo com a gente? — murmurou Diana.

Michael levou algum tempo para responder.

— Nada de grave — afirmou, por fim, esforçando-se para acreditar que fosse verdade enquanto tentava tranquilizá-la. — Já estou recuperado.

— E Finn?

— Finn vai ficar bem — afirmou, com mais convicção do que sentia. — A gente está cansado, mas isso vai passar.

— Nunca vi Finn desse jeito.

— Vamos dar uma passada na casa dele amanhã cedo para ver como ele está.

Michael tentou se levantar e ficou surpreso ao perceber quão fraco se sentia. Tudo o que queria era voltar para casa, meter-se na cama e abraçar Diana. Tê-la perdido ainda era uma memória muito recente.

Diana dirigiu o carro de volta para casa, respeitando o silêncio do marido. Michael ficou o tempo todo de olhos fechados. Precisou de um grande esforço para sair do carro. Seus pés pareciam pesar como chumbo ao subir a escada. Diana foi atrás, apoiando a mão nas costas dele para ajudá-lo. Ela destrancou a porta, e os dois entraram.

Michael desabou na cama e ficou escutando Diana escovar os dentes e se preparar para dormir.

— Sabe o que mais me deixa frustrada? — perguntou ela. — É que você está sendo inundado com todas essas memórias, e até agora eu só me lembrei de uma holandesa que passou a vida gerando filhos e vendo o marido pintar. A única coisa que ganhei com isso foi poder ir a um congresso na Holanda sem precisar de um intérprete.

Ela se enfiou debaixo das cobertas, e Michael a puxou para os seus braços. Havia muitas coisas que ele preferia que a esposa não lembrasse, como ser queimada viva na Roma antiga ou ter o marido condenado à morte no Japão feudal. Mais que tudo, rezava para que jamais, jamais se lembrasse de Garnissa. Não queria nem pensar no que ela devia ter sofrido nas mãos de Tarr.

Michael apagou a luz e sentiu a esposa relaxar.

— Pode me contar alguma coisa a respeito deles? Bjarni e Garnissa?

Michael encarou a escuridão, sem saber ao certo quanto deveria revelar a respeito do casal.

— Bjarni a conheceu em um evento que chamávamos de "Grande Feira".

Ele se deu conta de que estava começando a falar na primeira pessoa e se interrompeu para organizar as ideias. Diana não havia percebido ou estava cansada demais para comentar.

— Todos os comerciantes levavam as filhas solteiras para cozinhar nas suas barracas e mostrar seus dotes domésticos. Garnissa era a melhor... Ai!

Diana o beliscou na cintura. Seus olhos ainda estavam fechados, mas um sorriso enfeitava seu rosto.

— Não brinca. Ela era a melhor cozinheira?

— O que foi? Ela era, sim.

— Tá bom, He-Man. Ela era bonita?

Michael pensou antes de responder.

— Não pelos padrões de hoje.

Ele segurou a mão de Diana antes que ela o beliscasse de novo e começou a rir. Uma das coisas que Michael havia aprendido com aquelas memórias era que os padrões de beleza não eram fixos, mas variavam de acordo com a época, o lugar e as convenções.

— O que estou querendo dizer é que as mulheres vikings eram mais masculinas que as mulheres de hoje. — Tentou imaginar as mulheres da aldeia e se esforçou para descrever corretamente o que estava vendo. — Tinham narizes mais largos, olhos menores, ou talvez mais afundados nas órbitas, e corpos mais musculosos. Era um tipo diferente de beleza.

— Tá, as mulheres vikings eram bem fortes. Entendi.

Michael deu uma gargalhada.

— Assim que a viu, Bjarni jurou que se casaria com ela. O casamento era quase sempre um pacto comercial entre famílias, mas Bjarni tinha sido dominado por uma *inn mátki munr*.

— Inn ma... o quê? — perguntou Diana, dando um bocejo e enfiando as mãos por baixo da coberta.

— Paixão irresistível — explicou Michael, em tom sugestivo.

Em resposta, Diana lhe deu um beijo afetuoso no lugar onde sua cabeça estava apoiada, pouco abaixo do pescoço do marido.

— Por isso, ele tratou de conseguir um *handsal*, um acordo formal com o pai da jovem. Na época, o dote mínimo eram oito onças de prata. Bjarni pagou o dobro em ouro, mais um cavalo, uma vaca e espadas para todos os irmãos...

Diana o beliscou de novo, com mais força.

— Ei! Para de me beliscar. Só estou contando como foi.

— Mas posso ouvir o seu sorriso presunçoso. — Ela abriu um olho e lhe lançou um olhar desconfiado. — Um cavalo e uma vaca, é?

Michael revirou os olhos e prosseguiu:

— O *morgen-gifu*, o presente que Bjarni deu a Garnissa na manhã seguinte ao casamento, foi o mais generoso de toda a Groenlândia.

Bjarni presenteara a esposa com roupas e joias que havia comprado em suas viagens, além de cabeças de gado e um terreno onde pretendia construir uma casa, para assegurar a ela e aos futuros filhos uma vida confortável mesmo após sua morte. Michael teve de se esforçar para manter a voz firme.

— Eles se casaram no primeiro ano que passaram na Groenlândia e moraram por um tempo com o pai de Bjarni, Herjólfr, até que pudessem construir a própria casa. No verão seguinte, Garnissa ficou grávida de Anssonno.

— É um belo nome — comentou Diana, aninhando-se nos braços do marido.

Michael assentiu, com a cabeça cheia de lembranças do filho.

— Ele era um menino muito bonito. Os três tiveram uma vida feliz até o fim.

Michael não contou a Diana que o fim tinha chegado prematuramente e com violência. Em vez disso, descreveu a fazenda do casal como se ela estivesse sendo projetada na parede do quarto. No momento, só queria falar da alegria e do amor.

Anssonno fora a luz da sua vida, fazendo perguntas intermináveis a respeito do mundo. Estava ao lado de Bjarni quando o avô, Herjólfr, morreu, e o ajudou a suportar o luto como apenas um filho poderia fazer. Um pouco mais velho, passou a se sentar perto da fogueira, aos pés de Aldar, exatamente como Bjarni tinha esperado que acontecesse, para ouvir as histórias do velho poeta.

O pensamento trouxe de volta a faca cruel que havia acabado com a vida do seu filho e dilacerado seu coração. Anssonno estava morto.

Ele acariciou o braço de Diana no escuro, embalando-a em sonhos.

— O que aconteceu para deixar você tão triste? — murmurou ela.

Michael se limitou a balançar a cabeça.

— Sinto muito — disse a esposa, com voz sonolenta.

Michael sentiu uma lágrima indesejada escorrer pelo rosto. Não queria chorar de novo — se começasse, talvez não conseguisse mais parar.

Em vez disso, recitou mentalmente: *Estou aqui e agora. Estou aqui e agora. Estou aqui e agora*, enquanto escutava a respiração de Diana assumir um aspecto profundo e lento. Quando teve certeza de que ela havia adormecido, pegou o diário na mesinha de cabeceira e começou a escrever.

* * *

DIA 25 - 2 DE MARÇO DE 1982

Tenho a sensação de que Tarr está perto de mim, assim como d'Anthès e Kira. Será que são a mesma pessoa? Se as visões realmente são memórias de vidas passadas e meus instintos não me enganam, uma alma tentou várias vezes me destruir. Talvez eu esteja sendo paranoico, mas não posso ignorar essa sensação. Ela se embrenhou em mim.

Estou começando a discernir um padrão, e me pergunto se as leis do carma realmente existem. As almas estão destinadas a amar ou a odiar as mesmas almas inúmeras vezes? Ou podemos conseguir algum tipo de redenção ou entendimento?

Se uma tragédia está destinada a se repetir, precisamos descobrir uma forma de quebrar o ciclo. Até lá, tenho de confiar nos meus instintos. A malevolência que toldou tantas das minhas vidas está prestes a me atacar novamente.

VINTE E TRÊS

— Ah, finalmente achei você!

A voz de Linz fez Bryan voltar ao presente. Ele ainda estava na galeria de antiguidades de Conrad. Em apenas poucos minutos, recordara momentos de duas vidas separadas uma da outra por quase mil anos. Foram as visões mais rápidas que jamais havia experimentado — a sensação fora a de um choque elétrico.

Olhou para a pedra guardada na caixa de vidro e sua visão ficou turva. *Conrad tinha o* vegvísir *de Garnissa. Como?* Tentou fixar os olhos em Linz, percebeu que Conrad estava de pé ao lado dela e sentiu novamente o frio da morte de Bjarni. Estava começando a achar que não seria prudente revelar sua identidade a Conrad. Talvez a explosão não tivesse sido acidental; talvez as suspeitas de Michael não fossem infundadas. Bryan sentiu a cabeça leve e as pernas fracas, como se fossem ceder a qualquer momento.

Linz percebeu que algo estava errado e correu para acudi-lo.

— Você está bem?

Bryan não conseguia tirar os olhos da pedra na caixa de vidro.

— Não estou me sentindo bem. Acho que é melhor eu ir para casa.

Ele foi em direção à porta cambaleando. Ao sair da sala, a cabeça parou de girar, mas a náusea não dava trégua. Linz colocou o braço no seu ombro, ajudando-o a se aprumar.

— Eu levo você.

— Não... Pode deixar que eu pego um táxi. Não quero que você tenha que deixar a festa.

Conrad se aproximou e disse, com um traço de impaciência na voz:

— Você deve ser Bryan.

— Desculpa minha falta de educação, papai — disse Linz. — É que ele... Bryan, esse é o meu pai.

O pintor não teve coragem de olhar Conrad nos olhos. Iria passar mal.

— Ouvi falar coisas interessantes sobre você, Bryan. Espero tornar a vê-lo quando estiver em melhores condições. — Virou-se e deu um beijo carinhoso na testa de Linz. — Vai com cuidado. A gente se vê no escritório.

Conrad se afastou e foi conversar com alguns convidados que estavam no saguão.

Linz colocou a mão na testa de Bryan.

— Nossa, você está gelado. Vamos.

Conrad os observou sair de mãos dadas pela porta da frente.

Quase não conversaram no caminho para a casa de Bryan. O pintor manteve os olhos fechados e os braços cruzados, tentando controlar os tremores.

Assim como Michael, ele agora tinha toda a vida de Bjarni Herjólfsson na memória. Lembrava-se do tempo que havia passado com Garnissa como se tivesse acabado de acontecer. A luta para permanecer no presente nunca fora tão difícil.

Tomou e beijou a mão de Linz, repetindo algo que Aldar sempre dizia antes de contar uma história:

— *De um sonho eu acordo, como um portador do destino...*

Linz olhou para ele, surpresa.

— Que língua é essa?

— Nórdico arcaico.

Ela franziu os lábios e fez que sim com a cabeça, mas não insistiu no assunto. Fizeram o restante do percurso em silêncio. Quando chegaram ao edifício onde Bryan morava, Linz desligou o motor.

— Vou subir com você.

— Não precisa. Obrigado.

— Você precisa de ajuda — insistiu Linz. — Mal consegue andar.

Bryan estava fraco demais para protestar. Apoiou-se em Linz enquanto caminhavam até o elevador e em seguida à porta do apartamento.

— Acho que posso me virar a partir daqui — disse o pintor, enquanto lutava para enfiar a chave na fechadura.

— Me deixa pelo menos ajudar você a entrar.

Outra onda de náusea o assaltou. Linz tomou o chaveiro da sua mão e abriu a porta. Bryan ainda tentou protestar.

— Vai embora, por favor.

Ignorando o apelo, Linz abriu a porta... e levou um susto. O chão estava cheio de caixas vazias, com o conteúdo espalhado por todo lado. Mal havia espaço para entrar no apartamento.

— O que aconteceu aqui?

Bryan não conseguiu responder e correu para vomitar no banheiro, deixando-a sozinha para examinar a área do desastre. Um velho projetor de super-8, cercado por rolos de filme, fora montado como um *Cinema Paradiso* particular para o pintor. O sofá estava tomado por livros e revistas de neurociência.

Linz leu os títulos e levantou as sobrancelhas: *Neurobiologia do desenvolvimento*, *Fisiologia e biofísica médica*, *Sistemas visuais corticais* e uma coleção completa do *Periódico internacional de neurociência*, desde o primeiro número, de 1970, até 1982. Uma pilha de papéis na mesa de canto atraiu sua atenção; eram artigos sobre a Medicor e o seu pai, impressos de páginas da internet. Linz os pegou para dar uma olhada. *Por que ele teria imprimido esses artigos?*

Bryan entrou na sala, enxugando o rosto com uma toalha e parecendo um pouco melhor.

— Desculpa a bagunça. Não tive tempo de... — Ele se interrompeu ao ver o que ela tinha nas mãos.

Linz o encarou. Estava começando a descobrir que não o conhecia tão bem como pensava.

— O que significa isso?

— Me deixa explicar. Eu estava fazendo uma pesquisa na internet...

— Sobre o meu pai? Por quê?

Algo de estranho estava acontecendo com Bryan, e o instinto de Linz lhe dizia que o melhor a fazer era ir embora imediatamente.

— Espera, não me leva a mal. Eu estava fazendo uma pesquisa sobre Michael e Diana Backer e descobri que eram amigos do seu pai.

— Que Michael e Diana?

Bryan se sentou com uma expressão de pura exaustão no rosto.

— O casal na foto do casamento. Eram amigos do seu pai. Encontrei um artigo com uma foto em que os três aparecem juntos. Vou te mostrar.

Linz se deu conta de que o conteúdo de todas aquelas caixas havia pertencido a Michael e Diana.

— Você está vasculhando os pertences de gente morta?

— Não exatamente — respondeu Bryan, espalhando os papéis e aumentando ainda mais a bagunça. — Sei que a foto está por aqui.

Linz observou Bryan circular pela sala em busca do artigo. Estava ficando mais apreensiva a cada minuto. O pintor tentava se explicar enquanto procurava.

— Seu pai era amigo deles. Diana e Michael eram neurocientistas que trabalhavam com pacientes com Alzheimer.

Linz abriu a porta para sair.

— Ouça o que eu tenho a dizer, por favor — pediu Bryan, em tom de súplica. — Eu não sabia que Conrad Jacobs era o seu pai até essa noite. — Olhou para o projetor de super-8. — O filme! Ele está no filme. Não vai embora. Posso provar o que estou dizendo.

Encontrou imediatamente o filme que procurava. Estava óbvio para Linz que Bryan havia visto aquele rolo várias vezes.

— Meu pai aparece nos filmes desse casal?

Bryan o colocou no projetor.

— São filmes caseiros feitos por Michael e Diana.

— Você andou bisbilhotando os filmes deles? — perguntou Linz, agora muito mais que apenas apreensiva.

— Sim — admitiu Bryan, exasperado. — Tenho que saber quem são essas pessoas para não acabar maluco. Não consigo tirá-las da cabeça. É diferente das outras vezes.

— Acho que está na hora de a gente discutir quantas dessas outras vezes já aconteceram — disse Linz, embora não estivesse certa de que queria saber.

No princípio, a coincidência dos sonhos a deixara fascinada — tinha chegado até a acreditar em reencarnação. Bryan, porém, parecia estar perdido em um mundo de sonhos, e Linz não estava muito disposta a se juntar a ele nesse lugar.

— Pensei que tivéssemos combinado que você iria esquecer toda essa história a respeito dessa Diana — lembrou Linz.

— Me desculpa, mas não consigo. Por favor, sente-se e assista ao filme.

— Não quero me sentar.

— Está certo, então fica em pé — disse Bryan, ligando o projetor e apagando a luz.

Linz permaneceu onde estava, perto da porta. Diana foi projetada na parede, sorrindo para a câmera, com os cabelos enrolados, entrando em um carro. A cena seguinte mostrava uma igreja e Diana do lado de fora, vestida de noiva.

— Ela está chegando para se casar — explicou Bryan, sem necessidade.

Linz não disse nada. Ficou olhando, fascinada, enquanto os cliques do projetor ecoavam no escuro.

O filme passou para o altar, onde Michael esperava com o padrinho, Doc. Ao lado dele estavam outros dois amigos do noivo, Conrad e Finn.

— É o meu pai! — exclamou Linz.

— Eu sei — disse Bryan, para logo emendar: — Quero dizer, agora eu sei.

Conrad chegou mais perto de Michael e Doc. Diana chegou ao altar e segurou a mão de Michael.

Linz acompanhou toda a cerimônia, incluindo os momentos de descontração que foram capturados mais tarde pela câmera enquanto o fotógrafo trabalhava. Conrad aparecia em todas as imagens. O filme terminava com Michael e Diana saindo em um jipe com latas vazias amarradas no para-choque traseiro.

— Meu pai conhecia essas pessoas? — perguntou ela, estupefata.

— Era o que eu estava tentando explicar. Eu não fazia a menor ideia de que ele era o seu pai. Eu juro.

Linz ficou olhando para a parede na qual a imagem fora projetada. Todo o episódio parecia estranho demais para ser verdade.

— Você está tremendo — comentou o pintor, segurando as mãos da moça.

— Não, eu...

— Tudo bem. Eu também fiquei emocionado quando vi o filme pela primeira vez.

— Eu não estou emocionada.

No momento em que disse essas palavras, contudo, percebeu que mentia. O filme a havia afetado profundamente. Estava com vontade de chorar.

Linz viu que Bryan tinha ficado magoado com a resposta e tentou se explicar.

— Escuta. Eu normalmente sou uma pessoa lógica, sistemática. Não saio com artistas, não converso sobre vidas passadas, não tenho nenhum interesse por temas esotéricos. Não quero ter a minha vida virada de cabeça para baixo.

Bryan estendeu a mão para tocar no seu braço.

— Sei que tudo isso parece loucura... especialmente a presença inesperada do seu pai no filme. Mas não saia da minha vida, por favor. Não tenha medo.

— Eu não estou com medo — disse Linz, recuando —, mas, sempre que estou com você, no momento em que começo a me habituar, alguma coisa estranha acontece. Não sei quem são essas pessoas e não estou interessada em saber. Meu pai as conhecia, mas e daí?

— Eles eram cientistas que estudavam a memória e estavam buscando uma cura para o Alzheimer — explicou Bryan. — Eles morreram em 1982, antes de a gente nascer.

— E você acha que somos eles.

— Isso mesmo — concordou Bryan, sem pestanejar.

Linz meneou a cabeça com ar triste, examinando o rosto dele.

— Acho que é melhor parar por aqui. — Já estava arrependida antes de dizer as palavras, mas sabia que tinham de ser ditas. — Vamos dar um tempo, está bem?

Bryan sorriu como quem pede desculpa e beijou a parte interna do pulso de Linz, como havia feito no dia em que se conheceram, mas não tentou impedi-la de se retirar.

VINTE E QUATRO

Linz trocou de roupa no escuro. Estava deprimida; uma emoção nova para ela, além de aparentemente incontrolável. Quando entrou no apartamento, achou o lugar vazio e impessoal, e, pela primeira vez, os quebra-cabeças coloridos nas paredes lhe pareceram infantis. Ficou deitada na cama, no escuro, olhando para a pintura de Orígenes e Juliana feita por Bryan, que havia pendurado na parede. Tentara mantê-la no armário, mas sabia que o quadro não podia simplesmente ficar escondido. O sonho tinha sido um estorvo durante toda a sua vida, mas, por outro lado, a aproximara de Bryan. Isso era uma coisa boa? Ela não sabia.

Tomada por uma crise de insônia, foi para a sala de estar e entrou no jardim de areia. Sentindo com prazer os grãos debaixo dos pés, pegou o ancinho e apagou o desenho que havia feito dois dias antes. Sentiu o corpo relaxar conforme manejava o ancinho ao acaso, deixando que criasse linhas finas na areia. Trabalhou até ficar sonolenta.

Quando terminou o desenho e foi para a cama, não se deteve para admirar o símbolo sofisticado que havia criado: um símbolo que apenas os egiptólogos mais eruditos seriam capazes de reconhecer.

Ao voltar da copa com uma terceira xícara de café, Linz encontrou um e-mail que o pai tinha acabado de enviar, lacônico como sempre: *Venha me ver.*

Ela sabia que o assunto inevitavelmente seria a festa. A saída brusca com Bryan fora estranha demais para que o pai deixasse passar em branco. Ele faria um monte de perguntas, acompanhadas por alguns comentários desagradáveis, mas ela também tinha algumas questões. Para começar, quem eram Michael e Diana Backer?

Linz subiu de elevador até a cobertura, mas o pai estava ao telefone. Ele a convidou a entrar com um gesto, enquanto dizia:

— Tenho quinhentos milhões investidos exclusivamente nesse projeto. Você que se encarregue de converter isso para ienes.

Deu uma risada e passou a falar em um japonês impecável.

Linz ficou apreciando a vista enquanto o pai terminava a conversa. Ela sempre se admirara com o fato de ele ser fluente em várias línguas. Crescera ouvindo-o falar japonês, francês e alemão. Era curioso que jamais tivesse tentado ensinar à filha uma dessas línguas, nem ela se interessado em aprender. O que ele diria se descobrisse que ela agora era fluente em grego?

Sorriu para o nada ao imaginar a cara que o pai faria. Conrad percebeu e lhe dirigiu um olhar indagador. Ela indicou que não era nada e esperou que ele acabasse de falar ao telefone. Estavam tão acostumados um com o outro que podiam se comunicar sem problema apenas por gestos.

Linz não se lembrava da mãe e do irmão; seu pai era toda a sua família. Para mérito de Conrad, ele nunca havia mandado a filha para um internato; assumira pessoalmente a tarefa de educá-la o melhor que pudesse. Linz o amava, embora, às vezes, os esforços dele para protegê-la se tornassem sufocantes. Sob certos aspectos, chegava a ser autoritário.

Linz o ouviu desligar o telefone e se virou para ele. Conrad foi até ela e a abraçou.

— Você parece cansada.

— Um pouco. Queria pedir desculpa por sair cedo da festa... e conversar sobre algumas coisas.

Conrad voltou para a mesa.

— Sem problema. Pode falar.

— Você pode me falar a respeito de Michael e Diana Backer?

Obviamente a pergunta o pegara de surpresa.

— Que Michael e Diana?

Linz franziu a testa. Era impossível ele não se lembrar do casal.

— Papai, você foi ao casamento deles.

— Quem disse isso?

— Bryan me mostrou o filme do casamento.

— O pintor?

— Sim, o pintor que você tratou com frieza.

Conrad se sentou.

— E o que ele está fazendo com um filme de que nem conheceu?

— Como você pode saber que ele não conheceu essas pessoas? Você não sabe nada a respeito de Bryan.

— Então me explica como ele os conhece, por favor.

A voz de Conrad parecia mais contida. Ele estava ficando irritado, mas Linz tampouco estava satisfeita com o rumo que a conversa havia tomado.

— O pai dele era um velho amigo do casal. Por que simplesmente não disse que os conhecia?

— O pai dele era amigo do casal — repetiu Conrad. — Faz bastante sentido. Por que não ver o filme do casamento dos amigos do pai? Aí ele vem à minha casa e eu o pego bisbilhotando...

— Ele não estava bisbilhotando.

— ... com cara de doente. Quem sabe que drogas andou tomando?

Linz ficou indignada.

— Ele não usa drogas! — protestou, erguendo involuntariamente a voz.

— Você olhou no armário do banheiro? Estou supondo que você tenha visto o filme no apartamento dele.

— Espera aí. Você está entendendo tudo errado. Eu só perguntei se conhecia Michael e Diana Backer, e você mentiu.

— Eu não menti.

— Tá, saiu pela tangente.

Ficaram olhando um para o outro, com ar desafiador. Pareciam ter chegado a um impasse. Conrad por fim cedeu e explicou:

— Não gosto de falar de Mike e Diana porque são história de um passado distante e me trazem lembranças... tristes. Fomos colegas de turma. Eram meus melhores amigos, como Penelope e Derek são para você. Como você se sentiria se eles morressem de forma trágica?

A raiva de Linz passou, e ela começou a se sentir envergonhada. Conrad suspirou e prosseguiu:

— Você nunca tinha me chamado de mentiroso, e eu nunca critiquei as pessoas com quem você anda. O que está acontecendo?

Linz tentou colocar os pensamentos em ordem.

— Me desculpa. Eu não queria... Não tenho dormido bem ultimamente.

A preocupação de Conrad suplantou a raiva.

— Você andou sonhando de novo?

— Não. É só uma insônia.

O intercomunicador chamou.

— Dr. Jacobs, é hora da sua videoconferência das onze.

Conrad olhou para o relógio e franziu a testa.

— Nebulosa, a gente ainda tem muito o que conversar. Por que não jantamos juntos hoje? Me encontra no Bay Tower às oito. — Ele acompanhou Linz até a porta. — A gente se vê mais tarde.

Ela fez que sim com a cabeça e deu com os olhos na gravata do pai, reconhecendo-a como um presente seu.

— Me desculpa se eu fiz você ficar aborrecido, mas ainda quero saber outras coisas a respeito deles, se puder me contar.

— Mas por que você se interessa por eles, querida?

— Não dá para explicar agora. É complicado.

Linz deu um beijo no rosto do pai e saiu. Conrad voltou a se sentar atrás de sua mesa. Do jeito que estava, parecia sustentar o peso do mundo nas costas. Ignorando a luz que piscava anunciando a videoconferência, pegou o telefone e fez outra ligação.

Linz pegou o elevador de volta para o décimo andar. Quando atravessava o longo corredor para voltar ao seu laboratório, viu o Dr. Parker pela janela do Departamento Genoma. Dessa vez, quando ele lhe dirigiu o aceno habitual, resolveu parar. No momento em que entrou no laboratório, o Dr. Parker começou a falar, muito animado, como se estivessem no meio de uma conversa.

— Localizamos um indutor específico do melanoma — informou, agitando no ar o resultado impresso — com um laço claro de cromatina!

Linz sorriu com um ar de aprovação.

— Esses computadores fazem maravilhas.

— Embora eu não esteja muito satisfeito com essa análise epigenética — acrescentou, mais para si mesmo, enquanto se virava para observar um monitor.

Estava claro que ele havia esgotado sua cota de sociabilidade. Linz conhecia outros cientistas com o mesmo problema, especialmente os que pertenciam à geração do pai. Por sorte, ela não sofria disso. Uma ideia lhe ocorreu.

— O senhor conheceu Michael e Diana Backer? Acho que eles trabalhavam na sua área.

O Dr. Parker desviou os olhos do monitor, parecendo assustado por ainda a ver ali.

— Claro que conheci. Foi o seu pai que me apresentou ao casal, há muitos anos.

— Eles foram colegas do meu pai na universidade?

— Isso mesmo. E depois Conrad foi trabalhar na equipe de Mike.

Linz fez que sim com a cabeça, como se aquilo não fosse novidade para ela.

— É claro.

— E então continuou as pesquisas de Mike quando fundou essa empresa.

Ela assentiu novamente. A conversa parecia estar tomando um rumo surreal.

— Em que eles estavam trabalhando quando morreram?

— Em um medicamento para ajudar pessoas com Alzheimer a recuperar suas memórias. Eu me lembro de ter ficado muito desapontado por não terem chegado a publicar os resultados. É uma pena, sem dúvida; tinham tanto potencial.

— Sim, lembro que meu pai comentou a respeito. Como era mesmo o nome do projeto?

— Não sei se eu... — O Dr. Parker parou para pensar. — Ah, é. O nome era Renovo.

Linz teve de se esforçar para esconder sua surpresa. Bryan o havia mencionado durante o jantar.

— Isso... Renovo.

— Pedi várias vezes ao seu pai para me deixar dar uma olhada no arquivo do projeto, mas ele nunca permitiu. É uma pena que uma pesquisa tão importante tenha sido interrompida.

Linz sentiu um calafrio descendo por sua espinha. Fez que sim com a cabeça e foi embora, muda de espanto, depois de se despedir com um gesto. O Dr. Parker sorriu e continuou o seu trabalho.

Ela se apressou para voltar ao laboratório, onde encontrou Steve assistindo a um vídeo no computador. Logo percebeu que era um vídeo dele próprio no YouTube, executando uma dança artística exótica. No momento em que a viu, Steve desligou apressadamente o monitor, assustado. Linz fingiu não ter percebido.

— Steve, você pode me fazer um favor?

— Pode falar.

— Consiga o que puder a respeito de um projeto de pesquisa ligado a um medicamento chamado Renovo. Confira a base de dados do ING e os nossos arquivos.

— Até quando?

— Até 1982.

O ano de fundação da Medicor — cinco anos antes do nascimento de Linz.

O celular dela começou a tocar antes que Steve tivesse tempo de fazer mais perguntas. Era um número desconhecido; parecia uma ligação internacional. No momento em que ia atender, a ligação caiu. Ela esperou para ver se deixariam mensagem na caixa postal, mas nada.

Linz ficou desapontada. Quando o telefone tocou, havia rezado para que fosse Bryan. Sabia que cabia a ela entrar em contato, já que a proposta de dar um tempo fora sua, mas rezava para que ele ignorasse o fato e ligasse assim mesmo ou, melhor ainda, a procurasse pessoalmente. Linz abanou a cabeça, censurando a si própria. *Cadê sua força de vontade?*

Irritada, desligou o telefone e o guardou na gaveta da escrivaninha. Sentir saudade de Bryan era perda de tempo. Tinha muito trabalho a fazer, e trabalhar talvez a ajudasse a ignorar a sensação que insistia em atormentá-la: a de que a sua vida estava desmoronando.

VINTE E CINCO

Bryan desligou o telefone de bordo sem saber o que teria dito se Linz atendesse. Imaginou o rumo que a conversa teria tomado e fez uma careta. Como poderia explicar os seus atos sem a afastar ainda mais?

Tinha ido longe demais quando a forçara a ver o filme. O problema era que Linz não conseguia se lembrar das vidas que passaram juntos, e, quanto mais Bryan se aprofundasse nessas vidas sem ela, mais Linz se tornaria uma estranha para ele. A percepção de que a distância entre os dois aumentava mais e mais o deixava aterrorizado.

Para complicar as coisas, estava sobrecarregado com as memórias de Bjarni. Depois da partida de Linz, Bryan havia ficado olhando para o teto durante horas e depois fora ao estúdio pintar.

Chegara a pintar um quadro, mas, pela primeira vez, a arte tinha parecido perda de tempo, uma distração de pouca importância. Um sentimento de urgência vinha crescendo no seu íntimo desde que se lembrara da vida de Bjarni; havia algo naquelas memórias que precisava esclarecer.

Sentindo-se inquieto, Bryan deixara o loft para dar uma caminhada. A história fantasmagórica que emanava das ruas e vielas de Boston em geral o acalmava e o ajudava a se conectar a um passado vivo e palpável. Naquela noite, porém, tinha sido diferente.

Tinha caminhado durante horas e, quando dera por si, estava na Commonwealth Avenue. Não era por acaso. Ali, no centro de um jardim circular, havia uma estátua de bronze em tamanho real de

Leif Erikson, erigida para comemorar suas explorações. Leif havia encontrado a terra nova seguindo as indicações de Bjarni e fundara uma colônia chamada "Vinlândia", no que agora era o Canadá. Alguns acreditavam que o islandês tinha ido mais além, chegando a Massachusetts centenas de anos antes dos peregrinos.

Bryan olhara fixamente para a estátua do velho amigo e sentira uma grande emoção. Leif havia cumprido o acordo; tinha levado o *Gata* à terra nova. Quando Bryan olhou para o anel turquesa que usava no dedo anular, teve certeza de que não encontraria as respostas que procurava sem tomar uma atitude ousada. Evitando questionar o impulso, fora para casa e reservara uma passagem para o lugar que Bjarni não havia tido oportunidade de conhecer.

Agora estava a bordo de um avião. Bryan reclinou o assento e olhou para o teto. Tinha cometido um erro ao deixar Linz sozinha com Conrad? Afinal, Michael desconfiava dos motivos dele, de sua honestidade, e a situação havia se tornado ainda mais complicada quando soubera que Linz era filha do próprio. Bryan estaria mais tranquilo se ela estivesse viajando ao seu lado. Tinha chegado a pensar em convidá-la, mas sabia que Linz consideraria a ideia uma loucura. As coisas eram mais fáceis no passado, quando só ele duvidava da própria sanidade.

Olhou para o telefone de bordo e tentou se acalmar. Devia pelo menos deixar uma mensagem. Pegou o telefone e passou mais uma vez o cartão de crédito. Discou o número de memória e contou os toques, sabendo de antemão que ela não iria atender.

— Linz, aqui é Bryan. Queria que você soubesse que estou a caminho da Terra Nova... no Canadá... para pintar... Sei que deveria ter ligado antes. Desculpa pelo que aconteceu. Talvez essa breve separação possa servir a esse tempo que estamos dando... como você queria e como disse. Até a volta... Se cuida.

Desligou, com um sentimento de frustração. A mensagem não continha nenhuma das coisas que gostaria de dizer a Linz.

Uma hora depois, o avião começou a descida. O coração de Bryan bateu mais rápido quando ele olhou pela janela. A terra nova de Bjarni estava lá embaixo.

* * *

Linz estava sozinha na melhor mesa do Bay Tower Room. Fazia vinte minutos que esperava pelo pai, depois de pedir uma taça do melhor chardonnay. No momento, porém, não estava saboreando o vinho nem apreciando a vista deslumbrante da cidade de Boston. Ouviu pela terceira vez a mensagem que Bryan deixara na caixa postal, recriminando-se por não ter visto a ligação a tempo. Não podia acreditar que ele estava voando para o Canadá. Isso a fez lembrar que não sabia muita coisa sobre o pintor — e se ele tivesse outra namorada? Talvez estivesse voando com ele, ou o esperando no aeroporto. Como eram as garotas da Terra Nova? Amantes da natureza? Linz censurou a si própria, sabendo que estava sendo ridícula, mas não conseguia conter o ciúme crescente que a assaltava. Merecia mais que uma mensagem de voz depois de tudo que passaram juntos. Por que Bryan havia largado tudo para ir ao Canadá?

— Desculpe o atraso — disse o pai, dando um beijo na cabeça de Linz antes de se sentar. — Estou faminto.

Fez um sinal para o garçom que sempre o atendia, que foi até eles imediatamente.

— Prazer em vê-lo, Dr. Jacobs.

— Obrigado, Richard. Vamos querer bisque de lagosta, salada caesar e filé de costela. Ao ponto para bem-passado para a senhorita. Meu vinho de sempre.

— Muito bem, senhor — disse Richard, tirando o cardápio da frente de Conrad e se voltando para Linz.

Conrad sorriu para a filha. Como sempre, ela estava prestes a mudar completamente o pedido.

Linz não se deu ao trabalho de consultar o menu.

— Vamos querer o robalo. Legumes cozidos no vapor. E acho que podemos manter o vinho favorito do cavalheiro.

Terminado o pequeno ritual, Richard retirou o cardápio da frente de Linz e se afastou.

Ela foi direto ao ponto.

— Por que você não me disse que já trabalhou para Michael Backer?

Os lábios de Conrad se transformaram em uma linha fina de irritação. Ele desdobrou lentamente o guardanapo e o colocou no colo antes de responder.

— Onde você conseguiu essa informação?

— Conversei com o Dr. Parker, que há muito tempo vem tentando convencer você a deixá-lo consultar o arquivo do projeto Renovo, e você não autoriza. Pode me explicar por quê?

Conrad se inclinou para a frente e baixou o tom de voz.

— Para o ING, o projeto terminou quando o diretor explodiu o laboratório, matando a si próprio e a esposa. Não posso permitir que a minha empresa seja associada a um experimento encerrado há trinta anos e que por sinal era cientificamente irresponsável. Como minha filha e futura diretora da empresa, gostaria que fosse mais discreta nos assuntos que discute com outros diretores.

— Me desculpe. Não pensei que...

— Ultimamente, você tem feito muita coisa sem pensar.

Linz baixou a cabeça. Tinha sido repreendida como uma criança de 3 anos e o pai estava só começando.

— Tudo isso começou quando você arranjou um novo namorado, que não se cansa de me investigar...

— Ele não é meu namorado e não está investigando o senhor...

— ... porque a empresa vale uma fortuna — prosseguiu Conrad —, e você também.

— Acha que ele vai tentar chantagear você? Isso é ridículo!

— É mesmo? Qualquer um com acesso à internet pode descobrir quem somos e quanto valemos.

Linz se absteve de comentar. Bryan tinha passado muitas horas na internet e ela conhecia os resultados.

Conrad tirou uma pasta da maleta e a colocou na mesa.

— Mandei investigar discretamente o passado do seu namorado.

Linz teve de se controlar para não aumentar o tom de voz.

— Quer saber o quanto isso me irrita?

— Pode ficar irritada o quanto quiser, mas *você* sabia que ele passou por várias instituições psiquiátricas?

— Não é verdade, ele morava com os pais. A mãe dele é uma psiquiatra...

— ... que o internou em todas as instituições da Costa Leste.

— É mentira — protestou Linz, olhando para a pasta com ar desconfiado.

— Seu amigo é uma pessoa instável. Um médico afirmou que ele apresentava sintomas de esquizofrenia. Está tudo aqui, veja com seus próprios olhos — disse Conrad, empurrando a pasta na direção da filha.

— Não estou interessada nisso. Você mal o conhece.

— E você, conhece? — replicou o pai.

Linz esfregou a testa, sentindo que uma dor de cabeça se aproximava. A situação parecia ter saído do controle.

— A gente pode esquecer Bryan por um minuto? Eu queria conversar sobre Michael e Diana. Por favor.

— Por que você quer conversar sobre essas pessoas?

— Me diz o que quero saber e eu leio esse seu relatório. Combinado?

Conrad balançou a cabeça, com ar de resignação. Parecia cansado.

— Michael era como um irmão para mim. Diana era a irmã que eu não tive. Fizemos faculdade de medicina juntos e nos tornamos grandes amigos. Renovo era o nosso sonho. De repente, eles morreram, o projeto foi cancelado... tive que recomeçar tudo sozinho.

Conrad parecia estar à beira das lágrimas. Linz sentiu uma ponta de remorso. Por que o estava obrigando a falar sobre algo que para ele era tão penoso? Por outro lado, tinha de saber se sua ligação com Michael e Diana era tão real quanto sua ligação com Orígenes e Juliana. Bryan achava que sim, e cabia a ela averiguar se o pintor estava certo. Gostaria que o pai parasse de fazê-la se sentir culpada.

— Por que tenho que recordar uma das fases mais tristes da minha vida depois de todos esses anos? Porque um pintor encontrou um filme caseiro no sótão do pai? Agora compreendo por que relutei em admitir que os conhecia? Bem, você teve a resposta que queria e espero que não volte a tocar no assunto. Leia o relatório e vai entender por que estou preocupado.

Sentindo-se uma traidora, Linz guardou a pasta na sua maleta e se levantou.

— Não estou com fome. Peça que cancelem o meu pedido, por favor.

Conrad tentou segurar a mão dela, mas Linz recuou.

— Eu te amo, Nebulosa. Estou só cumprindo o meu papel de pai.

— Eu sei.

Mas, pela primeira vez na vida, Linz deixou de dizer as mesmas palavras de volta.

VINTE E SEIS

DIA 26 - 3 DE MARÇO DE 1982

Fomos visitar Finn. A princípio, ele estava tão abalado que não conseguia falar nem sair da cama. O estado do apartamento nos deixou chocados; parecia uma área de desastre. Pratos sujos, coisas quebradas. Diana me pediu que comprasse comida em um supermercado enquanto ela dava um jeito no lugar. O cheiro da canja que ela preparou por fim tirou Finn da toca.

A princípio, ele disse que não estava preparado para falar de suas memórias, o que, para mim, era bastante compreensível. As enxaquecas continuam, o que não ajuda em nada. Depois do terceiro prato de canja e da segunda cerveja, ele resolveu se abrir. Segundo Finn, quando imprensou Conrad contra a parede, olhou-o nos olhos e viu outras pessoas. Não queria entrar em detalhes, mas Diana insistiu até que ele teve de ceder. Senti um vazio de terror no estômago quando Finn pronunciou os nomes: Sétimo, Tarr, d'Anthès... homens que tentaram me matar. Fiquei sem palavras. Eu me senti oco por dentro. Sei que Diana ficou igualmente alarmada.

Finn acha que Conrad está fingindo não ter sentido os efeitos do Renovo para esconder de nós suas verdadeiras intenções e suas identidades anteriores. Estou começando a acreditar nisso. Se Conrad estiver realmente mentindo, todos nós corremos um sério risco. Vou ter de pedir que se desligue do grupo.

Para piorar as coisas, depois de visitarmos Finn, Diana se lembrou de sua vida como Juliana. Foi mais traumático para ela do que eu poderia imaginar. Fiz o que pude para acalmá-la, mas daqui em diante minha esposa terá de viver com a memória terrível de ser queimada viva. Não posso imaginar uma sensação mais dolorosa e não posso deixar de me sentir culpado. Se não tivesse tomado a iniciativa de me usar como cobaia, os outros não teriam seguido o meu exemplo. Agora percebo que nossas mentes nos protegem de memórias que deveriam permanecer enterradas. O cérebro é como uma galáxia, com mais células do que há estrelas na Via Láctea. É o órgão mais poderoso do corpo; sua capacidade pode superar a de qualquer supercomputador, processando entre 90 e 150 mil pensamentos por dia através de seus bilhões de neurônios e trilhões de sinapses. Ao descobrirmos uma forma de recuperar memórias antes inacessíveis, aperfeiçoamos seu funcionamento de maneira um tanto rápida demais.

Quando acordei com os gritos de Diana, tive de segurá-la para que não se ferisse enquanto revivia a morte de Juliana. Cada grito era como se estivessem cravando uma faca no meu coração. Cheguei à conclusão de que a única saída é sabotar a minha própria pesquisa. Vou escrever um relatório informando que os resultados das pesquisas sobre o Renovo foram inconclusivos e destruir todo o nosso material. O mundo ainda não está preparado para o que descobrimos. O uso do Renovo acabaria com nossa sensação de tempo, com a nossa identidade e com o mundo linear em que vivemos.

VINTE E SETE

A primeira coisa que Bryan fez ao chegar a St. John's foi alugar um barco. Não teve dificuldade para operá-lo. A experiência e a paixão pelo mar de Bjarni agora faziam parte da sua natureza.

O veleiro Hunter Vision 32 era perfeito para seus propósitos, e o dono o havia equipado para que pudesse ser manejado por uma só pessoa. Bryan saiu do porto sem dificuldade e pegou um vento constante que o levaria para o norte. O plano era navegar ao longo da costa, entrar na baía e avistar a nova terra do ponto de vista de Bjarni.

Nas duas noites anteriores, dormira no convés, como os vikings costumavam fazer. Não era a primeira vez que Bryan vivia em condições primitivas. Enquanto navegava, relembrou vidas anteriores em épocas e locais onde não havia eletricidade, água corrente, medicina contemporânea... A falta de recursos só podia ser percebida por pessoas acostumadas a viver de outra forma.

As conveniências modernas sempre lhe pareciam menos necessárias ao despertar de uma visão. O fato de aceitar com naturalidade uma vida frugal lhe permitira sobreviver aos primeiros anos depois que havia saído de casa — ou fugido de casa, como a mãe gostava de dizer. Um dia após completar 18 anos, arrumara a mochila e desaparecera no meio da noite, deixando para os pais somente uma carta em que dizia apenas que tinha de descobrir sozinho seu lugar no mundo.

No primeiro ano, havia ligado para os pais uma vez por mês para avisar que estava bem, nem que fosse para não ficar com peso na consciência. Depois disso, limitara os contatos a uma ligação ou cartão-postal ocasional. Um verdadeiro nômade, viajara pelo mundo inteiro, acampando meses a fio no meio do mato. Tinha passado bastante tempo na Europa, onde muitos lugares ressoaram em sua alma. Acampava em florestas e vagueava pelas cidades nos arredores, pintando retratos ou tocando música na rua para se sustentar.

Viajou por todo o continente com os trocados que conseguia, usando a fluência em idiomas adquirida em suas visões para se comunicar. Como sabia tocar instrumentos exóticos, como alaúde, cítara e flauta de pã, com frequência se juntava a grupos de músicos boêmios. Quando havia uma garota no grupo, em geral ela lhe arranjava um cantinho para ficar o tempo que quisesse, mas esses relacionamentos não duravam muito tempo; ou ele tinha um daqueles ataques e precisava partir ou reconhecia alguém de uma visão. Suas lembranças sempre complicavam as coisas. Acabara descobrindo, da maneira mais difícil, que a única forma de conservar a sanidade era pintar e levar uma vida solitária.

A vida de Bryan mudou quando ele chegou a Avignon e se juntou a um grupo de artistas de rua que faziam pinturas a giz em uma esquina. Ao fim da primeira semana, já era capaz de reconhecer todas as pessoas que passavam regularmente por aquela área.

Mantinha um chapéu na calçada e ouvia o tilintar das moedas enquanto trabalhava. Alguns transeuntes contribuíam com notas, e uma mulher em particular sempre deixava uma nota de alto valor. Pelos ternos elegantes e bolsas de grife que usava, era fácil deduzir que pertencia à classe alta. No sétimo dia, ela por fim parou, perguntou se ele falava francês e os dois conversaram por um longo tempo a respeito de técnicas de pintura. Ela era uma colecionadora e perguntou se ele fazia pinturas em tela. Bryan não ficou surpreso ao reconhecer nela Filipe, o Bom, o principal patrono de Jan van Eyck. Pareciam ter se encontrado novamente.

O nome dela era Therese Montagne. O marido era presidente de uma empresa de cosméticos, mas ela também tinha sua própria fortuna. Ofereceu-lhe suprimentos e um espaço para trabalhar se concordasse em pintar três quadros.

Bryan passou a dormir no chão do estúdio e trabalhou nas pinturas por vários meses, sentindo-se como se estivesse de volta à oficina de Jan em Bruges. Os quadros excederam as expectativas de Therese. Ela conhecia gente importante no circuito de arte francês e, quando Bryan se deu conta, havia sido convidado para expor suas obras em Paris. Foi nesse momento que decidiu construir uma reputação como artista, na esperança de que os quadros atraíssem pessoas com visões semelhantes às suas. Com o tempo, porém, como a sua fama aumentava e nada acontecia, começara a perder a esperança de entrar em contato com seus iguais... até que conheceu Linz.

A possibilidade de nunca mais vê-la o aterrorizava. Sabia que ela estava começando a duvidar da sua sanidade mental e, mesmo assim, aqui estava, navegando no Atlântico Norte, acreditando ser um mercador viking que quase havia descoberto a América. Bryan balançou a cabeça para si mesmo e pegou o instrumento de sopro de trinta centímetros de comprimento que entalhara na véspera a partir de um galho de árvore. Fora algo que Bjarni apreciara tocar.

Bryan começou uma melodia, escutando o som se espalhar no mar, e imaginou onde estaria a alma de Anssonno. Havia mais de sete bilhões de pessoas na Terra... a possibilidade de voltar a se encontrar com alguém em outra vida podia ser reduzida a um simples cálculo estatístico? Ou o caminho de uma alma obedecia a um padrão, como as linhas de um mandala? Bryan parecia estar cruzando várias vezes com as mesmas pessoas. Isso lhe dava a esperança de um dia voltar a se encontrar com Anssonno. Talvez isso curasse a perda que sentia no coração.

Enquanto o barco singrava o mar, Bryan sentia a presença do oceano. Uma baleia respirava ao longe, papagaios-do-mar mergulhavam em busca de alimento, e um iceberg solitário flutuava a oeste, como uma sentinela silenciosa. O pintor fechou os olhos e rezou a Odin, Alá, Jeová, Zeus, Shiva e todos os deuses e deusas que havia adorado em suas muitas vidas para que lhe trouxessem paz e entendimento. Aquela romaria não podia ter sido em vão.

Ele abriu os olhos, e a costa assomou a distância, exatamente como na viagem de Bjarni. Um sítio histórico, atualmente denominado L'Anse aux Meadows, a colônia fundada por Leif Erikson simbolizava o caminho que Bjarni não havia escolhido. Se tivesse levado Garnissa consigo para a nova terra, como a vida do casal teria sido diferente!

Ainda estava com a cabeça tomada por esses pensamentos quando atracou e foi passear no parque, apreciando as reconstituições. Era um museu vivo, e os funcionários do parque se vestiam a caráter, imitando as atividades dos colonos vikings. Aquilo foi demais para Bryan, porém se afastou dos outros turistas para que não o vissem chorar.

A viagem não fornecera nenhuma resposta, nenhum lampejo de entendimento. Antes de voltar para o barco, pensou em ligar para Linz de um telefone público, mas mudou de ideia.

Toda noite, antes de dormir, Linz pensava em Bryan e imaginava quando ele voltaria para casa.

Talvez o pintor desaparecesse para sempre, mas ela se recusava a considerar seriamente essa possibilidade. Enquanto Bryan não voltava, Linz tentava esquecê-lo, voltando à sua vida normal e se concentrando na sua pesquisa.

A última leva de potenciais genes de plasticidade era promissora. Usando um microscópio multifóton, tinha observado os mesmos neurônios em um grupo de camundongos e por fim identificado um gene que controlava a capacidade das células de absorver proteínas sinápticas. Descobrir a função de um gene era sempre um feito memorável, que em geral exigia anos de trabalho. No laboratório, a memória fotográfica de Linz e suas tendências obsessivas eram vantagens consideráveis.

Em condições normais, iria à casa do pai com uma garrafa de champanhe para brindarem ao seu sucesso, mas se limitou a enviar um e-mail formal a Conrad, com cópia para os outros diretores. Não respondeu às mensagens de congratulações nem ao convite do pai para jantar. Conrad com certeza iria perguntar o que tinha achado do relatório a respeito de Bryan, que ela ainda não se forçara a ler.

Essa desavença com o pai não lhe fazia bem, e, como Bryan não saía de sua cabeça, a pesquisa já não a consumia como em outros tempos. Com frequência, saía mais cedo do trabalho para ir à galeria com o pretexto de visitar Derek e Penelope, mas com a real intenção de rever as pinturas de Bryan. Observar suas obras, saber o que significavam para ele, era uma forma de senti-lo mais próximo. Em seguida, ia para casa montar quebra-cabeças ao som das *Quatro estações* de Vivaldi até o sono chegar. Fora até jogar xadrez na Harvard Square na esperança irracional de encontrá-lo, embora soubesse que ele estava a milhares de quilômetros de distância. Quando foi a um concerto, sentiu-se incomodada, pela primeira vez, pelo vazio da cadeira ao lado. E toda noite, antes de dormir, imaginava por alguns momentos que estava na Terra Nova com Bryan.

Bryan sabia que estava na hora de voltar para Boston. Precisava reconhecer que a viagem havia sido um erro. Tinha de acertar as coisas com Linz — e encontrar Finn, que teria pelo menos algumas das respostas que estava procurando. Os dois, juntos, poderiam enfrentar Conrad.

Como o voo só partiria na manhã seguinte, Bryan devolveu o barco e alugou um carro por um dia para conhecer a região. Foi até a Conception Bay e pegou uma estrada para o interior. Imerso em pensamentos, só notou que um pneu estava furado quando o carro inteiro começou a tremer. Praguejando, parou-o no acostamento e saiu do veículo.

Ficou aliviado ao encontrar um estepe, mas não havia ferramentas para trocar o pneu. Estava enguiçado no campo e levaria no mínimo meia hora a pé para voltar à cidade. Talvez encontrasse uma casa no caminho, com alguém que lhe emprestasse um macaco.

Estava a ponto de iniciar a caminhada quando um caminhão branco parou no acostamento. Uma jovem saltou do veículo, do lado do carona, e correu na sua direção. Tinha um corte de cabelo joãozinho e usava saia colorida, blusa em forma de túnica e joias extravagantes. A primeira coisa que Bryan notou foi seu sorriso.

A jovem viu o adesivo da empresa de aluguel e examinou atentamente o pintor.

— Está com o pneu furado? A gente fica feliz em ajudar — disse em inglês, mas com sotaque francês. — Meu nome é Claudette. Aquele é o meu marido, Martin — acrescentou, acenando para o motorista. — Martin! *Vite!*

Um homem musculoso, com mais de um metro e oitenta e cabeça raspada, saltou do carro. Bryan olhou para ele boquiaberto. Era parecido com Zidane, o ex-jogador de futebol.

Martin se foi até eles e cumprimentou Bryan com um aceno de cabeça. Claudette explicou ao marido:

— *Chéri*, esse pobre homem está com o pneu furado.

Martin foi buscar um macaco e uma chave de roda no caminhão. Em questão de minutos, tinha usado o macaco para levantar o pequeno Mazda e estava acabando de retirar os parafusos. Claudette tinha mil perguntas para fazer a Bryan e ficou encantada quando descobriu que ele falava francês fluentemente. O que estava fazendo em St. John's? No que trabalhava? Era a primeira vez que visitava a ilha? Bryan tentou responder de forma simples e honesta, na medida do possível, explicando que era pintor e estava ali em busca de inspiração. Claudette ficou ainda mais animada e quis saber tudo a respeito da arte que ele fazia. Por alguma razão, Bryan não se importou. Havia simpatizado imediatamente com a jovem.

No tempo que Martin levou para trocar o pneu, Claudette também contou a Bryan que eram franceses e foram convidados para dar aula no Departamento de Arqueologia da Memorial University. Os dois eram especialistas em técnicas de campo na área de etnografia. Tinham acabado de se mudar para uma nova residência, a poucos quilômetros de onde estavam, e "ele havia tido sorte de estarem passando naquela hora, porque aquela estrada tinha muito pouco movimento". Bryan se surpreendeu fazendo que sim seguidamente com a cabeça, enquanto tentava acompanhar a torrente de palavras.

Depois que o pneu foi trocado, Claudette o surpreendeu convidando-o para jantar na casa deles. Sem esperar uma resposta, Martin guardou as ferramentas e arrancou com o caminhão assim que a esposa se acomodou no banco do carona. Bryan ligou o carro às pressas e acelerou o máximo que pôde para não os perder de vista.

O caminhão de Martin entrou em uma estrada secundária longa e sinuosa, que terminava perto de uma velha casa de fazenda. Visto de perto, o local tinha um ar de abandono, com a pintura descascada, as janelas empenadas e o teto em péssimo estado. Bryan saiu do carro e foi se juntar a eles na varanda.

Claudette pareceu adivinhar o que Bryan estava pensando.

— A gente gastou toda a nossa energia reformando o interior.

— Não, a casa é bonita — declarou Bryan, distorcendo um pouco a verdade.

— Martin, as luzes da varanda, *vite, s'il te plâit*! — pediu Claudette ao marido.

Martin atendeu o pedido dela, e num instante a varanda se modificou, quando luzes decorativas transformaram a fachada em algo que lembrava uma casa de conto de fadas ao crepúsculo.

No momento em que Bryan entrou na residência, compreendeu as palavras de Claudette a respeito de não se deixar enganar pelo aspecto externo. O piso da sala de estar era de mogno, e dois sofás ladeavam uma gigantesca lareira de pedra. Belos artefatos — papiros, escaravelhos de ouro, vasos egípcios, peças de cristal e a estátua de uma esfinge — adornavam as paredes ou estavam expostos em estantes futuristas de metal e vidro. Bryan ficou assombrado. Qual era a probabilidade de que seu carro enguiçasse e ele fosse resgatado por um casal que tinha uma esfinge egípcia na sala de estar?

— Que incrível! — exclamou, traduzindo em voz alta seus pensamentos.

— *Merci* — agradeceu Claudette, com um enorme sorriso. — Meu passatempo é restaurar casas como essa.

Ela se dirigiu à cozinha, que era uma extensão da sala. Um turbilhão de energia, continuou a falar enquanto preparava o jantar e verificava o e-mail. Enquanto isso, Martin tinha acendido a lareira e abria uma garrafa de vinho.

Bryan observou as fotografias penduradas em uma das paredes. Eram todas de pirâmides. Olhou para Martin, o exemplo perfeito do tipo "forte e taciturno". Ele ainda não tinha dito uma única palavra. Bryan pigarreou e apontou para uma foto.

— Onde fica essa pirâmide?

Martin colocou um par de óculos de aro de tartaruga tamanho família que o fazia parecer ainda mais excêntrico.

— Na China. É chamada de Pirâmide Branca.

— Eu não sabia que a China tinha pirâmides.

— Oh, construíram centenas delas por lá — explicou Martin. — A Pirâmide Branca é uma das maiores e mais antigas do mundo. Estive lá em 1994. Hoje em dia, o acesso de estrangeiros a toda a região é proibido pelo governo.

Bryan passou para a foto ao lado, que mostrava Martin e Claudette diante de uma pirâmide escalonada.

— É uma pirâmide maia?

— Parece, mas não é — respondeu Martin, passando-lhe uma taça de vinho. — É a grande pirâmide de Koh Kerr. Fica no Camboja.

Bryan examinou a foto.

— A semelhança com as pirâmides maias é surpreendente.

— Especialmente quando a gente se lembra de que estão separadas por uma distância de quase dez mil quilômetros — acrescentou Martin.

Ele apontou para as duas fotos seguintes.

— Essas, por outro lado, são mesoamericanas. Ficam em Cholula e Teotihuacán, no México, e são as maiores pirâmides do mundo depois da de Quéops.

Bryan continuou a examinar as fotos enquanto Martin anunciava os países: Grécia, Itália, Rússia, Peru... Estava começando a reformular a primeira impressão que tivera de Martin; o homem tinha muito a contar.

— Quer dizer que a especialidade de vocês são pirâmides — disse Bryan, pensando consigo mesmo que as linhas do destino estavam se cruzando mais uma vez.

— "Piramidologia" é quase um palavrão na nossa área, mas *oui*, quando nos permitem... — Interrompeu a frase no meio, murmurando baixinho: — Às vezes as pessoas conseguem ser terríveis.

Bryan olhou interrogativamente para Martin, que fez uma careta.

— O Conselho Supremo de Antiguidades do Egito negou nosso último pedido para fazer pesquisas no país.

— Vamos mudar de assunto — protestou Claudette. — Vai estragar o meu jantar.

— Foi você que começou, *chéri* — disse Martin.

Bryan examinou uma fotografia de Claudette e Martin com a Grande Pirâmide no Egito. Era de uma beleza e grandiosidade de tirar o fôlego. A foto fora tirada pouco antes do pôr do sol, e a luz se espalhava pelas pedras de forma peculiar, criando um efeito parecido com o de um prisma.

Enquanto Bryan bebia um gole de vinho, foi assaltado por uma súbita sensação de *déjà-vu*. Ele conhecia aquela pirâmide.

— Como acha que foi construída? — perguntou a Martin.

O homem meneou a cabeça, com um leve sorriso nos lábios.

— Não sabemos. Muitas dessas pedras pesam mais de duzentas toneladas. Poucos guindastes no mundo são capazes de levantar um peso tão grande.

Claudette interveio:

— Já houve quem dissesse que as pedras maiores não são naturais, mas feitas a partir de nanoesferas de dióxido de silício. — Deu de ombros. — *Je ne sais pas*. Talvez sejam uma mistura de pó de pedra e cimento... o que significaria que os egípcios teriam inventado o concreto milhares de anos antes dos romanos.

— Mesmo que algumas tenham sido fabricadas no local — argumentou Martin —, ainda restam milhares de pedras talhadas que tiveram que ser içadas e posicionadas com extrema precisão. Não é possível enfiar um fio de cabelo entre as junções. — Apontou para a fotografia. — Além disso, e igualmente importante, por que foi construída? Também não sabemos. Os tradicionalistas sustentam a teoria da sepultura, mas existem mais de oitenta pirâmides no Egito e nenhuma foi usada como tumba logo após a construção. As múmias foram colocadas nas pirâmides muitos anos depois... para não mencionar o fato de que as ferramentas usadas para construir as pirâmides nunca foram encontradas.

Bryan descobriu que sabia alguma coisa a respeito das pirâmides e se intrometeu na conversa.

— As três pirâmides de Gizé reproduzem perfeitamente as três estrelas do cinturão de Órion. Além disso, em 10500 antes de Cristo, a linha de visão da Esfinge apontava para a constelação de Leão no equinócio vernal...

Ele não concluiu a frase. *De onde veio isso?*

Claudette e Martin olharam para ele, surpresos.

— Você se interessa por arqueoastronomia? — perguntou a jovem, colocando na mesa duas travessas, uma com bifes e outra com salada. — É um campo pequeno, mas está crescendo.

Bryan não fazia ideia do que ela estava falando. Deu de ombros.

— Não chegaria a tanto. Li alguma coisa a respeito, não me lembro onde.

— É uma ideia fascinante... embora um pouco excêntrica. — Deu uma piscadela. — Mas é assim que se vai para a frente, não é?

Os três se sentaram à mesa e comeram em silêncio. Martin se serviu de dois bifes de uma vez.

— Quanto tempo você pretende ficar na ilha?

— Estou com passagem marcada para amanhã — respondeu Bryan. — Tinha planejado dar uma volta pelo interior e depois arranjar um hotel na cidade.

Claudette atacou a salada.

— Você pode dormir aqui. A gente tem um quarto de hóspedes.

Bryan abriu a boca para recusar, pois não queria incomodá-los, mas Claudette o silenciou com um gesto.

— Não diga que não.

Martin riu e tornou a encher a taça de Bryan. O jantar durou até tarde da noite. Fazia muito tempo que o pintor não se sentia tão à vontade.

Quando foram dormir, passava da meia-noite. Bryan mal conseguiu subir a escada e fechar a porta do quarto de hóspedes. Tirou a roupa, aninhou-se debaixo do edredom e mergulhou em um sono profundo.

* * *

A névoa fina tornava o mundo indistinto. Bryan respirou fundo, sentindo seu perfume conforme se via em um lugar elevado, um vale se estendendo aos seus pés.

Ele sabia que estava sonhando. A imensa pressão que sentia na cabeça fazia parecer que remara contra a correnteza do tempo para ter aquela visão. Olhou na direção da Grande Pirâmide de Gizé e não viu nenhum carro, nenhum edifício, nenhuma poluição, nenhum vestígio da civilização; apenas campinas verdejantes a perder de vista. Quaisquer memórias que houvesse lá eram esquivas como o ar, onipresentes mas intocáveis.

A luz do sol surgiu por trás da pirâmide, cegando-o. Quando Bryan recuperou a visão, percebeu que a deusa egípcia estava sentada ao seu lado.

Todo o corpo da mulher irradiava poder. Ela apontou para o chão com um dedo gracioso, adornado com um anel de ouro em espiral, e, com o auxílio de uma força invisível, desenhou um símbolo na areia.

Bryan teve um sobressalto. *Eu conheço esse símbolo.* Olhou para a mulher e perguntou:

— Quem é você?

A mulher não levantou os olhos do mandala que estava desenhando.

— "Quem é" não é a questão — afirmou. — A questão é "onde está".

Ela se levantou, abriu os braços e o vento formou um redemoinho que carregou o desenho na areia de volta ao vazio de onde viera.

Em um lampejo de compreensão, Bryan se deu conta de que já conhecia a resposta à pergunta da deusa.

Ele estava no começo de tudo.

VINTE E OITO

8 DE MARÇO DE 1982

Michael acordou desorientado. Não pretendera adormecer. Ao contrário do que costumava acontecer quando tinha uma visão, o sonho daquela ocasião estava cheio de imagens desconexas. Voltara a receber a visita da rainha egípcia, só que Michael não fora ele próprio e sim um homem mais jovem. A mulher tinha desenhado um símbolo sofisticado na areia. Por quê?

Quando estava a ponto de recordar outros detalhes, Michael olhou para o relógio e constatou, surpreso, que já eram sete da noite. Sentou-se na cama, assustado, e os fragmentos do sonho se desvaneceram.

As costas protestaram quando ele estendeu as pernas para fora do sofá onde tinha dormido nas últimas quatro noites, desde que Diana se trancara sozinha no quarto.

Os membros do grupo tinham parado de se falar. Conrad desaparecera. O estado do apartamento de Michael e Diana parecia com o de Finn. Os pratos não eram lavados havia vários dias e ninguém se encarregara de lavar roupa e jogar o lixo fora. Michael estava sem tomar banho e fazer a barba. Ele se sentia como o sobrevivente de um desastre: não se lembrava da última vez em que tinha bebido alguma coisa.

Começou a repassar mentalmente o que tinha acontecido antes que ele se deixasse vencer pelo cansaço. Finn havia ligado para perguntar, em japonês fluente, a respeito da morte de lorde Asano. As perguntas foram formuladas em tom neutro e cauteloso, mas perturbaram Michael profundamente. Não importava quem havia sido Finn naquela vida; muita gente fora afetada pelos erros do daimiô. Michael respondera em japonês com a elegância de um lorde:

— Eu me lembrei da vida de Asano Naganori. Ele foi o único responsável pela extinção do seu clã.

Finn permaneceu em silêncio. Michael podia sentir o carma se colocando entre eles como uma barreira e não sabia o que dizer.

— Finn?

— Eu não sei o que fazer.

— Como assim?

— É inacreditável — balbuciou Finn. — E-Eu não s-sei o que fazer.

— O que aconteceu? Não estou entendendo.

Finn balbuciou que a situação era ainda pior do que ele havia imaginado. Michael levou dez minutos para arrancar uma explicação.

— Conrad é lorde Kira. Ele quer matar todos nós.

Michael se sentou no sofá e tentou manter a calma. Não podia se entregar à raiva de Asano. No momento em que se deixasse levar pela emoção daquelas memórias, ficaria totalmente insano.

— Já decidi excluí-lo da equipe — assegurou a Finn.

— Isso não basta — argumentou o colega. — Temos que dar o fora. Você não tem ideia de como ele é perigoso.

Finn estava enganado, porém; Michael tinha perfeita noção. Fora ao laboratório e encontrara três frascos de Renovo na mesa de Conrad, um deles contendo apenas dois comprimidos. Michael fez as contas. O colega estava tomando uma dose dupla e mentindo para eles. Sabia que não havia saída a não ser encerrar a pesquisa e se manter o mais longe possível de Conrad.

Agora que estava acordado, queria acabar de vez com a confusão. Só não sabia se estava em condições de dirigir. Tinha se sentido muito aéreo nos últimos dias.

Bateu à porta do quarto, mas Diana não respondeu. A esposa ainda estava tendo dificuldades em lidar com a memória de Juliana sendo queimada na fogueira. Também havia se lembrado da vida de Natália Puchkina e estava tentando assimilá-la. Michael queria fazer alguma coisa para aliviar o sofrimento da esposa, mas não sabia bem o quê. Talvez pudessem ir a Nantucket no fim de semana e alugar a velha casa de praia. Fazia anos desde a última viagem, e o lugar despertava apenas lembranças agradáveis; algo que estava se tornando cada vez mais raro nos últimos tempos. Michael queria trazer a alegria de volta à sua vida.

Quando voltasse da casa de Conrad, dormiria novamente no quarto. Tomaria Diana nos braços, faria com que ela saísse da depressão e conversariam sobre o futuro.

Um carro buzinou, trazendo Michael de volta à realidade; ele estava dirigindo na contramão. Voltou para a pista da direita e começou a recitar o mantra que, ultimamente, vinha usando cada vez com mais frequência.

— Estou aqui e agora. Estou aqui e agora. Estou aqui e agora...

Às vezes ajudava.

Felizmente, o percurso até South Boston não levava muito tempo à noite. Michael entrou em uma rua com edifícios modestos e consultou novamente o endereço. Conrad jamais convidara os outros membros da equipe para conhecer seu apartamento. South Boston era um dos bairros mais antigos do país, e muitas construções estavam precisando urgentemente de reforma. Tinha sido inicialmente uma comunidade irlandesa, mas famílias polonesas, lituanas, porto-riquenhas e cubanas começaram a se mudar para lá e criar seus próprios territórios, formando uma colcha de retalhos de tensões sociais. O pintor imaginou o que essas pessoas fariam se de repente recebessem as memórias de pessoas de etnias que haviam se acostumado a odiar.

Talvez, na verdade, o mundo esteja precisando de uma dose de Renovo para despertar um pouco de empatia e compaixão. Michael não sabia mais o que devia ser feito. Tudo o que sabia era que o Renovo tinha o poder de mudar a existência humana, e a responsabilidade que cabia ao criador do medicamento era assombrosa. Ele era um monstro ou um herói? Não sabia.

Trazendo os pensamentos de volta ao presente, Michael encontrou o edifício, estacionou e tirou da mala do carro os pertences de Conrad. Naquela manhã, tinha ido ao laboratório, colocado as coisas do colega em uma caixa de papelão e trocado a fechadura das portas. Sabia que ele requisitaria uma cópia de todos os arquivos quando soubesse que não fazia mais parte da equipe, mas tais arquivos seriam destruídos em breve; não restaria nenhuma informação a respeito do Renovo.

Michael entrou no edifício e localizou o apartamento de Conrad. Tocou a campainha e percebeu que havia alguém olhando para ele pelo olho mágico.

A porta foi aberta. O colega estava com um aspecto deplorável; parecia ter passado vários dias sem dormir, comer ou tomar banho. Olhou para a caixa com um ar de desdém que fez Michael se lembrar de George d'Anthès, o homem que havia matado Puchkin. Michael respirou fundo, procurando não imaginar Conrad como outra pessoa; era a única forma de levar aquele encontro a bom termo.

Conrad estava vermelho de raiva.

— Você não pode me mandar embora desse jeito.

— Decidi encerrar o projeto. Vai me deixar entrar ou prefere discutir o assunto no corredor?

Mas, assim que o disse, Michael pensou que talvez a segunda opção fosse melhor; seria mais fácil dar o fora se as coisas ficassem feias. Talvez ir à casa de Conrad não tivesse sido uma boa ideia.

O colega pegou a caixa e o deixou entrar. Michael hesitou, mas foi atrás dele, sem se afastar muito da porta. Olhou em torno. A pequena sala continha apenas uma gigantesca mesa de trabalho no centro e centenas de livros que ocupavam todos os espaços disponíveis ao longo das paredes. A porta fechada devia conduzir ao quarto.

Conrad levou um minuto para guardar em pastas os papéis que estavam espalhados na mesa. Michael notou que suas mãos tremiam.

— Você não pode acabar com o grupo assim de repente! — protestou Conrad.

— Finn e Diana estão de acordo — afirmou Michael.

Uma mentira ousada. Michael ainda não havia conversado com eles sobre o assunto. Olhou para os livros que estavam sobre a mesa e congelou. Eram todos sobre o Egito. Um sentimento de alerta o assaltou. O que Conrad sabia?

— E quanto a mim? — quis saber Conrad. — Não vai levar a minha opinião em conta?

Michael procurou manter a calma.

— Sou oficialmente o chefe do projeto. Fui eu que assinei a proposta. Já notifiquei o ING de que não vamos poder continuar a segunda rodada de testes. — Fez uma pausa e acrescentou: — Além disso, todos nós paramos de tomar Renovo.

Conrad desviou os olhos, confirmando as suspeitas de Michael de que ele estava tomando uma dose dupla. Talvez houvesse outros vidros escondidos no seu apartamento.

— Quer dizer que perdemos o financiamento — disse Conrad, sentando-se, tirando os óculos e esfregando o nariz.

— A questão não é o dinheiro — argumentou Michael. — Descobrimos um fenômeno que pode redefinir nossa própria existência.

Conrad permaneceu em silêncio por um longo tempo. Michael esperou pacientemente, perguntando-se se o colega tinha esquecido que ele estava ali. Havia algo errado.

— E os nossos pacientes? — perguntou Conrad, por fim. — Estávamos quase encontrando uma cura para o Alzheimer. Vamos desistir de ajudar?

— Você acha que o mundo está preparado para isso? Mal consigo mais falar inglês, e Diana acredita que você é um filho da puta do século III que a queimou viva.

Conrad olhou com raiva para ele.

— Isso é ridículo!

— E Finn concorda com ela.

— Porque os dois acreditaram no melodrama que você criou. — Conrad deu um soco na mesa com tanta força que a madeira estalou. — É tudo uma farsa. Vocês não compreendem o que está em jogo.

Conrad estava fora de si, e todos os instintos de Michael começaram a impulsioná-lo para a saída. Recuou em direção à porta.

— Minha decisão já foi tomada.

— Eu tenho a fórmula! — exclamou Conrad, espumando de raiva. — Posso fazer o que quiser com ela!

— Você não pode fazer nada sozinho.

Com imensa rapidez, Conrad segurou Michael pelo pescoço e o prensou na parede. Michael o segurou pelos pulsos e lutou para respirar. Conrad começou a falar em uma língua gutural que Michael não conhecia; sua voz parecia o rugido de um animal. Os dois estavam a centímetros de distância, e Michael sentiu que o corpo do outro irradiava uma energia estranha que jamais vira nele antes.

Mas, de súbito, Conrad viu alguma coisa nos olhos de Michael que o surpreendeu. Afrouxou as mãos e deu um passo para trás, chocado. Michael aproveitou a oportunidade para dar uma joelhada com toda a força no meio das pernas do oponente. Conrad deu um grito de dor e o largou. Michael correu para a porta.

— Eu sabia que você estava tendo visões. Não procure a gente. Está tudo acabado.

Ele bateu a porta com tanta força que as dobradiças tremeram.

Correndo para entrar no carro, ele viu Conrad sair do edifício. Ligou o motor e acelerou. Olhando pelo retrovisor, viu Conrad parado no meio da rua, parecendo estranhamente estático, e sentiu um arrepio.

Seja lá de quem Conrad havia se lembrado, parecia tê-lo transformado em uma pessoa muito perigosa. As mãos de Michael tremiam no volante enquanto ele dirigia de volta para casa. Seu sangue estava carregado de adrenalina. A situação tinha mudado. Precisava buscar Diana. Encontrariam Finn no laboratório e passariam a noite arrumando as coisas. Na manhã seguinte, dariam o fora.

Bryan acordou sobressaltado, mas em questão de segundos se lembrou de tudo com perfeita nitidez. Sonhara que estava perto da

Grande Pirâmide, na companhia da deusa egípcia; era o sonho de Michael. Não só se recordava da briga com Conrad como conseguia se lembrar de toda a vida de seu antecessor, até o último suspiro. Por fim, conhecia a história completa.

Lágrimas escorreram pelo rosto de Bryan e ele enterrou a cabeça no travesseiro. Precisava encontrar Linz. Não tinha certeza se o fato de ser filha de Conrad a protegia do perigo.

Levantou-se. O cheiro de café e as vozes de Claudette e Martin no andar de baixo o trouxeram de volta à realidade. Ele se sentou na cama, desanimado. *Merda, ainda estou no Canadá.*

Depois de se vestir às pressas, pegou papel e lápis e reproduziu o símbolo que a deusa egípcia havia desenhado na areia. Desceu a escada, mas, antes que pudesse dizer qualquer coisa, Claudette começou a falar.

— *Bonjour!* A gente... — Ela interrompeu o que estava dizendo quando viu a expressão no rosto de Bryan. — Aconteceu alguma coisa?

Ele se limitou a mostrar o desenho.

— Vocês conhecem esse símbolo?

Martin e Claudette examinaram o papel por um tempo.

— Acredito que seja egípcio, e muito antigo — explicou Bryan, examinando seus rostos.

Claudette balançou a cabeça e devolveu o desenho.

— Sinto muito. Nunca vi nada parecido.

Bryan encolheu os ombros, decepcionado. Tivera tanta certeza de que eles saberiam interpretá-lo!

— Por outro lado, conheço alguém que vai poder te ajudar — disse Martin, sorrindo. — Um professor de Harvard.

Claudette concordou, animada.

— É claro! O Dr. Hayes! Ele sabe tudo de egiptologia!

— Se o Dr. Hayes não reconhecer o símbolo, ninguém reconhecerá — declarou Martin. — O escritório dele fica no Museu Peabody. Diga a ele que você é nosso amigo.

Bryan fez que sim com a cabeça, com o coração leve de esperança.

Mesmo com pressa para partir, Bryan ficou surpreso ao perceber como foi difícil se despedir dos novos amigos. Trocaram e-mails e números de telefone quando Claudette e Martin o acompanharam até o carro. Existia uma estranha ligação entre eles, que Bryan não sabia como explicar. Entretanto, se tudo acontecia por uma razão, com certeza eles eram a razão de sua viagem à Terra Nova.

VINTE E NOVE

Assim que o avião de Bryan pousou, ele ligou para Linz. Ela não atendeu. Bryan torceu para que Linz estivesse apenas se recusando a falar com ele, mas que estivesse bem.

— Sou eu. Estou de volta. Acabo de chegar. — Hesitou. — Escuta, me desculpa por ter partido tão de repente. Não posso explicar agora... era uma coisa que eu tinha que fazer. Espero que me perdoe. Precisamos muito conversar. Me liga, por favor.

Linz olhou para o celular e o guardou de volta no bolso. A pasta que o pai lhe dera pesava como chumbo na sua mão. Queria tomar conhecimento do conteúdo antes de falar com Bryan, mas teve de adiar o plano quando encontrou Neil e Steve mexendo no seu computador.

— O que vocês dois estão fazendo?

Steve olhou para ela. Ele vestia extravagantes roupas no estilo dos anos 1970.

— Neil está me ajudando a copiar aquele relatório sobre o Renovo que você me pediu. Meu código de segurança não permitia acesso aos arquivos.

Linz franziu a testa.

— Mas o código de segurança de Neil é do mesmo nível que o seu.

— Isso mesmo — respondeu Neil, sem desviar os olhos da tela. — É por isso que estou usando o seu computador.

Linz franziu o nariz, sem perceber que estava imitando um gesto do pai.

— Quer dizer que vocês sabem como baixar arquivos não autorizados usando o código de acesso do meu computador?

Neil terminou o que estava fazendo e apertou a tecla Enter.

— Shazam. Mamão com açúcar. Está liberado.

Linz colocou a pasta em cima da mesa.

— Rapazes, eu não pedi a vocês que bancassem os hackers.

Steve baixou os olhos.

— Desculpa. Pensei que o importante era atender ao seu pedido.

Neil entregou um pendrive a Linz e deu uma piscadela.

— Também mandei imprimir uma cópia para você.

Linz deu um gemido de frustração quando a impressora começou a cuspir papel. Agora ficaria registrado que ela havia baixado o relatório sobre o Renovo.

— Certo. Obrigada pelo serviço sujo — disse, sem conseguir esconder a irritação.

Steve parecia arrasado. Linz ficou com pena e lhe deu um tapinha no braço.

— Tudo bem, Steve. Obrigada por ser tão... proativo.

Esperou que os dois voltassem para suas mesas e abriu a pasta com o relatório a respeito de Bryan. A primeira página começava com uma análise psiquiátrica detalhada, feita vinte anos antes. A conclusão era que Bryan sofria de uma forma rara de esquizofrenia, e a partir daí os exames só pioravam. Leu rapidamente o relatório, balançando a cabeça. Os investigadores da Medicor tinham feito um trabalho meticuloso. A maior parte das informações nem deveria estar ali, devido ao sigilo profissional. Quanto mais lia, mais irritada ficava... com o pintor, consigo mesma, com o pai... Por que Bryan não tinha lhe contado nada daquilo?

Acabou de ler a história da vida de Bryan e ficou olhando para o vazio. Tinha planejado ir à casa dele depois do trabalho, mas agora isso estava fora de questão.

A impressora terminou o trabalho. O relatório sobre o Renovo a esperava.

* * *

Os escritórios dos professores do Departamento de Arqueologia da Universidade de Harvard ficavam no Museu Peabody. Como Bryan tinha as memórias de Michael, que havia estudado em Harvard, foi fácil encontrá-lo. Havia ligado de manhã e, depois de mencionar que era amigo de Claudette e Martin, conseguira falar com o Dr. Hayes e marcar um encontro com ele para o mesmo dia, no intervalo do almoço.

Bryan o encontrou à mesa de trabalho, lendo uma tese. O Dr. Hayes devia ter mais de 70 anos. Tinha olhos de coruja, emoldurados por óculos quadrados, e um rosto anguloso que combinava com o corpo magro.

— Quer dizer que está interessado no Egito antigo? — perguntou o Dr. Hayes, mal levantando os olhos da leitura. — Sente-se, por favor.

Bryan se sentou e mostrou o desenho.

— O senhor conhece esse símbolo? — perguntou, indo direto ao ponto.

O Dr. Hayes pareceu surpreso.

— Onde viu esse desenho?

Bryan optou por uma versão simplificada da verdade.

— Em um sonho.

— Entendo — disse o Dr. Hayes, com ar incrédulo. — E por que acha que é egípcio? — acrescentou, sem conseguir desviar os olhos do desenho.

— Porque, no sonho, eu estava no Egito, perto da Grande Pirâmide.

Bryan achou melhor não mencionar a deusa ou rainha ou fosse lá quem fosse que o desenhara magicamente na areia. Sabia que já estava agindo nos limites da credibilidade com o professor.

— É um símbolo egípcio?

— Sim. Sim, é — confirmou o professor. — É um símbolo antigo de Hórus.

— Hórus? — repetiu Bryan, surpreso.

O Dr. Hayes pareceu confundir surpresa com ignorância e iniciou uma longa explicação:

— De acordo com a mitologia egípcia, Hórus foi o último deus, ou superser, se preferir, a governar o Egito. — Inclinou-se para a frente, já totalmente investido na conversa. — A história do Egito antigo pode ser dividida em vários períodos. O primeiro é o Período Pré-Dinástico, que começa por volta de 3100 antes de Cristo. Depois vêm a Primeira e a Segunda Dinastia, o Império Antigo, o Império Médio, o Império Novo etc. Entretanto, a época que precede o Período Pré-Dinástico se tornou objeto de uma grande controvérsia.

— Como assim? — perguntou Bryan, curioso para saber aonde o professor iria chegar.

— Nosso conhecimento do passado do Egito é baseado nos trabalhos de um padre heliopolitano chamado Manetho, que viveu no século III antes de Cristo. Ele compilou uma história do Egito fazendo uma lista de seus reis mortais. O texto completo foi perdido, mas, nos fragmentos que sobreviveram, ele também menciona um passado ainda mais distante, no qual o Egito era governado por deuses, não homens. Os egípcios o chamavam de "Tempo dos Deuses" e, de acordo com Manetho, essa época teria durado mais de vinte mil anos.

Bryan fez que sim com a cabeça. Ele já conhecia boa parte do que o Dr. Hayes estava contando. Orígenes Adamantius havia estudado o texto completo e original de Manetho na juventude, além de relatos de Diodoro Sículo e Heródoto. Há dois mil anos, o passado do Egito parecia tão fantástico e mítico quanto nos dias de hoje.

— Os meios acadêmicos preferiram ignorar essa parte dos escritos de Manetho, embora fosse corroborada pelos historiadores gregos Diodoro Sículo e Heródoto. Tal linha temporal entraria em conflito com certas datas da cronologia bíblica.

Bryan sorriu. Martin estava certo: o Dr. Hayes entendia do assunto.

— Verdadeira ou não, a descrição de Manetho coloca Hórus, o filho de Osíris e Ísis, como último governante do "Tempo dos Deuses". E este — concluiu o Dr. Hayes, devolvendo o papel a Bryan — é o símbolo pessoal dele.

Bryan olhou para o desenho com outros olhos.

— Espero que nossa conversa tenha ajudado.

Sim e não, pensou Bryan. Estava satisfeito por ter descoberto o significado do símbolo, mas não fazia a menor ideia do motivo pelo qual a rainha egípcia o teria desenhado na areia. De qualquer forma, acenou a cabeça positivamente para o velho professor. Levantou-se, estendeu a mão e disse:

— Bastante. Obrigado por ter se encontrado comigo.

O Dr. Hayes o examinou com ar desconfiado.

— Se você sonhar com mais algum símbolo antigo, adoraria vê--lo também.

Linz estava entrando no estacionamento do prédio onde morava quando avistou Bryan na calçada, à espera. Ainda não estava preparada para falar com ele. O que poderia dizer, se ainda não sabia no que acreditar?

Ele acenou, mas Linz deu marcha a ré e voltou para a rua. Incapaz de pensar com clareza, dirigiu sem rumo durante mais de uma hora até se ver em frente à galeria. Havia uma coisa ali que precisava ver.

Na noite anterior, sonhara que era a jovem da pintura do Tesouro de Petra. O rapaz no alto do rochedo era seu amante e logo seria seu marido. A música que tocava na flauta de pã era uma antiga melodia passada de geração em geração por seus ancestrais, uma música que ia direto ao coração. A mesma que Bryan havia tocado para ela àquele dia na Harvard Square.

No sonho, ele fora o rapaz, e tudo parecera extremamente real. Havia sido tão... agradável acordar do sonho envolta por um sentimento de calor e alegria. Pela primeira vez, começou a acreditar que fosse possível o que Bryan vinha insistindo todo aquele tempo: que Juliana não tinha sido sua única vida passada.

Linz estava criando coragem para saltar do carro e entrar na galeria. Parte dela não queria ver a pintura. Recostou-se no assento mais uma vez, com um suspiro, mas aprumou o corpo ao reconhecer o carro estacionado à sua frente.

Tomada por um impulso irrefreável, ligou o motor e foi embora antes que alguém a visse. Era o carro do seu pai.

Conrad caminhava de braço dado com Penelope pela galeria. Um estranho teria a impressão de que eram pai e filha.

— Se Linz tivesse me avisado da sua visita, eu teria aumentado os preços — brincou Penelope.

— E eu teria pago.

— Não deixa Derek ouvir isso — aconselhou ela, dando-lhe um tapinha afetuoso no braço.

Conrad parou para apreciar um quadro que mostrava com detalhes a corte de um xogum do Japão feudal. Lordes em trajes cerimoniais estavam reunidos em volta de dois homens em luta. Um deles empunhava uma espada. Conrad olhou para a assinatura, que estava em japonês, e a sugestão de um sorriso surgiu em seu rosto. Perguntou, com ar inocente:

—Você sabe alguma coisa a respeito desse artista?

— Hum, muito pouco — respondeu Penelope. — Só que é de Boston. Mas os quadros falam por si. São muito envolventes.

Conrad varreu a galeria com os olhos. Sua expressão permanecia indecifrável.

— Também acho. — Apontou com a cabeça para o quadro do Japão feudal. — Esse aí está à venda?

— Claro. — Penelope não coube em si de alegria; Conrad tinha escolhido o quadro mais caro de toda a exposição. — A pintura foi inspirada na história dos quarenta e sete ronin. Você conhece?

— Conheço — respondeu Conrad. — Conheço muito bem.

TRINTA

A viagem de volta para casa foi penosa. Bryan estava arrasado de tal forma que se sentia incapaz de funcionar direito. Linz o tinha visto na calçada e simplesmente se recusara a parar.

Quando chegou, a tristeza tinha se transformado em raiva. Ao entrar na sala e ver as coisas de Michael e Diana, pegou a caixa mais próxima e a jogou longe. Chutou outras duas caixas, espalhando o conteúdo no chão, e começou a arremessar os livros de Michael na parede. Só parou quando o *Dicionário de neuroanatomia* quebrou o abajur.

Foi até o estúdio e se sentou no chão. Respirou fundo e tentou se acalmar. Quando fechou os olhos, teve a impressão de que os personagens de todos os quadros olhavam para ele, encorajando-o. Não podia deixar que a recusa de Linz de aceitar a verdade o desnorteasse. A viagem à Terra Nova o colocara mais perto de alguma coisa, e ele precisava descobrir o que era.

Os pensamentos de Bryan se voltaram para a conversa com o Dr. Hayes e depois se fixaram em Claudette e Martin. Qual era a probabilidade de que o casal tivesse dedicado a vida a estudar as pirâmides — principalmente a Grande Pirâmide — e decidisse se mudar para St. John's apenas alguns meses antes da sua chegada? Pesquisou o nome dos dois na internet e ficou surpreso com o número de resultados que apareceram.

Bryan clicou em um link com a legenda: "Piramidólogos famosos apresentam os resultados de um estudo multidisciplinar." Um estudante tinha gravado uma palestra do casal na Universidade de Paris e postado o vídeo.

No vídeo, Claudette falava no palco. Martin aparecia no canto da imagem, operando um projetor.

— Essa é a Grande Pirâmide de Gizé... Examinando a Câmara do Rei, encontramos sinais de que o interior foi submetido a altas temperaturas. Observem que as paredes foram empurradas para fora por uma violenta explosão — disse a jovem, apontando com um laser para a tela —, forte o suficiente para rachar as vigas do teto. Alguns afirmam que esses danos foram causados por um terremoto, mas, se isso for verdade, por que as outras câmaras não sofreram danos semelhantes?

Quando outra imagem apareceu na tela. Claudette prosseguiu:

— Aqui podemos ver a grande quantidade de depósitos de sal encontrada na Câmara da Rainha. De onde veio tudo isso? Cristais de sal em geral são produzidos por uma reação do calcário com fluidos, o que sugere que essa câmara recebeu fluidos. Acontece que o sal também é um subproduto de reações usadas para obter hidrogênio.

Bryan ergueu as sobrancelhas. *Hidrogênio?*

— Isso serve como indício da possibilidade real de que a Grande Pirâmide era uma usina de força que sofreu um acidente de proporções catastróficas. Alguns engenheiros e físicos compartilham da nossa opinião e estão dispostos a propor teorias baseadas em dados científicos. O que estamos expondo hoje é só o começo.

O coração de Bryan bateu mais forte. Era o estudo que Claudette havia mencionado antes do jantar. Aquilo era importante. Tinha um pressentimento de que aquilo o envolvia de alguma forma.

Uma batida à porta interrompeu seus pensamentos. Bryan pausou o vídeo e correu para a porta, torcendo para que fosse Linz. Abriu... e se deparou com a mãe, segurando duas sacolas cheias de comida.

— Sei que eu devia ter ligado antes, mas você diria para eu não vir.

Barbara olhou ao redor, comentou "céus, isso está parecendo um chiqueiro" e seguiu direto para a cozinha.

Bryan não foi atrás; ficou por alguns momentos onde estava, perto da porta, paralisado pela força de um reconhecimento inesperado: a mãe era Anssonno.

Sentou-se no sofá, abalado. O filho estava ali com ele. Sentia-se ao mesmo tempo imensamente feliz e profundamente triste.

— Você não come nada, filho? — perguntou ela da cozinha, assustando-o.

Bryan enxugou os olhos e gritou:

— Estou morrendo de fome, para falar a verdade. Vou aí em um minuto.

Ele entrou no banheiro, molhou o rosto e tentou controlar a emoção. Sentou-se na borda da banheira, fechou os olhos e se deixou dominar pelo sofrimento. Pensou nos anos que havia desperdiçado, em todo o tempo que direcionara raiva à mãe, e desejou apenas poder pedir seu perdão. Anssonno estivera ao seu lado durante toda a sua vida, acalentando-o e protegendo-o sem que ele soubesse. Sua prece de mil anos atrás tinha sido atendida.

Depois de alguns minutos, Bryan conseguiu recobrar a compostura e foi se juntar à mãe na cozinha.

— Isso parece delicioso. Você chegou em boa hora.

— É mesmo? — disse a mãe, atônita.

— É, sim. Muito obrigado.

Segurou a mão de Barbara, tomado por um amor incrível. Pela primeira vez, viu o mesmo amor que havia sentido por Anssonno refletido nos olhos da mãe. Podia pela primeira vez compreender a necessidade desesperada que ela sentia de protegê-lo, de lhe proporcionar a melhor vida possível, de vê-lo feliz, porque no passado ele havia sentido o mesmo por ela. A mãe simplesmente não soubera como fazer isso.

Barbara ficou olhando para ele com ar incrédulo.

— Está se sentindo bem, filho?

Bryan olhou para a comida espalhada na bancada da cozinha e teve de lutar contra um nó na garganta.

— Eu nunca me senti melhor.

A mãe remexeu nos armários até encontrar um prato, abriu vários recipientes e começou a servir a comida. Era como um jantar de Ação de Graças. Bryan nem se deu ao trabalho de se sentar.

— Querido, por que não come sentado? É melhor para a digestão.

Barbara encheu um copo de leite para o filho e se encaminhou para a sala de jantar. Bryan saiu correndo atrás dela; era lá que estavam as caixas com as coisas de Michael e Diana.

— Não! Mãe, eu prefiro comer na cozinha. A sala de jantar está uma bagunça...

— O que você está fazendo com essa foto? — perguntou a mãe, chocada, olhando para o retrato de Michael e Diana em cima de uma prateleira.

Bryan pensou depressa.

— Encontrei em uma caixa no depósito do restaurante e pretendia fazer uma pintura com uma composição semelhante. Ela está aí para um estudo técnico, entende?

Bryan gemeu para si mesmo com a desculpa esfarrapada, mas a mãe pareceu acreditar.

— Bem, tá, o artista é você. Esses dois eram amigos do seu pai. Ele guardou as coisas deles. Não se esqueça de devolver quando não precisar mais.

Então ela sabia. Bryan não conseguiu esconder a surpresa.

Barbara olhou para ele e acrescentou:

— Ele não sabe que eu sei. Seu pai tem muito medo de me aborrecer com qualquer coisa relativa a esses dois.

Bryan não resistiu.

— Por que você ficaria aborrecida?

— Bem, na verdade eu não ficaria. Saí com esse cara algumas vezes antes de conhecer o seu pai, e o seu pai ficou com a ideia errada de que ele havia me dado o fora, quando nada poderia estar mais longe da verdade.

— Mas ele *te deu* o fora.

Em vez de perguntar como Bryan podia saber, Barbara explicou:

— Eu já estava querendo acabar o namoro. Michael simplesmente foi mais rápido. Seu pai era o melhor amigo dele, de modo que, durante algum tempo, a situação ficou um pouco esquisita entre nós três.

— Michael é aquele homem de quem o meu pai foi padrinho de casamento?

— Ele quase recusou o convite, mas eu o convenci a aceitar. Afinal de contas, eles eram como irmãos; seu pai não podia simplesmente se negar. Diana inclusive ligou para mim e disse que, se eu quisesse ir ao casamento, estava tudo bem. — Ela pegou a foto para examiná-lo de perto. Parecia um pouco saudosa. — Foi gentil da parte dela, mas eu já estava de viagem marcada para a Califórnia para visitar os meus pais.

Era fascinante conhecer a história do ponto de vista da mãe. Até então, Bryan pensava que ela ficara ressentida.

A mãe colocou a fotografia de volta no lugar.

— A forma como eles morreram foi tão trágica... Seu pai ficou arrasado.

— Você sabe o que houve com os outros amigos deles? Aqueles com quem trabalhavam?

Bryan aproveitava as reminiscências da mãe para colher informações, agora que ela havia se aberto, mas Barbara não parecia notar. Balançou a cabeça.

— Não. Ouvi falar que a explosão deixou um homem gravemente ferido. Ah, e um dia outro homem apareceu lá em casa, perguntando se a gente estava com alguns papéis que pertenceram a Michael... diários, coisa assim. Um camarada um tanto desagradável, para falar a verdade. Seu pai disse que não, provavelmente porque não foi com a cara dele.

Bryan deu um sorriso triste. Doc nunca havia gostado de Conrad.

Barbara mudou de assunto e dirigiu ao filho um olhar astuto.

— Então, tenho que passar por algum tipo de iniciação secreta para ver o seu estúdio?

Bryan riu. Talvez ela o conhecesse melhor do que ele pensava.

— Você já passou. Só peço que não toque em nada.

Barbara fez um ar radiante e foi direto para o estúdio. Bryan meneou a cabeça, espantado com o modo como a mãe continuava a surpreendê-lo. Apressou-se a colocar os pertences de Michael e Diana de volta nas caixas antes que ela voltasse. A explicação da presença da foto tinha funcionado, mas não queria abusar da sorte.

Depois de colocar filmes, roupas e livros nas caixas, pegou o diário de Michael e o guardou em uma gaveta. Pensou no que a mãe tinha dito. Por que Conrad estaria interessado no diário de Michael? Afinal, ele já conhecia a fórmula.

Bryan se deu conta de que ele também conhecia a fórmula e teve que se esforçar para conter o entusiasmo. Isso ficaria para mais tarde. No momento, era melhor ir se juntar à mãe no estúdio e ver como ela estava reagindo a suas pinturas. Já tinha esperado demais.

Quando entrou no estúdio, encontrou a mãe parada diante do quadro que Bryan pintara antes de viajar para a Terra Nova. A pintura mostrava Garnissa com um Anssonno infante no colo. Bryan ficou pensando que tipo de afinidade Barbara sentiria com a imagem, se sentisse. Será que seu espírito reagiria à mulher que fora sua mãe?

— Quanto talento! De onde veio tudo isso? — O rosto de Barbara mostrava uma mistura de emoções conforme assimilava as pinturas. — Você nunca deixou de sonhar, não é?

Não era propriamente uma pergunta, mas, mesmo assim, Bryan respondeu:

— Não.

— Acho que no fundo eu sempre soube. Mesmo assim eu tentei enganar a mim mesma, me convencer de que você estava melhor, de que tinha encontrado paz. Porque eu não pude te ajudar a encontrar, e esse é o meu trabalho — declarou ela, com voz trêmula. — Eu não queria internar você em mais um hospital para mais uma bateria de exames. Você disse aos médicos que os sonhos haviam parado... e eu quis acreditar nisso. Mas sabia que não era verdade. — Barbara começou a chorar. — E então você ficou sem ninguém para conversar sobre o que estava acontecendo. Ninguém para acreditar em você. Desculpa, meu filho.

— Mãe, por favor, não chora. Eu não queria mais conversar sobre os meus sonhos com ninguém. Eu não podia.

— Mas eu ainda posso sentir a mesma inquietação em você.

Enquanto falava, Barbara se deparou com o quadro da deusa egípcia. Bryan o observou com a mãe. A energia do retrato dominava o estúdio. O olhar do pintor se concentrou no rosto da deusa. Parecia estar zombando dele, a boca entreaberta como que para sussurrar segredos no seu ouvido. Bryan se virou para a mãe e segurou a mão dela.

— Não posso explicar o que acontece comigo, e nenhuma análise psicológica vai me ajudar. Você precisa ter fé em mim e me aceitar como eu sou.

As palavras de Bryan fizeram a mãe chorar ainda mais.

— Eu te amo. Muito, muito.

— Eu sei. Desculpa pelo trabalho que eu sempre te dei.

Bryan abraçou a mãe pela primeira vez em anos. Ela retribuiu o abraço, apertando-o com força, e continuaram juntos por um longo momento. Em seguida, Barbara recuou e o segurou pelos braços.

— Não vou me intrometer na sua vida, mas quero que saiba que estou aqui. Sempre que precisar de mim, farei tudo que estiver ao meu alcance para ajudá-lo.

Bryan podia sentir um imenso poder nela; o poder de uma mãe capaz de fazer qualquer coisa pelo filho. Com esforço, conseguiu dizer:

— Obrigado.

Os dois sabiam que não havia mais nada a ser dito naquele momento. Bryan a acompanhou até o carro e a abraçou novamente; queria prolongar ao máximo aquele momento tão especial, que representava uma reviravolta no relacionamento dos dois. Talvez, de alguma forma, Barbara soubesse que o filho precisava de apoio... e precisava saber que Anssonno, na verdade, nunca estivera perdido.

Bryan ficou parado no meio-fio, muito depois de as luzes traseiras do carro da mãe terem desaparecido, e deixou as lágrimas escorrerem livremente, purgando toda aquela dor reprimida. Não sentiu vontade de voltar para casa. Emocionalmente exausto, sentou-se em um banco do parque do outro lado da rua e olhou para o céu noturno. As estrelas atraíram sua atenção, e ele se lembrou de todos os momentos em que havia erguido a vista para contemplá-las. Seus pensamentos se voltaram para Linz. Ela havia virado seu mundo de cabeça para baixo... um mundo que já era torto mesmo sem ela. Onde isso o deixava? Incapacitado em um banco de jardim, aparentemente.

Tirou do bolso a flauta de pã e começou a tocar. Na vida em que os dois estiveram em Petra, ela conseguia reconhecer imediatamente o som daquela flauta. Fechou os olhos e deixou as notas fluírem, recordando.

Estava tão concentrado na música que quase não ouviu o som de um carro estacionando do outro lado da rua. Era Linz. Quando ela saltou do carro, ele pôs a flauta de lado e gritou:

— Boa noite!

Linz deu meia-volta, assustada, e ficou procurando por ele no escuro.

— Bryan?

O pintor acenou para ela. Após um momento de hesitação, Linz atravessou a rua.

— O que está fazendo?

— Olhando para as estrelas.

Ela parou no meio-fio, sem coragem de encará-lo.

— Me desculpa por ter passado direto com o carro.

— Desculpa aceita.

Os dois permaneceram em silêncio por um longo tempo. Linz olhou para a flauta na mão de Bryan, pigarreou e disse:

— Quando você era criança, foi internado em uma série de hospitais psiquiátricos por causa dos seus sonhos. Você se esqueceu de me falar dessa parte da sua vida.

— Quem contou isso a você? Seu pai?

Linz cruzou os braços.

— É verdade, não é?

— Sim, é verdade — admitiu Bryan. — Eu disse que fui levado a vários terapeutas.

— Em uma instituição psiquiátrica. Os médicos chegaram à conclusão de que você sofria de esquizofrenia.

— Eu não sou esquizofrênico — protestou o pintor, esforçando-se para não levantar a voz. — Fui internado em um hospital psiquiátrico. Fui internado em vários hospitais. Meus pais estavam desesperados. É o que acontece quando não se sabe como fazer os pesadelos de uma criança pararem. Você sabe como é; também teve esse tipo de sonho. É isso que queria ouvir?

— Mas eu nunca acreditei que fosse uma das pessoas dos sonhos.

Bryan rogou aos céus por paciência. Gritar com Linz só serviria para piorar a situação.

— Eu não sou louco. Nosso encontro despertou alguma coisa... conhecimento, memórias. A gente está diante de um mistério e precisa um do outro para desvendá-lo.

Linz meneou a cabeça.

— Michael... — Ela interrompeu o que estava dizendo, surpresa com o nome que havia acabado de sair da sua boca.

Bryan esperou que Linz admitisse o ato falho, mas ela simplesmente acrescentou:

— ... acho que é melhor a gente não se ver mais.

— Você só está com medo de conhecer a verdade — argumentou Bryan, com voz neutra.

— Não, não estou.

— Está, sim — insistiu o pintor. — E você sabe. Nada disso parece fazer sentido, e as coisas que eu digo soam como delírios. Mas não são. No fundo, você sabe que eu estou falando a verdade.

— Escuta, eu não vim aqui para te acusar de nada — disse Linz, apertando a alça da bolsa com força. — Eu só queria me despedir pessoalmente. Achei que você merecia isso.

— Você tem uma caneta e um pedaço de papel?

— O quê?

— Você tem uma caneta e um pedaço de papel? — repetiu Bryan, apontando para a bolsa.

Linz olhou para ele e cruzou os braços.

— Quero mostrar uma coisa a você — explicou ele.

Ela tirou da bolsa uma caneta e uma folha de papel e as entregou.

— Mostrar o quê?

— Sshh.

Bryan fechou os olhos e respirou fundo. Queria escrever o que via na sua mente, mas não conseguiu. Sua mão se recusava a obedecer — alguma coisa estava errada.

Linz recuou até a rua.

— Desculpa, mas está ficando tarde. Tenho que ir.

— Não, espera. Preciso mostrar isso a você.

Ele ficou olhando para o papel, desejando tanto escrever que sua mão tremia. Naquele momento, devia estar parecendo tão louco quanto ela temia que fosse.

— Sinto muito. A gente não pode continuar assim — disse Linz, atravessando a rua sem olhar para trás.

Bryan sabia que corria o risco de perdê-la para sempre. Olhou para a caneta em sua mão e teve uma epifania: Michael era destro e ele era canhoto. Passou a caneta para a outra mão e tentou novamente. Dessa vez, a caneta se moveu por conta própria no papel.

Ouviu a porta do carro ser aberta e tentou escrever mais rápido.

Do outro lado da rua, Linz bateu a porta do carro e começou a chorar. Sabia que estava sendo incoerente, mas tinha ficado chateada com o fato de Bryan não insistir para que ficasse. Porém, não era ela quem tinha posto um fim à relação? Então por que estava chorando?

Depois de enxugar as lágrimas com a mão, ligou o motor, pôs o carro em movimento... e deu um grito e afundou o pé no freio quando alguém encostou um papel no para-brisa.

Bryan estava do lado do carro, ofegante. Linz olhou para o papel através do vidro. O que viu parecia impossível: a descrição de um processo químico incrivelmente complexo, que levaria horas para compreender. À primeira vista, ela conseguia discernir diversas fórmulas de compostos moleculares, notação para pesos e medidas, pontos de fusão e explicações para parâmetros farmacocinéticos.

Desligou o motor e saiu do carro.

— Você acabou de escrever isso? — perguntou, arrancando o papel da mão do pintor. — O que é?

— Renovo, na fórmula original — explicou Bryan enquanto ela examinava o que estava escrito no papel.

Linz foi pegar a maleta no carro, abriu-a e tirou o relatório sobre o remédio. Começou a folheá-lo.

Bryan franziu a testa.

— O que é isso?

— O relatório do projeto Renovo. Ainda não tive tempo de ler.

Bryan fez um rápido resumo.

— É um medicamento experimental para gerar neurônios de forma a tratar o Alzheimer. Descobriram um meio de induzir o cérebro a criar grandes quantidades de novos neurônios, que, por sua vez, podem formar novos caminhos sinápticos para recuperar memórias antigas. O efeito excedeu todas as expectativas.

— E você sabe disso porque inventou o remédio?

— Procura a fórmula no relatório — sugeriu Bryan, ignorando a pergunta.

Bryan havia reconhecido a letra de Michael nos papéis que ela estava folheando. Tudo indicava que havia conseguido uma cópia do relatório original. Ele não sabia sequer que havia cópias do relatório. Localizou a fórmula antes de Linz.

— Essa página.

Ela separou a página indicada, acendeu a luz interna do carro e comparou a fórmula que Bryan havia escrito com a escrita por Michael. Eram idênticas nos mínimos detalhes.

— Você está me dizendo que acabou de escrever isso aqui?

Ele viu a incredulidade no rosto de Linz, além de outra coisa, um desejo crescente de acreditar, e balançou a cabeça, sorrindo.

— Nossa, como você é teimosa!

Estendeu a mão, pegou uma folha de papel em branco na bolsa dela e escreveu de novo a fórmula.

— Eu me lembrei da vida inteira de Michael quando estava no Canadá, incluindo suas pesquisas — afirmou, entregando o papel a Linz.

Como uma professora, ela comparou a folha com as outras duas. Eram exatamente iguais, inclusive a letra.

— Meu Deus — murmurou, em uma voz quase inaudível.

Bryan aguardou, hesitando em acreditar que finalmente houvesse conseguido convencê-la.

— Agora você acredita em mim.

Linz ficou ali sentada por um longo tempo, olhando fixamente para as folhas. Quando por fim falou, sua voz falhava.

— Eu acredito em você.

Bryan ficou exultante. Finalmente, conseguira o que queria. Desse momento em diante, teria uma companheira. Não estava mais sozinho.

Beijou-a com paixão. Em seguida, Linz o abraçou, colando o rosto ao dele. Sua cabeça, porém, estava cheia de perguntas... Precisava saber o que significava tudo aquilo.

— O que vamos fazer agora? — perguntou ela. — Tentei conversar com o meu pai, mas ele se recusa a falar sobre qualquer coisa ligada ao Renovo. Talvez se fôssemos juntos...

— Primeiro temos que falar com outra pessoa — disse Bryan. Ainda não estava à vontade para abordar a verdade sobre Conrad.

— Quem?

— Só confia em mim.

Linz se empertigou.

— Por que a gente vai dar prioridade a outra pessoa? Michael era como um irmão para o meu pai. Ele gostaria de saber... que o que eles fizeram teve um efeito sobre você.

Sobre nós, pensou Bryan. Linz ainda não estava preparada para conhecer toda a verdade. Tinha vontade de contar a ela, mas temia que isso criasse mais uma barreira; uma que ele não sabia se conseguiria derrubar ainda.

— Confia em mim, por favor. Vou conversar com Conrad, mas não agora.

— Quem pode ser tão importante?

— O outro membro da antiga equipe.

TRINTA E UM

Além de Conrad, Bryan também havia pesquisado o paradeiro de Finn na internet. Descobrira que, depois do acidente, Finn havia passado um ano se recuperando em um centro de tratamento de queimaduras em Houston. Seu nome voltara a aparecer fazia dez anos, quando a Kauffman Foundation, uma fundação de pesquisa privada com escritórios em Boston e Nova York, o anunciara como novo diretor.

A Kauffman Foundation era uma grande companhia de pesquisas biomédicas, e, a julgar pelo endereço da casa de Finn em Beacon Hill, ele ia muito bem de finanças. Bryan e Linz tentaram não chamar a atenção ao se aproximar da casa de pedras marrons. Com seus postes de iluminação centenários e casas de tijolo, o bairro inteiro tinha um ar londrino. A casa de Finn era a maior do quarteirão; na verdade, ocupava quase o quarteirão inteiro. Bryan imaginava qual seria a reação do antigo colega ao vê-los.

O mordomo de Finn poderia trabalhar como segurança de casa noturna. Um japonês, de mais de um metro e oitenta e de cem quilos, parecia mais um lutador de sumô que um empregado doméstico.

— O Dr. Rigby não recebe estranhos.

Linz fez que sim com a cabeça e recuou. Bryan colocou a mão no ombro dela e disse:

— Peço desculpas por não ter ligado para marcar, mas é urgente. Diga que Mandu precisa falar com ele.

— Mandu? — repetiram Linz e o mordomo em uníssono.

— Isso mesmo — confirmou Bryan com um sorriso inocente.

O homem assentiu e fechou a porta.

— Mandu? — O tom de Linz exigia uma explicação.

— Você vai ver.

Eles esperaram alguns minutos. A porta voltou a se abrir. O brutamontes agora sorria, com ar amistoso.

— Entrem, por favor. O Dr. Rigby terá prazer em recebê-los.

Para surpresa do casal, ele lhes ofereceu pantufas à moda japonesa e os conduziu para o interior da casa.

Bryan e Linz ficaram impressionados com o luxo do ambiente. O primeiro cômodo por onde passaram era feito inteiramente de biombos de seda e tábuas corridas de ébano macassar. Um antigo relógio de sol, montado no centro de uma mesa de mármore, contribuía para o efeito dramático. O cômodo seguinte era uma galeria de antiguidades. Finn, como Conrad, parecia ter adquirido um gosto por colecioná-las.

Bryan manteve os olhos fixos no chão enquanto atravessava rapidamente a galeria, não querendo arriscar uma visão como a que havia tido na casa de Conrad.

No fim do cômodo, duas portas deslizaram para revelar uma biblioteca. Tinha paredes forradas de couro e enormes estantes com livros antigos — era o escritório de um erudito.

Finn Rigby estava sentado em uma poltrona acolchoada, atrás de uma mesa com um abajur antigo que lançava uma luz suave no aposento. Bryan olhou para ele e reconheceu o Finn dos seus sonhos, só que mais velho, com o lado direito do rosto, do pescoço e do braço coberto de cicatrizes de queimadura. O cabelo estava cortado rente, e era mais branco que loiro. Mesmo assim, ainda era Finn. Bryan notou que estava usando óculos escuros e imaginou se ainda sofria de enxaquecas.

Finn os examinou com o mesmo interesse.

— Mandu — disse, simplesmente.

Bryan se aproximou.

— Duas vidas que você e Michael lembraram... dois irmãos da tribo wardaman do território norte da Austrália. Vocês não sabiam exatamente em que época eles viveram, mas isso aconteceu muito antes da chegada dos europeus no século XVI.

Finn pareceu ter dificuldade para formar as palavras.

— Como você sabe disso?

Bryan o surpreendeu mais ainda ao responder em wardaman, um dialeto aborígine em vias de extinção:

— *Porque você foi meu irmão mais novo, Bardo. Foi a primeira memória que você teve.*

Bryan percebeu que Linz estava abrindo a boca para perguntar que língua era aquela, e ele apertou com força sua mão, em um sinal silencioso para que o deixasse terminar.

— *Bardo gostava de fazer travessuras com Mandu... roubava sua lança e descobria várias formas de atormentar o irmão. Mas eles passaram pouco tempo juntos. Você morreu afogado ainda criança.*

Para os wardamans, a morte é a hora do crepúsculo, na qual a alma volta à terra natal para renascer. A lembrança daquela vida tinha proporcionado a Bryan uma forte ligação com a natureza, com a Terra e com o poder dos sonhos. Os wardamans acreditam na vida como uma grande teia e consideram os sonhos memórias do Tempo da Criação, quando a Terra era habitada por Seres Ancestrais. As memórias de Mandu e a paz que trouxeram a Bryan chegaram no momento em que eram mais necessárias. Essa fora a principal razão pela qual finalmente se sentira em condições de voltar a Boston e se reconciliar com sua infância.

Finn permaneceu totalmente imóvel, com exceção de dois dedos que tamborilavam na mesa.

Bryan sabia que isso queria dizer que o velho amigo estava imerso em seus pensamentos e voltou a falar em inglês.

— Faz três anos que me lembrei da vida de Mandu. Da noite para o dia, eu sabia como viver em contato com a natureza. Visitei lugares remotos, dormi à luz das estrelas, cacei meu próprio alimento e fiz fogo esfregando dois pedaços de madeira, uma arte há muito esquecida. Um ano se passou antes que eu tivesse vontade de ver uma cidade moderna novamente.

Bryan só havia voltado à civilização a pedido de Therese. Quando ligou de um vilarejo remoto nos arredores de La Rinconada, no Peru, para saber como ela estava, foi informado de que seus quadros tinham ficado famosos durante o ano em que estivera fora do circuito, e os donos da galeria haviam recebido propostas para expor seus trabalhos em Berlim, São Paulo e Nova York em mostras individuais. Jamais teria tido coragem de dar essa guinada na vida se não fosse a inspiração de Mandu.

Bryan esperou, dando tempo a Finn para que se recuperasse do choque.

Finn olhou para Linz, olhou de volta para Bryan e murmurou:

— Meu Deus, é você. São vocês dois. Como?

Bryan percebeu que Linz respirou fundo ao notar que reconheceu a voz de Finn.

O antigo colega se inclinou para a frente.

— Pensei que nunca os veria novamente. Faz quanto tempo que vocês começaram a lembrar? — perguntou, convidando-os a se sentar com um gesto.

Bryan conduziu Linz ao sofá. Linz parecia meio tonta. O pintor respondeu pelos dois.

— Desde que éramos crianças. Ela se lembra apenas de Juliana. Já eu não consigo parar de me lembrar de mais e mais gente.

Finn coçou a cicatriz do rosto distraidamente.

— É impressionante. O Renovo realmente excedeu todas as nossas expectativas.

Linz se sentou.

— Será que alguém pode me explicar exatamente o que vocês fizeram?

Finn olhou para Bryan com uma expressão de desafio.

— Quer fazer as honras?

Bryan percebeu que Finn não estava totalmente convencido de que ele não era um farsante. Fez que sim com a cabeça e se voltou para Linz.

— A história começa em 1974, o primeiro ano em que a Escola de Medicina de Harvard se associou ao Programa de Treinamento de

Cientistas da Medicina, um programa para estudantes de mestrado e doutorado criado para formar a próxima geração de médicos-cientistas no campo da pesquisa biomédica. Fomos todos aceitos no programa. Diana e Finn já se conheciam do curso de graduação. O programa financiou a nossa pesquisa durante seis anos.

Bryan se virou para Finn.

— A pesquisa de Finn se concentrava no estudo de como limitar a produção de glutamato, um neurotransmissor essencial que, quando presente no cérebro em quantidades excessivas, pode matar neurônios.

Ele olhou novamente para Linz.

— Diana se dedicou ao estudo de como aumentar a produção de acetilcolina no cérebro...

— Um neurotransmissor considerado essencial para o pensamento e para a formação de memórias — completou Linz, impaciente. — E a pesquisa de Michael? — perguntou, com a testa franzida, como se estivesse tentando ver o quadro completo.

— Michael se dispôs a estudar a regeneração dos neurônios, um assunto pouco conhecido na época.

Foram interrompidos por uma leve batida à porta. O assistente de Finn entrou, colocou uma bandeja de chá verde entre eles e se retirou.

Finn fez um gesto para Bryan.

— Continue, por favor.

— Naquele tempo, havia um consenso de que o cérebro não era capaz de gerar novas células, embora algumas pesquisas em animais revelassem o contrário. Michael acreditava que, se os animais tinham uma capacidade inata de neurogênese, o mesmo devia acontecer com os seres humanos. Sua pesquisa tinha por objetivo encontrar substâncias capazes de induzir o cérebro humano a fabricar novos neurônios... Mais tarde, concluiu-se que estava anos-luz à frente dos outros cientistas. Ele queria manter o trabalho em segredo até se certificar de que estava correto; por isso, você e Diana eram as únicas pessoas que conheciam os resultados dos experimentos — afirmou, apontando para Finn.

— Foi por isso que ele não publicou os resultados da pesquisa? — perguntou Linz.

— Exatamente. Entretanto, o composto que Michael desenvolveu e testou em estudos preliminares com animais fez com que os animais produzissem quatro vezes mais neurônios novos que os de controle. Alguns ratos apresentaram uma melhora de noventa por cento na memória de longo prazo.

Linz parecia fascinada pelo que ouvia. As palavras saíram espontaneamente da sua boca.

— Essa descoberta é fenomenal! As doenças neurodegenerativas provocam a morte de neurônios em números cada vez maiores nos idosos. Se essa tendência pudesse ser revertida, isso revolucionaria o tratamento dessas condições no mundo todo!

Bryan percebeu que Finn estava olhando para Linz com curiosidade, provavelmente imaginando como ela sabia tanto sobre neurociência.

— Havia apenas mais um cientista em Harvard interessado em neurogênese — prosseguiu o pintor, pigarreando. — O objetivo de Conrad era criar uma proteína que não só evitasse a morte das células cerebrais como também aumentasse sua capacidade. Para isso, recorreu a um método ainda mais ousado que o de Michael: introduzir nas células, com o auxílio de um vírus, o código genético das proteínas que estava testando.

Linz permaneceu impassível ao ouvir o nome do pai. Finn ainda não sabia quem ela era.

— A abordagem de Conrad atraiu a atenção de Michael — afirmou Bryan. — Ele procurou Conrad na esperança de que pudessem unir esforços.

Pela primeira vez, Finn interrompeu Bryan para declarar, em tom amargo:

— Conrad era um sujeito egoísta e arrogante, que se julgava uma dádiva de Deus para a ciência. Aceitei sua entrada no nosso grupo com menos entusiasmo que Michael, embora reconhecesse seu talento. Não dá para trabalhar em equipe e se manter em isolamento. Quando a bolsa expirou, nos vimos diante de um grande problema: o que fazer? Michael tinha uma sugestão: em vez de seguirmos o curso natural das coisas, procurando emprego em um instituto de pesquisa, na indústria farmacêutica ou em um hospital, ele propôs que continuássemos trabalhando em grupo e tentássemos conseguir uma verba do governo para um projeto de pesquisa.

Bryan se lembrou da noite em que Michael lançara a ideia enquanto bebiam cerveja no Doc's. Explicou:

— A proteína desenvolvida por Michael tinha se revelado extremamente eficaz e estaria no centro do projeto. Sua ideia era usar o método de Conrad para introduzir a proteína e os compostos desenvolvidos por Diana e Finn.

— O que daria ao cérebro a capacidade de criar superneurônios para substituir neurônios perdidos — resumiu Linz. — Na prática, isso seria uma forma de combater todas as doenças neurodegenerativas!

Ela balançou a cabeça, maravilhada com as possibilidades. Finn sorriu.

— A proposta que Michael levou ao Instituto Nacional de Geriatria era boa demais para ser rejeitada, e recebemos uma verba substancial. Depois de criar nosso produto em laboratório, entramos na primeira fase dos testes clínicos, submetendo pacientes com Alzheimer em estágio avançado a um ensaio clínico duplo-cego aleatório. Em questão de semanas, os resultados foram tão bons que era fácil distinguir os pacientes que receberam o medicamento dos que receberam um placebo. Quando o período previsto para os testes estava terminando, começamos a preparar um relatório para o ING. Àquela altura, os doze pacientes que tomaram o medicamento estavam livres de todos os sintomas.

— Eles tinham Alzheimer e foram curados? — interrompeu Linz. — Por que isso nunca veio a público?

— Por causa do que aconteceu depois que Michael resolveu experimentar o remédio em si próprio. Mais tarde, nós fizemos o mesmo.

Finn se levantou para servir o chá. Quando ergueu o bule, sua mão tremia visivelmente. Colocou o bule de volta no lugar.

— Quando ficou óbvio que o Renovo era capaz de estimular a geração de novos neurônios em cérebros lesados, Michael começou a se perguntar qual seria o efeito do remédio em um cérebro sadio.

— Que ideia absurda! — protestou Linz.

Finn concordou com um sorriso amargo.

— Mas não dá para condenar essa curiosidade. Não tínhamos observado nenhum efeito colateral, nem nos animais nem nos nossos pacientes. O risco parecia mínimo. Em questão de dias, começamos a nos lembrar de outras vidas que nos pareciam tão reais quanto as nossas, de pessoas que viveram há centenas ou mesmo milhares de anos. — Olhou diretamente para Linz. — Você conhece sua mãe como sua mãe. Mas e se de repente se lembrasse dela como sua esposa? Como sua irmã? Como seu marido? Como a pessoa que matou você? As vidas e as relações se misturam. A mente humana não está preparada para processar esse tipo de informação.

— Acontece que *nós* estamos processando, não é mesmo? — argumentou Bryan.

Finn assentiu.

— Sua capacidade de lembrar vai além do que julgávamos possível. Como Michael morreu sob os efeitos do remédio, sua mente deve ter permanecido aberta, e a capacidade de se lembrar das outras vidas foi transferida para você. Essencialmente, você herdou sua capacidade de seu eu passado. É a única explicação que me ocorre.

— E quanto a Diana? — quis saber Linz. — Ela também morreu sob os efeitos do remédio?

Finn fez que não com a cabeça, como se a pergunta fosse dolorosa demais para que respondesse.

— Eu não me lembro das coisas como ele — explicou Linz. — Tive apenas um sonho, que se repetiu durante toda a minha vida.

— E você sabe falar grego — lembrou Bryan, irritado com o fato de Linz ainda negar as evidências.

— Você também pode se lembrar de outras línguas? — perguntou Finn a Linz, aparentemente surpreso.

— Acho que ela poderia se lembrar de muito mais coisa, mas sua mente está se segurando — comentou Bryan.

Linz olhou para ele de cara feia.

— Como Diana foi quem tomou a menor quantidade de Renovo dentre todos nós, sua capacidade de lembrar pode ser mais limitada que a nossa — argumentou Finn. — Depois de se lembrar de Roma antiga, Diana ficou assustada demais para prosseguir com a experiência.

Finn olhou para Linz como se ela fosse um inseto exótico sendo observado com uma lupa.

— Você teve o mesmo sonho durante toda a sua vida? Fascinante.

Linz se remexeu no assento, pouco à vontade em ser analisada por Finn. Procurou mudar de assunto.

— O que aconteceu com os pacientes depois que Michael e Diana morreram? De acordo com o relatório do projeto, eram todos do Centro Psiquiátrico Forest Green.

Finn arregalou os olhos, surpreso.

— Como você teve acesso ao relatório?

— Sou filha... de Conrad Jacobs — admitiu.

Bryan prendeu a respiração, sem saber o efeito que essa revelação bombástica teria sobre Finn.

Finn engoliu em seco várias vezes antes de falar.

— Você é filha de Conrad? Você é...

— Linz Jacobs. Por falar nisso, meu pai também tomou Renovo? Tanto quanto Michael?

Finn ficou calado. Bryan interveio, para tentar evitar o silêncio constrangedor.

— Michael tomou Renovo por mais tempo, mas Conrad aumentou progressivamente a dose.

— Por que tudo isso foi mantido em segredo? — perguntou ela, indignada. — Meu pai custou a admitir que sequer conhecia você. — As perguntas jorravam dos lábios de Linz em rápida sucessão. — O que aconteceu no dia em que eles morreram?

Ela se voltou para Finn.

— Acho difícil acreditar que você e meu pai nunca mais tenham se falado. Não se importam de deixar o Renovo enterrado nos arquivos da Medicor?

Finn parecia desnorteado. Balbuciou:

— Seu pai e eu tomamos rumos diferentes. Peço que me desculpe por fazê-la aturar as especulações de um velho budista. Agora, se me dá licença...

Ele parecia prestes a expulsá-los da casa. Bryan se inclinou para a frente e disse em wardaman:

— *Sei que está com medo, mas me ajude.*

Finn respondeu na mesma língua.

— *Ele se tornou um homem muito poderoso. Eu não tinha ideia... Você precisa sair da cidade o mais rápido possível.*

Bryan continuou a evitar o inglês.

— *Não posso abandoná-la.*

— *Ela é filha dele. Quem está correndo perigo é você. Ele queria matar todos nós, mas você sempre foi o alvo principal.*

Bryan franziu a testa, surpreso.

— *Eu? Por que eu?*

— *Volte amanhã, sozinho, que eu explico.*

Finn se levantou e começou a remexer em um armário, à procura de alguma coisa.

Linz ficou observando a cena, fascinada, sem entender uma só palavra do que diziam.

— *Isso vai confirmar tudo de que você se lembra da vida de Michael* — declarou Finn, entregando a Bryan cinco diários encadernados em couro. — *Volte amanhã. Temos muito a discutir.*

Bryan se levantou. Poderiam conversar com calma no dia seguinte. Fez sinal a Linz de que estava na hora de se retirarem.

Ela parecia insatisfeita. Muita coisa havia ficado no ar.

— Dr. Rigby, sinto muito se o incomodamos com memórias dolorosas do passado, mas estamos em busca de respostas.

— Já falei demais — disse Finn, evitando apertar a mão estendida de Linz. — Por favor, não conte ao seu pai que esteve aqui. Por favor.

Ele saiu da biblioteca por outra porta, deixando por conta de Bryan e Linz encontrarem a saída.

Linz e Bryan caminhavam em direção ao carro quando ela não conseguiu mais conter a curiosidade.

— Quer traduzir para mim aquela conversa, por favor? Quantas línguas você fala?

Bryan pensou um pouco antes de desistir.

— Não sei.

Linz parou e colocou as mãos na cintura.

— Como assim?

— Deixei de contar há muito tempo.

— Nesse caso, que tal uma estimativa? — sugeriu, cada vez mais exasperada.

— Mais de trinta?

— Trinta? Você sabe mais de trinta línguas? — perguntou, atônita, prestes a surtar em plena esquina. — Quais?

— Alemão, russo, francês, holandês, espanhol, chinês (mandarim e cantonês), coreano, persa, italiano, latim...

— Tá, pode parar — disse ela, levantando o braço. — Só traduza o que ele disse.

— Que eu devo tomar cuidado e me deu os diários de Michael.

— Sei que ele disse mais que isso. Quase teve um ataque quando descobriu quem eu era. Por que ele tem tanto medo do meu pai?

Em vez de responder, Bryan lhe passou os diários.

— Esses eram os diários de Michael. Eu os conheço de cor. Pode ficar com eles.

TRINTA E DOIS

DIA 31 - 8 DE MARÇO DE 1982

Essa noite Conrad por fim admitiu que tem se lembrado de outras vidas. Mais do que qualquer um de nós, ele se perdeu em um labirinto de memórias. A forma como me atacou foi chocante; parecia outra pessoa. De quem será que se lembrava naquele momento; mais um dos monstros que destruíram a minha vida?

Agora acredito que uma alma pode odiar outra, envolvê-la e apagar sua luz, liberando tragédia e sofrimento como veneno.

Não consigo mais conciliar as vidas que recordo com a minha própria. Temo estar perdendo a identidade e não sei se poderei manter a sanidade por muito tempo.

Na noite passada, quando sonhei com a rainha egípcia, pensei de novo na minha morte. Acho que ela não vai tardar. Não estou preparado para morrer, mas, se isso acontecer, pelo menos será o fim desse perigoso experimento.

Diana e eu vamos nos encontrar com Finn essa noite no laboratório para embalar os aparelhos e partir para outra cidade. Não adianta apenas trocar as fechaduras; precisamos desaparecer. Conrad é uma ameaça para todos nós.

— Ele escreveu isso na noite em que morreu?

Linz levantou os olhos do diário de Michael e pensou pela centésima vez: Não pode ser verdade. Cada palavra parecia uma punhalada no coração.

Bryan estava sentado ao seu lado no sofá, em silêncio. Assentiu com um leve movimento de cabeça.

Os dedos dela brincaram com a capa do diário. De repente, alguma coisa dentro de Linz explodiu; tinha chegado ao limite. Levantou-se e jogou o diário em cima da mesa.

— Agora, não só tenho que acreditar que sou Diana mas também que fui assassinada pelo meu próprio pai? — Ela sabia que estava gritando, mas não podia se controlar. — Você entende que isso não faz sentido? Eu não posso acreditar! Não posso!

— Fica calma — disse Bryan, estendendo a mão para Linz. — Eu sei...

— Você sabe o que eu estou sentindo? — bradou, recuando. — Não, você não sabe. Acabo de ler um diário que acusa o meu pai de ser um criminoso. Foi você que escreveu, não foi? — Olhou para Bryan, muito séria. — Então me diz o que aconteceu depois.

Bryan não falou nada. Linz olhou para os diários, odiando-os, odiando Bryan, odiando a si própria por sentir o que estava sentindo. Uma semente amarga de dúvida a respeito do pai fora plantada no seu íntimo, e ela não podia impedi-la de crescer.

Começou a andar de um lado para o outro na sala, cada vez mais agitada enquanto tentava interpretar os fatos que havia acabado de ler nos diários de Michael.

— Se reencarnação existe, eu mesma posso ter sido uma assassina em outra vida. Ninguém garante que sempre fui uma santa. Talvez ficasse confusa, ou mesmo louca, se me lembrasse de tudo de uma vez. Quem somos nós para julgar? — Enxugou raivosamente as lágrimas. — Como você pode saber que o meu pai fez algo de errado? Como pode saber que eu já fui Diana?

— Não fique irritada comigo. Você sabe o que leu. As memórias que Diana tinha de Juliana são as mesmas dos seus sonhos.

— Então você espera que eu condene o meu pai sem nenhuma prova concreta? Porque, bem, eu me recuso.

— De acordo com Finn, se Conrad souber quem eu sou, vai tentar me matar — argumentou Bryan.

Linz deu uma gargalhada.

— Deixa de ser ridículo!

— Ele acha mais prudente que eu saia da cidade.

— Ótimo. Volta para o Canadá. Vai ser um favor para todos nós — afirmou ela, então se encolheu ao perceber o que dizia. Jamais havia discutido dessa forma com alguém antes.

Bryan perdeu a paciência.

— Linz, estou tentando explicar para você o que está acontecendo. Para de ficar o tempo todo na defensiva!

Ele a segurou pelos ombros.

— Tira a mão de mim! — exclamou, afastando-se do pintor.

Eles ficaram parados, de pé, a um metro de distância. Bryan começou a gritar tão alto que a vizinhança toda poderia ouvi-lo:

— O problema é que você não se lembra! Até você se lembrar, vai existir essa barreira intransponível entre a gente! Tudo o que posso fazer é te esperar. E é o que pretendo fazer! Não vou a lugar algum. Aconteça o que acontecer, vou estar esperando!

Ele vestiu o casaco e se dirigiu para a porta. Linz jamais vira Bryan transtornado daquela forma; e, no entanto, sentia uma espécie de sinistra satisfação naquilo. Queria que ele ficasse tão magoado quanto ela estava naquele momento.

— Ei! — chamou ela.

Bryan se virou, com um brilho de esperança no olhar, mas Linz se limitou a entregar os diários.

— Não quero isso na minha casa.

O pintor pegou os diários e foi embora sem dizer mais nada. Linz bateu a porta com força... e deu com os olhos no relatório do Renovo, na mesa de canto. Precisava de mais respostas do que conseguira obter nos diários de Michael, e sua alma de cientista lhe dizia que aquele era o melhor lugar para procurá-las.

Uma vez tomada a decisão, leu todas as páginas, do começo ao fim. Uma hora depois, tornou a ler, dessa vez tomando notas com sofreguidão, enquanto o cérebro trabalhava a mil tentando memorizar a fórmula. Compreendia agora que era a única solução.

Quando terminou, pegou o computador, o chaveiro e o relatório e saiu de casa. Estava pronta para ir pegar suas provas.

* * *

Na esquina, um pedinte cantava "Some Enchanted Evening" a plenos pulmões.

Bryan colocou alguns trocados na caneca do mendigo e usou isso como desculpa para dar uma olhada nos dois homens que o seguiam. Depois de deixar a casa de Linz, tinha voltado para casa, guardado os diários e saído para caminhar, com o objetivo de esfriar a cabeça. Cinco quarteirões antes de chegar à esquina onde o mendigo estava, começou a desconfiar de que estava sendo seguido.

Bryan continuou a caminhada. Os dois homens também.

Na sede da Medicor, do outro lado da cidade, o escritório de Conrad parecia deserto. Iluminada pela luz avermelhada da tela do computador, a estátua de Atlas parecia coberta de sangue. A mensagem na tela dizia: "Arquivo confidencial: Projeto Renovo. Acessado por L. Jacobs."

No saguão do edifício, Linz passou pelo segurança noturno e estava indo em direção aos elevadores quando o celular tocou. Olhou para a tela do aparelho e levou um susto. O pai nunca ligava para ela.

Decidiu atender, esforçando-se para falar com uma voz normal.

— Alô... desculpa se eu estava com o telefone desligado.

— Eu só queria saber se você está bem — disse Conrad, fechando a porta do escritório e dirigindo-se ao elevador.

— Estou ótima.

Os dois ficaram em silêncio, esperando que o outro dissesse alguma coisa. Conrad por fim perguntou:

— Você leu aquele relatório?

— Li. Você tinha razão. É melhor eu não me envolver com ele. Já arranjei uma desculpa para não voltar a vê-lo.

Conrad entrou no elevador e apertou o botão do térreo.

— Você está na rua? Quer se encontrar comigo em algum restaurante para jantar?

— Não, já estou em casa. Onde você está?

— Saindo do trabalho.

Linz olhou em torno, aflita. Estava bem no meio do saguão e o pai não podia deixar de vê-la. As luzes acima dos elevadores mostravam que um deles estava descendo e era mais do que provável que Conrad estivesse lá dentro. O pai perguntou de novo:

— Tem certeza de que está tudo bem?

— Pai, eu já disse que estou ótima.

Tentando não chamar atenção, escondeu-se em um canto do saguão no momento em que a porta do elevador se abriu e Conrad saiu, ainda falando ao telefone.

— Certo, fico feliz em saber. Durma bem. Eu ligo amanhã. Eu te amo.

Ele acenou para o segurança e saiu pela porta da frente. Linz espiou de seu esconderijo, vendo-o partir

— Eu também.

Bryan olhou ao redor e viu que estava na Lansdowne Street, entrando no bairro boêmio de Boston. Os homens não tinham desistido de segui-lo. Na verdade, estavam ganhando terreno. Bryan olhou para trás. Estava em maus lençóis, e só havia uma coisa a fazer: sair correndo.

Os homens correram atrás dele.

Depois do segundo quarteirão, começou a perder o fôlego. Não estava acostumado a correr e sentiu sua velocidade diminuir. Procurou pensar em Mandu, que fora o jovem mais rápido de sua tribo. Bryan podia não ter o mesmo corpo, mas tinha as mesmas memórias. Imediatamente, sua respiração voltou ao normal, as pernas relaxaram, e o ritmo das passadas aumentou.

Olhando para trás, viu que os dois homens conseguiam acompanhá-lo com relativa facilidade. Ambos pareciam estar em excelente forma. Bryan se esforçou ainda mais e conseguiu aumentar um pouco a dianteira.

Ao dobrar uma esquina, entrou em um beco, mergulhou em uma lixeira, cobriu-se de lixo e esperou.

Cinco minutos depois, ouviu os homens do lado de fora. Ambos estavam ofegantes. Um deles disse:

— Droga, como corre o filho da mãe. Você viu para onde ele foi?

Passaram pela lixeira e continuaram a descer a rua. O segundo homem falou:

— Fica por aqui para dar mais uma olhada. A gente se encontra no próximo quarteirão.

Bryan continuou onde estava. Dez excruciantes minutos depois, levantou a tampa da lixeira o mais devagar que pôde e pulou para fora.

Nesse momento, um grupo de adolescentes passou por ele, dirigindo-se para a estação do metrô que ficava na esquina. Bryan se misturou a eles, usando o grupo como cobertura.

Estava quase chegando à escada do metrô quando os dois homens o avistaram do outro lado da rua. Bryan desceu de dois em dois degraus, pulou por cima da catraca e correu para pegar o trem que estava parado na estação. Viu que um dos homens havia entrado em outro vagão. No momento em que as portas começaram a se fechar, pulou para a plataforma... e um braço musculoso apareceu do nada, apertando o seu pescoço em uma gravata.

— Bela tentativa — disse o homem, enquanto o companheiro encostava um taser na cintura de Bryan e lhe aplicava um choque paralisante.

Antes de perder os sentidos, Bryan olhou para a própria mão e percebeu que, como Puchkin, tinha se esquecido de colocar o anel turquesa.

TRINTA E TRÊS

O líquido de uma bureta gotejava lentamente em uma placa de Petri. Linz observou o progresso da reação e voltou a analisar a estrutura molecular tridimensional que aparecia na tela do laptop.

Estava usando um dos laboratórios de bioquímica da Medicor e dispunha de mais uma ou duas horas até que os funcionários começassem a chegar. Sabia que o cartão de acesso mostraria que tinha estado ali, mas, quando alguém resolvesse perguntar por que ela havia passado a noite trabalhando em outro laboratório, já seria tarde.

Ao ouvir um barulho do lado de fora, Linz parou o que estava fazendo, como um ladrão pego em flagrante, apagou a luz e esperou no escuro até o ruído de passos diminuir ao longe.

Por precaução, terminou o trabalho à luz do computador. Quarenta e cinco minutos depois, encheu um vidro com o líquido retirado da placa de Petri e o fechou com uma tampa de plástico. Sua réplica de Renovo estava pronta.

Bryan se sentou na cama e descobriu que estava contido por uma camisa de força. Tudo no ambiente — o cheiro de desinfetante, as paredes brancas, a falta de mobília — o fez se lembrar das alas para doentes mentais em que havia passado boa parte da infância.

Olhou para a câmera montada na parede e teve a sensação de que estava sendo observado. Um minuto depois, alguém digitou a senha da fechadura eletrônica e a porta se abriu.

Conrad entrou no quarto.

— Que bom, vejo que já está acordado.

Bryan sabia que Conrad era o responsável pelo sequestro, mas ao vê-lo sua raiva se inflamou.

— Não sei o que você pensa que está fazendo! Não pode simplesmente raptar uma pessoa desse jeito!

— Por que não? — retrucou Conrad, com um sorriso desdenhoso. — Ninguém sabe que você está aqui, e eu sou o dono desse hospital.

Bryan falou em japonês:

— *Foram minhas pinturas que me denunciaram? Aquela que você comprou foi particularmente tocante?*

— Acho que não faz sentido termos essa conversa.

— Por que não? Parece que vou ficar aqui por um tempo. — Bryan apontou para a camisa de força. — Linz vai querer saber onde estou e sair à minha procura. Ela já conhece a história do Renovo; copiou o relatório.

Conrad deu de ombros.

— Isso não é novidade para mim. Lindsey gosta de quebra-cabeças, sempre gostou. Ela não vai encontrar nada de útil no relatório.

— A não ser a fórmula.

Bryan pôde ver um traço de preocupação nos olhos de Conrad.

— Sei como lidar com a minha filha. Sempre tratei de assegurar o melhor para ela e não vou permitir que você se envolva nisso. Não quero que Lindsey corra nenhum risco. Não vou permitir que você volte a vê-la.

Em um aspecto, Bryan sentiu certo alívio com as palavras de Conrad: ele estava tentando proteger a filha.

— Então você sabe quem ela é?

— Sei muito mais do que você pensa.

— Ah, é. Você sempre foi o onisciente do grupo. — Bryan não pôde evitar o sarcasmo; Conrad continuava exatamente o mesmo de suas lembranças. — Foi muito fácil, não é? Durante todos esses anos, ganhar dinheiro tratando dos sintomas sem curar a doença. — Bryan estava ficando cada vez mais exaltado. — A gente descobriu a cura do Alzheimer e você simplesmente a guardou a sete chaves!

— Foi você que disse que o mundo não estava preparado para o Renovo!

— Há trinta anos! Eu teria encontrado uma forma de somente reverter a doença. Você nem ao menos tentou!

— Você não faz ideia do que eu tentei e do que está em jogo. Sinto muito que tenha que ser assim, mas você vai ter que desaparecer. Para sua própria segurança e para o bem da minha filha.

Bryan tentou mudar de tática.

— Me deixa ir. Prometo que vou sair de cena. Viajar para outro país. Você nunca mais vai ouvir falar em mim. Juro.

Conrad meneou a cabeça.

— Não posso fazer isso.

Ele destrancou a porta e se preparou para sair. Bryan ficou assustado.

— Não me deixa aqui desse jeito!

Conrad consultou o relógio.

— Não se preocupe. Vou mandar darem alguma coisa para ajudá-lo a dormir. Amanhã você vai receber a primeira dose de Renovo. O efeito será quase imediato, agora que aperfeiçoei a fórmula. Precisamos saber tudo que está nessa sua cabeça.

O coração de Bryan quase parou. A última coisa que ele queria na vida era tomar Renovo.

Conrad se voltou para ele antes de sair.

— Vou dizer a Lindsey que você decidiu voltar para a Europa para pintar. Com o tempo, ela vai superar o choque. Sinto muito, mas não me resta outra opção — afirmou, no momento em que a porta se trancava automaticamente.

Bryan se levantou e correu para a porta.

— Conrad! Você vai se arrepender!

Golpeou a porta várias vezes com o ombro até a dor fazê-lo parar.

Conrad se afastou do quarto, surdo aos protestos de Bryan. Parou no posto de enfermagem e sorriu para a enfermeira de plantão.

— Nosso paciente especial precisa de alguma coisa que o ajude a dormir. Ele deve estar bem repousado para a sessão de amanhã.

Minutos depois, dois enfermeiros entraram no quarto de Bryan. Enquanto um o segurava, o outro aplicava uma injeção.

O corpo de Bryan relaxou, e ele ficou olhando para o teto conforme suas funções psicomotoras começavam a falhar. Estava aprisionado em um limbo, sentindo sua mente subir a bordo de um grande navio conforme a droga o levava para o mar.

TRINTA E QUATRO

Linz precisou de duas doses de Renovo e quatro horas para se lembrar da vida de Katarina Rota. Katarina nasceu em Viena no século XVIII e, ainda criança, se mudou com os pais para Cremona. Foi lá que conheceu e se apaixonou por Bartolomeo Giuseppe Antonio Guarneri, provocando uma reviravolta em sua vida: tornou-se esposa de um fabricante de violinos.

Não era uma profissão glamorosa ou bem-remunerada; o casal lutou a vida inteira com problemas financeiros. Katarina teria ficado chocada se soubesse que um dos violinos criados pelo marido sobreviveria centenas de anos para se tornar o instrumento musical mais valioso do mundo.

Durante duas horas, Linz permaneceu no quarto, esperando que as memórias se acomodassem em sua mente. Não só se tornara fluente em alemão e italiano como também era a única pessoa do mundo que sabia que Katarina tinha ajudado o marido a fabricar os seus violinos no fim da vida.

Necessitando desesperadamente ouvir o som de um dos instrumentos de Guarneri, Linz pegou o iPod e vasculhou a coleção de músicas, estudando-a com um novo interesse. Descobriu que, em várias ocasiões, havia comprado sem saber gravações em que um violinista tocava um del Gesù. Era como se seu inconsciente, trezentos anos depois, ainda pudesse reconhecer os violinos do marido.

Colocou para tocar o "Concerto em sol maior" de Vivaldi e fechou os olhos. Era uma das músicas preferidas de Giuseppe. Muitas vezes, ele testava seus instrumentos convidando um violinista a visitar a oficina; nesses casos, sempre pedia que tocasse alguma coisa de Vivaldi.

Vivaldi fora contemporâneo dos dois e era um exímio violinista, que sabia muito bem do que o instrumento era capaz. Giuseppe entregava o violino recém-fabricado ao músico como um pai que deixa o filho sair de casa sozinho pela primeira vez. Em seguida, escutava a execução com olhar duro e semblante fechado; apenas quando lentamente fechava os olhos Katarina tinha certeza de que estava satisfeito.

Um verdadeiro perfeccionista, Giuseppe sempre dizia à esposa que algumas árvores tinham mais música do que outras e dedicava grande parte dos seus recursos financeiros à compra de madeiras nobres. Tinha um irmão bem-relacionado em Veneza que o ajudava a adquirir cortes seletos de bordo e espruce da Europa Oriental. De acordo com Giuseppe, ao dedicar amor e paixão à madeira, poderia persuadir a alma do instrumento a cantar.

Com o passar dos anos, também fez ajustes criativos às tradições de sua família no campo da fabricação de violinos. O avô tinha sido aprendiz do grande Nicolò Amati, e a família Guarneri usava o modelo "Grand Amati" para produzir os instrumentos. Conforme Guarneri aperfeiçoava sua técnica, no entanto, resolveu abandonar o modelo com o qual fora treinado a vida toda e deixar a própria madeira decidir qual seria a forma do violino. Por isso, todos os violinos que fabricou desse dia em diante passaram a ser únicos. Eram vibrantes e robustos, capazes de resistir aos arroubos dos violinistas mais impetuosos. O verniz, cuja fórmula levou para o túmulo, era outro dos seus segredos.

Quando ficou doente demais para trabalhar, Katarina passou a pedir que alguém fosse ao seu quarto todo dia para tocar as *Quatro estações* de Vivaldi. Enquanto arrumava a oficina, ouvia as passagens da "Primavera", "Verão", "Outono" e "Inverno" e rezava mais uma vez para que Deus lhes concedesse mais tempo. Ninguém no mundo jamais poderia substituir Giuseppe, com seu gênio inacreditável, sua paixão sem limites e sua arte. O Senhor o colocara na Terra para fazer instrumentos que tocassem a música celestial. Agora, Deus estava prestes a recebê-lo de volta, sem que houvesse alguém para herdar sua oficina e seus segredos.

Katarina não sabia o que fazer. O violino inacabado na bancada de Giuseppe ecoava sua tristeza silenciosa. Ela foi até a oficina, então se sentou diante da bancada, enxugou as lágrimas e começou a trabalhar.

No dia em que ele morreria, ela o acordou e colocou o último violino em suas mãos.

— Bartolomeo — murmurou. Era assim que o chamava em seus momentos mais íntimos.

Guarneri abriu os olhos e os passou da mulher para o violino, apreciando o acabamento. Pousou-o no peito com um suspiro e murmurou:

— *Grazie, amore mio.*

O violino subia e descia com sua respiração até que ele exalou o último suspiro e Katarina percebeu que o espírito do marido havia partido. Todo instrumento tem uma história para contar, e aquele contaria a história de Giuseppe.

Linz desligou a música, pondo de lado bruscamente as memórias de Katarina. Não queria se lembrar da vida da austríaca nem chorar a morte de Giuseppe. Nenhum dos dois tinha respostas para a pergunta que a atormentava: seu pai havia assassinado Michael e Diana?

A frustração a fez estender a mão novamente para o vidro, recusando-se a pensar nos possíveis efeitos colaterais de uma terceira dose. Sabia que devia ligar para Bryan e contar a ele o que estava fazendo. Caso contrário, levaria dias até que alguém pensasse em conferir seu estado de saúde. Imaginou o pai entrando no apartamento e encontrando o seu cadáver no chão, com o vidro ao lado. Não sabia o porquê, mas a ideia lhe trouxe uma espécie de satisfação.

Linz se deitou na cama, fechou os olhos e ficou esperando a dose fazer efeito. Vinte minutos se passaram e nada aconteceu. Talvez devesse tirar um cochilo. Passou a respirar mais devagar e o corpo começou a ficar pesado. Estava se perguntando, sonolenta, se essa terceira dose sequer teria algum efeito quando sentiu dor no estômago.

Linz gemeu e rolou para fora da cama. Estava tonta e enjoada, e a dor era cada vez mais forte.

Em vez de se levantar, rastejou lentamente até o banheiro. Sua única preocupação era não vomitar o Renovo.

JAPÃO
20 DE DEZEMBRO DE 1702

Oishi estava com o corpo curvado para a frente, sem saber ao certo se tinha acabado de vomitar. Haviam lhe oferecido saquê de má qualidade na hospedaria... e aquela era a trigésima noite seguida em que se embebedava intensamente. Era um estratagema desesperado e necessário para assegurar que os boatos de que ele se transformara em um vagabundo fossem confirmados.

— Os espiões foram embora! — exclamou Hara, seu homem de confiança, aproximando-se com uma lanterna na mão.

Oishi endireitou o corpo. Quando falou, a voz saiu mais rouca do que pretendia.

— Tem certeza de que a vigilância foi encerrada?

— Shiota e Tomimori os seguiram até fora da cidade. Estão voltando para Edo.

Oishi sorriu. Isso queria dizer que eles tinham mordido a isca e não o consideravam mais uma ameaça.

— Agora estamos finalmente livres para agir. Mande todos os homens se encontrarem conosco em Edo.

Durante os quase dois anos que se passaram desde que seu lorde, Asano, havia sido forçado a cometer *seppuku*, Oishi vinha planejando sua vingança com paciência incomum. Ele e seus homens estavam em grande desvantagem, já que o castelo, as riquezas e as terras do clã passaram para as mãos do xogum depois da morte de Asano. Os homens do clã foram declarados ronin — sem lar e sem emprego —, e o inimigo, lorde Kira, estava sob a proteção do poderoso clã Uesugi. Na verdade, ele passara a ser o homem mais protegido do país. Oishi sabia, porém, que os Uesugi retirariam seus guardas se pensassem que não havia mais perigo. Agora que os espiões acreditavam nisso e o informariam a seus mestres, as defesas de lorde Kira se tornariam mais vulneráveis.

Oishi e seu pequeno bando de seguidores se disfarçaram de mercadores de seda e começaram a viagem para Edo. Embora fosse arriscado, era necessário reunir os homens em um esconderijo, nem que fosse apenas para reafirmar sua união antes do ataque. Quando, porém, Hara foi informar aos outros que o momento havia chegado, voltou com uma notícia desalentadora.

— Oishi-sama, um terço dos nossos homens desertou. Vamos poder contar apenas com quarenta e cinco.

O outro fez que sim com a cabeça. Muitos líderes ficariam desnorteados com esse contratempo de última hora, mas Oishi era um grande estrategista e sabia lidar com surpresas desagradáveis. A Casa de Asano chegara a ter mais de trezentos samurais. Depois da morte do daimiô, o número de homens leais ao clã diminuíra para setenta. Agora ficava sabendo que o número era ainda menor... o que, para Oishi, não era uma grande surpresa. Se ele e seus homens fossem capturados, seriam executados. Àquela altura, não tinham nada a perder; ele continuaria mesmo que houvesse ainda menos homens.

Olhou para Hara e disse, com um sorriso amargo no rosto:

— Quarenta e sete serão suficientes.

Na noite anterior ao ataque, Oishi fez com o filho uma refeição modesta de bolinhos de arroz *onigiri* em um pequeno quarto, no segundo andar da loja de sobá onde os dois haviam se instalado em segredo quando chegaram a Edo. Ele engoliu uma tristeza profunda junto de cada bocado de arroz; sentia muita falta da esposa e dos outros filhos. Divorciara-se publicamente da mulher para que a família não fosse punida pelo crime que pretendia cometer, mas o filho mais velho, Chikara, insistira em acompanhá-lo, e Oishi havia concordado, mesmo sabendo que aquilo significava uma sentença de morte para o rapaz. Apenas em momentos como aquele era possível sentir até que ponto ia a lealdade dos seus homens.

Ficaram sentados perto do fogo para se aquecer, esperando enquanto a neve caía pesadamente na rua. Aquele inverno fora muito rigoroso para os padrões de Edo; a capital estava coberta de neve, o que tornaria o ataque ainda mais difícil.

Durante toda a vida, Oishi tinha acreditado que os sofrimentos existiam para punir os erros cometidos em uma vida anterior ou para preparar o espírito para a próxima. Ele não sabia qual das duas possibilidades se aplicava ao seu caso; sabia apenas que a ideia de viver sob o mesmo céu que Kira era inaceitável.

À meia-noite, bateram de leve à porta. Dois homens acompanharam Oishi e Chikara até o esconderijo principal, onde os outros ronin se vestiam em silêncio. Para esconder as armaduras, usavam capas e capuzes, que descartariam mais tarde. O plano, no momento, era se passarem por uma brigada de incêndio em missão de patrulha, caso fossem abordados e interrogados no caminho até Kira.

Eram quase quatro horas da manhã quando começaram a caminhar em formação pelas ruas desertas. As lanternas projetavam sombras na neve, trazendo a Oishi a imagem de um teatro de bonecos Bunraku — teatros cujas histórias quase sempre tinham finais trágicos. Tentou afastar da cabeça aqueles pensamentos sombrios, mas temia não chegar a Kira antes que sua guarda recebesse reforços. Se fossem forçados a combater o clã Uesugi, seriam derrotados na certa. Mesmo que isso não acontecesse, já estavam em tremenda desvantagem: Kira contava com quarenta samurais experientes e cento e oito mercenários para proteger sua fortaleza.

Quando chegaram à propriedade do inimigo, dividiram-se em dois grupos para atacar os portões da frente e dos fundos. Oishi comandou um dos grupos, e o filho, o outro.

Conseguiram dominar os guardas dos portões sem serem percebidos, mas foram vistos no jardim, enquanto arrombavam a porta principal. A casa logo se transformou em um caos, conforme hóspedes e criados tentavam escapar. Os quarenta e sete ronin os ignoraram e travaram uma luta com os samurais de Kira, espalhando-se em seguida pelo labirinto de aposentos à procura do lorde. Devido à paranoia de Kira, a casa de Kira tinha sido reformada para aumentar a segurança, passando a contar com um sem-número de portas ocultas e quartos secretos — Kira poderia estar em um deles.

Com a apreensão beirando o desespero, Oishi viu o filho lutando com um dos samurais e seguiu caminho, deixando-o se defender por conta própria. Cada fibra de seu instinto paterno dizia que ficasse para ajudá-lo, mas precisava encontrar Kira antes que ele fugisse. Estimulado por essa ideia fixa, Oishi derrotou todos os samurais e mercenários que encontrou no caminho. Dos seus homens, apenas Hara havia se ferido, atingido por uma flecha no peito; no entanto, o homem a quebrou e continuou a lutar.

Depois de vasculharem toda a casa, Oishi e seus homens se reuniram no saguão principal. Era um milagre que estivessem todos vivos. Oitenta e nove inimigos estavam mortos, e os mercenários sobreviventes se renderam.

Oishi ignorou os gemidos dos inimigos feridos. Amanhecia, e Kira ainda não havia sido encontrado. Os samurais do clã Uesugi provavelmente já sabiam do ataque e não tardariam a chegar.

Pela primeira vez na vida, Oishi sentiu o peso da armadura.

— Chegamos tão longe apenas para fracassar?

De repente, ouviu um assovio ao longe — Kira fora encontrado.

Os homens correram para o jardim dos fundos. Lá estava Kira, ajoelhado na neve, vigiado de perto por seu captor.

Uma estranha serenidade tomou conta da mente de Oishi. Enfim, ali estava o inimigo.

Oishi e seus homens se ajoelharam em sinal de respeito pela posição de Kira. Esperaram em silêncio que o lorde dissesse algo.

Kira, porém, permaneceu mudo. Parecia velho e alquebrado. Tremia de medo.

Oishi por fim rompeu o silêncio. As palavras foram breves e incisivas.

— A vingança não se curva à passagem do tempo. Viemos vingar a Casa de Asano. — Sacou a espada e a ofereceu a Kira. — Vou permitir que tire a própria vida com honra, como fez meu lorde, e servirei como seu assistente.

Kira não esboçou reação. Todos os sinais de arrogância e desdém haviam desaparecido. Oishi franziu a testa, imaginando se Kira fora acometido por alguma doença mental naqueles dois anos desde a morte de Asano. Podia ser, porém, que o homem estivesse simplesmente paralisado de medo.

Hara deu um passo à frente.

— Ele não vai fazê-lo. Teremos de fazer justiça com nossas próprias mãos.

Oishi fez que sim com a cabeça e ergueu a espada. Kira continuou sem nada dizer.

— Eu, Oishi Kuranosuke Yoshio, ajudante de ordens da Casa de Asano, vou agora tirar a sua vida.

E cortou a cabeça de Kira com um só golpe.

Por um momento, todos permaneceram onde estavam, com a respiração suspensa. Era difícil acreditar que haviam conseguido; o espírito de Kira não pertencia mais a este mundo. Os homens embrulharam a cabeça do lorde com extremo cuidado, pois pretendiam levá-la com eles. A missão ainda não estava terminada.

Usando ruas secundárias para não serem vistos, os quarenta e sete ronin foram até o templo Sengaku-ji. Lavaram a cabeça no poço do templo e a levaram até o túmulo de lorde Asano. Ninguém falou nada. Oishi colocou a cabeça de Kira ao lado da lápide, e todos fizeram uma mesura em uníssono, deixando a neve cair em suas costas.

Oishi olhou para a cabeça do inimigo ao lado da sepultura de seu lorde e, com uma feroz satisfação, aspirou sofregamente o ar gélido, deixando-o apagar o fogo que queimara por tanto tempo em seu íntimo.

Fez uma mesura para Asano em sinal de despedida e partiu. A cabeça de Kira podia ficar onde estava. Não precisava mais dela.

TRINTA E CINCO

Quando Linz acordou, estava de joelhos no banheiro, torcendo-se de dor. Suas mãos pressionavam a barriga enquanto ela lutava para respirar. As memórias a bombardeavam. Tinha sido um samurai que planejara durante dois anos matar um homem, decapitara-o e depois, satisfeito, cometera *seppuku*. Seus quarenta e seis ronin morreram com ela... mas conseguiram com suas ações restabelecer a Casa de Asano.

Linz se lembrava de que, de acordo com o diário de Michael, Finn reconhecera o pai dela como lorde Kira. Ao ódio e à sede de sangue que sentira como Oishi se opunham o horror e a vergonha que sentia agora. Oishi levou a melhor.

Com um grito de guerra, levantou-se e começou a quebrar tudo que encontrava pela frente com a força de um homem com o dobro do seu tamanho.

Destruiu a sala de estar e passou para o corredor, derrubando e pisoteando todas as fotografias penduradas na parede. As do pai despertavam nela os sentimentos mais sombrios. O desejo de persegui-lo, de matá-lo a sangue-frio, dominava sua mente.

Linz não reconhecia o próprio corpo; seus sentidos estavam anormalmente aguçados. Todos os momentos, todas as palavras, todos os sabores, todos os perfumes da vida de Oishi passaram por ela como um furacão, levando embora sua raiva e deixando-a entorpecida.

Linz fitou as molduras em pedaços espalhadas pelo chão. Apenas uma foto permanecia intacta: uma foto da mãe, tirada semanas antes de sua morte.

Ela apertou o retrato contra o peito como se pudesse, de alguma forma, abraçar o espírito da mãe. Precisava dela desesperadamente.

Grace e Rhys Jacobs estavam enterrados em Mount Auburn, um dos cemitérios mais antigos do país e um Sítio Histórico Nacional, que ficava a apenas quinze minutos de carro de Boston.

Mãe e filho morreram em um acidente de automóvel antes de Linz fazer 1 ano, tragicamente reduzindo a família à metade. Linz não se lembrava deles e estivera em Mount Auburn apenas uma vez, aos 16 anos, depois de encontrar por acaso os documentos do jazigo na escrivaninha do pai. Sabia que não devia ter visto aqueles papéis e nunca reunira coragem para perguntar ao pai por que ele nunca a levara para visitar as sepulturas da mãe e do irmão.

Na verdade, havia um acordo tácito entre ela e o pai de nunca falar sobre eles. Quando criança, Linz tinha uma curiosidade natural a respeito da parte da família que não havia conhecido, mas o pai sempre se esquivava de suas perguntas. Com o tempo, ela chegara à conclusão de que o assunto era doloroso demais para ele, mas, mesmo assim, queria conhecer alguma coisa sobre o passado deles antes da tragédia. Às vezes tentava imaginar como os pais se conheceram, qual era a aparência do irmão mais velho, como fora o dia fatídico em que ambos saíram de carro para nunca mais voltar.

Linz tinha ido ao cemitério com Penelope e Derek no terceiro ano do ensino médio. Pusera um vestido e levara flores. Agora, ajoelhada diante do túmulo da mãe, sentia no corpo a mesma energia que havia sentido naquela ocasião.

Ali, debaixo da terra, estava alguém que fazia parte da sua vida, alguém que lhe dera à luz e logo desaparecera. Será que ela sabia a respeito do Renovo e das vidas que o pai havia assimilado? *Será que ela amara meu pai?*

Será que meu pai teria matado os dois?

Linz fechou os olhos e uma brisa suave afagou seu rosto, como se lhe dissesse para pôr de lado aquele pensamento. Como sua vida teria sido diferente se eles não tivessem morrido...

As lápides eram frias lembranças de que ainda não havia terminado a jornada, de que ainda não havia se lembrado de tudo que precisava saber. E, no entanto, estava se aproximando da verdade.

Linz se levantou, fortalecida. Voltaria para casa e tomaria uma última dose, sem pensar duas vezes. Tinha de se lembrar de tudo.

TRINTA E SEIS

Quando Bryan abriu os olhos, percebeu que se tratava de um sonho. Não estava mais com uma camisa de força, trancado na ala psiquiátrica do hospital de Conrad, e sim em um lugar distante, prisioneiro de uma alucinação produzida pela droga que os enfermeiros haviam administrado.

Viajava de trem para um lugar desconhecido. Um velho casal logo atrás conversava em russo, discutindo a teoria eletromagnética de Nikola Tesla. Duas poltronas adiante, outro casal falava alemão, debatendo a respeito da definição freudiana de ego, do inconsciente coletivo de Jung e do fim da amizade entre os dois especialistas.

A cabeça de Bryan começou a latejar, provocando ânsias de vômito. Os passageiros falavam muitas línguas estrangeiras... e ele era capaz de entender todas.

Quando o trem parou, Bryan viu Christiaan Huygens entrar no vagão, carregando o relógio que Barbara havia comprado. Ele se sentou do outro lado do corredor e ficou olhando para o pintor durante todo o percurso até a estação seguinte. O pêndulo do relógio fazia um barulho cada vez mais alto.

As portas se abriram, e delas surgiu Alexandr Puchkin, seguido por lorde Asano.

Bryan apertou as têmporas com força e se concentrou no seu mantra enquanto sentia o trem entrar em movimento. *Estou aqui e agora. Estou aqui e agora. Estou aqui e agora. Estou aqui e agora.*

O trem parou novamente e cem pessoas entraram, cada uma pertencente a um diferente período histórico. Bryan conhecia todas.

Mal conseguia respirar. Os personagens de suas pinturas tinham criado vida e decidido pegar aquele trem. Todos olhavam para ele... exceto Michael, que estava sentado ao seu lado, olhando pela janela. O trem continuava parado, no entanto. Bryan percebeu que estavam esperando alguém.

A deusa egípcia foi a última a embarcar. Ajudou Orígenes Adamantius a subir a bordo e a encontrar um assento. A fragilidade do padre contrastava com a vitalidade que ela exibia. Depois que o velho sacerdote se acomodou, a deusa caminhou pelo corredor em direção a Bryan.

Ao chegar aonde o pintor estava, inclinou-se e disse, em tom suave:

— Você vê o tempo como uma correnteza, como um rio cuja água se move apenas em uma direção, e vê a si próprio como uma pessoa que está nadando no rio, sozinha. Isso, porém, não é verdade. Imagine todas as suas vidas ao mesmo tempo, todos os pedaços de sua alma embarcando no mesmo trem. Para onde vão? O carma é uma distração para mantê-lo onde está. Observe sua alma de fora do tempo e chegará ao destino.

A deusa pegou uma flor de lótus que estava no chão, aos pés de Bryan.

— A porta deste trem e a flor, ambas se abrem — disse ela, colocando a flor na mão dele, então desapareceu.

Nesse momento, o trem partiu e entrou em um túnel, veloz como uma bala, levando a bordo todos os personagens das memórias de Bryan. Capaz de ouvir todos os pensamentos dos passageiros, ele fechou os olhos, tentando blindar a mente, isolar-se de tal cacofonia. As vozes, porém, foram ficando cada vez mais fortes até se tornarem um coro, e as ondas sonoras o envolveram. O som chegou a um nível ensurdecedor e em seguida desvaneceu, deixando apenas uma reverberação que logo deu lugar ao silêncio.

Bryan abriu os olhos e descobriu que não estava mais no trem. Flores de lótus se estendiam a perder de vista.

PROVÍNCIA DE HENAN, CHINA
527 d.C.

Bodhidharma tinha ouvido dizer que Shaolin era um dos templos mais bonitos da China. Construído no pico ocidental do monte Song em 495 d.C., quando ele já era nascido, recebera o nome da jovem floresta plantada ao redor. O imperador Xiaowen não havia poupado gastos.

O primeiro abade do templo fora um mestre dhyana indiano, que, como o próprio Bodhidharma, havia viajado para a China com o objetivo de disseminar a doutrina budista. Não era o primeiro a fazer a jornada; o budismo vinha florescendo na China havia centenas de anos.

Fora levado ao país por influência de um sonho. No ano 70 d.C., um homem dourado com uma auréola visitou o imperador Ming durante o sono do monarca. Os conselheiros tinham ouvido falar de um sábio no oeste chamado Buda, o que impulsionou o imperador a mandar emissários à Índia para colher informações a respeito de seus ensinamentos. Eles voltaram com escrituras, sutras e dois discípulos de Buda para explicar a doutrina.

Bodhidharma atribuía um grande valor aos sonhos — as flores de lótus dos pensamentos. Praticara meditação durante muitos anos e aprendera os segredos para dominar o corpo e a mente. Segundo ele, cada vez que meditava, a consciência passava mais tempo fora do corpo, até que, um dia, não voltaria.

Ele sabia que tinha chegado a hora de uma longa meditação, e Shaolin era o lugar perfeito. A entrada do templo ficava no meio da vegetação, em total harmonia com a montanha. Os bosques de bambu, além disso, pareciam-lhe perfeitos para exercícios ao ar livre. Quando se aproximou da entrada, o perfume do incenso que queimava em vasos de ferro acariciou seu olfato. Ali habitavam a paz e o poder. Sim, pensou consigo mesmo, vou ficar aqui por um bom tempo.

O abade, Fang Chang, foi ao seu encontro na entrada, acompanhado por vários monges. Bodhidharma ficou surpreso ao ver como os monges eram gordos; pareciam bonecos de pano com enchimento demais. Bodhidharma, com mais de um metro e oitenta, destacava-se no meio deles. Estava em excelente forma física, e a veste negra o tornava ainda mais imponente. Sabia que devia ser uma vista exótica, com seus cabelos pretos desgrenhados e a barba comprida. Mais de uma vez os chineses o chamaram de "bárbaro de olhos azuis", embora na Índia fosse um príncipe e o considerassem bem-apessoado. Bodhidharma se divertia com o fato de os chineses terem uma opinião tão diferente a seu respeito.

Não precisou de um intérprete para compreender que Fang Chang não permitiria que entrasse no templo. Conhecia bem a língua chinesa e passara algum tempo na corte antes de viajar para Shaolin. O imperador se orgulhava de ter contratado legiões de escribas para traduzir para o chinês antigo pergaminhos em sânscrito, com o objetivo de torná-los acessíveis ao público, e acreditava que essa obra por si só já garantiria seu caminho ao nirvana. Bodhidharma rira da ingenuidade dessa presunção, o que acabara abreviando sua estada na corte. A notícia do desagrado do imperador devia ter se espalhado rapidamente.

O abade Fang Chang não parava de se desculpar, como um pássaro cantando várias vezes as mesmas notas. Bodhidharma levantou a mão para silenciá-lo e perguntou:

— Pode me dizer onde fica a caverna mais próxima?

O abade ficou estupefato.

— Você vai dormir em uma caverna?

Olhou para os outros monges, que estavam igualmente surpresos. Bodhidharma fez que sim com a cabeça.

— Sem ursos, de preferência. Preciso meditar.

O abade estalou os dedos para chamar o monge mais próximo.

— Huike! Acompanhe-o até uma caverna, no vale vizinho. Providencie água e alimento para ele.

Fang fez menção de se retirar, mas Bodhidharma o chamou.

— Abade?

O velho olhou para ele.

— Leve seus homens para fazer exercícios na floresta. Aquelas árvores são excelentes mestres.

Como para provar o que estava dizendo, estocou um tronco de bambu com o indicador. O dedo atravessou o tronco como se fosse de manteiga, e a árvore nem balançou. Os monges ficaram boquiabertos; a cena que tinham acabado de presenciar era simplesmente impossível.

Bodhidharma se curvou e olhou para os monges através do furo que havia feito no tronco.

— Vamos para a caverna — anunciou, começando a andar e presumindo que Huike o seguiria.

Quando começaram a atravessar a floresta, Huike tropeçou repetidamente nas próprias vestes enquanto se esforçava para acompanhar as largas passadas de Bodhidharma.

— M-Mas as cavernas ficam pa-para lá — gaguejou, ofegante.

Bodhidharma não lhe deu ouvidos e logo os dois chegaram à caverna que ele já havia escolhido para passar a noite. Entrou e estendeu uma esteira perto dos fundos.

Huike ficou andando de um lado para outro na entrada da caverna, esforçando-se para discernir Bodhidharma no escuro.

— Quer que eu traga água e comida?

Bodhidharma não respondeu; já havia assumido a posição de lótus. Sua mente já havia começado uma jornada.

Huike permaneceu várias horas na entrada da caverna observando o estranho monge indiano. O corpo de Bodhidharma permanecia totalmente imóvel. Sua respiração era quase imperceptível. Huike voltou no dia seguinte e a situação não havia mudado. Vários dias se passaram e Bodhidharma permanecia na mesma posição.

Os monges de Shaolin nunca tinham visto nada parecido. As semanas se sucederam. Todo dia, um monge encontrava uma brecha nas suas obrigações para dar uma espiada em Bodhidharma sentado na caverna.

As semanas se transformaram em meses, e a surpresa inicial dos monges logo se transformou em reverência. O abade encarregou um monge de ir à caverna uma vez por semana para verificar se o mestre ainda estava vivo. Os demais seriam proibidos de se aproximar da caverna, de forma a não perturbar aquele homem santo.

Durante nove outonos, nove invernos, nove primaveras e nove verões, Bodhidharma permaneceu imóvel, enquanto os elementos dançavam ao seu redor.

Bodhidharma inspirou várias vezes para se conectar com o mundo e permitiu que seu chi se expandisse. Quando as sensações voltaram, ficou surpreso ao descobrir que o pescoço estava rígido. Moveu a cabeça de um lado para o outro e percebeu Huike dormindo em uma esteira na entrada da caverna.

A meditação lhe infundira uma grande sabedoria. Bodhidharma, naquele momento, observou o jovem com interesse. Durante toda a vida, sentira um grande desejo de visitar a China, agora enfim compreendendo a razão.

Pegou um galho no chão e cutucou Huike até ele acordar.

Huike abriu os olhos e deu um grito ao ver Bodhidharma inclinado sobre ele, parecendo um espectro coberto de terra. Huike se levantou e recuou, apavorado, até esbarrar na parede da caverna e cair.

O mestre se agachou sobre os calcanhares e coçou a cabeça, desalojando os insetos que tinham feito seu cabelo de casa.

— Por que foge de mim?

— Você é um fantasma? — indagou Huike, debilmente.

Bodhidharma pareceu considerar a pergunta.

— Fantasmas não sentem fome. Preciso comer alguma coisa e beber um pouco d'água.

O monge olhou para ele, perplexo.

— Você me ofereceu, não foi? — lembrou Bodhidharma.

— I-Isso f-foi há n-nove anos! — gaguejou Huike.

— Nove anos? — repetiu Bodhidharma, levantando as sobrancelhas. — Nesse caso, traga bastante arroz, por favor.

Huike se levantou e saiu correndo.

Bodhidharma o chamou de volta.

— Huike, por que você estava dormindo aqui?

O monge fez uma mesura.

— Às vezes venho aqui só para observá-lo. Gostaria que fosse meu mestre — confessou.

Bodhidharma tirou do cabelo o resto dos insetos e lhes deu um novo abrigo nas pedras que estavam espalhadas no chão da caverna.

— Não se iluda. Não tenho nada a ensinar a você.

— O senhor tem tudo a me ensinar! — protestou Huike, indignado.

— Você não vai pensar assim nas próximas vidas. Na verdade, vai me matar várias vezes. Foi o que vi em nosso futuro.

Durante a meditação, uma deusa tinha aparecido diante dele, com os olhos de um dos Antigos, e compartilhara com ele visões de vidas futuras. Ele as observara com muita compaixão, até perceber seu espírito voltando ao corpo.

Bodhidharma sorriu. Ao ouvir aquela revelação, Huike se prostrara no chão, em uma demonstração dramática de servidão.

— Mestre, eu preferiria perder um membro a lhe causar mal — declarou Huike.

— No entanto, posso ver que ainda tem os dois braços — brincou Bodhidharma, pisando nas costas de Huike para sair da caverna.

Huike se levantou e foi atrás dele.

— Espere! Aonde vai?

Bodhidharma já estava descendo a encosta da montanha.

— Vou colher amoras. Você está levando muito tempo para trazer meu arroz.

Como estava de costas para Huike, o rapaz não pôde ver que estava sorrindo. A verdade era que Bodhidharma jamais se recusaria a ajudar alguém que estivesse buscando o Caminho. Os espíritos dos dois estavam ligados naquela vida, e, embora Bodhidharma tivesse visto que Huike se perderia no futuro, afastando-se da luz, não podia julgá-lo pelas vidas futuras. Jurou ensinar a ele tudo que sabia.

Quando Bodhidharma voltou à caverna, encontrou o abade Chang à sua espera, cercado de monges. Huike não estava entre eles.

Bodhidharma acenou e gritou, de longe:

— Foi uma grata surpresa descobrir que é verão. Essas amoras são deliciosas.

Os monges olharam para ele com admiração. O abade se pôs de joelhos.

— Por favor, Iluminado, perdoe nossa ignorância ao não permitir que entrasse em Shaolin. Viemos pedir que fique conosco o tempo que puder e nos abençoe com sua sabedoria.

O tempo não fora generoso com o abade. Bodhidharma notou que ele parecia muito fraco e envelhecido. Estendeu a mão para ajudá-lo a se levantar.

O abade o fitou com os olhos arregalados.

— Como foi capaz de meditar durante todos esses anos?

— É muito fácil. Posso ensinar a vocês.

Todos os monges assentiram; estavam com sede de conhecimento. Conduziram-no ao templo, onde reservaram o melhor quarto para ele e prepararam um grande banquete.

Mais tarde, depois de merecidos banho e refeição, Bodhidharma notou que Huike continuava ausente. Perguntou ao jovem monge que o estava acompanhando de volta aos seus aposentos se Huike havia deixado o templo.

O rapaz pareceu se assustar.

— Huike não está passando bem. Não sabemos se vai se recuperar.

Bodhidharma ficou chocado ao ouvir a notícia; o jovem parecia em boa saúde na última vez em que o vira.

— Por favor, leve-me até ele.

Depois de atravessarem várias salas e dois pátios, chegaram a uma pequena enfermaria nos fundos do monastério.

Foram recebidos por um forte cheiro de incenso. Ao entrar, Bodhidharma viu Huike deitado em um colchão de palha e um velho curandeiro ao seu lado, praticando acupuntura enquanto recitava um sutra. Dezenas de agulhas se espalhavam pelo peito e pelos ombros do rapaz, e uma enorme atadura cobria o coto onde estivera um dos braços. Huike parecia inconsciente, incapaz de ouvir as preces do monge que o assistia.

Bodhidharma se virou para o monge que lhe servira de guia e perguntou:

— O que aconteceu?

— Huike amputou o próprio braço. Não sabemos a razão.

O coração de Bodhidharma se encheu de pesar. O monge cortara o braço para provar seu valor e sua dedicação, não só para Bodhidharma como para si mesmo. O ato de Huike revelava um profundo sofrimento de espírito, ainda maior do que o indiano havia suspeitado. Talvez Huike, tendo sentido a escuridão que se assomava em seu espírito, tivesse tentado desesperadamente se livrar de seu manto.

O velho curandeiro olhou interrogativamente para o recém-chegado. Bodhidharma se aproximou do colchão e disse ao curandeiro que descansasse um pouco, pois ele se encarregaria de continuar o sutra. O curandeiro fez uma mesura e se retirou, acompanhado pelo jovem monge.

Bodhidharma passou um tempo observando o sono agitado de Huike. Como se sentisse sua presença, o monge abriu os olhos. Era evidente que sentia muita dor.

— Vai me ensinar agora?

Bodhidharma segurou a mão dele.

— Não precisava ter perguntado. Eu disse que não tinha nada para ensinar a você porque sabia que ensinaria a si próprio.

Huike adormeceu de novo. Bodhidharma ficou sentado ao lado dele até o alvorecer do novo dia, sentindo por aquele homem um amor como o que um pai sentiria pelo filho.

Nas semanas seguintes, Huike recuperou as forças e deixou a enfermaria para se juntar aos outros monges que estavam sendo treinados por Bodhidharma. O indiano ficara horrorizado ao descobrir que nenhum deles era capaz de praticar sequer uma simples meditação.

— A meditação é um exercício extenuante, que requer muita energia. Como podem ficar sentados se não conseguem sequer ficar de pé? Vocês estão parecendo macacos corcundas.

Bodhidharma decidiu que era melhor dedicar as semanas seguintes a exercícios físicos. Os monges passavam o dia na floresta, aprendendo exercícios inspirados no hatha yoga e no raja yoga, que Bodhidharma havia modificado de forma a aumentar o fluxo de energia que corria pelos seus corpos.

A princípio, seus métodos pouco ortodoxos não foram bem-recebidos. Os monges do templo Shaolin estavam acostumados a ficar sentados o dia inteiro, no interior do templo, copiando escrituras budistas. Bodhidharma os observou enquanto se exercitavam e meneou a cabeça em sinal de reprovação.

Tentou explicar:

— O qi é a energia vital que existe no interior de todos os seres vivos. O qigong nos ensina a usar essa energia para construir uma ponte entre o corpo e a mente. Porém, como vão fazer isso com pensamentos tão ruidosos? Aquietem a mente. — Tirou a sandália. — Podem começar olhando para o meu calçado.

Deixou a sandália no chão e começou a caminhar na direção do templo. Os discípulos se entreolharam, confusos. Huike perguntou:

— Mestre, por quanto tempo devemos fazê-lo?

— Até encontrarem a iluminação — respondeu, sem olhar para trás.

Passaram três dias olhando para a sandália. Nesse intervalo, muitos desistiram, incapazes de resistir à fome e à sede. Quando Bodhidharma finalmente voltou para buscar a sandália, só encontrou Huike e dois outros monges.

No dia seguinte, mandou os monges contemplarem uma parede de pedra. No dia seguinte a esse, ficaram observando o acasalamento de insetos. E, no outro, ficaram de pé, imóveis como árvores, da alvorada ao crepúsculo.

Bodhidharma reuniu os discípulos em um círculo. Ainda não estava satisfeito.

— Concentração. Confiança. Determinação. Esse é o caminho para a força interior. Huike, pare; você não é mais uma árvore. Pegue esta barra de ferro e bata com ela na minha cabeça.

Huike arregalou os olhos.

— Não posso, mestre!

Bodhidharma não lhe deu ouvidos e colocou a barra na sua mão.

— Você não vai me ferir.

Ficou parado, com o corpo ereto, o olhar fixo, a mente agora concentrada em um estado interior.

— Vamos! Golpeie-me com toda a força que tiver!

Huike estava paralisado. Bodhidharma olhou firmemente para seu melhor discípulo e insistiu:

— Vamos! Bata!

Huike levantou a barra e bateu com força na cabeça do mestre. A barra se partiu em duas.

— Qigong — disse Bodhidharma, enquanto pegava os pedaços. — Dominando a mente, podem se tornar insensíveis à dor. Vocês possuem muito mais energia do que pensam.

Para ilustrar o que estava dizendo, voltou-se e perfurou com um soco uma parede de tijolos.

— Com o tempo, serão capazes de fazer isso e muito mais.

O treinamento rigoroso continuou, dia após dia. Muitos monges foram parar na enfermaria para tratar de cortes e fraturas. Com o tempo, porém, fortaleceram corpo e mente de tal forma que jamais haviam imaginado possível. Com o aumento da força de seu qi, tornaram-se capazes de quebrar tijolos, perfurar troncos de árvore e meditar continuamente durante dias.

A pedido do abade, Bodhidharma ditou os exercícios para que servissem de guia para futuros monges do templo Shaolin, e Huike passou para o papel suas instruções. Bodhidharma sabia que sua estada no templo chegava ao fim. Estava ficando velho, e a Índia o chamava de volta.

Em um belo dia de primavera, muito parecido com o dia de sua chegada, Bodhidharma supervisionava os exercícios dos monges na floresta, com Huike ao seu lado. Bodhidharma não olhou para ele quando disse:

— Esperei muitos anos para contar a você o que estou prestes a dizer e muitas vezes achei que seria melhor me calar... Pude ver o carma de sua alma. É muito pesado e o mantém longe do Caminho, mas isso por si só não passa de uma ilusão. Qualquer um pode modificar o próprio carma ao enxergar sua verdadeira natureza.

Huike franziu a testa.

— Não compreendo, mestre.

— Um dia você se lembrará desta vida, de sua sinceridade, de sua bondade, e se dará conta da malevolência que acorrenta seu espírito. Nesse dia, liberte-se da vergonha de ter caído e abra caminho para a luz.

Huike assentiu, com os olhos brilhando de emoção.

— Você está ouvindo essas palavras agora, mas lembre-se delas quando chegar o momento — disse Bodhidharma, apertando a mão de Huike. — Nós dois temos um longo caminho pela frente, meu amigo. Brilhe de novo um dia.

A consciência de Bryan voltou ao quarto de hospital com clareza cristalina. Não sabia quanto tempo passara sob o efeito da droga, mas sentiu todas as células do corpo reagirem como se estivessem tentando eliminá-la de seu sistema.

O conhecimento de Bodhidharma inundava sua mente. Bryan se levantou e, em um movimento fluido, passou o braço direito por cima do ombro esquerdo, trazendo-o acima da cabeça e então desafivelando a manga com os dentes. Soltou as outras cinco fivelas da camisa de força com as mãos. Prendeu com o pé uma das mangas e a arrancou do corpo; tudo isso em menos de quinze segundos.

Depois que se livrou da camisa de força, dobrou-a e examinou a porta com uma serenidade recém-adquirida. O ódio e o medo que Bryan sentira de Conrad haviam desaparecido.

Durante a hora seguinte, o pintor executou alongamentos qigong para recuperar a energia. Seus pensamentos se voltaram para a mulher que havia aparecido a Bodhidharma durante sua longa meditação. Bodhidharma a chamara de "um dos Antigos", mas ela era a deusa egípcia.

Bryan pensou no símbolo que a deusa havia desenhado perto da Grande Pirâmide. Tinha certeza de que havia memórias esperando por ele naquele lugar, que a deusa estava tentando lhe mostrar uma vida no Egito, memórias que o aguardavam lá. Ele tinha apenas algumas horas para se lembrar antes que Conrad chegasse para lhe injetar uma dose de Renovo.

Bryan percebeu que o pânico inicial estava ameaçando voltar. Deitou-se na cama e procurou aquietar a mente. Quando a respiração se normalizou e o corpo começou a relaxar, tomou uma decisão: se não encontrasse as respostas antes que Conrad voltasse para começar o experimento, usaria o poder de Bodhidharma para abandonar o corpo e nunca mais voltar.

TRINTA E SETE

CESAREIA, IMPÉRIO ROMANO
250 d.C.

Jogaram Juliana em uma cela úmida com cheiro de podridão. Uma pequena janela com grades dava para o pátio lá embaixo, onde estavam sendo realizadas as execuções. Os gritos dos condenados se destacavam com clareza chocante em meio às vaias da multidão. Juliana não conseguia desgrudar os olhos do espetáculo, movida por uma curiosidade mórbida. No dia seguinte, sua voz iria se juntar à cacofonia.

— Por que eles nos odeiam tanto?

Ela se voltou para as sombras, tentando enxergar a dona da voz. Uma jovem estava agachada em um canto da cela, com uma menina de 3 anos no colo. As duas estavam imundas e pareciam famintas.

Instintivamente, Juliana se aproximou para lhes oferecer algum tipo de ajuda, mas percebeu que não tinha nada para dar.

A jovem olhou para ela, com ar de surpresa, e disse:

— Eu conheço você. É a mulher de Orígenes Adamantius.

— Discípula — corrigiu Juliana, acostumada com o fato de estranhos pensarem que eles eram amantes.

Orígenes não seria o primeiro sacerdote a sucumbir à tentação, mas Juliana sabia que, mesmo que quisesse, não seria capaz. Ainda na juventude, ele se castrara como um ato de devoção e sacrifício, para assegurar que jamais seria tentado pelo desejo da carne. Sua vida seria dedicada a Deus e apenas a Deus.

Juliana era uma mulher cristã, pertencente a uma família rica e com boa educação. Conhecera Orígenes alguns anos antes, quando ele chegara à cidade para visitar o bispo de Cesareia. Ela era muito jovem na ocasião e ficara fascinada com a inteligência do sacerdote. Os dois logo estabeleceram uma forte ligação enquanto estudavam os textos bíblicos que ela havia herdado, escritos por Símaco, o autor original de uma das versões para o grego do Antigo Testamento. Quantas noites haviam conversado, até que as velas queimassem até o fim, a respeito das coisas que era preciso mudar em Roma. Espalhar o amor. Criar um mundo melhor. E, no íntimo dos íntimos, em palavras que tivera coragem de proferir apenas para Deus, Juliana confessara o amor que sentia por ele como mulher. Uma parte de seu ser sempre havia imaginado se, caso não tivesse se castrado, Orígenes se sentiria tentado a aprofundar ainda mais o laço que os unia.

Juliana sabia que o sacerdote estava a par de seus sentimentos. Ele lhe dizia com frequência que havia muitos tipos de amor e que, para ela, reservara o mais puro. Uma noite, tinham se envolvido em um debate acalorado depois de beber várias taças de vinho. De repente, Orígenes pegara sua mão e lhe dissera que Deus devia saber que ela entraria em sua vida. Por que outro motivo Ele o induziria a fazer tamanho sacrifício com o próprio corpo? Só podia ser para protegê-lo da tentação.

Juliana pôde ouvir seu coração bater como um passarinho em uma gaiola enquanto falava. E, então, o sacerdote largou sua mão e continuou a discussão como se nada tivesse acontecido. Nunca mais tornaram a falar do assunto.

— Meu irmão me disse que a escola de Orígenes é a melhor de todo o império e é admirada até em Alexandria — comentou a jovem, interrompendo as reminiscências.

— É verdade — concordou Juliana.

Entretanto, os esforços de ambos para ensinar o amor divino foram recompensados com a prisão e a condenação à morte. Juliana tentou combater o pânico e se concentrar na conversa com a jovem.

— Você também vai ser queimada na fogueira? — perguntou a menina.

Juliana olhou interrogativamente para a mãe, não querendo assustar a criança.

A jovem fez que sim com a cabeça.

— Sétimo nos condenou a morrer na fogueira daqui a dois dias — respondeu.

Sétimo era o funcionário do governo encarregado das execuções, um homem desalmado que permitira que as maldades do mundo corroessem seu coração. Juliana não sabia o que havia feito para que ele a odiasse tanto. Fechou os olhos e seu polegar descreveu um círculo em torno do dedo indicador. Era algo que costumava fazer para se acalmar. Tentou imaginar para onde iria quando abandonasse o corpo... se Deus a acolheria e lhe mostraria o céu e se nasceria de novo, como acreditava Orígenes.

Juliana uma vez havia lhe perguntado por que achava que as almas voltavam à terra, e ele respondeu que Deus nos concede ensinamentos demais para aprender em uma única vida. Mas, também, Orígenes via o mundo em uma escala maior que a maioria das pessoas. Juliana achava que isso acontecia porque a mente do sacerdote estava mais próxima do céu. Era uma tragédia que homens como Sétimo não dessem valor algum à sua sabedoria.

Juliana não sabia para onde os guardas o haviam levado e sentiu um arrepio percorrer seu corpo. Saber que Orígenes morreria em breve por defender aquilo em que acreditava lhe dava a determinação para não abdicar de suas crenças.

Depois de voltar do cemitério, Linz havia tomado outra dose de Renovo. As memórias de Juliana vieram em questão de minutos. A pintura de Bryan continuava pendurada na parede em frente à cama e se tornara um fio condutor enquanto ela lutava para voltar ao presente.

Suas mãos ainda estavam trêmulas quando tentou ligar para o pintor, mas ele não atendeu. Sua voz soava estranha até para si própria enquanto deixava um recado na caixa postal.

— Bryan? Estou a caminho. Por favor, não sai daí.

Pegou a bolsa e as chaves e abriu a porta ao mesmo tempo que os vizinhos. O jovem casal levou um susto quando a viu.

O homem deu um passo em sua direção, com um ar preocupado.

— Você está bem?

Linz recuou.

— Sim, obrigada. Estou me recuperando de... — *Ser queimada na fogueira? Depredar o apartamento?* — ... um acidente de carro.

Ela voltou para dentro e bateu a porta antes que eles pudessem dizer qualquer outra coisa.

— Minha nossa!

Que hora fui escolher para sair de casa! Devia estar parecendo uma maluca. Sua mente estava fora de controle, girando entre múltiplas realidades. Uma gargalhada histérica ameaçava aflorar a qualquer momento. Estava começando a ter uma ideia de como Bryan se sentira durante toda a sua vida.

Ouviu mais alguém passando pelo corredor e decidiu que era melhor se arrumar um pouco antes de sair. Ao abrir a porta do banheiro, porém, viu-se entrando no escritório de Diana... na noite de sua morte.

9 DE MARÇO DE 1982

Diana colocou os quebra-cabeças que vinha colecionando havia anos na pilha de coisas de que teria de se desfazer, lembrando a si própria que só poderia levar o que fosse absolutamente necessário. Dispunham de apenas algumas horas até que os empregados começassem a chegar para mais um dia de trabalho — um tempo curto para embalar anos de pesquisa. Parecia que um furacão tinha passado pelo seu escritório. Uma montanha de caixas estava empilhada perto da porta.

Diana conseguia ouvir Finn e Michael no laboratório, desmontando os equipamentos. Colocariam tudo na caminhonete de Finn e sairiam da cidade antes do amanhecer. Michael e Diana o seguiriam no carro. Todas as pendências poderiam ser resolvidas por telefone ou e-mail. O importante era darem o fora o mais rápido possível.

Diana foi se juntar aos homens.

— Certo, acho que estou pronta.

A porta do laboratório se fechou com um estrondo, assustando-os. A fechadura nova que Michael tinha instalado na manhã anterior estalou. Alguém os havia trancado ali.

— O que foi isso? — perguntou Diana, correndo para a porta, seguida por Michael e Finn.

Todas as chaves estavam na sala de controle.

A voz de Conrad saiu do alto-falante.

— Vocês pensaram mesmo que só uma fechadura nova me manteria longe?

Os três se voltaram para a janela de vidro que dava para a sala de controle, onde estava Conrad, com a luz apagada.

— Esse ia ser o nosso maior experimento, e vocês simplesmente resolvem acabar com tudo e ir embora.

Michael se aproximou da janela.

— Conrad, abre a porta.

Conrad se inclinou para a frente até que seu rosto ficou visível.

— Estou aqui para oferecer a vocês uma segunda chance. Você quer se lembrar de tudo, Michael, e eu posso ajudá-lo.

Michael hesitou.

— Do que você está falando?

— Enquanto vocês estavam ocupados tendo colapsos nervosos, fiz algumas modificações no Renovo para torná-lo ainda mais eficaz. Com uma dose, você se lembrará de tudo, até mesmo da vida que parece nunca vir... a do Egito.

Michael se aproximou ainda mais.

— O que você sabe sobre o Egito?

— Sei que a memória está incomodando você, como uma comichão que não pode coçar. Toda noite você vai dormir pensando: para que serve essa vida? Qual é o meu propósito? Sabe que há algo mais à sua espera. Posso ajudá-lo a descobrir o que é.

Conrad sorriu, balançando a cenoura à frente de Michael.

Diana colocou a mão no braço do marido.

— Ele está mentindo.

Michael não tirou os olhos de Conrad.

— Você aperfeiçoou mesmo o Renovo?

Conrad apontou com a cabeça para um frasco de aspecto inocente que estava sobre uma das bancadas do laboratório.

— O que me diz da noite passada? — perguntou Michael. — Há menos de oito horas, você tentou me esganar.

— Quando você chegou, eu era outra pessoa. Tinha acabado de me lembrar... de uma coisa. — Conrad exibiu um sorriso conciliador. — Simplesmente me pegou na hora errada. Estou aqui para oferecer um ramo de oliveira e a prova do que um cientista de verdade é capaz de fazer. É pegar ou largar.

Finn disse no ouvido de Michael:

— Não cai na conversa dele.

— Se ele mudou mesmo a fórmula, quero saber o que ela é capaz de fazer.

Diana sacudiu o braço dele.

— Mas você não precisa tomá-la. Seria loucura!

Michael não disse nada.

Finn fez que sim com a cabeça, concordando com Diana, e começou a se remexer, inquieto.

— Não entra nessa fria, chefe.

Conrad disse ao microfone:

— A conferência acabou? Mike, você precisa se lembrar do Egito. É crucial!

— Mike, esse ianque está maluco. Não entra na dele — insistiu Finn. — Ele trancou a gente aqui!

— Querido, pelo amor de Deus! Finn tem razão!

Michael não conseguia tirar os olhos de Conrad.

— Preciso fazer isso.

Diana não se deu por vencida.

— Você não compreende? Ele chegou aqui antes de nós e colocou o vidro em cima da mesa como um chamariz. — Ela percebeu que o argumento não tinha funcionado e mudou de tática. — Vale a pena arriscar a vida por nada?

— Tenho que me lembrar de uma coisa... de uma vida inteira. Tenta entender, por favor.

Diana falou com ele em russo, como se fosse Natália, a mulher de Puchkin:

— *Assim como tinha que desafiar d'Anthès para um duelo? Está tão ansioso por morrer de novo?*

Michael afastou uma mecha de cabelo do rosto da esposa e disse, em russo:

— *Me perdoe.*

Diana se afastou, resignada, enquanto o marido se sentava na mesa e injetava em si próprio o conteúdo do frasco.

Michael pediu a Finn para que o ligasse ao eletroencefalógrafo, deitou-se na mesa e imediatamente perdeu os sentidos. Finn atendeu ao pedido de Michael e olhou para Conrad pela janela de vidro.

— Você conseguiu o que queria. Agora destranca a porta e deixa Diana monitorá-lo da sala de controle.

Conrad hesitou, mas deixou a sala de controle. Pouco depois, Diana e Finn ouviram a porta do laboratório ser destrancada.

Finn se virou para Diana.

— Vai na frente. Ainda tenho alguns ajustes para fazer.

Diana assentiu. Estava ansiosa para monitorar as ondas cerebrais do marido na sala de controle. Quando entrou no corredor e viu Conrad, teve um sentimento de repulsa. Passou por ele sem dizer nada, mas, ao ouvir o som da porta do laboratório ser novamente trancada, deu meia-volta.

Conrad guardou a chave no bolso.

— O que você está fazendo? — perguntou Diana.

— Quero ter certeza de que ninguém vai interferir — respondeu Conrad, dirigindo-se para o elevador.

O coração de Diana quase parou.

— Conrad, abre aquela porta ou vou chamar a polícia.

Ele entrou no elevador e deu um sorriso amargo.

— Sinto muito, Diana. Não havia outro jeito.

* * *

Diana correu para a sala de controle. Olhando pela janela, viu Finn conferindo o equipamento na parede dos fundos. Michael estava deitado na mesa, mas parecia completamente inerte. Ela olhou para os monitores. O pulso do marido havia disparado, e o eletroencefalograma saíra da escala.

Diana falou ao microfone:

— Michael está passando mal. A gente precisa levá-lo ao hospital.

Michael continuava imóvel, de olhos fechados.

Finn ainda estava ocupado com o equipamento. Parecia tenso.

— Finn? O que está fazendo?

Finn não olhou para ela. Mexia em algo com os dedos. Diana nunca o vira antes naquele estado de pânico.

— Finn, fala comigo.

— Preciso de um minuto. Descobre onde está a chave e destranca a porta. Tenho quase certeza de que estamos com um vazamento de gás.

Havia várias causas possíveis para um vazamento de gás no laboratório: torneiras de gás, um cano de gás da capela, um conjunto de cilindros para alimentar os queimadores. Diana procurou manter a calma enquanto remexia nas gavetas em busca das chaves. Conrad devia ter levado todas.

Pegou o telefone para chamar a polícia.

— O telefone está mudo! — exclamou, um sentimento de pavor começando a se espalhar em seu peito. — Você precisa sair daí. Vou quebrar o vidro.

— Não faz isso! — protestou Finn. — Destranca a porta. Acho que encontrei o vazamento.

Ignorando-o, Diana agarrou uma cadeira pesada, com pernas de metal, e conseguiu levantá-la à altura do peito... no exato momento em que uma explosão quebrou a janela em mil pedaços.

O deslocamento de ar a arremessou longe. Ela bateu com as costas na parede da sala de controle e caiu.

Diana levou alguns segundos para perceber o que havia acontecido. Seus braços estavam sangrando, cobertos de cacos de vidro. Como a cadeira a havia protegido da explosão, não tinha sofrido nenhum outro ferimento.

Levantou-se, ainda tonta, e viu que Finn estava caído no chão com a roupa em chamas. Sem pensar duas vezes, pulou a janela e correu para pegar um extintor de incêndio. Depois de algumas tentativas, conseguiu direcionar o jato para o rapaz. Finn continuou deitado no chão, inconsciente.

Houve outra explosão ensurdecedora. O fogo havia chegado à azida de sódio, um produto químico usado para sintetizar medicamentos que se tornava explosivo quando aquecido.

Diana viu Michael, ainda inerte em cima da mesa. Gritou para ele, tentando se fazer ouvir acima do ruído do fogo.

— Michael!

Nesse momento, percebeu que o fogo estava se aproximando novamente de Finn. Com uma força que não julgava possuir, Diana o arrastou até a janela da sala de controle e conseguiu levantá-lo e deixá-lo cair do outro lado.

Com Finn em segurança, Diana correu em direção à mesa antes que o fogo interrompesse seu caminho até Michael. Sacudiu-o com força.

— Michael! Acorda!

Não houve resposta.

Conseguiu arrancar os sensores e puxar o marido para fora da mesa, mas não aguentou o peso; os dois caíram no chão. Depois de sair com esforço de baixo do homem inerte, segurou-o pelos pés e começou a arrastá-lo, mas foi bloqueada pelo fogo, que formava uma barreira impenetrável entre eles e a janela da sala de controle. A única esperança era a porta do laboratório.

— Acorda! Acorda! — gritou, inutilmente.

Com força sobre-humana, meio carregou, meio arrastou o marido até a porta. Respirando com dificuldade, tirou a blusa, enrolou-a na mão e tentou girar a maçaneta. A porta continuava trancada.

Primeiro deu socos na janela, depois tentou quebrá-la com o pé.

— Socorro! Socorro! Ajudem! Tirem a gente daqui!

Teve de aceitar, com um soluço, que estavam entregues à própria sorte. A fumaça começou a envolvê-los como uma mortalha. Não havia mais salvação.

Aninhou Michael nos braços e ficou olhando para ele, imaginando onde estaria a mente do marido. Será que estava lembrando a vida no Egito, como tanto ansiava? Ela só estava grata de que ele não se lembraria do fim dessa.

Entorpecida pelo choque, Diana olhou para os pés e percebeu, surpresa, que seus sapatos estavam em chamas. Encostou os lábios nos de Michael e sussurrou, com seu último suspiro:

— Venha me buscar.

Quando Linz abriu os olhos, estava sem ar, sufocada pelas memórias de Diana. Ela e o marido tinham acabado de morrer. Gritos afloravam das profundezas de sua alma. Tinha se lembrado de coisas demais, depressa demais.

Estava esparramada no chão do banheiro e, forçando os músculos a lhe obedecerem, levantou-se com esforço. As mãos e o corpo tremiam incontrolavelmente enquanto jogava água fria no rosto. Apoiou a cabeça na borda da pia e deixou a água correr. O peito arfava enquanto ela lutava para respirar. Seu pai... Não, não devia pensar no pai, ou perderia o que lhe restava de sanidade. Precisava falar com Michael... Não, com Bryan... Que confusão!

Sem se sentir em condições de dirigir, Linz foi de táxi até a casa de Bryan. Ignorou o elevador e subiu a escada de dois em dois degraus. Mas, quando chegou ao apartamento de Bryan, levou um susto. A porta estava aberta.

— Olá?

Entrou e descobriu que o apartamento tinha sido revirado. As caixas com os pertences de Michael e Diana haviam desaparecido, o projetor de super-8 estava quebrado e não havia sinal dos filmes.

Porém, o pior acontecera no estúdio. Todas as telas tinham sido manchadas com tinta preta... Não restava nada das pinturas.

Linz caiu de joelhos, desolada. Apenas uma pintura tinha sido poupada, um magnífico retrato de uma deusa egípcia em tamanho natural. Linz não o conhecia. Era uma obra-prima; sem dúvida, o melhor trabalho da vida de Bryan.

Linz fitou o rosto da deusa, a beleza criada pela mão de Bryan. Começou a chorar. Cobriu o rosto com as mãos. Sabia quem era o responsável por aquela atrocidade... e isso queria dizer que Bryan estava em seu poder.

Só havia uma pessoa que podia ajudá-la a encontrá-lo. Agora que estava de posse de todas as memórias, podia compreender por que ele tinha se mostrado tão temeroso.

TRINTA E OITO

Dez horas da noite de uma sexta-feira não era a hora mais apropriada para bater à porta de Finn, mas Linz não podia esperar até o dia seguinte. Apertou a campainha várias vezes e ficou batendo a aldrava até alguém abrir a porta. Foi Finn quem finalmente apareceu, usando um robe e óculos escuros. As palavras jorraram da boca da moça.

— Finn, Conrad conseguiu capturá-lo. Eu não sei o que fazer. Michael... Bryan desapareceu. Só pode ter sido Conrad. Ele... Conrad... trancou a porta. Está acontecendo tudo de novo. Eu quase não consegui te salvar. — Levou as mãos à cabeça e caiu de joelhos. — Ah, meu Deus, estou ficando maluca. O que a gente fez? — Seu corpo começou a tremer.

Finn se ajoelhou ao lado de Linz e tomou seu pulso.

— Há quanto tempo você está tomando?

Linz não conseguia parar de tremer. Finn a segurou pelos braços e perguntou de novo:

— Linz, quando foi que você começou a tomar?

— Hoje mesmo. Quatro doses. — Percebeu que devia estar com um aspecto deplorável e tentou se levantar. — Desculpa. Eu não devia ter vindo aqui.

Fez menção de ir embora como um animal ferido, mas Finn a conduziu para o escritório. Quando falou, foi em um tom apaziguador.

— Você ainda está se ajustando. Não é fácil assimilar outra vida, ou várias outras vidas, junto da sua. Na verdade, é extremamente difícil. Todos nós passamos por isso.

Ele a ajudou a se sentar no sofá e a enrolou com um cobertor. A lareira estava acesa, e o escritório passava uma sensação de ambiente acolhedor.

Linz olhou para as chamas e estremeceu. Quando falou, a voz não estava mais trêmula.

— Como posso viver com o que está na minha cabeça?

Finn a examinou por um longo tempo, como se estivesse tentando tomar uma decisão difícil. Foi até a mesa de trabalho e voltou com algumas fotografias.

— Essa deve ter sido a última memória de Diana.

Linz ficou boquiaberta quando viu as fotos. Foram tiradas no laboratório, depois do acidente, e eram idênticas à sua visão.

— Achei que nunca teria a oportunidade de lhe agradecer por ter salvado a minha vida — disse Finn, com um fio de voz.

Linz olhou para ele, lembrando-se de sua aparência antes do acidente... era um rapaz muito bonito. Era difícil avaliar o quanto ele havia sofrido.

Ficaram sentados por algum tempo em silêncio. As lágrimas escorriam pela face de Linz.

— Eu lutei contra o meu coração. Lutei contra o meu coração a vida inteira... Eu tinha que silenciá-lo, porque não queria conhecer a verdade. Como vou poder olhar para Conrad? — Não conseguia sequer mais chamá-lo de pai. — Sou filha dele, mas as memórias de Diana agora me pertencem. Estou muito preocupada com Bryan. Sei que ele caiu nas mãos daquele homem.

Finn apertou sua mão com força.

— Vamos encontrá-lo. Pense... Para onde você acha que Conrad o levaria? Um lugar seguro, onde ninguém faria perguntas.

Linz balançou a cabeça. Não fazia ideia.

Finn insistiu.

— Quais são os hospitais e os centros de pesquisa da cidade mais ligados à Medicor?

Linz tinha a resposta na ponta da língua.

— A Medicor é dona do St. Mary's, do Forest Green e do Park Plaza.

— O Centro Psiquiátrico Forest Green pertence à Medicor? — perguntou Finn, em tom alarmado.

— Foi um dos primeiros hospitais que a gente comprou. Por quê? — De repente, ela entendeu. — Os pacientes em que realizamos os nossos testes... vinham todos de lá.

Finn pensou um pouco.

— É também um dos poucos centros que praticam psicocirurgia e outros estudos experimentais.

— Se Bryan estiver lá... — disse Linz, tentando manter a calma — ... como vamos descobrir?

Finn tamborilou os dedos na mesa. Linz se lembrava bem do gesto.

— Supondo que esteja — disse ela —, não posso simplesmente ir até lá e liberá-lo. Não sou médica.

— Nesse caso, a gente precisa de um.

Linz se lembrou de uma coisa que havia visto no relatório sobre Bryan, e tudo começou a se encaixar.

— A mãe dele!

Finn olhou para ela, surpreso. Linz explicou:

— Conrad mandou investigar o passado de Bryan. Lembro que a mãe dele era uma psiquiatra de renome. Trabalhou até como perita para a polícia de Boston em alguns casos importantes.

— Nesse caso, talvez ela possa nos ajudar — concluiu Finn. — Mas o que pretende contar a ela?

Linz dirigiu o Lincoln Navigator de Finn até a casa dos pais de Bryan. O GPS a instruiu a dobrar à direita e informou que estava quase chegando ao destino. Felizmente, Linz se lembrava do endereço que estava no relatório. Na verdade, lembrava-se de tudo nele.

Entrou em um bairro residencial muito charmoso, chamado Newton Highlands, e seus pensamentos se voltaram para um problema urgente: o que dizer à mãe de Bryan. Ninguém sai batendo as portas no meio da noite para perguntar às pessoas se podem, por favor, tirar alguém de um hospital psiquiátrico. Especialmente em uma rua onde todas as famílias provavelmente tinham dois filhos perfeitamente normais que vendiam limonada nas férias. Na verdade, era difícil imaginar Bryan crescendo naquela vizinhança.

O número gravado na caixa de correio antiga mostrou que estava no endereço certo. Quando estacionou em frente a uma casa colonial imaculada da década de 1920, com paredes de madeira, notou uma luz acesa no andar de cima. *Pelo menos, eles ainda estão acordados.* Ainda sem saber ao certo o que dizer, Linz saltou do carro e foi até a porta. Tocou a campainha duas vezes.

Um minuto depois, a luz da antessala foi acesa, seguida pela luz da varanda. Uma voz de mulher perguntou:

— Quem é?

— Meu nome é Linz Jacobs. Sou amiga de Bryan. — Percebeu que estava sendo observada pelo olho mágico. — Sei que é tarde. Eu não estaria aqui se não fosse urgente. Bryan precisa de ajuda.

A porta foi destrancada e aberta. *Puta merda!* Linz ficou pálida de susto.

— Barbara? — balbuciou.

— Sim, sou Barbara Pierce, a mãe de Bryan. O que aconteceu?

Linz cobriu a boca com a mão. Não podia acreditar que a mãe de Bryan fosse a ex-namorada de Michael. Lembrava-se de que Diana e Barbara se encontraram algumas vezes e sempre se trataram educadamente. Algum tempo depois do rompimento de seu namoro com Michael, Barbara tinha começado a sair com Doc, o melhor amigo dele. Por razões óbvias, os dois casais nunca saíam juntos. E agora ali estava ela, trinta anos depois.

Linz tentou disfarçar seu espanto, achando que devia estar parecendo uma doida.

— Desculpe o incômodo. Posso entrar?

Barbara hesitou por um momento, em seguida deixou-a entrar.

Linz ainda não sabia como explicar a situação. Decidiu simplificar as coisas.

— Bryan está desaparecido. O apartamento dele foi revirado.

Barbara correu para o telefone.

— Espera! — exclamou Linz. — Não chama a polícia. Eu sei onde ele está.

— Onde? — perguntou Barbara, segurando o telefone.

— No Centro Psiquiátrico Forest Green.

Barbara não largou o telefone.

— Como ele foi parar lá?

— Não conheço todos os detalhes, mas digamos que um homem muito poderoso se interessou pelos sonhos de Bryan e está com ele em seu poder.

— Isso é inacreditável. Qual é o seu papel nessa história? — Olhou para Linz como se ela tivesse participado do sequestro. — Eu *vou* chamar a polícia.

— Barbara, você precisa confiar em mim. Eu jamais faria mal a Bryan. Eu o amo. — Linz respirou fundo, tentando controlar as próprias emoções. — A melhor forma de ajudá-lo é ir comigo agora mesmo ao Forest Green e tirá-lo de lá antes que algo lhe aconteça. Como médica, você pode fazer isso.

Barbara parecia ainda estar em dúvida.

— Estou falando a verdade — insistiu Linz. — Precisa acreditar em mim.

Barbara hesitou um pouco, então pegou sua bolsa.

Linz tentou se concentrar na direção enquanto ouvia o que Barbara dizia ao celular.

— Não, senhor, fica no bar. Ligo para você quando souber melhor o que está acontecendo. — Linz conseguia ouvir a voz de Doc do outro lado. Ele parecia muito agitado, mas Barbara o interrompeu. — Querido, eu ligo de novo assim que souber de alguma coisa. Estamos quase chegando.

Barbara desligou. As duas terminaram a viagem em silêncio. Tinham um plano em mente. Restava saber se daria certo.

Uma placa simples de madeira assinalava a entrada de um dos maiores hospitais psiquiátricos do país. Linz nunca tinha entrado no Forest Green, mas passara todo dia pela entrada do hospital durante seu estágio no Health Alliance, no verão posterior ao primeiro ano de faculdade. A serenidade do acesso tortuoso e a guarita pitoresca não passavam de uma ilusão, porém; o lugar era mais uma prisão que um hospital. Apenas os pacientes mais difíceis eram levados para lá, pessoas em estágios avançados de psicose para as quais não havia esperança de cura e que eram internadas pela família ou por ordem da justiça. A ideia de que Bryan poderia estar lá dentro a deixava horrorizada.

— Dobra à esquerda aqui — disse Barbara, apontando.

— Eu sei — murmurou Linz.

Um minuto depois, parou na guarita e baixou o vidro. O segurança de plantão se aproximou.

Barbara se inclinou na direção da janela do motorista, entregou-lhe a identificação e explicou:

— Estou aqui para ver um paciente.

O segurança digitou o nome dela no computador.

— Obrigado, Dra. Pierce — disse, devolvendo o documento e olhando interrogativamente para Linz.

— É minha filha. Não enxergo o suficiente para dirigir à noite. Não vai ter problema se ela ficar me esperando na recepção, não é?

Linz tentou olhar para ele da forma mais inocente possível. O guarda sorriu e disse:

— Claro que não. — Então levantou a cancela.

Quando entraram no hospital, a enfermeira da recepção fez um cadastro delas e deu um crachá a cada uma. Parecia aborrecida por terem interrompido o programa que estava vendo no iPad.

— Qual é o nome do paciente?

— Ele é um paciente anônimo que deu entrada ontem, pelo que sei. A polícia ainda está tentando identificá-lo. Acabei de ser chamada para fazer uma avaliação psiquiátrica, então não sei em que quarto ele está.

A enfermeira pareceu ainda mais aborrecida por ter de voltar ao computador. Deu uma olhada nos registros.

— Sinto muito, mas não temos nenhum paciente anônimo.

Barbara nem pestanejou.

— Pode ser que a polícia tenha conseguido identificá-lo e eu ainda não tenha sido avisada. Pode dar uma olhada na lista dos pacientes que foram internados nas últimas quarenta e oito horas? É um homem branco, de mais ou menos 30 anos.

A enfermeira olhou para ela de cara feia, mas tornou a consultar a base de dados.

— Olha, não estou vendo... Ah, espera, aqui diz que o quarto 450 está ocupado desde ontem, mas não há nenhum registro. Deve ser o seu paciente.

Barbara e Linz se entreolharam. Barbara sorriu para a enfermeira.

— Obrigada. Você me poupou uma vinda ao hospital amanhã de manhã.

As duas colocaram os crachás e se dirigiram ao elevador. Entraram nele e esperaram a porta se fechar antes de dizerem qualquer coisa. Barbara comentou, em tom apreensivo:

— Isso pode me custar a licença, ou coisa pior. Acho bom que seja mesmo o meu filho.

Linz não teve coragem de admitir que toda aquela tentativa de resgate se baseava em um mero palpite.

A porta do elevador se abriu. Barbara fez sinal para que Linz aguardasse em um canto com cadeiras e sofás que servia de sala de espera. O corredor era uma longa fila de portas sem janelas, todas equipadas com fechaduras eletrônicas de cartão e um pequeno monitor que mostrava o interior do quarto.

O posto de enfermagem estava vazio. Um silêncio sepulcral dominava todo o andar. Barbara se apressou até o quarto 450 e apertou o botão do monitor. Deu um grito ao ver a imagem na tela, mas logo se controlou.

Levou um segundo para se recuperar totalmente do choque e caminhou de volta até o posto de enfermagem. No caminho, olhou para Linz e fez que sim com a cabeça; Bryan estava lá. Entrou no posto de enfermagem e começou a examinar as fichas dos pacientes.

Quando encontrou uma ficha marcada como "Paciente anônimo: 450", a enfermeira de plantão dobrou o corredor com uma bandeja de remédios.

— O que a senhora está fazendo? — perguntou a enfermeira.

Barbara mostrou o crachá.

— Estou aqui para dar alta ao paciente do 450.

Rabiscou alguma coisa no fim da ficha e assinou.

A enfermeira tirou a ficha de sua mão e ficou olhando para o papel, confusa.

— Aqui diz que o paciente vai ser submetido a um procedimento amanhã de manhã. Não posso liberá-lo sem autorização.

— Um procedimento? — disse Barbara, fingindo surpresa. — Por ordem de quem?

— Conrad Jacobs — respondeu a enfermeira, com as mãos na cintura.

Linz percebeu que aquela situação estava prestes a sair de controle. Barbara estava quase perdendo a paciência. Aproximou-se, tirou um documento da bolsa e disse:

— A Dra. Pierce está apenas cumprindo ordens. Decidimos adiar o procedimento. Meu pai me pediu para lidar com isso pessoalmente — afirmou, mostrando à enfermeira sua identificação da Medicor.

Barbara olhou para Linz tão espantada quanto a enfermeira.

— Chama um enfermeiro para ajudar a gente na remoção — acrescentou Linz.

A enfermeira continuou onde estava, com a identificação de Linz na mão. Não fez menção de pegar o telefone.

Linz arrancou o documento da mão da enfermeira e disse, em tom gélido:

— Se quiser, pode ligar para o meu pai para conferir, mas garanto que ele não vai gostar de ser incomodado.

A enfermeira parecia insatisfeita, mas intimidada demais para contestar.

Barbara estendeu a mão.

— Preciso do cartão do quarto. Peça ao enfermeiro que traga uma maca com rodas.

A enfermeira entregou o cartão a Barbara e as duas se dirigiram ao quarto 450. Quando estavam distantes o suficiente para não serem ouvidas pela enfermeira, Barbara perguntou:

— Por que não me contou quem você era?

Linz achou melhor dizer a verdade.

— Porque eu sabia que o responsável pelo sequestro era o meu pai e precisava que você confiasse em mim.

— Ele vai pagar pelo que fez.

— É tudo o que eu quero; mas o que importa no momento é tirar Bryan daqui.

Abriram a porta do quarto. O pintor estava dormindo na cama, usando a camisa de força como travesseiro. Linz correu para o seu lado.

— Bryan? Você está me ouvindo?

— Sonhando — murmurou Bryan.

Linz o sacudiu de leve.

— Acorda! Isso não é um sonho!

Bryan sorriu.

— É, sim.

Barbara se aproximou também e disse, em alto e bom som:

— Bryan, querido, você não está sonhando. — Pegou a camisa de força com ar de nojo e a jogou em um canto. — Estamos aqui para tirá-lo desse maldito lugar.

Bryan arregalou os olhos. Vê-las juntas era uma surpresa e tanto. Quando olhou para Linz e viu uma nova luz em seus olhos, compreendeu o que ela havia feito. Linz deu um beijo em sua mão e fez que sim com a cabeça. As perguntas teriam de esperar.

— Você deve fingir que está inconsciente — explicou Barbara. — Um enfermeiro vai chegar a qualquer momento.

Um minuto depois, um homem corpulento apareceu. As tatuagens de caveiras e ossos cruzados não eram nada amistosas. Barbara apertou a perna de Bryan para avisá-lo, e ele fechou os olhos e relaxou o corpo.

O rosto do enfermeiro era uma máscara de indiferença.

— Aonde vamos?

— Nosso carro está estacionado na entrada de serviço — respondeu Barbara. — O que foi que ele tomou?

— Midazolam. Não vão usar a camisa de força? Ele já deu problemas para a gente.

Midazolam era um potente sedativo, usado normalmente em pacientes prestes a serem operados. Barbara teve vontade de enfiar a camisa de força goela abaixo do enfermeiro.

— Não. Podemos ir.

Ela começou a andar em direção aos elevadores, fazendo um gesto com a cabeça para que o enfermeiro a acompanhasse. Linz seguiu o rapaz e evitou olhar para trás até chegarem ao elevador.

Antes que a porta se fechasse, viu a enfermeira procurando algo na ficha de Bryan. Provavelmente, o número de telefone para o qual devia ligar se algo inesperado acontecesse.

Quando chegaram ao estacionamento, o enfermeiro fitou o carro com um olhar confuso.

— Não preferem uma ambulância?

Linz não queria ser grosseira, mas o tempo delas estava se esgotando.

— Ele está inconsciente. Vamos logo com isso.

O enfermeiro levantou Bryan como se fosse um bebê e o colocou no banco traseiro. Linz se sentou ao volante e ligou o motor.

Barbara tirou a maca do caminho e entrou no lado do carona.

— Obrigada pela ajuda — disse ao enfermeiro, antes de fechar a porta.

Ela se voltou para Linz e murmurou, quase sem fôlego:

— Podemos ir.

Linz acelerou o máximo que pôde, tentando passar pela guarita antes que percebessem a estranheza toda da situação. O telefone do segurança começou a tocar, mas o rapaz já havia saído para levantar a cancela. Quando foi atender, o carro já estava na rua a toda velocidade.

Linz olhou pelo espelho retrovisor e viu o segurança fazendo gestos frenéticos. O fato de ele não as ter seguido nem ter sacado a arma não queria dizer que escaparam impunemente.

O perigo maior estava no fato de o pai ter sido informado.

TRINTA E NOVE

— Alguém pode me explicar, por favor, o que está acontecendo? — explodiu Barbara.

Linz continuou a dirigir, olhando nervosamente para o espelho retrovisor a cada poucos segundos. Bryan se inclinou para a frente e segurou a mão da mãe. Ela a apertou com força.

— Nunca fiquei tão assustada em toda a minha vida. Você está bem? Eles machucaram você?

— Eu estou bem. Juro.

Mas Barbara pareceu não ouvir. Estava à beira de um ataque histérico.

— A enfermeira falou alguma coisa sobre um procedimento. O que eles pretendiam fazer com você, afinal?

— Não sei — mentiu Bryan, pensando que, quanto menos ela soubesse, melhor.

— Pois eles não sabem com quem estão lidando. Vou fechar aquele hospital. — Ela se virou para Linz. — E o seu pai vai passar um bom tempo na cadeia — acrescentou, pegando o telefone celular.

— Você tem todo o meu apoio — concordou Linz.

A visão de Bryan naquele quarto havia rompido algo em seu interior, dissipando todas as dúvidas que pudesse ter a respeito do pai.

O pintor estendeu a mão para o telefone da mãe.

— Mãe, espera. Nada de ligações.

Barbara olhou para ele, perplexa.

— Você foi sequestrado, Bryan. Vou ligar para a polícia e para o nosso advogado.

— Por favor, não faz isso.

— Por que não?

Linz e Bryan trocaram olhares pelo espelho retrovisor. Linz respondeu:

— Porque seria a palavra dele contra a nossa. O nome de Bryan não aparece nos registros do hospital. A gente não tem provas de que ele esteve lá, e, caso exista alguma evidência, ele vai fazer questão de sumir com ela.

— Não podemos simplesmente fingir que nada aconteceu! — protestou Barbara.

Bryan colocou a mão no ombro da mãe, tentando acalmá-la.

— Não vamos. Só vamos agir no momento certo e, para isso, precisamos ganhar tempo. É melhor você e o meu pai saírem de casa nesse fim de semana e se hospedarem em um hotel.

— Você só pode estar brincando. Não vou deixar você para trás.

Bryan insistiu:

— Preciso ter certeza de que vocês estarão em um local seguro. Linz e eu vamos lidar com o pai dela.

— O homem que mandou sequestrar você? Querido, não dá para você cuidar disso sozinho. É um caso de polícia!

— A polícia vai estar de mãos atadas. Você não sabe com quem estamos lidando. Me deixa cuidar disso do meu jeito! — Bryan fez uma pausa. Quando voltou a falar, parecia mais calmo. — Um dia vou contar a você a história toda, mas no momento preciso que confie em mim.

Eles percorreram em silêncio o restante do caminho, até que Linz parou o carro em frente à casa dos pais de Bryan.

Barbara se virou para o filho e tentou mais uma vez.

— Seu pai não vai se conformar em deixar as coisas do jeito que estão. Você sabe como ele é.

— Então trate de convencê-lo — replicou Bryan.

— Não deixa isso por minha conta. Fala com ele. Ele deve chegar a qualquer minuto.

— Ele vai fazer perguntas que não posso responder — explicou Bryan. — Quero que você arrume uma mala para vocês passarem o fim de semana em um hotel e esteja com tudo pronto quando o meu pai chegar. Pode explicar a ele o que aconteceu no caminho.

Barbara cobriu a boca com a mão. Parecia ter chegado ao limite de sua compostura.

Bryan saltou do carro e abriu a porta para a mãe.

— Preciso apenas de alguns dias para acertar as coisas. Desculpa por a gente ter te envolvido nessa situação. Obrigado por me tirar de lá. — Então tentou garantir a ela: — A gente vai ficar bem. Eu juro.

— Quero que você me ligue todos os dias para eu ter certeza de que está tudo bem mesmo — disse Barbara. — E você tem até segunda. Depois disso, vamos fazer as coisas do meu jeito.

Bryan fez que sim com a cabeça, disposto a concordar com qualquer coisa que lhe permitisse ganhar tempo. Abraçou-a.

— Por favor, faz o que eu pedi — lembrou.

Barbara lhe deu um abraço forte.

— Toma cuidado.

Bryan entrou no carro e baixou o vidro.

— Diga ao meu pai que eu o amo. Amanhã ligo para vocês.

Deu um tapinha na perna de Linz para indicar discretamente que estava na hora de arrancar com o carro e acenou para a mãe. Quando o carro partiu, recostou-se no assento e respirou fundo. Linz olhou para ele.

— Desculpe. Eu não vi outra saída.

— Não, você fez a coisa certa.

Ficaram alguns minutos em silêncio, tentando digerir o que acontecera a cada um nas últimas vinte e quatro horas. Não havia mais barreiras entre os dois.

Bryan fechou os olhos e perguntou:

— De quem é o carro?

— De Finn. Ele ajudou. Como você está conseguindo ficar acordado com midazolam no sangue?

— Eu me lembrei da minha vida de iogue. Do poder da mente sobre a matéria.

Linz lhe lançou um olhar desconfiado.

— Está falando sério?

Bryan abriu um olho e respondeu:

— Sim. Você ficou na Índia, mas eu fui para a China ensinar os monges Shaolin.

Os dois começaram a gargalhar, como se o pintor tivesse dito a coisa mais engraçada do mundo.

— Ainda não estou acreditando que Barbara seja a sua mãe — acrescentou Linz, e os dois riram ainda mais.

— Queria poder ter visto a cara que você fez quando ela abriu a porta.

Eles choraram de rir.

— Para com isso, não consigo respirar — pediu Linz.

Respirou fundo algumas vezes e voltou a falar sério.

— O que vamos fazer agora?

— Não sei. Estou pensando.

— A gente precisa se esconder. Sair de Boston até decidir qual vai ser o próximo passo.

— De acordo. — Bryan endireitou o corpo. — Onde está o seu passaporte?

Linz olhou para ele, surpresa.

— Na minha casa. Por quê?

— Vamos até lá pegá-lo e depois vamos para a minha casa.

— Para que vamos precisar de passaportes?

— Para viajar para o Egito.

Linz encostou o carro e ligou o pisca-alerta. Estava começando a ficar tonta.

— Você acha que devemos ir ao Egito?

— Conrad está obcecado com a ideia de me fazer lembrar uma vida no Egito. Era esse o objetivo do procedimento que programou para mim. A resposta de tudo está no Egito. Ando... sonhando com esse lugar.

Bryan evitou se estender sobre o assunto. Ainda não se sentia preparado para falar a respeito daquilo.

Linz assimilou a informação, lembrando-se do que Conrad dissera na noite em que Michael e Diana morreram. A resposta devia mesmo estar no Egito.

Ela pensou na pintura da deusa egípcia, percebendo que Conrad tinha poupado o quadro para zombar deles. A lembrança do estado em que havia ficado o estúdio, cada pintura manchada com tinta preta, a entristeceu mais uma vez.

Bryan olhou para ela, preocupado.

— O que foi?

— Estive no seu apartamento procurando por você. Alguém arrombou a porta e fez uma enorme bagunça. Todas as suas pinturas foram...

Ela não teve coragem de prosseguir.

Bryan recebeu a novidade sem demonstrar muita emoção.

— Eram apenas pinturas. Posso refazê-las, se quiser.

— Como você pode falar desse jeito do seu trabalho, das suas criações? — protestou Linz, com lágrimas nos olhos.

— É porque estou falando sério quando digo que posso pintar de novo todos aqueles quadros na hora que quiser. São só memórias — explicou Bryan, com toda a calma. — Guias para me ajudar a chegar onde estou... para me levar até você. Não preciso mais delas. Só preciso do meu passaporte.

— E se tiver sido levado pelos ladrões?

— Eu o deixo bem escondido. Temos que viajar para o Cairo — insistiu Bryan. — Você sabe que é verdade.

— A gente não pode simplesmente voar para o Egito.

— Por que não? Temos dinheiro para isso.

— E Finn?

— A gente pode ligar para ele do Egito e colocá-lo a par da situação — propôs o pintor. — Explicar que era melhor sair de cena por algum tempo.

— Por quanto tempo?

— Não sei. Até podermos provar alguma coisa contra Conrad. Tem alguma ideia melhor?

Não tinha. Estava tão abalada que mal conseguia pensar. Ainda não havia aceitado totalmente a ideia de que o pai era uma pessoa perigosa, de fato capaz de machucá-los. Mas ele já demonstrara sua disposição para causar danos a Bryan, afinal, e aquilo bastava como prova.

Meneou a cabeça.

— Acho que seria arriscado voltar aos nossos apartamentos. Podem estar sendo vigiados.

— Podemos mandar alguém.

— Quem?

— Não sei. — Bryan levantou as mãos em sinal de frustração. — Penelope? Ela não é a sua melhor amiga?

Linz abriu a boca para protestar, mas Bryan a interrompeu.

— Eu sei que você tem passado por maus momentos. Foi exposta a vários mundos que não conhecia e está tendo que encarar a verdade a respeito do seu pai... das coisas que ele fez...

Os dois permaneceram algum tempo em silêncio, tentando lidar com o enorme peso do passado. Bryan segurou a mão de Linz.

— Existe uma razão para termos nos encontrado de novo. Existe uma razão para termos nos lembrado de outras vidas. A jornada não começou com a gente, nem com Michael e Diana. Estamos presos em um ciclo e precisamos enxergar além dele.

Embora passasse da meia-noite, as luzes da casa de Conrad continuavam acesas. Ele estava no escritório, falando ao telefone.

— A que horas eles saíram do hospital? Não, foi uma transferência de última hora. Desculpe por não ter avisado.

Desligou e foi até o armário de bebidas. Pretendia se servir de uma dose de uísque, mas mudou de ideia e jogou o copo na parede, partindo-o em mil pedaços.

Com um urro selvagem, foi até a sala ao lado, pegou uma espada de samurai que estava pendurada na parede e a usou para cortar o ar, de novo e de novo.

* * *

O Holiday Inn ficava a apenas três minutos do aeroporto. Linz e Bryan já tinham feito reservas no voo para o Cairo. O avião partiria às cinco da tarde do dia seguinte. Penelope havia concordado em usar o carro de Finn na manhã seguinte para pegar os passaportes dos dois e preparar uma mala com algumas roupas. A amiga fizera milhões de perguntas, mas Linz prometera que explicaria tudo quando voltasse. Agora tudo que tinham a fazer era esperar até o dia seguinte.

Bryan e Linz tomaram banho juntos, como se partilhassem de uma intimidade de muitos anos.

— Eu estava muito assustada — comentou Linz. — Era como se tudo estivesse acontecendo de novo e eu mais uma vez não fosse conseguir salvá-lo.

— Pois você me salvou — disse Bryan, afastando uma mecha de cabelo dos olhos dela. — Sinto muito por não ter contado tudo a você logo de uma vez.

Em resposta, ela deu um passo à frente e o beijou. Todos os medos foram esquecidos. Era hora de seus corpos se lembrarem um do outro.

QUARENTA

EGITO
10.000 a.C.

Sirius, a estrela de Ísis, permanecera invisível durante setenta dias. Aquele seria o último dia em que permaneceria oculta. Todo ano, a estrela desaparecia por setenta dias, e a espera do seu retorno era considerada uma época de preparação para o renascimento. No septuagésimo primeiro dia, a cidade de Heliópolis dava uma grande festa, na qual toda a população se reunia e comemorava.

Tot contemplou a cidade de seu mirante preferido. Ele não se importava com a chuva. Nada naquele dia poderia afetar seu bom humor. Sempre aguardava ansiosamente o retorno de Sirius e todas as promessas que trazia; e, além disso, naquele ano, a festa coincidia com o dia mais feliz de sua vida: o dia em que por fim se encontraria com Hermese.

Fazia sete anos que lutava pela chance de se encontrar com ela. Hermese era, desde que havia nascido, a alta sacerdotisa da Casa de Atum, filha única do guardião da Grande Pirâmide e próxima na linha de sucessão para se tornar a próxima guardiã.

Era proibido aos membros da Casa de Atum manter contato com pessoas comuns. Desde a construção das pirâmides, eles viviam fora da cidade, em um templo-fortaleza; ninguém sabia nem mesmo quantos eram. Os guardiões mantinham a linhagem escolhendo alguém da cidade com quem gerariam uma criança. Não se casavam. Quando a criança nascia, o escolhido ou a escolhida tinha de voltar para Heliópolis, e nunca mais poderia ver o guardião e a criança.

Esse costume era mantido havia tempos imemoriais, e ser escolhido para gerar um filho dos guardiões era considerado uma honra. Se o primeiro guardião na linha de sucessão fosse uma mulher, quando chegava a época de escolher o parceiro, a cidade realizava um grande torneio antes da volta de Sirius, no qual todos os jovens compareciam para demonstrar sua virilidade.

Os embates não envolviam muita violência; os pretendentes usavam apenas varas de madeira e nunca sofriam mais que alguns arranhões e hematomas. A luta com varas era um esporte antigo, que também continha aspectos cerimoniais. Os participantes usavam as armas com tal rapidez e agilidade que se assemelhavam a dançarinos.

Tot nunca tivera chance de assistir a um torneio, embora viesse se preparando para um havia muitos anos. O atual guardião era homem; por isso, no passado, quando chegara a hora de procriar, acontecera um grande desfile, no qual todas as mulheres solteiras foram apresentadas a ele com um espetáculo de dança. Agora que sua filha, Hermese, estava na idade de gerar um descendente, a cidade vivia dias de expectativa.

O torneio tinha durado duas semanas, e, durante esse tempo, Tot havia lutado bravamente. No fim, só restavam ele e o irmão mais velho, Set.

Eles lutaram durante horas na chuva, estimulados pelos gritos da multidão. No fim do dia, haviam usado e quebrado seis varas de madeira cada um. Ao quebrar simultaneamente a sétima vara, os dois irmãos, cobertos de lama, fizeram uma reverência para Hermese e interromperam o embate para beber água e comer pão.

No assalto seguinte, Set venceu a luta. Ele era mais velho, mais forte e mais experiente, tendo sido considerado o favorito desde o início. Entretanto, para surpresa de todos, Hermese escolheu Tot para gerar seu filho. O fato de Set ter vencido o torneio, mas não ter conquistado o prêmio, gerou um grande tumulto e acentuou a rixa já existente entre os irmãos.

A rixa tinha começado após a morte trágica da mulher de Set, Kiya, que falecera com o filho recém-nascido durante o parto. Set estava ausente, em uma caçada, mas Tot havia permanecido ao lado de Kiya, ajudando-a a suportar a dor e testemunhando o momento em que seu espírito deixara o corpo.

Até mesmo a filha do guardião, Hermese, havia comparecido ao funeral de Kiya. Kiya fora amiga da jovem, escolhida entre centenas de crianças para ser sua companheira durante a infância. Ela havia passado a maior parte de seus primeiros anos com os integrantes da Casa de Atum, onde era tratada como membro da realeza, e, quando chegara a hora de deixar o templo-fortaleza, a família de Hermese a enchera de presentes. Tot tinha ouvido Kiya contar muitas histórias a respeito da filha do guardião, a quem amava mais do que a uma irmã.

Tot viu Hermese pela primeira vez quando a jovem foi a Helió-polis para o funeral. Ela estava no degrau mais alto do Templo do Sol; porém, mesmo a distância, dava para ver suas lágrimas. Isso tinha acontecido sete anos antes, e desde aquele dia Tot não deixara de amá-la um só momento.

Set voltou uma semana depois da morte de Kiya. Ele ficou inconsolável, e sua dor deu lugar ao ressentimento quando descobriu que a esposa fora confortada pelo irmão. Jamais perdoara a si próprio, ou a Tot, por não ser a pessoa ao lado de Kiya naquela hora. E, sem a esposa ou o filho ao seu lado, seu coração se enrijeceu como uma semente seca.

Quando o irmão anunciou que iria participar do torneio naquela primavera, Tot teve a esperança de que o antigo Set estivesse de volta. Mas, ao começarem a lutar e ao olhar o irmão nos olhos, percebeu que a amargura dera lugar a algo muito pior: um ressentimento sombrio contra a própria vida. Tot acreditava que, se Kiya não houvesse morrido, Set teria se tornado um homem diferente. Talvez Hermese tivesse percebido o mesmo.

Tot pretendia perguntar a ela por que o havia escolhido depois de seu primeiro encontro. Ele teria permissão para entrar no templo-fortaleza àquela noite: a noite no retorno de Sirius.

* * *

Naquela tarde, a chuva parou antes da grande procissão que levaria Tot ao Templo de Atum. Ele seria a única pessoa a entrar. O complexo de pirâmides ficava a seis horas de viagem de Heliópolis, e a multidão já estava começando a se reunir perto dos portões do templo, decorados com milhares de flores de lótus brancas para a ocasião.

O pai de Tot, Ramsés, abriu o portão. A ausência de Set era notável.

Ramsés abraçou o filho e disse:

— Hórus sorri para nós neste dia.

Tot olhou para o pai, surpreso com a escolha de palavras. Hórus fora o último governante dos primeiros colonizadores do Egito antigo, e seus pais, Osíris e Ísis, tinham sido os primeiros guardiões da pirâmide, supostamente tendo vivido vários séculos. Morreram havia centenas de anos, mas Tot conhecia as lendas: depois da Grande Guerra, os últimos superseres viajaram para o Egito, levando com eles todo o conhecimento e sabedoria da espécie. Eles construíram a Grande Pirâmide e suas duas irmãs, além da Esfinge, dos templos e de toda a cidade de Heliópolis. Fora uma tentativa de salvar o estilo de vida que levavam antes da Grande Guerra — uma época histórica que as pessoas chamavam de Primeiro Tempo, na qual as guerras ainda não haviam trazido a doença, a morte, a ganância e o ódio para o mundo. O último guardião com poderes divinos fora Hórus; quando ele morreu, o Primeiro Tempo morreu com ele. Depois disso, uma nova era começara: a Era do Homem.

Tot nunca tinha ouvido o pai falar de Hórus, mas seus pensamentos foram interrompidos pela chegada de um guerreiro trajado em armadura cerimonial. Ele cumprimentou o rapaz com um forte aperto de mão e se apresentou:

— Sou Tutmés, comandante da guarda da Casa de Atum.

Tot olhou para ele. O gigante era pelo menos duas cabeças mais alto que ele, e seus músculos o faziam parecer capaz de enfrentar um exército inteiro de igual para igual.

Escoltado por Tutmés e seus guardas, Tot atravessou o jardim e entrou na Câmara das Constelações, o salão mais majestoso que jamais vira. Ergueu os olhos e ficou maravilhado com o teto vazado, coberto apenas com uma teia de ouro que conectava todas as constelações do céu. O conjunto girava lentamente para acompanhar o movimento das estrelas.

Tutmés sorriu, surpreendendo Tot com sua amabilidade sincera.

— Seja bem-vindo, filho de Ramsés. Impressionante, não é? Construído para observar o céu à noite e homenagear os deuses.

Tutmés fez uma mesura e se retirou.

Tot deu uma volta no salão, lamentando não ter prestado mais atenção às aulas de astronomia. O estudo das estrelas sempre fora vital para Heliópolis, e Tot sabia que o astrônomo que havia projetado aquele salão tinha de ser um mestre.

— O céu não parece o mesmo sem Sirius, nossa estrela mais brilhante.

Uma voz o tirou do devaneio. Tot deu meia-volta e se viu frente a frente com Hermese, que, vista de perto, era ainda mais linda. Os longos cabelos pretos tinham sido arranjados em tranças decoradas com flores que pendiam das costas nuas. Usava uma exótica veste cintilante que acentuava sua graça felina, e os olhos eram misteriosos, da cor de uma esmeralda, a joia mais preciosa. Tot viu naqueles olhos uma sabedoria profunda, que ofuscava todos os outros traços da jovem.

Não conseguiu pensar em nada para dizer.

Ficaram se estudando durante um longo tempo. O ar estava pesado de expectativa, e Tot percebeu que estava sendo avaliado. Seria a maior humilhação imaginável se ela mudasse de ideia e o dispensasse.

Em vez disso, porém, Hermese estendeu a mão e disse, sorrindo:

— Vamos jantar.

Tudo acontecia como se fosse uma noite de núpcias, apesar de que, depois que Hermese engravidasse, Tot não poderia mais entrar no templo. Era estranho que eles se conhecessem tão pouco e, no entanto, tivessem a permissão do mundo para serem amantes.

O rapaz sempre soubera que um dia iria fazer algo importante para o seu povo, algo que iria além de sua posição como o segundo filho de um conselheiro. Ele e o irmão cresceram à sombra do pai, que era o líder do Conselho dos Doze, os homens e as mulheres que governavam o Alto e o Baixo Egito. Entretanto, não existia maior honra do que gerar um futuro guardião.

Agora ele e Hermese estavam no jardim particular da jovem, contíguo aos seus aposentos, reclinados em um enorme canapé e jantando à luz das estrelas. Tot começou a sentir um calor no corpo. Percebeu que haviam colocado um afrodisíaco no vinho.

Estendeu a mão e tocou os cabelos de Hermese, aproximando-o de seus lábios. Tinha o perfume de ervas aromáticas e flores de lótus.

— Colocaram a mesma poção na sua bebida?

— Faz parte da cerimônia — respondeu a jovem, com um olhar sonhador. — Caso um de nós não agrade ao outro.

Começaram a rir enquanto se inclinavam um na direção do outro. Durante o beijo, Hermese empurrou Tot e ficou por cima dele, com os longos cabelos cobrindo a ambos. Assim fizeram amor, sem conseguirem satisfazer o desejo.

Antes do amanhecer, deitaram-se no canapé para ver Sirius, a estrela de Ísis, voltar ao céu. Uma chuva fina caía sobre as árvores, lançando um manto de neblina que obstruía a visão das estrelas. As chuvas contínuas eram algo que Tot e Hermese conheciam desde a infância.

O rapaz se pôs a escutar o zumbido que vinha das pirâmides, outra coisa que conhecia desde a infância. O zumbido, porém, era muito mais forte ali do que na cidade, e sabia que levaria algum tempo até que se acostumasse. Gostaria de aprender algum dia como as pirâmides funcionavam e o que os guardiões faziam para mantê-las assim. Sabia que Hermese não poderia lhe contar, mas não custava sonhar.

Fechou os olhos, sentindo-se mais feliz do que julgara possível.

— Por que me escolheu, se foi meu irmão quem venceu? Foi por causa de Kiya?

Uma sombra atravessou o rosto da jovem, e Tot se arrependeu imediatamente de ter perguntado. Logo, porém, Hermese explicou, com um leve sorriso, meneando a cabeça negativamente.

— Você venceu durante o combate, quando bebeu parte da água, comeu parte do pão e ofereceu o restante a um menino que estava sozinho no meio da multidão.

Traçou com os dedos as linhas do rosto do rapaz, os olhos cor de amêndoa, as maçãs do rosto salientes. Tot era ainda muito jovem, com o corpo não totalmente amadurecido, mas Hermese olhou para ele como se fosse perfeito.

— O torneio não tem nada a ver com jogos tolos de força.

Tot beijou a mão da jovem.

— O que vai acontecer daqui em diante?

Hermese se aninhou nos braços dele e fechou os olhos.

— Você vai ficar no templo comigo até que eu engravide. — Como Tot permaneceu calado, ela acrescentou: — Se quiser, pode sair do templo durante o dia para visitar a cidade, mas tem de passar as noites aqui.

Ela pensou um pouco e depois perguntou:

— Você acha isso razoável?

E Tot a abraçou e respondeu:

— Perfeitamente.

Quando Hermese não estava ocupada com outras obrigações, passavam o tempo todo juntos, *cumprindo o seu dever*, como se acostumaram a dizer.

Tot compreendia que, como Hermese era filha única, era muito importante que tivesse um filho. Mais de uma vez, ouviu os cochichos de um servo ou de um médico que traziam notícias a Hermese a respeito do pai. A princípio, ele acreditou que não se tratava de nada sério; com o tempo, porém, Tot começou a suspeitar de que o guardião estivesse gravemente enfermo, o que tornava ainda mais urgente que Hermese desse à luz um herdeiro.

Desde sua chegada, o rapaz fora tratado como um forasteiro, com ordens estritas de não deixar os aposentos de Hermese. Não tinha permissão para falar com outras pessoas ou explorar o templo-fortaleza. Embora tivesse aceitado as regras e tentasse não se sentir um prisioneiro, depois de um mês começou a sentir uma vontade incontrolável de rever a família. Tutmés permitiu que saísse, lembrando que deveria estar de volta antes do anoitecer.

Era a primeira vez que voltava para casa, mas, antes que tivesse tempo de se sentar para comer, o irmão começou a provocá-lo:

— Ouvi dizer que o guardião está para morrer.

Ramsés olhou de cara feia para o filho mais velho. Tot se manteve impassível, sem querer revelar os segredos do templo. Serviu-se de comida e respondeu, sem pressa:

— Soube que ele não tem passado muito bem.

Na verdade, o guardião já estava moribundo, mas a Casa de Atum queria manter a doença em segredo.

Set começou a rir.

— Sua amante vai tomar o lugar do pai. Ela é muito jovem e sequer tem um herdeiro. O povo vai se opor.

Tot deixou o pão de lado. Estava começando a perder o apetite.

— O que propõe, irmão? Que fiquemos sem um guardião? Isso é heresia.

Set falou com uma veemência que surpreendeu Tot.

— Esse sistema foi criado por anciãos que não estão mais entre nós. Se somos de fato uma sociedade livre, não precisamos de uma Casa de Atum para guardar a sabedoria de nossos antepassados, mantendo-a trancada em um complexo ao qual nem temos acesso. O que lhes dá o direito de controlar a força da pirâmide, de manter o conhecimento fora de nosso alcance? Eles querem nos manter ignorantes e escravizados.

Ramsés deu um soco na mesa, assustando os dois irmãos.

— A Casa de Atum usa o poder de forma benevolente e altruísta, preservando o passado e protegendo o futuro.

Set revirou os olhos — o pai estava meramente recitando um de seus discursos preferidos. Ramsés, porém, não havia terminado.

— Os anciãos souberam, em primeira mão, o que acontece quando uma força de tamanha magnitude é mal-empregada. Os guardiões foram criados para evitar que isso aconteça de novo. Eles nunca deixarão de existir enquanto eu for conselheiro.

Set evitou olhar para o pai quando disse:

— O número de descontentes é cada vez maior. O senhor é um dos poucos que ainda se opõem a uma mudança do sistema.

Tot percebeu que o pai estava ficando cada vez mais irritado e tentou argumentar com o irmão.

— Set, os membros da Casa de Atum são a última ligação do povo com a história perdida de nossos antepassados. Precisamos de alguém que guarde esses conhecimentos sagrados.

— Por quê? Por que devemos aceitar cegamente a lei? — questionou Set. — Eles são os únicos que conhecem todo o espectro das ciências e das artes, que foram quase totalmente esquecidas pelo povo. São eles que controlam o poder da Grande Pirâmide, distanciando-se da população em geral.

Ramsés, dessa vez, deu um soco na mesa com os dois punhos fechados.

— Eles o fazem para evitar que nossa herança seja corrompida pela cobiça!

Set encarou o pai.

— Os guardiões sempre foram arcaicos, mas agora se tornaram arrogantes em seu isolamento. A sociedade é voraz, meu pai. Sempre tentará destruir aqueles que existem fora dela.

— Como ousa falar tais palavras à minha mesa? — berrou Ramsés. — Pensa que eu não sei que tipo de veneno você anda espalhando fora dessas paredes? A alta sacerdotisa escolheu seu irmão para gerar o próximo guardião. Não se esqueça de que você também lutou por essa honraria. E perdeu.

Set não respondeu àquilo. O pai era a única pessoa capaz de intimidá-lo. Um homem erudito e um guerreiro, Ramsés também era um pai para o povo. Era tão nobre quanto um rei e tinha um coração justo e sincero. Entretanto, Tot nunca o vira tão zangado.

Ramsés pegou a taça de vinho de Set e a virou, para indicar que ele não era mais bem-vindo para beber àquela mesa.

— Tenho vergonha de chamá-lo de filho.

— Nesse caso, não o serei mais.

Sem dizer mais nada, Set se levantou e foi embora, furioso.

Tot e o pai continuaram onde estavam, pensativos. O rapaz sabia que Set não era a única voz clamando por mudanças; o cenário que ele havia descrito era real. A oposição usaria a questão da sucessão como pretexto para contestar o poder dos guardiões. Mesmo assim, tentou manter a esperança.

— Não se preocupe, pai. Ele vai voltar.

Ramsés balançou a cabeça.

— Seu irmão não é mais o homem que você conheceu. Às vezes, tenho a impressão de que Kiya levou a alma dele consigo quando morreu. Não o reconheço mais.

Com essas palavras, levantou-se e foi até a escrivaninha.

Tot notou que o pai estava andando com dificuldade. Pela primeira vez na vida, Ramsés passava uma impressão de fraqueza.

— O senhor não está se sentindo bem? — perguntou Tot.

O pai descartou a pergunta com um gesto, voltando com um rolo de papiro selado.

— Entregue isto à alta sacerdotisa e a ninguém mais.

Tot mal conseguiu dissimular sua surpresa. Apenas os membros da Casa de Atum conheciam o significado das inscrições deixadas pelos ancestrais em Heliópolis. As pessoas eram capazes de reconhecer alguns símbolos, mas não o suficiente para fazer o que Hermese chamava de ler e escrever. A história era transmitida oralmente pelos sacerdotes. Ramsés tinha ensinado a Set e Tot mais símbolos que a maioria dos pais, mas Tot não dera muita importância às aulas. Não podia imaginar por que o pai enviaria uma mensagem a Hermese, mas era disciplinado o bastante para não perguntar. Não reconheceu o selo do papiro. Não era o emblema do conselho nem da família.

Ramsés entregou o papiro a Tot, segurou seu braço e disse:

— Pelos poderes de Rá, que ela esteja com uma criança no ventre antes da próxima lua.

* * *

Naquela noite, fizeram amor com uma ferocidade incontrolável. Depois, quando ele e Hermese estavam deitados lado a lado, contou como tinha sido a visita à casa do pai e entregou o papiro à jovem. Em vez de abri-lo, ela examinou o selo.

— O que é? — perguntou Tot.

— Uma resposta — disse Hermese, com um sorriso, antes de guardar o papiro em uma pequena arca de madeira.

— Não vai ler a mensagem na minha frente? Que segredos você pode ter com o meu pai? — provocou Tot.

A jovem se limitou a rir.

— Está bem, conservem seus segredos — disse o rapaz, agarrando-a e puxando-a para mais perto. — Vou contar o meu. Não quero ir embora. Não quero me afastar de você.

Hermese o abraçou.

— É também como eu me sinto — admitiu, baixando a voz para um sussurro. — E encontrei um meio de adiar a hora da separação.

Ela estendeu a mão para a mesa de cabeceira, pegou um pote de cerâmica e sussurrou:

— Enquanto eu beber o que está aqui dentro, não vou ter um filho.

Tot se sentou na cama.

— Você está transgredindo todas as leis de nossos antepassados — comentou Tot no ouvido de Hermese.

— Então me diga para não beber.

Não teve coragem. Ele queria passar o maior tempo possível ao lado da amada. Hermese despejou o líquido escuro e viscoso em um copo e bebeu tudo de um gole.

— Vou cumprir meu dever, mas não ainda — declarou, voltando para baixo dos lençóis e beijando o rapaz.

Nunca mais voltaram a falar do assunto.

QUARENTA E UM

Hermese bebeu a poção durante seis meses, e durante seis meses ambos viveram na ilusão de que sua união prolongada não afetava o mundo exterior ao templo-fortaleza. Entretanto, Tot sentia a tempestade chegando. O estado de saúde do pai de Hermese havia piorado, e ela passava cada vez mais tempo longe de seus aposentos, tomando decisões no lugar dele.

Apenas os guardiões sabiam harmonizar as oscilações das pirâmides para que se mantivessem em ressonância com a Terra, canalizando sua energia e amplificando o magnetismo do planeta. Não só as pirâmides eram a força motriz da civilização egípcia como também estabilizavam a crosta terrestre, absorvendo a energia sísmica. Os anciãos sabiam que elas desempenhavam um papel crucial na prevenção de eventos cataclísmicos, alguns dos quais haviam sofrido na época da Grande Guerra, com consequências trágicas. Essa era a razão pela qual Heliópolis tinha sido construída: para sediar um novo começo e proteger o conhecimento dos antigos de forma que tudo não se perdesse. Os anciãos viveram no Primeiro Tempo e formaram o primeiro Conselho dos Doze de Heliópolis, os homens e as mulheres mais sábios, escolhidos por Osíris e Ísis para governar o Egito. Foram os anciãos que criaram as novas leis após a morte de Hórus e do Primeiro Tempo e foram eles, os ancestrais benevolentes de Heliopolis, que deram aos guardiões autonomia incondicional no cumprimento de seus deveres.

Tot muitas vezes ficava fascinado ao pensar que Hermese era capaz de controlar uma força inacreditável e, no entanto, que fosse uma pessoa tão humilde e caridosa como jamais encontrara antes.

E era uma pena que ultimamente só conseguisse estar com ela à noite. De manhã, Hermese passara a deixar rolos de papiro na escrivaninha para que ele tivesse o que fazer durante o dia. Não conhecia a origem dos escritos, mas tinha a impressão de que os outros integrantes da Casa de Atum não aprovariam o comportamento da jovem caso tomassem conhecimento daquilo.

Hermese também começou a lhe mostrar os Símbolos Sagrados. Cada um continha uma das equações matemáticas que compunham a estrutura do universo. Ela explicou que todas as coisas eram feitas de vibrações e partículas de luz e que, no Primeiro Tempo, os guardiões tinham sido capazes de comandá-las com a força do pensamento.

Tot não conseguia compreender tudo que ela dizia, mas isso não era de admirar, pois Hermese fora treinada exaustivamente a vida inteira. Ela era capaz de decifrar os Símbolos Sagrados e de sintonizar as oscilações harmônicas e as ressonâncias acústicas da Grande Pirâmide com a perfeição de um grande músico. Quanto mais o rapaz aprendia, mais conseguia apreciar o intelecto da jovem. Um mundo inteiramente novo tomava forma diante de seus olhos, e com isso ele começava a fazer ideia do imenso poder que a Casa de Atum dominava.

Hermese lhe pediu que não revelasse a ninguém o fato de estar recebendo essas lições, incluindo suas leituras dos pergaminhos que descreviam todo o complexo das pirâmides, o extenso sistema de túneis e o compartimento secreto que havia sob a Esfinge. Tot guardava todas essas informações na memória, para o caso de um dia precisar usá-las.

Todo dia, acordava ansioso para saber o que Hermese havia deixado para ele, embora não entendesse a motivação da jovem. As pessoas do mundo exterior teriam matado para conhecer aqueles segredos. Na última vez em que estivera na cidade, Tot ficara sabendo que Set havia se juntado publicamente aos apófis, aqueles que se opunham à aliança do conselho com os guardiões. A população considerara isso um golpe estrondoso à posição de Ramsés, cuja presença e imponência era a única coisa que impedia o conselho de se desintegrar.

Tot ouvira o pai rezar a Rá mais uma vez para que Hermese engravidasse, sentindo-se culpado pelo artifício que ele e a jovem estavam empregando. Sabia que o pai precisava dele mais que nunca e jurou, então, que a prece de Ramsés seria atendida.

Naquela noite, quando Tot voltou ao templo, não sabia como abordar o assunto com Hermese, mas, para seu alívio, não precisou. Depois que fizeram amor, Hermese pegou o pote secreto e, sem dizer uma só palavra, espalhou o conteúdo no jardim. Em seguida, voltou para a cama, e o rapaz lhe estendeu a mão.

Hermese levou duas semanas para engravidar, mas o casal quis esconder a notícia pelo maior tempo possível, porque, assim que o fato fosse conhecido, Tot teria de deixar o templo. Passaram muitas noites deitados na cama, escutando a chuva fina cair enquanto escolhiam o nome do novo guardião.

Hermese apalpou a barriga.

— Acho que é menino.

— É mesmo? — disse Tot, beijando o ventre da jovem.

Hermese desenhou na barriga o símbolo do infinito.

— Quero que ele se chame Amintas.

Tot olhou para ela e procurou não demonstrar sua tristeza. Ela poderia chamar a criança do que quisesse; afinal, ele não estaria junto a ela durante a cerimônia que daria nome ao filho.

— Significa "defensor de tudo que é sagrado" — explicou a jovem. — Se for menina, será Aminta.

Hermese ficou pensativa, e Tot percebeu que ela estava pensando em sua iminente separação. De acordo com a lei, quando a criança fosse concebida, o pai nunca mais poderia entrar no templo; se o fizesse, seria sumariamente executado.

Com esse momento se aproximando, Tot começou a concordar com o irmão e a questionar a severidade das leis impostas pelos anciãos. Ele não representava nenhum perigo para Hermese ou para as futuras atividades dela após a morte do pai. Só queria estar perto dela e do filho. Por que um desejo tão inocente seria de tal forma impensável?

Tot achou que estava na hora de fazer a pergunta.

— Quando você for guardiã, poderá mudar a lei?

Hermese apoiou a cabeça em seu peito. Tot sentiu as lágrimas da jovem.

— Jurei que respeitaria todas as leis do templo. Jamais poderei violá-las.

Tot a abraçou e disse:

— Nesse caso, vamos permanecer juntos enquanto pudermos.

O momento da separação chegou mais cedo do que esperavam. No mês seguinte, o corpo de Hermese começou a se transformar, e a barriga aumentou tanto que as vestes mais folgadas não conseguiam mais esconder a gravidez.

Um dia, a jovem voltou chorando a seus aposentos. Tot já sabia o motivo antes que ela explicasse.

— Sinto muito. A irmã de meu pai me forçou a anunciar o filho.

Tot não conhecia a família de Hermese; sabia apenas que o pai tinha uma irmã e um irmão mais jovens, que viviam no templo com os filhos.

— Quer dizer que chegou o momento de nos separarmos? — perguntou ele.

Hermese assentiu e disse:

— Os guardas estão a caminho.

As palavras o deixaram arrasado. Seus dias no templo haviam terminado, sem aviso, sem misericórdia. Cerrou os punhos.

— Eles não podem me obrigar a sair. Têm de nos permitir pelo menos mais uma noite juntos! Sirius vai voltar amanhã!

— É a lei. Temos de obedecer.

— Você não se importa que eu vá embora?

Hermese começou a chorar. Tot se arrependeu imediatamente do que tinha dito e se ajoelhou aos pés da jovem:

— Perdoe-me.

Hermese segurou suas mãos e as encostou na barriga.

— Hórus é o Deus do Horizonte. Nós nos encontraremos lá.

Tot não teve tempo para perguntar o que aquelas palavras significavam. Tutmés e seus guardas já estavam entrando no quarto.

Tutmés anunciou, com ar solene:

— Filho de Ramsés, seus dias no templo terminaram. Que os deuses abençoem a criança e recompensem esse sacrifício.

Tot virou o rosto para que o velho guerreiro com compaixão no olhar não percebesse que chorava.

Ele abraçou Hermese pela última vez e sussurrou no ouvido da jovem:

— Se um dia precisar de mim, nenhuma lei me impedirá de vir. Conheço todos os túneis de cor.

— Não foi para isso que lhe mostrei os pergaminhos — disse a jovem no mesmo tom. — Seu pai lhe explicará.

Era a primeira vez que ela mencionava Ramsés. O rapaz queria saber mais, porém os guardas já o estavam retirando do quarto. Ouviu as portas dos aposentos de Hermese se fecharem. Estava feito.

A marcha forçada para fora do templo pareceu interminável. Nas entradas e saídas, que sempre aconteciam durante o dia, o rapaz sempre se surpreendia com o ar de abandono da velha fortaleza. Tot se perguntou quantas pessoas moravam ali na verdade. Já havia descoberto que os guardas da Casa de Atum, embora tivessem um aspecto intimidador — a começar pelo líder, Tutmés —, eram poucos; não chegavam a cem homens. O jovem estremeceu ao pensar no que aconteceria se a oposição descobrisse como seria fácil invadir o templo. Poderiam tomá-lo em menos de um dia.

Foi como se o irmão pudesse ler seus pensamentos. Set estava do lado de fora do portão, esperando por ele em uma liteira ornamentada carregada por seis homens.

Tot escondeu sua surpresa e correu na chuva ao encontro do outro. Entrou na liteira e apertou a mão de Set. Por um momento, era como se tudo estivesse bem entre eles.

Set fez sinal para que os carregadores da liteira se pusessem a caminho e passou ao irmão uma pequena toalha.

— Uma tempestade ainda maior está por chegar. As águas do Nilo já estão subindo.

— Você veio para evitar que eu me molhe? — brincou Tot.

O irmão riu.

— Não, fiquei sabendo que você já cumpriu seu dever.

Tot sabia que os guardiões ainda não haviam anunciado publicamente a gravidez de Hermese. A conclusão óbvia era que Set tinha um espião no templo. Seus temores aumentaram enquanto o via diminuir ao longe.

— Quer dizer que você não mora mais na casa de nosso pai? — perguntou Tot.

— Uma grande mudança está para acontecer, e ele não pode fazer nada para evitar — respondeu Set com um sorriso amargo. — Estou aqui para lhe estender a mão e pedir que se junte a nós.

Tot lançou um olhar crítico ao irmão e viu como ele havia mudado no último ano. Set estava usando uma túnica ricamente adornada, de fazer inveja a qualquer governante, e um colar com um emblema que não conhecia. Devia ser o símbolo dos apófis. O jovem ouvira dizer que eles estavam ficando cada vez mais violentos, promovendo arruaças, ameaçando os pacifistas de Heliópolis e apoiando os fora da lei. A ideia de que o irmão podia ser um dos líderes da organização o deixava arrepiado.

— Espera que o ajude a destruir a Casa de Atum? Logo agora que acabo de lhes dar um herdeiro?

— Justamente por isso. Podemos mudar a lei para que você e Hermese possam criar juntos o filho que conceberam. Eu o conheço bem, irmão. Não é isso que deseja em seu coração?

Tot não respondeu. Set ficaria surpreso em saber o quanto ele desejava compartilhar essa mesma visão do futuro, mas sabia que tal mudança era impossível. Hermese jamais concordaria, e ele jamais a forçaria a fazer alguma coisa contra a vontade.

— Imagine! Teríamos acesso ao complexo! — Os olhos de Set brilhavam de entusiasmo. — Nada de segredos, nada de conhecimentos que apenas alguns podem usar. Todo o povo do Egito estaria unido.

Tot olhou o irmão nos olhos.

— Pensei que todo o povo estivesse unido. Não ouvi muitas queixas ultimamente.

— Porque você estava com a cabeça enterrada na areia — replicou Set. — Ou em outro lugar.

Tot ignorou a provocação.

— Existe um motivo para limitar o poder de destruição. Depois da Grande Guerra...

— Poupe-me das lições de história de nosso pai! — interrompeu Set. — A Grande Guerra não tem nada a ver com o aqui e o agora. Quando você deu sua semente à Casa de Atum, deu também sua virilidade?

Tot se recostou no assento e cruzou os braços. A vontade de dar um soco no irmão ameaçava sobrepujá-lo.

Set se inclinou para a frente e baixou a voz.

— Eles não vão demorar para cair, com ou sem você. Não quer a chance de ter voz na hora de decidir o destino de sua amada?

Tot percebeu que a situação era delicada. Se não tomasse cuidado, o irmão poderia fazer mal a Hermese.

— Preciso de tempo para pensar em sua proposta. No momento, prefiro fazer a pé o restante do percurso.

Alguma coisa passou pelos olhos de Set. Ele bateu na porta da liteira e os carregadores pararam e a puseram no chão.

Tot saltou e não resistiu à tentação de dizer:

— Se ela tivesse escolhido você, as coisas seriam diferentes.

Set olhou para o irmão e seu sorriso ficou mais frio ainda.

— Não, apenas mais fáceis.

Ele bateu de novo na porta da liteira, e os carregadores continuaram avançando.

Tot precisava falar com o pai e encontrar um meio de avisar Hermese. Ele temia que o plano do irmão fosse matar mãe e filho; a jovem seria uma ameaça perene para os apófis, mesmo que fosse apenas como um símbolo.

O rapaz começou a correr. Ele desconfiava de que o dia escolhido pelo irmão para o ataque fosse aquele que simbolizava um novo começo: a volta de Sirius, a estrela de Ísis. Set atacaria no dia seguinte.

Quando Tot chegou a casa, descobriu que o pai havia falecido três dias antes. Ficou escutando um servo contar o que tinha acontecido e pedir desculpas por não o avisar. Ramsés dera ordens para que ninguém fosse até o templo com a notícia. O choro constante do servo partiu o coração de Tot, que deu um tapinha no ombro do homem e fez o que pôde para consolá-lo. Depois, saiu de casa.

Ficou vagando pelo mercado, sem saber o que fazer. O pai tinha sido um marco na sua vida e, naquele momento, precisava de seus conselhos mais do que nunca. Ainda pior, o irmão sequer mencionara o ocorrido. Isso era imperdoável.

Podia ver que estava atraindo os olhares dos passantes ao se dirigir para o Grande Templo Solar de Rá, onde sabia que o funeral do pai havia ocorrido. O tamanho e a magnificência do templo o faziam parecer uma montanha cujo interior havia sido escavado pelos deuses. Quando entrou, não ficou surpreso ao constatar que estava vazio. Estavam todos se preparando para a festa do dia seguinte.

Tot caminhou até o altar e se deteve diante do fogo eterno. Era uma homenagem à fênix, a ave sagrada do Egito. Quando criança, ele costumava ouvir, fascinado, as histórias a respeito do pássaro. A última fênix tinha morrido com Hórus e viajado com ele para *Duat*, o além-vida, mas seu espírito continuara a viver como uma lembrança permanente da imortalidade da alma e do passado das pessoas.

Olhou para as chamas, tentando imaginar o espírito do pai entre elas. Nunca se sentira tão só.

— Seu pai foi um grande homem...

Tot se virou e ficou surpreso ao se ver frente a frente com Ptah, o sumo sacerdote do templo. O rapaz recuou um passo e fez uma mesura.

— ... e um bom amigo — completou o velho. — Eu estava à sua espera.

Tot não sabia o que dizer. Ptah era o sacerdote mais respeitado de Heliópolis; tinha nascido havia tanto tempo que ninguém sequer sabia sua idade. Tot não imaginava o que o ancião podia querer com ele.

O sumo sacerdote o examinou dos pés à cabeça, aparentemente ficando satisfeito com o que viu. Convidou Tot a acompanhá-lo com um gesto suave.

— Venha, os outros estão esperando — disse, dando as costas ao rapaz.

Tot hesitou. *Que outros?*, pensou antes de seguir o velho.

Ptah o conduziu a uma porta secreta atrás do altar-mor. Desceram uma escada em espiral que desaparecia nas profundezas. Tot se lembrou dos mapas que Hermese havia lhe mostrado e concluiu que a escada devia levar ao labirinto que existia sob a cidade.

Eles caminharam por uma rede de túneis. Ptah abriu outra porta secreta que dava para um enorme salão, com um teto tão alto que Tot mal podia enxergá-lo. Ele viu um grande emblema na parede, igual ao que o pai tinha usado para selar o papiro que enviara a Hermese. Abaixo do emblema, existia uma mesa redonda feita com o tronco de uma gigantesca acácia. Quatro pessoas estavam sentadas à mesa, dois homens e duas mulheres. Tot reconheceu três daqueles rostos.

Bast, uma conselheira formidável que havia trabalhado com Ramsés e que conhecia Tot desde criança, dirigiu-lhe um sorriso caloroso.

— Seja bem-vindo, Tot.

Ao lado de Bast, estava Amon, o maior alquimista da época, um homem supostamente capaz de controlar qualquer elemento. Tot não o conhecia pessoalmente, mas o reconheceu devido à fama que o precedia.

A terceira pessoa era Tutmés. De todos os presentes, ele era o que Tot ficava aliviado de ver, fazendo menção de se aproximar, ansioso para falar com ele a sós e revelar os planos do irmão. Ptah, porém, já o estava apresentando à quarta pessoa do grupo.

— Esta é Ma'at, nossa maior vidente e a protetora do templo.

Tot ficou perplexo. Tinha ouvido falar de Ma'at, mas sempre a imaginara como uma velha senhora, não como a linda jovem que estava diante de si. Embora sua expressão refletisse uma tristeza profunda, ela o recebeu com um leve sorriso nos lábios e, como se estivesse lendo seus pensamentos, disse:

— Na verdade, sou mais velha que você, que está curioso para saber por que o trouxemos aqui.

Convidou-o, com um gesto, a se sentar ao seu lado.

— Embora não esteja mais conosco, seu pai sempre ansiou por este dia. Somos a Irmandade de Hórus; ou melhor, o que resta dela.

As palavras o deixaram atônito. Tot meneou a cabeça em sinal de negação.

— Mas a Irmandade de Hórus é apenas um mito.

— É o que muitos pensam — afirmou Amon, com um sorriso zombeteiro que o fazia parecer menos intimidador. — Seu pai era um de nós. Nossos ancestrais pertenceram ao conselho pessoal de Hórus, que os encarregou de proteger o que restou da Grande Guerra: a Sala de Registros e a pirâmide, o único centro de produção de energia daqueles tempos que ainda funciona. Durante centenas de anos, cada família vem passando, de geração em geração, o juramento sagrado de proteger essas relíquias. E, por enquanto, não falhamos em nosso dever.

Bast encostou a mão no braço do rapaz em um gesto maternal.

— Como pode ver, Tot, os integrantes da Irmandade de Hórus também são guardiões, só que nossas atividades são mantidas em segredo. Apenas um filho ou uma filha pode herdar a posição. Seu pai escolheu você.

Tot por fim compreendeu por que Hermese lhe ensinara tanta coisa. A jovem sabia que ele tinha sido escolhido. Sentiu-se oprimido pelo peso do antigo juramento e imaginou a mão do pai atravessando o *Duat* para se estender a ele, de forma a ajudá-lo a aceitar tal responsabilidade.

Ele percebeu que Ma'at estava estudando sua reação. Ela franziu a testa e disse:

— Hermese já devia estar aqui.

O coração de Tot disparou.

— Hermese pertence à Irmandade?

Ma'at fez que sim com a cabeça.

— O guardião é o líder da Irmandade.

Tot levou algum tempo para compreender as implicações do que ela havia falado.

— Hermese é a guardiã?

Os outros ocupantes da mesa trocaram olhares.

— Hermese é a nova guardiã desde que o pai morreu há quatro meses — respondeu Tutmés. — Estávamos esperando que a criança fosse concebida para anunciar a sucessão.

Tot não sabia o que dizer. A morte do pai de Hermese coincidia com a ocasião em que ela deixara de tomar a poção. A jovem não pôde contar a ele o verdadeiro motivo, tendo mantido a concepção em segredo para que pudessem desfrutar mais algum tempo juntos. Ele se envergonhou pela raiva que havia sentido por ela na última vez em que a vira.

Agora, porém, Hermese estava para chegar. O templo e o complexo da pirâmide eram ligados à cidade por túneis subterrâneos. A ideia de que iriam se ver novamente lhe infundiu um novo ânimo. As palavras de despedida da jovem passaram a fazer sentido. Hórus era o Deus do Horizonte, e ela o encontraria lá... na Irmandade.

Tot teve vontade de rir de alegria, mas viu a expressão preocupada de Tutmés e se lembrou de que a situação era grave. Não estava na hora de pensar apenas em sua felicidade pessoal.

— Estou honrado com sua confiança e aceitação e preciso alertá-los. Eu estava indo me aconselhar com meu pai quando soube que ele havia falecido. Meu irmão vai comandar um ataque à Casa de Atum. Ele conta com um espião no templo. Já sabe que a criança foi concebida.

Tutmés soltou uma imprecação e se levantou bruscamente.

— Eu não devia tê-la deixado sozinha. Quando acha que ele vai agir? — perguntou, vestindo o casaco.

— Amanhã, quando Sirius voltar. Espero que eu esteja enganado.

Ma'at meneou a cabeça. Os olhos da vidente ficaram parados enquanto ela se concentrava. Respirou fundo e o rosto mostrou uma expressão de horror. O que ela havia visto era indescritível. Limitou-se a sussurrar:

— Ele já está com ela em seu poder.

QUARENTA E DOIS

Bryan escutou Linz gemer enquanto dormia e colocou a mão na testa dela. Estava ardendo de febre.

Durante o voo, Linz tinha se queixado de que não estava se sentindo bem e no momento em que desembarcaram mal conseguia falar. Bryan a ajudou a passar pela alfândega e a entrar no táxi. Felizmente, o aeroporto ficava perto de Heliópolis, e a viagem de carro foi curta. Bryan a deixara dormindo no carro enquanto se registrava no hotel e, depois, a carregara para o quarto e a deitara na cama. Linz estava dormindo havia mais de vinte e quatro horas.

O fato de não conseguir acordá-la nem para beber água o deixou apreensivo. Estivera falando durante o sonho, em uma língua que Bryan nunca tinha ouvido. Se não acordasse em breve, ele seria obrigado a levá-la para um hospital. *Ela vai acordar*, garantiu a si mesmo. *Tinha* de acordar.

Achando que Linz poderia precisar de aspirina, comida, água e algumas outras provisões quando acordasse, Bryan se vestiu, escreveu um bilhete apressado, para o caso de ela acordar em sua ausência, e o deixou em cima do travesseiro. Pendurou o aviso de "não perturbe" na porta e se dirigiu aos elevadores.

— Sua amiga está melhor?

Bryan olhou para trás e viu a jovem arrumadeira que trabalhava no andar. Ela o havia ajudado a levar Linz até o quarto na noite anterior. Tinha sentido uma afinidade imediata com ela, mas não se lembrava de tê-la visto antes dessa ocasião. Era como se encontrar com um velho amigo e não se lembrar do nome dele.

A jovem sorriu interrogativamente para ele, esperando uma resposta. Era uma moça egípcia muito bonita, com olhos cor de amêndoa e feições clássicas. Tinha uma leveza natural, como se estivesse sempre disposta a rir.

Bryan conteve a frustração e respondeu:

— Ela ainda está dormindo.

— Se precisar de alguma coisa, é só avisar. Meu nome é Layla — disse, e continuou a caminhar pelo corredor. Ele a observou se afastar.

Bryan pegou o elevador e desceu até o saguão. O Hotel Intercontinental de City Stars era mais luxuoso do que o pintor teria escolhido. Linz havia feito a reserva em Boston enquanto esperavam serem chamados para o voo. O enorme complexo contava com outros dois hotéis e o maior shopping da Europa e do Oriente Médio. Com mais de seiscentas lojas, dois parques temáticos e vinte e uma salas de cinema, era um bom exemplo do apetite voraz do século XXI pelo consumismo. Bryan jamais vira algo parecido.

Enquanto abria caminho na multidão, a vida que viera procurar no Egito lhe parecia cada vez mais inatingível. Talvez tivesse sido um erro viajar com Linz para o outro lado do mundo. Sair de Boston não os deixara a salvo. Bryan tinha usado o cartão de crédito para pagar as passagens e a hospedagem, o que faria com que Conrad os encontrasse com facilidade. Afinal, ele era dono de um império farmacêutico bilionário. Ele podia encontrar quem quisesse.

A preocupação de Bryan desapareceu quando ele parou diante de um enorme mapa do shopping. Descobriu que o City Stars tinha seis andares e jurou que não passaria do terceiro — compraria apenas o necessário e voltaria para o quarto. Sem ter muita noção do que Linz gostava ou precisava, comprou sanduíches e alguns artigos de toalete.

A caminho da saída, passou por uma papelaria e comprou um bloco de desenho, lápis de carvão e lápis de cera. Sabia que não iriam a lugar algum até Linz melhorar. Talvez desenhar alguma coisa causasse algum efeito. Estava começando a se desesperar.

Quando Bryan entrou no quarto, viu que Linz ainda estava dormindo profundamente. Ela não acordou quando ele fez barulho para esvaziar as sacolas nem se mexeu quando a chamou pelo nome.

Bryan colocou a mão na testa dela e ficou aliviado ao constatar que não estava mais com febre — era um bom sinal. Deixaria que dormisse até a manhã seguinte e então decidiria o que fazer.

Depois de colocar o material de desenho em cima da mesa, abriu uma garrafa de vodca que havia comprado e se serviu de uma dose dupla.

O quarto dispunha de uma varanda. Bryan foi até lá, sentindo a brisa fresca da noite afagar seu rosto. Fechou os olhos e, por um breve instante, ouviu o sussurro da antiga terra que procurava.

Uma espreguiçadeira confortável o chamava. Recostou-se e olhou para o céu, na esperança de contemplar as estrelas, mas viu apenas nuvens e poluição. Ao beber um gole de vodca, lembrou-se de Puchkin. Sentiu o impulso de escrever um poema, mas se conteve. Estava ali em busca de novas memórias, não para reviver as antigas.

Quando o copo ficou vazio, serviu-se de outra dose, sentindo-se cada vez mais frustrado. Por que não conseguia se lembrar? Sabia que tinha um número incontável de vidas na cabeça, mas aquela que queria lembrar era esquiva como uma assombração. Mais uma vez, seus pensamentos se voltaram para o poema. Não conseguia esquecê-lo.

Entrou no quarto, pegou uma caneta e uma folha na mesa do quarto, voltou para a varanda, sentou-se na espreguiçadeira e começou a escrever. Depois de passar algum tempo olhando para o poema finalizado, pôs de lado a folha e, com um salto atlético, ficou de pé no parapeito da varanda.

Inspirado pelo equilíbrio de Bodhidharma, caminhou pelo estreito parapeito com confiança, sentindo a mente e o corpo entrarem em harmonia. Parou, virou-se de frente para a rua, abriu bem os braços e deixou o vento fustigar seu corpo. Depois de alguns minutos, sentiu uma enorme calma tomar conta de seu espírito.

De repente, a voz de Bodhidharma soou muito alta em sua mente, ordenando que pintasse. Bryan abriu os olhos e descobriu que estava se equilibrando em um parapeito de quinze centímetros de largura a quinze andares da calçada. Por que estava ali? Pendeu para a frente e conseguiu, no último segundo, recuperar o equilíbrio e pular de volta para a varanda.

— Minha nossa! — exclamou, sentindo-se ao mesmo tempo assustado e exultante. Entrou no quarto para pegar o bloco de desenho e os lápis de cera.

De volta à varanda, ficou olhando para o papel em branco, sem saber o que fazer — nunca tentara pintar uma memória antes de lembrar uma vida. Fechou os olhos e tentou imaginar a deusa egípcia. Porém, desde a chegada ao Cairo, ela lhe parecia um sonho distante.

Estava sozinho. E temia que, quando viesse, a memória que estava buscando fosse a pior de todas.

QUARENTA E TRÊS

EGITO
10.000 a.C.

O plano já estava em andamento quando ouviram a explosão. A terra tremeu de tal forma que Tot chegou a pensar que o chão iria se abrir e tragar a cidade inteira.

A princípio, pensou que Amon fosse o responsável, já que o alquimista tinha deixado os túneis para pensar em uma distração para os rebeldes. Entretanto, a explosão foi seguida por um zumbido ensurdecedor que só podia vir de um lugar: a Grande Pirâmide. Algo dera tremendamente errado.

As vibrações aumentaram. Tot e Tutmés se apoiaram nas paredes do túnel. Estavam esperando pelo sinal de Amon na extremidade que dava para a entrada secreta do templo. O plano era atrair os homens de Set para os portões do templo. Tot e Tutmés precisavam apenas de tempo suficiente para entrar no templo, encontrar Hermese e levá-la para o túnel. Enquanto isso, Bast tinha voltado a Heliópolis para convocar o conselho, enquanto Ptah falava à população no Templo Solar.

Pedras caíram do teto, e a escada começou a ruir. Tutmés segurou Tot para evitar que caísse e apontou para cima, gritando para se fazer ouvir acima do zumbido cada vez mais forte.

— Não podemos mais esperar!

Tot fez que sim com a cabeça enquanto Tutmés abria a porta que dava para a Câmara das Constelações. O grande salão estava em ruínas; a teia de ouro que cobria o teto havia desabado. De repente, as vibrações pararam, deixando no lugar um silêncio sepulcral, diferente de tudo que Tot conhecia.

As pirâmides estavam silenciosas; o templo tinha ficado às escuras. Enquanto os olhos de Tot se ajustavam à falta de luz, ele compreendeu o que havia acontecido. Um desastre ocorrera nas pirâmides. Elas tinham deixado de funcionar porque o guardião não estivera lá para salvá-las.

Tot correu em direção aos aposentos de Hermese, seguido de perto por Tutmés. Não encontraram nenhum dos homens de Set, apenas servos atordoados e cobertos de sangue. Quando Tot e Tutmés entraram na Grande Galeria, entenderam o motivo: os integrantes da Casa de Atum e os guardas tinham sido abatidos como animais. Os dois homens deram gritos de indignação.

Tot examinou os corpos, temeroso ao pensar que um deles fosse o de Hermese.

Tutmés caiu de joelhos ao ver os corpos da mulher e dos filhos. Seis dos seus melhores guardas tombaram tentando proteger a família do comandante.

— Hermese! Hermese! — chamou Tot enquanto vagava pelo salão. — Ela não está aqui — disse, por fim, voltando-se para Tutmés. — Vou procurá-la nos aposentos dela.

— Vou olhar lá em cima — avisou o outro, levantando-se com esforço.

Tot viu as armas dos guardas empilhadas na parede e pegou um *khopesh*, uma espada em forma de foice, feita para ser manejada com apenas uma das mãos. Encontrou também uma clava e um escudo, amarrou-os no cinto e correu para os aposentos de Hermese, rezando para que ainda estivesse viva.

Quando viu o corpo, não teve certeza. Hermese estava esparramada na cama, com as vestes em frangalhos e o corpo coberto de cortes e hematomas. Tot se ajoelhou a seu lado e viu que o peito subia e descia ligeiramente. Havia sangue se acumulando entre as pernas da jovem, e Tot compreendeu que a criança estava morta.

Abraçou o corpo inerte e chamou:

— Hermese, estou aqui. Acorde, por favor! — suplicou, sacudindo-a enquanto chorava.

Depois de recuperar o controle, foi buscar um manto e cobriu a jovem, não sem antes observar a extensão das torturas a que tinha sido submetida. Sabia que era trabalho de Set e se sentiu tomado por tanto ódio que qualquer amor que ainda tivesse pelo irmão desapareceu por completo.

Tot carregou Hermese para a Grande Galeria, mas não viu sinal de Tutmés. Não podia se arriscar a esperar por ele; o velho guarda teria de se virar sozinho. O rapaz iria se encontrar com os outros membros da Irmandade no túnel.

Tot entrou na Câmara das Constelações e estava quase chegando à porta secreta quando Set e seus homens entraram pelo portão principal. Felizmente, àquela altura o jovem já estava em uma posição na qual podia observá-los sem ser visto. Porém, em pouco tempo o exército de Set atravessaria o pátio, e então eles seriam descobertos.

Não podia se arriscar a abrir a passagem e revelar sua localização. Set faria qualquer coisa para descobrir como penetrar nos túneis. A única saída era retardá-los até que os outros tivessem tempo de levar Hermese para um local seguro. Pousou-a no chão perto da porta e saiu para o pátio, enfrentando a chuva que caía torrencialmente.

— Traidor! — exclamou Tot, brandindo a espada. — Você vai pagar por isso!

Set parou e levantou a mão, ordenando a seus homens que parassem.

— Irmão! Você chegou tarde demais.

O corpo de Tot tremia de raiva.

— Ela não me deixou alternativa — declarou Set. — Ela se recusou a falar.

Tot mal conseguiu pronunciar as palavras:

— Você matou o meu filho.

— Foi uma decisão difícil — disse Set, balançando a cabeça. — Mas, infelizmente, o bebê tinha de morrer.

— Você não é mais meu irmão! — exclamou Tot, com as lágrimas toldando a visão. — Kiya e nosso pai estão vendo você do *Duat*!

— Não existe um *Duat*. Não existe vida após a morte. Isto aqui é tudo que temos — retrucou Set.

Uma cortina de chuva caiu entre eles. Tot sentiu gosto de bile na boca.

— A pirâmide está silenciosa. O que vocês fizeram?

Por um momento, viu a máscara de confiança de Set cair. O irmão gritou:

— Ela pode ser recuperada. Depois de nos apossarmos dos conhecimentos ocultos, poderemos construir mais pirâmides e começar um novo mundo, sem guardiões nem segredos.

— E quem será o chefe supremo nesse novo mundo? Você?

Set abriu os braços.

— O povo confia em mim porque eu sou um deles. Não me escondo por trás de lendas e segredos. É tempo de um novo começo.

— Um novo começo em direção às trevas! — exclamou Tot, voltando-se para os homens de Set. Eles precisavam conhecer a verdade. — Porque é nesse mundo que vocês vão viver. Um mundo sem luz. Existe mais de um guardião. Eles formam uma Irmandade, que jurou fidelidade a Hórus e jamais permitirá que o segredo das pirâmides caia em mãos erradas!

Set começou a rir.

— Mais de um guardião? Onde estão os outros?

— Aqui está um deles — disse Tot, apertando o *khopesh* para o peito. — Escolhido por nosso pai, que foi escolhido pelo pai dele, que foi escolhido pelo pai dele... porque o pai do pai do seu pai foi escolhido por Hórus em pessoa. Sou apenas um dos guardiões. Você pode me matar, mas não pode matar todos nós.

Com grande satisfação, Tot viu a expressão de incredulidade no rosto do irmão se transformar em fúria. Os homens de Set se entreolharam, perguntando-se se não tinham escolhido o lado errado naquela disputa. O irmão sacou a espada.

Tot não sabia o que iria acontecer em seguida. O *khopesh* estava começando a pesar em sua mão, e ele tentou se lembrar do treinamento que recebera. Na teoria, golpes largos eram os mais eficazes. O peso da lâmina do *khopesh* era planejado para que a pessoa que a manejasse pudesse executar estocadas, perfurações e cortes. Tot pretendia usar os três golpes contra o adversário.

Ele tentou se concentrar. Em questão de instantes, tentaria matar o irmão. Ramsés certamente aprovaria seu ato. Nenhum homem merecia tanto morrer como Set.

Os irmãos começaram a se estudar, parcialmente cegos pela chuva. Relâmpagos iluminaram o firmamento, como se os céus estivessem irritados com o silêncio das pirâmides. Os homens de Set pareciam indecisos. Tot sabia que o irmão também havia percebido e esperava que isso prejudicasse sua concentração; se isso não acontecesse, as chances de vitória do rapaz seriam reduzidas. A única forma de vencê-lo em combate seria usar sua agilidade e seu equilíbrio para se defender da força de Set.

Quando o irmão atacou, Tot executou uma esquiva perfeita. Fingiu que ia atacar pela direita, saltou para a esquerda e desferiu um longo arco com a espada, atingindo o adversário. Set pulou para trás, escapando por pouco de um golpe mortal. Olhou para o sangue que escorria de seu peito. O ferimento parecia profundo.

Soltando um urro, Set investiu, a espada cortando o ar. Tot evitou os golpes com movimentos curtos. Quando o irmão rebelde baixou a espada e tentou cortar seus pés, o rapaz evitou o golpe com um salto mortal para trás.

A chuva parou. Tot sentiu a energia da Terra correr por suas veias, infundindo-lhe coragem. Um trovão ribombou, como se estivesse lhe dizendo que não morreria no combate e que um futuro glorioso o esperava.

Tot viu que Amon e Ma'at tinham chegado para ajudá-lo. Set investiu de novo, e Tot se esquivou de todos os golpes até encontrar uma brecha. Com a rapidez de um raio, largou a espada e golpeou a têmpora do irmão com o cotovelo enquanto, com a outra mão, apertou um ponto de pressão no pescoço de Set, fazendo-o perder a consciência. O corpo de Set tombou inerte.

Antes que os rebeldes pudessem intervir, Amon jogou um pó no ar que se transformou em fumaça ao tocar o chão. A confusão foi total. Tot olhou para o irmão caído, levantou a espada, mas mudou de ideia no último instante. Ele rezou para que o pai o perdoasse... e poupou a vida do irmão.

Tot correu de volta para a Câmara das Constelações, seguido de perto por Amon e Ma'at. Hermese ainda estava deitada no chão. Tot a levantou nos braços enquanto Ma'at abria a porta secreta.

— Rápido! — gritou ela. — Temos de descer antes que eles cheguem!

Quando Tot se preparava para entrar no túnel, algo o atingiu com violência. Ele olhou para baixo, para a flecha que saía do peito, e depois para trás, para o irmão, que estava deitado no chão segurando um arco.

Tot cambaleou e Ma'at o segurou para mantê-lo em pé. Conforme a fumaça se dissipava, os homens de Set começavam a entrar no salão.

Tutmés surgiu correndo, vindo da direção oposta.

— Entrem no túnel que eu cuido deles!

Amon tirou Hermese dos braços de Tot e fez que sim com a cabeça.

— Vejo você no *Duat*.

O velho guerreiro deu um sorriso amargo.

— Até o *Duat* — respondeu, investindo contra os homens de Set com um grito de guerra, brandindo um *khopesh* em cada mão.

Amon entrou no túnel com Hermese nos braços. Ma'at ajudou Tot a entrar e trancou a porta. O jovem tentou ignorar o sangue que escorria do peito. Quando falou, foi com um fio de voz.

— Agora eles vão saber como entrar nos túneis.

Ma'at balançou a cabeça.

— Foi uma pena que isso tenha acontecido, mas não estamos derrotados. Esta passagem nunca mais será usada.

Tot não entendeu as palavras dela até terminarem de descer a escada. Enquanto Amon continuava com Hermese, Ma'at parou e pediu ao rapaz que esperasse. Deixou-o apoiado em uma parede e entrou em uma pequena caverna. Ele ouviu o ruído de rochas se movendo e o teto começou a tremer. A princípio, pensou que se tratasse de outra explosão, mas logo viu que as paredes da passagem que usaram para descer estavam se unindo para formar um teto. Ma'at havia fechado a entrada de forma permanente.

Tot segurou a flecha e a quebrou, deixando apenas um pequeno pedaço de madeira para fora do peito. Sentiu-se prestes a perder os sentidos.

Quando Ma'at se juntou a ele, viu a flecha ensanguentada no chão. Tot leu as perguntas nos lábios dela. Afastou-se da parede e tentou aprumar o corpo.

— Vou ficar bem.

Ela acendeu uma tocha para iluminar o caminho. Os túneis estavam totalmente às escuras, como todo o resto. A energia magnética que alimentava a cidade — as luzes, as máquinas, todo o resto — tinha desaparecido. Tot não teve coragem de imaginar as consequências. A tecnologia que seus ancestrais haviam lutado para preservar parecia irremediavelmente perdida.

Quando estava começando a duvidar de que tivesse forças suficientes para chegar à sala de reunião, Ma'at falou:

— Vamos entrar aqui.

Tot meneou a cabeça.

— Mas o Templo de Rá fica naquela direção.

— Não estamos voltando para Heliópolis. Estamos indo para a Sala de Registros.

Tot tinha sonhado a vida inteira com a oportunidade de conhecer a Sala de Registros, mas no momento só conseguia pensar em Hermese. Mais uma vez, Ma'at pareceu ler seus pensamentos e disse:

— Hermese já está lá.

Continuaram caminhando pelo labirinto de túneis. Ma'at o obrigou a se apoiar em seu corpo.

— Seu pai ficaria orgulhoso — comentou ela.

Tot olhou para Ma'at, curioso.

— Você nutria sentimentos por ele.

Depois de um momento de hesitação, Ma'at respondeu:

— Íamos nos casar. Ele só estava esperando você voltar para casa para lhe contar.

A confissão de Ma'at o deixou chocado. Tinha tanta coisa que não sabia a respeito do pai... Que outros segredos havia levado com ele para o *Duat*? A luz da tocha projetava sombras estranhas nas paredes. Ele não sabia se era efeito do ferimento, mas o mundo à sua frente adquiria um aspecto onírico.

— Onde estamos agora?

— Debaixo da Hor-em-Akhet.

Então os boatos eram verdadeiros, pensou. Hor-em-Akhet, a grande Esfinge, estava acima da Sala de Registros, guardando seus tesouros.

Eles desceram mais escadas, afastando-se da superfície. Tot pensou mais uma vez no limiar que separava os detentores do conhecimento da população em geral.

De repente, as escadas acabaram. Tot percebeu que haviam chegado e, quando entrou na grande caverna iluminada por tochas, começou a entender a verdadeira dimensão dos segredos que os guardiões protegiam. Tochas iluminavam um cômodo repleto de milhares de rolos de papiro guardados em caixas de madeira. Antigas placas de pedra tinham sido dispostas ao longo de uma das paredes, juntamente com os cristais mais belos que Tot jamais vira. Mesmo de onde estava, era capaz de reconhecer os Símbolos Sagrados iluminados em meio aos objetos.

Ele olhou para cima, maravilhado. As prateleiras iam tão alto que, mesmo com a luz das tochas, os níveis mais elevados desapareciam na escuridão. Outra parede, da altura do Templo de Rá, ilustrava as constelações em um baixo-relevo que cobria cada centímetro da pedra. O desenho intrincado mostrava galáxias e mais galáxias, acompanhadas por números e fórmulas matemáticas.

— Um verdadeiro mapa do céu — comentou Hermese.

Tot se virou e viu a jovem sentada perto de uma mesa de calcário, olhando para o vazio.

— Não pude salvar nosso filho — murmurou ela.

Tot se aproximou e se sentou ao lado da jovem, esquecendo-se da dor que sentia. Amon e Ma'at guardaram distância do casal, proporcionando-lhes um momento de privacidade.

Hermese não teve forças para prosseguir e preferiu mudar de assunto, referindo-se à profecia de que a pirâmide um dia deixaria de funcionar.

— Nunca pensei que fosse acontecer em minha época... que eu seria a guardiã a fracassar.

Tot balançou a cabeça.

— Fui eu que fracassei. Devia ter percebido o que residia no coração de meu irmão.

— Ele foi apenas o agente de um inimigo maior. Os anciãos conheciam a cobiça que habita o coração dos homens. E, agora, a ponte para tudo que fomos no passado não existe mais.

Tot queria consolá-la, mas as palavras lhe faltaram. Mudou de posição; a dor estava se tornando insuportável.

Hermese viu o sangue e gritou:

— Amon!

O alquimista surgiu das sombras e se ajoelhou ao lado de Tot. Bateu palmas e esfregou as mãos várias vezes. Quando as colocou no peito do rapaz, estavam muito quentes, pulsando com uma energia invisível. Tot estremeceu. Amon lhe pediu que relaxasse o corpo.

Hermese colocou a mão no ombro do amante. O rapaz não sentiu nada quando o alquimista arrancou o resto da flecha de seu peito. Depois colocou um pedaço de pano sobre o ferimento e o pressionou com a palma da mão. Mais uma vez, o calor foi quase insuportável. Quando o alquimista removeu o pano, Tot viu que a ferida tinha fechado. O local ainda estava dolorido, mas o sangramento havia parado.

Tot olhou para Hermese e percebeu que ela também não mais sangrava. Queria saber o que Amon havia feito, mas a moça se pôs de pé e se virou para os dois que os aguardavam.

— Os rebeldes devem estar procurando uma entrada, agora que sabem que os túneis existem — comentou Hermese.

Tot começou a desconfiar de que havia um plano ali que ele desconhecia.

— O que vamos fazer? — perguntou ele.

Quem respondeu foi Hermese, que, afinal, ainda era a guardiã e estava no comando.

— Os túneis têm uma ligação com o rio. Vamos abrir as comportas e inundar todo o complexo.

Tot olhou para ela, incrédulo.

— Está falando em inundar a Sala de Registros com a água do Nilo? Desse jeito, ninguém se lembrará do Grande Passado. Estaremos condenados a viver na escuridão pela eternidade.

Hermese ignorou os protestos do rapaz e se afastou. Tot balançou a cabeça e se sentou. Ma'at se sentou ao lado dele e explicou:

— A Sala de Registros será bem vedada. Tudo que está aqui estará preservado.

Tot olhou para ela com indignação.

— Preservado e escondido para sempre.

— Se os homens de Set encontrassem a Sala de Registros agora, acha que sobraria alguma coisa? — argumentou a outra.

Ele não soube o que responder. Vira como haviam agido os seguidores de Set; sabia que, para eles, nada era sagrado.

Ma'at prosseguiu:

— O conhecimento que existe aqui pode mover montanhas e manter um homem vivo para sempre, pode destruir mundos e alterar universos. Quer que esse tipo de poder caia nas mãos de seu irmão? — Fez uma pausa e prosseguiu. — O que aconteceu hoje foi previsto há muito tempo. Um dia, quando o mundo estiver preparado, encontraremos de novo nosso legado. Isso também está previsto.

Tot não estava interessado no que fora previsto ou no que seria feito da Sala de Registros. Eram abstrações de um passado e de um futuro que não lhe diziam respeito. O presente era tudo que importava. Olhou para o local onde Hermese havia desaparecido nas sombras, recriminando-se por ter dirigido seu ressentimento a ela. A jovem não tinha culpa de nada.

Ouviram ruídos no túnel. Amon foi investigar e voltou com Ptah e Bast. Eles pareciam tão cansados quanto os outros.

Pouco depois, Hermese apareceu, carregando uma caixa de pedra. Colocou-a em cima da mesa. Mais uma vez, para frustração de Tot, todos, menos ele, pareciam saber o que estava acontecendo.

Ptah fitou a caixa com um sorriso triste.

— Quer dizer que chegamos a esse ponto.

Hermese olhou para Ma'at e perguntou:

— Quanto tempo?

— No máximo algumas horas.

Fez-se um silêncio sombrio. Hermese franziu a testa.

— Onde está Tutmés?

— Ele deu a vida para permitir que escapássemos — respondeu Amon.

Hermese respirou fundo, tentando controlar sua emoção. Voltou-se para Ptah.

— Não nos resta muito tempo. Você precisa realizar cultos diários. O povo necessita de um líder espiritual mais do que nunca. Bast, convoque o Conselho para se manifestar contra os apófis. Amon e Ma'at, vão lá para cima inundar os túneis. Eu ficarei aqui, para vedar a Sala de Registros.

Todos assentiram. Pareciam saber perfeitamente o que fazer. Tot não conseguiu mais se controlar.

— E quanto a mim?

Hermese olhou para ele, e sua raiva desapareceu.

— Tot, como nosso novo guardião, sua tarefa é a mais importante de todas — respondeu a jovem.

Ela colocou a caixa diante de Tot e explicou:

— Este é um resumo de todo o conhecimento que existe nesta sala, do conhecimento que protegemos. Contém muitos Símbolos Sagrados e segredos importantes, como a forma de aproveitar as energias da Terra, de controlar as forças naturais e muito mais. Levá-lo para a superfície é um grande risco, mas precisamos assumi-

-lo... e é por isso que o estou confiando a você. Procure bem, siga seu coração e encontre o lugar mais seguro da Terra para escondê-lo... porque um dia ele terá de ser encontrado.

Tot ficou olhando para a caixa, com medo de tocá-la.

— O que é?

— É *O livro de Tot* — respondeu a jovem.

Tot olhou para Hermese, perplexo. Ela sorriu.

— Todo livro tem um nome. O nome deste livro é o seu.

Tot olhou de novo para a caixa.

— Posso escondê-lo, mas quem vai encontrá-lo?

— Você mesmo — respondeu Ma'at.

Ele estava ficando impaciente.

— Como assim?

A vidente tentou explicar.

— O tempo se move em círculos. Um dia, haverá um modo de voltarmos a este momento e consertar as coisas. Viveremos várias vezes, adquirindo mais sabedoria e ajudando a humanidade a se preparar para receber este legado enquanto encontramos a forma de voltar a esta situação. Temos apenas de nos lembrar deste passado em nosso futuro... e, quando conseguirmos e o dois se tornarem um, então Hórus voltará para nos ajudar a curar o mundo.

Tot escutou as palavras de Ma'at enquanto desenhava distraidamente o símbolo do infinito com o polegar ao longo do dedo indicador. *Hórus circulando entre os homens? A volta da era dos deuses?* Como, afinal, poderia o homem voltar ao estado divino quando tudo parecia perdido? Seriam necessários milhares de anos para atingir tal grau de perfeição, e essa tarefa estava nos ombros da Irmandade? Ele não sabia o que dizer. Agora sabia por que o pai queria se casar com Ma'at. Ela era tão louca quanto ele.

— Estudamos os textos antigos — insistiu ela. — Isso pode ser feito.

Tot fez uma careta.

— Eu não conheço os textos.

Amon encostou o dedo na caixa e piscou.

— Nesse caso, leia o seu livro antes de escondê-lo.

Tot olhou para a caixa, assustado com o peso de tamanha responsabilidade.

Ptah pareceu adivinhar o que o rapaz estava pensando e colocou a mão no seu ombro.

— Você não vai nos desapontar, filho de Ramsés. Seu pai está nos vendo do *Duat*.

Tot queria acreditar e gostaria que o pai estivesse com ele naquele momento. Tinha ido parar em um mundo desconhecido, um mundo que dependia dele para sobreviver.

— É hora de ir. Nosso tempo está acabando — avisou Hermese.

Todos se deram as mãos. Ma'at e Amon olharam para Tot e sinalizaram para que fechasse o círculo. O jovem segurou as mãos deles, e seus olhos se encontraram com os de Hermese.

Ptah comandou uma curta prece.

— Hórus, este é nosso último encontro nesta vida. Nós lhe pedimos que zele por nós e nos proteja. Ajude-nos a encontrar nosso caminho no futuro desconhecido e a voltar a este momento. Que nossa luz jamais se apague.

Todos se abraçaram para se despedir. Ptah se dirigiu a Tot.

— Vou escondê-lo no Templo de Rá até que seja seguro deixar a cidade. Você deve viajar para bem longe e jamais retornar.

Tot olhou para Hermese e se lembrou da missão da jovem: fechar a Sala de Registros. Sua determinação em esconder a caixa desapareceu imediatamente.

— Não! Hermese, deixe-me fechar a Sala. Leve você a caixa.

A jovem meneou a cabeça.

— Meu lugar é aqui.

Tot cruzou os braços.

— Nesse caso, eu também vou ficar.

— Isso não é possível — protestou Hermese. — Eu não estava brincando quando lhe contei o nome do livro. Ele tem sido chamado *O livro de Tot* desde que foi escrito. Cabe a você tomá-lo e escondê-lo.

As palavras foram ditas com tanta convicção que ele percebeu que seria impossível fazê-la mudar de ideia. Mesmo assim, tentou uma última vez.

— Mas você vai morrer aqui, sozinha.

Hermese não tentou conter as lágrimas. Ela tomou as mãos de Tot nas suas e disse:

— Nossos destinos estão interligados. Vou procurar e encontrar você de novo e de novo até voltarmos a esta vida. Nada jamais se perde.

QUARENTA E QUATRO

Linz abriu os olhos. Estava em um cômodo escuro, e por um momento não fazia ideia de onde estava. Sentia a boca seca e o corpo pesado. Ouviu alguém ressonando ao seu lado e, ao virar a cabeça, viu que era Bryan.

De repente, lembrou-se de tudo: da viagem de avião e da sensação horrível que a acometera durante o voo. Quando o avião pousou, achou que fosse morrer. A dor de cabeça e o enjoo foram quase insuportáveis. Recordava-se vagamente do aeroporto, mas a viagem de táxi era uma imagem nebulosa e não sabia como tinha ido parar naquele quarto.

Ficou deitada no escuro por um longo tempo, assimilando as memórias. Dessa vez, não experimentou a mesma angústia e confusão das vezes anteriores porque, dez mil anos antes, havia se preparado para esse despertar.

Saiu da cama devagar para não acordar Bryan, entrou no banheiro e acendeu a luz. Levou um susto com a pessoa que viu no espelho, os cabelos emaranhados, o rosto inchado, a pele pálida e adoentada.

Tomou uma longa ducha, e o contato da água com a pele a fez se sentir bem melhor. Imaginou por quanto tempo teria dormido. Saiu do boxe, enrolou-se em uma toalha e voltou para o quarto, deixando a luz do banheiro acesa para poder enxergar. A mala de mão estava em cima da mesa. Levou-a para o banheiro.

Não precisou pensar duas vezes. No momento em que acordou, soube que tinha de voltar para Boston.

Depois de se vestir, saiu do banheiro e foi pegar a bolsa. Ao lado dela estavam uma garrafa de vodca quase vazia e esboços da Esfinge. Ao procurar uma caneta, viu um poema em russo rabiscado numa folha. Como as memórias de Diana da vida de Natália tinham tornado Linz fluente no idioma, ela não teve dificuldade para entender o que Bryan havia escrito. Era um poema muito triste a respeito de uma mulher cujo filho morrera tragicamente antes de nascer.

A leitura a comoveu profundamente, e Linz respirou fundo para recuperar a compostura. Bryan estava perto de se lembrar. Escreveu, com mão firme, um recado abaixo do poema, esforçando-se para usar apenas palavras em inglês, já que seus pensamentos ainda não estavam totalmente organizados. Havia muita coisa que gostaria de contar ao pintor, mas achou que era melhor ser sucinta. Colocou o bilhete em cima do travesseiro.

Tirou todo o dinheiro da carteira e o colocou em cima do laptop, que decidiu também deixar com Bryan para o caso de ele precisar usá-lo.

Ficou olhando para o pintor, que ainda dormia, e seu coração se encheu de emoções indescritíveis. O Renovo tinha aberto uma janela, e Linz fora a primeira a transpô-la. Só lhe restava esperar por Bryan para que pudessem enfrentar juntos o futuro que os aguardava.

Linz ficou parada no corredor, esperando o elevador. A porta dele se abriu e uma mulher saiu. Linz a reconheceu imediatamente.

A arrumadeira sorriu para ela, com uma expressão de surpresa no rosto.

— Que bom que a senhora melhorou. Seu namorado estava muito preocupado.

Linz percebeu que a mulher estava usando o uniforme do hotel e tirou suas conclusões.

— Estou muito melhor, obrigada. Como você se chama?

— Layla. Layla Mubarak.

Linz fez que sim com a cabeça e tirou da bolsa um cartão de visita.

— Vou ter que voltar para Boston por causa de um problema inesperado — explicou, oferecendo o cartão a Layla. — Pode ligar para mim, por favor, se houver alguma emergência? Meu... namorado está passando por uns maus bocados agora. Fico preocupada em deixá-lo sozinho.

O sorriso de Layla desapareceu, e ela pegou o cartão.

— Sim, senhora. Pode deixar.

Ela interpretou mal o olhar fixo de Linz e tentou tranquilizá-la.

— Não se preocupa. Eu cuido dele pela senhora.

Linz assentiu e entrou no elevador. Tinha certeza de que Layla de fato cuidaria bem de Bryan.

Bryan só acordou no meio da tarde. Sentou-se com um sobressalto e logo se arrependeu de fazê-lo. A cabeça latejava de ressaca. Levou alguns segundos para perceber que Linz tinha saído do quarto e levado a mala.

Ao ver o laptop e o dinheiro, assustou-se, pensando que ela o havia abandonado. Foi então que descobriu um bilhete no travesseiro dela. Leu o bilhete várias vezes, tentando apreender o exato significado das palavras.

Fique no Cairo. Você vai encontrar aqui as respostas que procura. Uma vez você me disse que, no futuro, iríamos construir uma ponte para nosso passado. Eu me lembrei do Egito. Agora vou ajudá-lo, como você me ajudou, deixando que se lembre sozinho.

Estou voltando para Boston para acertar as contas com meu pai.

Vá visitar a pirâmide. Ela está esperando por você há muito tempo.

Bryan sentiu as lágrimas escorrerem pelo rosto. Linz havia encontrado a vida que ele tanto procurava... mas o fizera sem ele.

Olhou de novo para a assinatura e não sabia o que era mais estranho, o fato de se tratar de um nome masculino ou de ser um nome que vira somente em lendas.

A moça havia assinado *Tot*.

QUARENTA E CINCO

DIA 31, CONT.

Esta noite, sonhei que era um jovem pintor e estava pintando um quadro na varanda de um hotel do Cairo. Esperei dois dias para que a pintura se- casse antes de pegar um avião para casa. No sonho, eu pretendia oferecê-lo a Diana e, quando ela visse o quadro, saberia que eu tinha me lembrado.

O sonho me diz que devo viajar para o Egito.

Linz ficou surpresa quando o avião aterrissou. As últimas onze ho- ras tinham passado bem depressa. Ela havia comprado um bloco de anotações no aeroporto e passara a viagem inteira escrevendo. Agora compreendia por que Michael escrevera tantos diários; era uma forma muito necessária de organizar seus pensamentos.

Quando ligou o celular, constatou que Bryan havia ligado doze vezes e deixado três mensagens de voz na caixa postal. Ignorou-as e saltou do avião para passar pela alfândega. Pediram que explicasse por que havia antecipado a viagem de volta.

— Recebi uma ligação informando que meu pai está muito do- ente... Tive que cancelar uma viagem romântica.

A funcionária da alfândega folheou o passaporte, observando quantas páginas tinham sido usadas.

— Onde está o seu namorado?

— Ele ficou no Cairo. Assim, pelo menos um de nós aproveita a viagem, não é?

A funcionária carimbou o passaporte.

— Isso não me parece um comportamento do tipo até-que-a--morte-nos-separe.

Linz guardou o passaporte com um sorriso conspiratório.

— A senhora nem imagina.

Linz alugou um carro e saiu do aeroporto com um destino em mente. Seria inútil adiar o inevitável.

Ela ligou para Finn do celular, sentindo-se culpada por não ter entrado em contato depois que ele lhe emprestara o carro. O ex--colega respondeu ao primeiro toque.

— Finn, aqui é Linz. Desculpa por ter passado tanto tempo sem dar notícias.

Ele parecia apreensivo, o que a fez se sentir ainda pior.

— Onde está Bryan? Está com você?

— Ele está bem. Depois eu explico pessoalmente. Estou a caminho da casa de Conrad.

Finn insistiu em lhe fazer companhia. Linz ficou aliviada em saber que podia contar com ele e forneceu o endereço da casa do pai. Ele disse que estaria lá em vinte minutos.

Linz desligou e tratou de prestar atenção no caminho. Eram oito da noite e ela estava cansada, sentindo os efeitos da mudança de fuso e tendo saído de uma semana extremamente agitada. Quando por fim chegou ao destino, ficou parada algum tempo dentro do carro tentando pôr as ideias em ordem.

Sua infância ainda residia naquela casa, junto do homem que a criara e que a amara. O cientista que havia matado seus colegas também morava lá, além do lorde japonês que ela decapitara, o homem que havia atirado no seu marido em um duelo e o funcionário do governo que a condenara a morrer na fogueira. Linz tinha lido outras histórias nos diários de Michael... histórias de vidas de que felizmente não lembrara. O pai também havia sido Tarr, o bárbaro que tinha assassinado seu filho e a sequestrara? Tinha sido o culpado pela morte do filho de Hermese ainda no útero da mãe?

O que podia dizer a um homem como aquele? Não sabia nem mesmo se iria sobreviver ao encontro. Por via das dúvidas, tinha escrito um testamento durante o voo, além de uma carta explicando o que pretendia fazer.

Saltou do carro e abriu a porta da casa com sua chave. A presença do carro de Conrad na entrada da garagem e a luz acesa do escritório mostravam que o pai estava em casa, provavelmente sozinho. A empregada costumava sair às seis.

Linz atravessou a varanda e a sala de estar, entrando na galeria de antiguidades. Varreu a sala com os olhos. Muitas das lembranças de Conrad agora também eram suas.

Percorreu a galeria como um turista em um museu, apreciando as espadas de samurai, a armadura persa, os manuscritos antigos, um anel real e muitas outras relíquias valiosas.

— A história não parece tão grandiosa quando a conhecemos pessoalmente — disse uma voz que vinha do aposento ao lado.

Linz pegou uma espada de samurai familiar a ela, pendurada na parede da galeria, e se dirigiu ao escritório.

Ficou parada na porta. Conrad estava sentado na cadeira de couro favorita. Havia uma espada sobre a mesa, ao lado dos diários de Michael.

— Você reproduziu a fórmula — comentou Conrad. Não era uma pergunta.

— Eu tinha que conhecer a verdade.

O pai ficou olhando para ela por um longo tempo.

— Onde está Bryan?

— Em um local seguro. Bem longe de você.

— Eu estava tentando protegê-lo.

— Sequestrando-o e o colocando em um hospício?

Conrad se recostou na cadeira e cruzou os braços.

— Era o lugar mais seguro.

— Para protegê-lo de quem?

— Das pessoas que fariam qualquer coisa para saber o que está na cabeça dele. Estavam se preparando para agir. Eu pretendia proteger vocês dois.

— Muito conveniente. Quem são essas pessoas? — perguntou Linz.

— Largue essa espada e eu conto toda a história. Esse foi o meu erro. Devia ter feito isso há muito tempo. Me escute, por favor.

Linz hesitou. O pai era um mestre da manipulação, e ela não queria ser enganada. Examinou a espada que tinha nas mãos.

— Essa era a espada mais preciosa da coleção de lorde Asano. Tem uma inscrição no cabo.

Ela tirou a espada da bainha e mostrou a lâmina. Estava um pouco enferrujada e um tanto quebradiça com a idade, mas o aço era tão bom que ainda se encontrava em condições de uso. Apontou com ela para a galeria.

— Orígenes escreveu o *Comentário sobre são João* enquanto trabalhava com Teoctisto. Você assinou a sentença de morte dele e, no entanto, o livro está na sua galeria como um troféu!

Conrad deu um soco na mesa.

— Eu nunca fui Sétimo!

— Assim como não foi lorde Kira? Você foi responsável pela morte de lorde Asano e pela extinção de todo o clã.

Os lábios de Conrad formaram uma linha fina de irritação.

— Não vai negar, vai? — perguntou Linz, em tom desafiador. — Você até comprou aquela pintura! Penelope me contou!

Conrad disse em japonês:

— *É verdade, eu estou naquela pintura; mas não fui Kira. Eu fui o xogum! Tsunayoshi!*

Linz meneou a cabeça, incrédula.

— Não é possível. Você era Kira!

— Como tem tanta certeza? Só porque Finn lhe disse?

Linz ficou sem palavras.

— Olhe para mim! Veja por você mesma! — exclamou Conrad, levantando-se e olhando-a fixamente nos olhos. — Vou lhe mostrar.

Linz cruzou o olhar com o dele e abriu a boca de espanto quando viu com total clareza o que o pai vinha tentando lhe mostrar. Ele era o xogum. Procurou avaliar rapidamente as consequências daquela reviravolta.

— Nesse caso, foi o senhor que condenou lorde Asano à morte — argumentou.

— Ele violou a lei. Não tive escolha. Mas, ainda assim, deixei que morresse com honra. E quem era você? — perguntou Conrad, com a autoridade de um governante.

Linz fez uma reverência involuntária.

— Oishi Kuranosuke Yoshio, o kurai de lorde Asano.

Linz endireitou o corpo e tentou colocar as ideias em ordem. Agora sabia que estava diante do xogum, aquele que haviam desrespeitado e que sentenciara todos à morte. Entretanto, sabia também que, por misericórdia, ele lhes assegurara um lugar imortal na história. Falou mais uma vez em japonês.

— Agradeço por permitir que meus homens morressem com honra.

Conrad assentiu gravemente e disse:

— Aquela vida foi uma série de acontecimentos desagradáveis que é melhor esquecermos.

Linz baixou os olhos, confusa. A raiva que sentia de lorde Kira não podia mais ser dirigida ao pai. Ao ver os diários sobre a mesa, porém, adquiriu um novo ânimo.

— Você pegou esses diários na casa de Bryan depois de destruir todas as pinturas dele.

Conrad balançou a cabeça.

— Não faço ideia do que você está falando. Recebi esses diários há poucas horas.

A voz de Linz ecoou a raiva de Diana.

— Você pode dizer qualquer coisa, mas nada vai mudar o fato de que trancou a porta e nos deixou morrer queimados.

Conrad deu outro soco na mesa.

— Eu não tive nada a ver com a explosão! Estava tentando fazer com que Michael se lembrasse de uma vida! Se ele tivesse se lembrado, as coisas teriam todas se acertado. Eu não sabia mais o que fazer. Vocês estavam perdendo o juízo.

— O senhor estava tomando mais Renovo que qualquer um de nós — argumentou Linz, em tom acusador.

— Porque no começo eu não conseguia me lembrar de nada!
— exclamou Conrad. — Vocês todos me consideravam um monstro! — Ele agitou no ar um dos diários de Michael e o jogou de volta na mesa com ar de nojo, como se não suportasse tocá-los. — Eu tinha que saber o que estava fazendo todos se voltarem contra mim, olharem para mim com medo. Decidi aumentar a dose. Eu não me importava com as consequências.

Linz se lembrou do modo como ela própria tinha agido depois de fabricar o Renovo. Também não havia se importado com as consequências. Continuaria a aumentar a dose até lembrar a vida de Diana ou morrer tentando.

— Então, uma noite, as memórias começaram a chegar — prosseguiu Conrad, com um olhar distante —, e não pararam mais.

Quando se virou de novo para Linz, foi com um olhar firme e sincero.

— Eu juro. Não fui nenhum daqueles filhos da mãe que me acusaram de ser. Mas não podia falar com qualquer um de vocês. Quando me lembrei do Egito, tudo mudou de figura. Eu sabia qual era o meu destino, qual era o destino de Michael, qual era o destino de todos nós. Achei que a única solução seria fazê-lo se lembrar daquela vida. Nunca pensei em fazer mal a ele. Nunca. Quando voltei, era tarde — disse, com voz embargada.

Os olhos de Linz estavam marejados. Como gostaria de acreditar nas palavras do pai!

— Aquilo não pode ter sido um acidente.

— E não foi.

De repente, Conrad agarrou a espada e desferiu um golpe na direção da filha. Linz se encolheu, mas o alvo não era ela; a lâmina bloqueou o movimento de outra espada que cortava o ar em direção à moça.

Linz olhou para trás e se deparou com Finn. Se não fosse o pai, estaria morta. Com um movimento brusco, Conrad arrancou a espada da mão de Finn, e ela foi arremessada longe.

Conrad encostou a espada no pescoço do antigo colega e disse:

— Eu sempre desconfiei de que tinha sido você o responsável por todos ficarem contra mim. Agora tenho certeza. Obrigado pelos diários. Foram muito esclarecedores.

Conrad recuou e enfiou a ponta da espada na fresta entre duas tábuas para que ficasse em pé. Não precisava mais dela. Dirigiu-se a Finn em egípcio antigo:

— *Set. Vejo que finalmente saiu de sua toca para me enfrentar.*

Finn fez uma mesura com um sorriso irônico nos lábios.

— *Meu pai.*

Linz ficou atônita. *Set? Conrad era Ramsés?* Ela fitou o fundo dos olhos do pai e viu que era verdade.

— *Pai?* — perguntou em egípcio.

Conrad arregalou os olhos. Sussurrou:

— *Tot? Você lembrou?*

Linz fez que sim com a cabeça e se virou para Finn, enfim vendo todas as peças do quebra-cabeça se encaixarem. Para ter certeza, precisava ver os olhos dele, mas Finn ainda estava usando os óculos escuros de sempre.

— Tira esses óculos e olha para mim — ordenou.

Finn deu um sorriso tímido que fez Linz se lembrar por um instante do Finn que Diana havia amado como a um irmão.

— Você não vai gostar — avisou.

Quando ele retirou os óculos, Linz levou um susto.

Finn tinha passado a usar óculos escuros depois que começara a ter visões, mas agora estava claro que as enxaquecas eram meramente uma desculpa. As lentes serviam para esconder a verdade. Os olhos eram janelas para a alma, e Finn não queria que ninguém visse a sua. Eram olhos muito feios: arroxeados, salientes, injetados de sangue. As íris, antes de um verde belo e vibrante, agora eram de um violeta sem brilho. Linz podia ver neles o ódio de Sétimo, d'Anthès, Kira, Set — tantos inimigos do passado —, mas também podia ver Finn, em agonia, sufocado pelo peso da própria alma.

— Finn?

— Finn se foi — respondeu ele. — Quase sequestrei os dois na noite em que foram a minha casa. Seria fácil colocar um sedativo no chá. Mas, quando descobri quem você era, a queridinha do papai, mudei de ideia, sabendo que Conrad viria atrás de mim se você desaparecesse. Hoje me arrependo de não ter agido. Pouparia tanto trabalho...

Linz encostou a ponta de sua espada no pescoço de Finn, imprensando-o contra a parede.

— Você nos convenceu de que Conrad era Kira e Sétimo para que o expulsássemos do grupo. Sabia que Conrad era Ramsés e que ele queria ajudar Michael a se lembrar da vida dele no Egito. — Linz pensou nos momentos que antecederam a explosão. — Você foi o responsável pelo vazamento de gás. Estava com tanto medo de que descobríssemos a verdade que não se importava de morrer junto.

Finn não se conteve e deu uma gargalhada histérica.

— Eu só queria matar Michael... O gás explodiu antes da hora! Eu me lembrei de Set ao mesmo tempo que Conrad se lembrou de Ramsés. Não podia permitir que ele fizesse Michael lembrar. Gostaria muito de extrair o conhecimento dos guardiões da mente de Michael, mas, naquele tempo, eu não sabia como fazer isso. Levei anos para aperfeiçoar o método. Sendo assim, não podia deixá-lo lembrar. Ele tinha que morrer. Conrad, sem querer, facilitou as coisas.

Linz ficou furiosa ao perceber que, mesmo depois de tantos anos, Finn continuara tentando jogá-los contra Conrad... e quase havia conseguido. Se o pai não tivesse tentado proteger Bryan e ela não tivesse lembrado o passado, o desfecho poderia ter sido muito diferente.

Conrad tentou acalmá-la.

— Lindsey, largue a espada. Você não quer o sangue dele em suas mãos.

A mente da jovem era um turbilhão. Ela disse, em egípcio:

— *Depois que o senhor morreu, ele destruiu nosso mundo, pai. O senhor não pôde testemunhar. É por causa dele que vivemos até hoje na escuridão.* — Linz aumentou a pressão da espada no pescoço de Finn enquanto o acusava. — *Você acertou uma flecha no meu peito, mas Amon me curou. Eu não morri. Tive uma vida longa, viajei pelo mundo e encontrei um lugar para esconder o livro que tem o meu nome.*

Finn ficou atônito.

— *O livro de Tot* existe?

Linz fez que sim com a cabeça, sentindo-se vitoriosa.

Uma chama brilhou nos olhos de Finn.

— Onde ele está? Pense no que poderíamos fazer com aqueles segredos.

A ideia de Finn conseguir o livro e usá-lo para seus propósitos lhe provocou o impulso de abatê-lo com cada átomo de seu ser.

— Lindsey Jacobs! — exclamou Conrad, com voz severa, como se estivesse se dirigindo a uma criança que correu para a rua sem olhar se vinham carros.

Linz não desviou os olhos de Finn, mas parou para escutar o que o pai tinha a dizer.

Conrad falou como Ramsés, em um tom tão imponente quanto o do antigo líder do conselho.

— *Você uma vez pensou em matar seu irmão e imaginou se eu estaria assistindo a tudo do* Duat. *Vi quando você poupou a vida dele.* — Os olhos de Linz ficaram marejados de lágrimas, e ela piscou várias vezes para poder enxergar. — *Existe um motivo para estarmos aqui. Não se deixe cegar pelo ódio.*

Linz respirou fundo, tentando se acalmar.

Conrad segurou sua mão e sussurrou em inglês:

— Volte, Nebulosa. Volte para mim.

Linz deixou cair a espada e, com um soluço, voltou-se para o pai, que a abraçou. Os olhos de Conrad se encontraram com os de Finn.

Finn colocou as mãos nos bolsos e fez uma mesura.

— Muito obrigado, ianque. Foi um encontro fascinante.

Quando Conrad viu o taser na mão de Finn, era tarde demais. O antigo colega lhe aplicou um poderoso choque que o fez tombar, contorcendo-se em dores e apertando o peito, com o marca-passo parando de funcionar.

Linz deu um grito e se ajoelhou ao lado do pai.

— Papai? Papai! — Ela levantou a cabeça e viu Finn pegar a espada. — Por favor, não — suplicou, vendo o pai morrer. — Não morra agora, por favor.

Finn debochou:

— Ele sempre gostou mais de você.

— Por favor. Vamos esquecer o passado. Por favor, me ajuda.

— Esquecer o passado? Nós somos o passado.

— Você pode mudar. Começar de novo. Ajude-me a salvá-lo. Por favor.

— A Irmandade de Hórus guarda o conhecimento dos antigos só para si. Vocês acham que são os únicos que têm um destino? — perguntou Finn.

— Então sua resposta é matar? Seu pai? Seu amigo?

— E vou matar de novo, se for necessário. Tudo que os apófis querem é devolver o poder ao povo, e vocês estão no nosso caminho.

Finn passou a falar em egípcio antigo.

— *Meu pai nunca entendeu nossas razões... Foi por isso que teve de morrer. Usei um veneno de ação lenta.*

Linz deu um urro selvagem e investiu contra Finn de mãos nuas, desferindo-lhe um soco brutal no peito. Finn foi pego de surpresa e recuou para a galeria, perseguido de perto pela jovem. Não havia tempo a perder; o pai estava lutando pela vida.

Linz arrancou da parede uma lança medieval e a sopesou. Finn tentou golpeá-la com a espada. Ela aparou todos os golpes, com a mente focada e canalizando sua experiência como lutador com varas no Egito. Com um grito feroz, saltou no ar e brandiu a lança, forçando Finn a saltar para o lado. Girou o corpo, esticou a perna e atingiu o adversário no peito, fazendo-o perder o equilíbrio. Finn caiu de costas sobre a caixa de vidro onde estava o *vegvísir* de Bjarni, espatifando-a em mil pedaços.

Finn ficou caído no chão, em meio a cacos de vidro. Linz se abaixou e pegou o *vegvísir*, dizendo em egípcio antigo:

— *Pobre Set, sempre incapaz de encontrar o caminho.*

Usando a pedra como arma, golpeou-o na cabeça, deixando-o inconsciente.

Linz olhou para o homem caído e imaginou quando aquilo iria terminar. Tot não tivera coragem de matá-lo no Egito, e ela também não o mataria. Não tinha nada a ganhar com isso.

Correu de volta para o escritório. Conrad estava deitado no chão, vivo, mas respirando com dificuldade.

Linz pegou o telefone da casa e ligou para a emergência.

— Preciso de ajuda. Meu pai está tendo um ataque cardíaco depois de levar um choque de um taser. Ele usa marca-passo.

A pessoa que atendeu informou que uma ambulância estaria lá em cinco minutos. Linz desligou, voltou para perto do pai, sentou-se no chão e colocou a cabeça dele no colo.

Conrad estava consciente, mas sentia muita dor.

— Onde está Finn? — perguntou ele.

— Está na galeria, inconsciente. Aguenta firme, papai. Por favor. — Segurou a mão dele. — Por que você não me disse quem era? Como eu estava enganada...

Conrad apertou a mão dela.

— A intenção era proteger você... O Renovo é uma droga poderosa, é tão fácil se deixar perder... — As palavras saíam com dificuldade. — Preste atenção. Criei a Medicor... para trazer os guardiões de volta... Inimigos poderosos... vão tentar impedir...

Conrad estava perdendo as forças, o corpo deixando de funcionar. Linz ouviu a sirene e sabia que a ambulância iria chegar a qualquer momento, mas seria inútil. O espírito do pai já estava deixando este mundo. Teve de inclinar o corpo para ouvir suas últimas palavras:

— Encontre os outros. Eles vão precisar de você.

Linz viu sua alma partir e começou a chorar. Não estava preparada para perdê-lo. Foi como tinha sido dez mil anos atrás: ainda tinham tanto para dizer um ao outro...

QUARENTA E SEIS

Bryan estava de pé no parapeito da varanda, executando uma série de alongamentos. O piso estava coberto de desenhos, mas nenhum representava cenas do Egito.

O pintor fechou os olhos e respirou fundo, deixando a mente se expandir, esperando alcançar a vida que Linz havia encontrado. Em vez disso, porém, começou a se preocupar com o fato de ela ainda não ter ligado. Sentia-se como se estivesse no exílio.

Os pensamentos desconexos quase o fizeram cair lá embaixo. Inspirando-se em Bodhidharma, recuperou rapidamente o equilíbrio e mais uma vez o monge budista ordenou que pintasse.

Bryan revirou os olhos e, em vez disso, ficou na ponta do dedão do pé em sinal de desafio.

— Senhor? — chamou Layla da porta da varanda, com uma pilha de toalhas limpas na mão e uma expressão incrédula no rosto.

Bryan fez um rodopio perfeito de cento e oitenta graus e disse:

— Ah, bom dia, Layla. Não vi você entrar.

Layla abriu e fechou a boca várias vezes.

— O senhor não acha perigoso ficar aí?

— Deve ser — respondeu Bryan.

Na verdade, não conseguia fazer os exercícios de Bodhidharma por muito tempo, e o olhar assustado da jovem não contribuía em nada para sua concentração.

Ficou de costas para Layla, sentindo a rua subir ao seu encontro enquanto a gravidade se esforçava ao máximo para fazê-lo descer.

Em seguida, inspirado novamente pelo monge, deu um mortal de costas e aterrissou bem em frente à jovem.

Layla deu um grito e deixou cair as toalhas. Levou algum tempo para registrar o que ele havia feito.

— O senhor trabalha no circo? — perguntou, por fim.

Bryan deu uma sonora gargalhada. Layla também riu.

— Mais ou menos — respondeu, quando recuperou o fôlego.

— O senhor me deu um susto! — brincou a jovem, dando-lhe um tapinha no braço.

— Desculpa.

Os dois trocaram sorrisos.

— O senhor não devia subir no parapeito.

— Certo, não vou mais fazer isso. Prometo.

Layla pegou as toalhas no chão e recolheu todos os desenhos.

— O senhor é um artista — comentou, com ar de admiração. — Eles são tão bonitos! Está no Cairo para pintar?

— Acabou acontecendo — respondeu Bryan, com um sorriso resignado.

O hotel havia se transformado, de certa forma, em seu estúdio fora de casa, e ele ainda não havia deixado aquele complexo. Ficou olhando para a arrumadeira, tentando se lembrar de quem era ela.

— Posso pintar o seu retrato? — perguntou, quase sem querer.

Layla começou a rir.

— O senhor quer me pintar?

— Em troca de um pagamento, é claro, como modelo. — Percebendo a indecisão da jovem, fez o possível para convencê-la. — Sempre pago os meus modelos — mentiu, pois jamais havia trabalhado com modelo-vivo. Entrou no quarto e encontrou o dinheiro deixado por Linz. — A remuneração normal é quinhentos dólares — propôs, contando cinco notas de cem.

Layla riu ainda mais, soltando um som similar ao de um pato.

— O senhor quer me pagar quinhentos dólares só para me pintar?

Bryan fez que sim com a cabeça e também começou a rir. Tudo que sabia é que não podia deixar a jovem ir embora.

— Vou posar vestida, não é?

— É claro — assegurou Bryan, desocupando a espreguiçadeira.
— Pode se sentar aqui. De uniforme mesmo, está ótimo.

— O senhor quer fazer isso agora? Não posso, estou de serviço
— protestou Layla, achando graça na pressa do pintor, que já estava
com a paleta em uma das mãos e o dinheiro na outra.

Ao ver a expressão de decepção de Bryan, acrescentou:

— Vou estar de folga amanhã e depois. Volto quando o senhor
quiser.

— Amanhã — disse Bryan sem pensar duas vezes. — Aqui está.
Prefiro pagar adiantado — afirmou, entregando as notas à jovem,
para ter certeza de que ela não mudaria de ideia.

Layla continuou hesitante.

— Não sei se isso está de acordo com as regras do meu emprego.

— Não vou contar a ninguém. Juro. É só um retrato — argumentou Bryan.

Bryan nunca tinha feito uma miniatura, mas alguma coisa lhe dizia
que era importante que o retrato coubesse no bolso, e seus instintos
nunca o traíram. Trabalhou com pinceladas pequeninas, dependen-
do da habilidade de Jan van Eyck.

Jan, naturalmente, tinha pintado muitas miniaturas, além de
pinturas de todos os outros tamanhos, mas Bryan sempre preferi-
ra trabalhar em quadros grandes, em telas. Mesmo assim, não teve
dificuldade para pintar em pequena escala. Na véspera, voltara à
papelaria para comprar meio metro de tela de linho, um pequeno
suprimento de tintas a óleo e vários pincéis finos, próprios para pintar miniaturas. Ele havia montado uma moldura de oito por oito
centímetros para manter a tela esticada durante o trabalho.

Teve de sorrir quando Layla viu o pequeno quadrado e deu sua
risada característica.

— Quinhentos dólares por uma coisinha dessas? — comentou,
incrédula. — O senhor perdeu o juízo!

Bryan concordou internamente com a opinião da jovem, mas
seu humor mudou quando começou a estudar as linhas do rosto

de Layla. Trabalhou em silêncio por um longo tempo, dando vida à imagem da jovem.

Layla permaneceu imóvel, contemplando, com olhar sereno, a vista da varanda.

— Você nasceu no Cairo? — perguntou Bryan.

Foi como se aquela pergunta singela tivesse sido a permissão que Layla estava esperando para contar toda a sua vida ao pintor enquanto ele trabalhava. Aparentemente, a jovem se sentia tão à vontade com Bryan quanto ele com ela.

Era filha única de pais idosos, que achavam que não podiam ter filhos. Eles a consideravam uma bênção do céu e a criaram com certa opulência, embora fossem pobres. A mãe costumava fazer joias artesanais para vender nos mercados, e o pai tinha trabalhado como pedreiro, mas os dois agora estavam muito velhos para continuar em seus empregos. Por isso, Layla tinha abandonado o sonho de fazer faculdade e arranjara trabalho no hotel para sustentar a família. Quinhentos dólares seriam uma enorme ajuda.

Quando Bryan terminou, a jovem foi dar uma olhada na miniatura.

— Está muito boa — comentou.

Bryan deu de ombros e agradeceu, tentando julgar a pintura de forma imparcial. O dom de Jan van Eyck tinha ajudado bastante, e a assinatura do pintor nunca parecera tão apropriada: ALC IXH XAN: "Do jeito que posso." Como ele gostaria de acreditar nessas palavras! *Do jeito que posso. Eu posso. Eu vou lembrar.*

Layla interrompeu seus pensamentos.

— O senhor tem um guia para lhe mostrar a cidade? Posso levá-lo amanhã para dar uma volta. — Ela sorriu. — Quero fazer por merecer aquele dinheiro.

— Você não precisa fazer mais nada — disse Bryan, embora a ideia lhe agradasse. Já estava farto de ficar naquele quarto de hotel.

— Ah, será um prazer. Além disso, prometi à sua namorada que cuidaria bem do senhor — admitiu Layla, em tom jocoso. — Não quero que ela saiba que ficou aqui trancado o tempo todo.

— Você falou com Linz? — perguntou Bryan, surpreso.

Layla pareceu envergonhada.

— Ela estava de saída e me deu um cartão de visita... Quis saber o meu nome. Ela parece uma pessoa muito séria.

Bryan franziu a testa. Linz tinha dado um cartão de visita a Layla? Isso queria dizer que a considerava alguém especial — se não fosse o caso, não teria chegado a esses extremos.

— Pego o senhor às nove — avisou a jovem, dirigindo-se para a porta.

— Vamos ver a Grande Pirâmide? — perguntou Bryan.

— É claro. Vai ser a nossa primeira parada.

Os vendedores ambulantes que se aglomeravam em torno da Grande Pirâmide não aceitavam "não" como resposta. A atenção de Bryan era desviada de pessoa para pessoa enquanto ele tentava abrir caminho na multidão. A companhia de Layla lhe passava uma segurança difícil de entender. Tudo que sabia era que não teria coragem de estar ali se não fosse por ela.

Houve um momento em que quase foram separados. A jovem olhou para trás e estendeu a mão para ele. Bryan a olhou nos olhos e, de repente, viu a si mesmo como uma menina, correndo de mãos dadas com ela. Nesse momento, lembrou quem ela era.

Ela era Kiya.

O coração do pintor disparou quando as memórias de sua vida no Egito começaram a retornar, como sangue circulando de volta ao coração. Bryan acelerou o passo até ficar a apenas alguns metros da Grande Pirâmide. Fechou os olhos e, quando as palmas de suas mãos tocaram as pedras desgastadas, lembrou-se de tudo: do poder daquele Gigante Adormecido, das atrocidades que foram perpetradas naquele lugar, da missão que lhe fora confiada.

Bryan sentiu Hermese se expandir em seu interior. Tinha estado ali o tempo todo... uma sombra que não podia ver, um sentimento que não podia descrever, uma saudade que não podia explicar.

Abriu os olhos, olhou para a pirâmide, e seu coração transbordou de alegria. Todas as vidas que havia vivido ressoaram em perfeita harmonia. Sua alma estava cantando.

O guardião havia despertado.

Bryan se virou para Layla e viu o espírito de Kiya brilhando nos olhos da jovem. Quantas vezes brincaram ali quando crianças... Naturalmente, ela era a pessoa certa para levá-lo de volta para casa.

— O senhor está se sentindo bem? — perguntou Layla.

Bryan fez que sim com a cabeça, o coração cheio de gratidão pelo presente que a vida acabara de lhe oferecer: todas as suas memórias agora eram uma só.

QUARENTA E SETE

Os túmulos se espalhavam pelo gramado como mil velas apagadas. Uma enorme multidão estava reunida para prestar uma última homenagem a Conrad Jacobs. Ao lado da sepultura, um padre rezava uma oração.

Linz estava na primeira fila, com Penelope e Derek ao seu lado Observou o caixão ser baixado na sepultura, ao lado dos túmulos da mãe e do irmão.

Ela ainda não conseguia acreditar que o pai estivesse realmente morto. Já começara a pensar no futuro, a imaginar quando seus caminhos se cruzariam de novo, com a certeza de que, um dia, isso viria a acontecer. Se Bryan havia lembrado suas vidas sem a ajuda do Renovo, Conrad seria capaz de fazer o mesmo na próxima vida. Ele os encontraria. Linz tinha de acreditar nisso. Precisava manter a esperança.

Seus pensamentos se voltaram para Finn, sabendo que eles também se encontrariam de novo... no julgamento. Ela dera o seu depoimento e deixara o restante por conta da polícia. A data do julgamento ainda não tinha sido marcada. Entretanto, mesmo depois que Finn fosse condenado pela morte de Conrad, ela sabia que passar o resto da vida na prisão não o faria se arrepender. Havia malícia demais tomando sua alma.

Linz olhou para o caixão. Ela não queria ver o coveiro cobri-lo de terra nem receber os pêsames após a cerimônia. Ignorando os olhares apreensivos de Penelope e Derek, afastou-se do local e se dirigiu ao estacionamento. Ao vê-la, o motorista desligou a ligação do celular e deu partida no motor.

A jovem estivera com o motorista do pai em apenas algumas ocasiões nos últimos anos, quando ia com Conrad a algum evento. Tudo que sabia de fato sobre ele, porém, era que se chamava Vadim e que nascera em algum lugar da Rússia. Ele havia trabalhado para Conrad durante dez anos e sempre lhe parecera mais um guarda--costas que qualquer outra coisa. Surpreendeu-o olhando para ela pelo espelho retrovisor. O pobre coitado provavelmente estava com medo de perder o emprego. Isso a fez se lembrar de quão pouco sabia a respeito dos negócios particulares do pai.

— Para onde vamos, Dra. Jacobs?

— Para minha casa primeiro, para eu trocar de roupa, e depois para o escritório — respondeu. Tinha uma longa noite pela frente.

Linz pretendia voltar ao Egito logo que entrasse em contato com Bryan e, assim, tinha de assegurar que a companhia continuaria a funcionar normalmente quando ela desaparecesse. Havia convocado uma reunião da diretoria na véspera, na qual tinham feito um planejamento para os próximos seis meses. Quanto a sua pesquisa, nomeara Maggie para chefiar o laboratório. Sabia que o grupo seria capaz de manter os trabalhos em andamento em sua ausência.

No dia seguinte, começaria a lidar com os pertences do pai. Pretendia doar a coleção de antiguidades a vários museus.

O celular tocou, exibindo na tela um número que não conhecia.

— Alô?

— Lindsey Jacobs? — perguntou uma voz autoritária.

— Ela mesma.

O homem devia ser da polícia. Linz estava se acostumando com o modo como eles falavam ao telefone.

— Aqui é Mitch Tanner, da TDC Security. Tenho instruções para entrar em contato com a senhora em caso do falecimento de seu pai. Em primeiro lugar, queria lhe oferecer os meus pêsames.

Linz franziu a testa. Não fazia ideia do motivo da ligação.

— Obrigada.

— Queremos saber o que a senhora pretende fazer com os depósitos.

— Que depósitos?

— Seu pai tinha três armazéns alugados no porto. Ele não contou à senhora?

Linz coçou a cabeça.

— Para que ele alugou os armazéns?

— Como a senhora deve saber, seu pai era um ávido colecionador de relíquias e artefatos.

Linz levou um minuto para compreender que Conrad havia juntado tantos objetos de vidas passadas que precisara de três armazéns para guardá-los.

— Sr. Tanner, agradeço a ligação, mas estou muito ocupada no momento. Retorno a ligação assim que puder para marcar uma visita aos armazéns. Por enquanto, vamos deixar as coisas como estão.

Linz escutou pacientemente o pedido de desculpas, desligou a ligação, recostou-se no assento e olhou pela janela do carro, imaginando o que haveria nos depósitos. Era apenas mais uma na enorme lista de providências que teria de tomar. Ela nem mesmo queria estar em Boston e estava preocupada com o fato de Bryan não ter ligado. Fazia mais de uma semana que deixara o Egito. Na verdade, não era tanto tempo assim, mas, para ela, parecia uma eternidade.

No fundo, temia que Bryan jamais se lembrasse de sua vida no Egito. A lógica, porém, a fazia acreditar que ele acabaria se lembrando. Pensou no retrato de Ma'at que tinha visto no estúdio de Bryan. Ele havia pintado a vidente sem saber o que estava fazendo, e Linz disse a si mesma pela milésima vez para ser paciente. Bryan tinha esperado por ela; agora chegara a sua vez de fazer o mesmo.

A limusine parou em frente ao edifício de Linz e ela viu um pacote encostado na porta. Saltou correndo do carro e foi ver o que era. Mesmo de longe, reconheceu a letra de Bryan.

Abriu o pacote e encontrou uma pintura de trinta por trinta centímetros que mostrava Hermese de pé em um jardim, à luz do luar, com Sirius, a Estrela de Ísis, brilhando no céu.

Havia também um bilhete:

Logo estarei em casa. Espero que você se lembre de onde escondeu o livro.

Linz deu um grito de alegria.

Vadim saiu do carro.

— Dra. Jacobs? Está tudo bem?

— Mudança de planos, Vadim. Vou ficar aqui mesmo.

Ela não pretendia ir a lugar algum antes de ver Bryan.

A cela de Finn na Penitenciária do Condado de Suffolk, em Boston, ficava bem longe das celas dos outros presidiários. Os casos de grande repercussão costumavam receber tratamento especial. Finn havia sido acusado de homicídio doloso e seria mantido em prisão preventiva até a data do julgamento.

Foram tais circunstâncias que tornaram possível o plano de Bryan. Ele tinha conseguido se manter fora do alcance das câmeras com os movimentos sutis de Bodhidharma e usara uma das técnicas de Hermese para incapacitar temporariamente o guarda noturno. Como guardiã, Hermese aprendera que a Terra era um grande ímã em permanente rotação e que existiam partículas magnéticas espalhadas pelo corpo humano, concentradas especialmente no cérebro. A ciência moderna havia começado a estudar o fenômeno do biomagnetismo apenas nos últimos trinta anos, com o advento do microscópio eletrônico de alta resolução. Entretanto, com o conhecimento de Hermese, recebido diretamente de Hórus, Bryan compreendia perfeitamente as forças magnéticas e sabia como controlá-las. Com apenas um toque, fizera o cérebro do guarda passar do estado beta de vigília para o estado delta de sono profundo.

Bryan localizou a cela de Finn e ficou parado no escuro, vendo-o dormir. Seus pensamentos se voltaram para Hermese e para o modo como ela não pudera se defender do ataque de Set. O irmão de Tot entrara nos aposentos da jovem enquanto ela estava no banho, assassinando as criadas e amarrando Hermese antes que ela pudesse aplicar suas técnicas. Set estava usando uma armadura recoberta com magnetita, um ímã natural que interferia com as faculdades da jovem. De alguma forma, ele havia descoberto como derrotar a Casa de Atum. Bryan imaginou quem teriam sido os outros líderes dos apófis e se eles ainda estariam agindo atualmente ou se haviam conseguido encontrar descanso. Mergulhar o mundo em uma escuridão perpétua era um carma realmente assustador.

Finn murmurou alguma coisa em seu sono. Estava sonhando, e suas palavras surpreenderam o pintor; ele reconheceu a vida que Finn estava lembrando. O inimigo de Bryan havia sido também, em outra vida, seu discípulo mais dedicado, aquele que cortara o próprio braço para provar sua lealdade. Esperou que Huike acordasse. Será que ele iria se lembrar do que Bodhidharma lhe dissera?

Finn pareceu sentir a presença de Bryan e acordou sobressaltado, com os olhos marejados de lágrimas. Virou-se a fim de olhar para o pintor.

Bryan deixou o silêncio pairar por um momento entre eles e depois o quebrou.

— Ouvi você falar chinês — declarou, em um tom surpreendentemente suave. — Estava se lembrando do tempo que passamos juntos em Shaolin?

— *Você sabia* — disse Finn, em chinês. — *Você conhecia nosso futuro e mesmo assim me perdoou.*

— *Você se lembra do que eu lhe disse naquele dia?*

Finn assentiu, chorando como uma criança perdida.

Bryan recitou as palavras de Bodhidharma para Huike em chinês.

— *Um dia você se lembrará desta vida, de sua sinceridade, de sua bondade, e se dará conta da malevolência que acorrenta seu espírito. Nesse dia, liberte-se da vergonha de ter caído e abra caminho para a luz.*

— *Você não pode me oferecer a paz. Eu provoquei destruição demais* — retrucou Finn como Set, em egípcio antigo.

Bryan tirou da sacola um pequeno embrulho e o colocou no chão, depois de o fazer passar entre as barras da cela.

— A vida sempre devolve o que tira de nós.

Finn olhou para o objeto, intrigado.

— Encontrei Kiya.

Finn reprimiu um soluço e caiu de joelhos diante do presente de Bryan, com medo de tocá-lo.

— Ela está no Egito, tão vibrante como sempre. Isso é para você.

QUARENTA E OITO

Linz estava de pé no centro do jardim de areia, apreciando sua tentativa mais recente de recriar o emblema da Irmandade de Hórus. Ela ficou impressionada ao perceber que havia passado meses desenhando, inconscientemente, variações daquele desenho. O cérebro simplesmente não tinha acompanhado sua mente, e agora ela compreendia que os dois eram coisas muito diferentes.

A campainha tocou. Linz largou a varinha com a qual desenhava e atravessou correndo o jardim, desfazendo a figura e deixando uma trilha de areia no chão da sala. Ele havia chegado.

Linz abriu a porta, e os dois ficaram olhando um para o outro como no dia em que se conheceram. A diferença era que agora conseguiam enxergar para além de si mesmos e reconhecer que estavam ligados pelo amor. O amor os acompanhara através dos séculos, os guiara pelos caminhos da vida e os ajudara a se lembrarem um do outro. O amor fizera desaparecer uma diferença de dez mil anos.

Bryan deu um passo à frente para cruzar a última distância que os separava. Segurou a mão de Linz, beijou-a e a colocou sobre o seu coração. Eles ficaram abraçados por um longo tempo.

Bryan por fim sussurrou:

— Não pude vir ao enterro do seu pai. Desculpa.

— Conrad foi Ramsés — disse ela. — Ele queria que você lembrasse.

— Eu sei.

Linz olhou para ele, surpresa.

— Como?

— Depois que me lembrei de tudo, percebi que ele havia se dirigido a Michael como Ramsés àquela noite, no apartamento dele. Michael não compreendeu o que ele estava dizendo porque ainda não falava egípcio antigo. Finn se lembrou da vida de Set mais ou menos na mesma ocasião. Quando ele descobriu quem era Conrad, fez de tudo para separar a gente. A decisão do seu pai de se juntar a nós no laboratório o deixou desesperado.

Linz ainda estava confusa.

— Como você descobriu que Finn era Set?

— Aquele relógio de sol que havia na casa dele era o símbolo dos apófis.

Linz tinha se esquecido do relógio de sol, mas Bryan estava certo. A forma era muito parecida com a do emblema que Set usava pendurado no pescoço.

Bryan viu que ela estava preocupada e lhe deu outro abraço.

— Vai ficar tudo bem.

Linz fez que sim com a cabeça, cheia de esperança. Eles tinham conseguido. Construíram uma ponte que poderia levar a um futuro no qual poucos ousavam acreditar — um futuro no qual a Sala de Registros seria restaurada.

Segundo as profecias, o Primeiro Tempo aconteceria de novo quando a Sala de Registros fosse descoberta e Hórus voltasse para ajudar a curar o mundo. A Irmandade tinha jurado preparar a Terra para esse retorno.

— Vai ser difícil recuperar o livro — comentou Linz.

Bryan concordou, com ar pensativo.

— Primeiro, precisamos nos juntar aos outros.

— Você sabe onde eles estão? — perguntou Linz, com os olhos brilhando.

Bryan assentiu, incapaz de explicar como sabia suas localizações. Como líder da Irmandade, ele havia sentido a presença dos outros o chamando.

— Encontrei Tutmés e Bast na Terra Nova. Eles são arqueólogos e estudam pirâmides. Só percebi quem eram depois que estive no Cairo — respondeu o pintor.

— E os outros? — quis saber ela, cada vez mais animada.

— Ma'at e Amon estão vivos, mas ainda não consegui localizá-los — disse Bryan.

Bryan pensou no quanto devia a Ma'at. Ela era a deusa egípcia que aparecia nos seus sonhos, tentando guiá-lo. Seu poder era tamanho que a vidente fora capaz de aparecer nos sonhos futuros.

— E Ptah? — perguntou Linz, franzindo a testa ao ver a reação de Bryan.

— O caso de Ptah vai ser um pouquinho mais complicado — respondeu o pintor, com certa hesitação.

De alguma forma, Linz soube o que ele diria a seguir.

— Ah, não! — exclamou, torcendo para estar enganada.

— Ah, sim — confirmou Bryan.

Barbara era Ptah.

— Desconfio de que a sua mãe não vai aceitar muito bem a novidade. Vou deixar essa por sua conta.

— Obrigado pela confiança — disse Bryan, com um suspiro de resignação.

Linz foi até o armário da sala.

— Vamos deixar Ptah para depois. Antes, eu gostaria de falar com Tutmés e Bast — disse a jovem, tirando do armário uma mala de mão, já arrumada para viagem. — Vamos ao Canadá.

Bryan riu.

— Eles se chamam Claudette e Martin e falei com eles ontem pelo telefone.

— Então está resolvido — declarou Linz, revirando os olhos enquanto pegava o celular. — Alô. Aqui é Linz Jacobs. Vou precisar do avião essa noite, com um plano de voo para St. John's, Terra Nova. Dois passageiros. Excelente. A gente se vê hoje à noite.

Ela desligou e riu da expressão de perplexidade no rosto de Bryan. Ser a dona da Medicor tinha suas vantagens, como ter um jato particular à disposição. Levaria algum tempo para se acostumar, mas sabia que ela e Bryan iriam precisar de todos os recursos da companhia na longa jornada que tinham pela frente. Agora podia ver que Conrad estivera o tempo todo preparando o caminho para eles.

— Você tem um avião particular?

— Um Gulfstream 550. Podemos agradecer ao meu pai na próxima vez em que nos encontrarmos com ele.

Uma sombra passou pelo rosto dela. Bryan beijou sua mão.

— Nós vamos revê-lo.

Linz segurou a mão do pintor e o conduziu na direção do jardim de areia. No caminho, Bryan parou para admirar um jogo de peças de xadrez que ela havia arrumado em cima da mesa. Era um original Jaques of London e devia valer uma verdadeira fortuna. Deu um assovio.

— Está preparada para jogar comigo de novo? — brincou.

— Mais do que preparada — respondeu a moça, que havia lembrado a vida com o mestre de xadrez Pedro Damião. — Sabe qual foi a outra vida que eu lembrei? — perguntou, com um brilho nos olhos, levando-o para dentro do jardim de areia e o chamando por outro nome.

O sorriso de Bryan lembrava o de seu antigo amante.

— Humm — murmurou ele, baixinho. — O que mais você lembrou?

— Tudo — disse Linz, com os olhos brilhando.

A Irmandade estava de volta.

AGRADECIMENTOS DA AUTORA

Tenho muitas pessoas a agradecer por esta jornada literária. Em primeiro lugar, gostaria de expressar minha gratidão a duas mulheres fantásticas: a Brianne Johnson, minha agente na Writers House, cujo brilho e paixão me cativaram quando assumiu o comando do navio e transformou *O pintor de memórias* no seu lar; e à minha editora, Elizabeth Bruce, que entrou na minha vida em uma segunda-feira inesquecível como um rojão incandescente e continuou a exceder todas as minhas expectativas durante o tempo em que trabalhamos juntas. Serei eternamente grata a essas duas mulheres.

Meu profundo agradecimento a toda a equipe da Picador: Kolt Beringer, editor executivo; Lisa Viviani Goris e David Lott, da equipe de produção; Alda Trabucchi, copidesque; Darin Keesler, Daniel Del Valle, Shannon Donnelly, Andrew Catania e Angela Melamud, do marketing; James Meader, diretor executivo de publicidade, e minha agente de publicidade, Andrea Rogoff; Devon Mazzone, por cuidar dos direitos subsidiários, assistido por Hanna Oswald e Amber Hoover; Jonathan Bennet, diagramador, e Keith Hayes, responsável pela linda capa do livro. Muito obrigada também a Lorissa Sengara, minha editora canadense da HarperCollins Canada, que trabalhou em estreita ligação com Elizabeth, e a todas as editoras de outros países que subiram a bordo.

Agradeço a Alan Greenspan, Julie-Ann Lee Kinney e Todd Eikelberger da International Arts Entertainment suas sugestões e apoio criativo muitos anos atrás, quando comecei a escrever esta história; a Lucy Stille e Judith Karfiol; à minha primeira leva de leitores: Richard Devlin, que ajudou enormemente quando eu estava escrevendo a primeira versão do livro, Janis Lull, Kate Maney e Bridget Norquist; à minha segunda leva de leitores: Adam Gonzales, Mark Grimmett e meu pai, Leo Womak. Agradeço a John Hoffmann e Indy Neidell, que me auxiliaram nas pesquisas, a Bakara Wintner da Writers House, que me ajudou nas várias revisões; à fotógrafa JennKL; e ao web designer Mike Ross.

Gostaria também de deixar registrado um agradecimento especial a Christopher Dunn e seu livro *The Giza Power Plant*, bem como a Graham Hancock e Robert Bauval e seu livro *Message of the Sphinx*, pela inspiração que foram por trás dos capítulos a respeito do Egito antigo.

Uma gratidão infinita à minha irmã Alex, que foi a primeira a tomar conhecimento da minha ideia de escrever este romance; a toda a minha família e a todos os meus amigos; à sempre prestativa Julia Burke; a Sue Ebrahim; a Charlotte Schillaci; a Monika Telszewska; a Robin Wilson; a meu mentor na Cal Arts, Lou Florimonte, por seu profundo amor pela narrativa; a Rick e Emma Ferguson, pela pirâmide de cobre que fizeram para mim há muitos anos; aos colegas escritores Kate Maney, Beth Szmkowski, Kelly McCabe e Cindy Yantis, também conhecida como "Nic Chicks", pelos anos de encorajamento, risadas e pelas calças viajantes; e a meu marido e meu filho, que são minha luz do sol e me inspiram todos os dias.

Meus agradecimentos finais vão para o leitor. Gosto de pensar que romances são como sonhos. Obrigada por compartilhar do meu.

Este livro foi composto na tipologia Palatino LT Std,
em corpo 11/15,1, e impresso em papel off-white
no Sistema Cameron da Divisão Gráfica
da Distribuidora Record.